백만 불짜리 속편 미스터리

옮긴이 김원희

서울대학교 국어국문학과 졸업. 오래도록 책 속의 낯선 미로를 따라 걸으며, 또 다른 미로 속 주민들과의 만남을 고대하고 있다.

BIBLIOMYSTERIES Vol 2: Stories of Crime in the World of Books and Bookstores
Edited and with an introduction by Otto Penzler

This Korean edition published by arrangement with The Mysterious Bookshop c/o Biagi Literary Management through Shinwon Agency Co., Seoul

백만 불짜리
속편
미스터리

북스피어

차 례

*일러두기 : 본문의 모든 주는 옮긴이 주입니다.

크리스티
컬렉션
미스터리
– 피터 러브시

이게 다 애거사 크리스티 때문이다. 그토록 명명백백한 흔적이 남았건만, 실상 하루가 넘게 지나도록 누구 하나 알아차리지 못했다니. 로버트 리플의 시체는 서점 바닥에 싸늘하게 널브러져 있었다. '보물찾기' 서점의 휴무일인 월요일 내내 거기 방치되어 있던 게 분명하다. 화요일 아침, 그 가련한 남자는 자기가 사무실이라 부르던 구역에서 발견되었다. 얼굴을 푹 처박고 궁둥이는 쳐든 자세로 책 상자 위에 고꾸라진 채. 어떤 서점 주인도 그런 꼴로 마지막 거래를 처리하고 싶진 않으리라. 터진 상자 옆면으로 책 몇 권이 빠져나와 카펫 위에 흩어져 있었다. 죄다 애거사 크리스티였다.

일요일 느지막이 로버트는 크리스티의 책으로 꽉 찬 상자를 수령했다. 이곳, 펜실베이니아주 포크타운에서 제일 번듯한 거리 중 하나로 꼽힐 만한 파크 애비뉴 어느 집에 박혀 있던 물건이다. 이 책들엔 기묘한 내력이 있었다. 원 소유주는 제2차 세계 대전이 일어나기 전 책 한 묶음을 들고 건너온 영국 출신 이민자로, 일찍이 런던에서 출판사 외판원으로 사회에 첫발을 뗐다. 그는 미스터리 소설을 취급하는 서점 주인들의 관심을 끌어 보려 고군분투하던 고달픈 시절의 기념품으로 이 책들을 간직해 왔다. 영국인 대다수가 오로지 제프리 파널과 에델 M. 델모두 20세기 초에 로맨스 소설로 영국에서 커다란 인기를 모았던 작가들이다의 소설만 읽고 싶어 하던 시절 얘기다. 미국으로 건너온 뒤 그 외판원은 책 대신 포드 모델 T포드사에서 나온 세계 최초 대량 생산 자동차로 1908년부터 1927년까지 제조되었다로 품목을 바꿔 상당한 부를 거머쥐었다. 덕분에 까맣게 잊히고 만 크리스티 소설책은 물막이벽을 덧댄 멋진 고택의 다락방에 처박힌 신세가 되었다. 그가 처음으로 백만 달러를 번 뒤 사들인 집이다. 그리고 이제는 그의 손자가 고택을 허물고 유리와 콘크리트로 최첨단 주택을 지어 올리려 마음먹은 참이었다. 그 돈 많은 한량은 다락방을 싹 비우면서 책들도 처분하고자 했다. 로버트가 책 더미를 한번 훑어보고 5백 달러를 제시하자, 손자는 수표를 챙기더니 거래에 흡족해하며 자리를 떴다.

자기한테 굴러 들어온 횡재가 믿기지 않았던 로버트는 분명 가게를 닫는 시간까지 기다렸다가 상자 안 내용물을 더 꼼꼼히 살펴볼 작정이었을 테다. 그래서 일단 책 상자를 책상에 올려놓으려고 몸을 구부렸겠지. 영 잘못된 판단이었다.

하드커버 책은 무겁다. 수년 동안 책을 들어 나르던 사람이었다 해도, 이제 그는 예순여덟이나 된 데다 심장 질환도 있었다. 더구나 한 상자에 책이 너무 많이 들어 있기도 했다. 로버트는 모든 악조건을 꿋꿋이 감당하며 온갖 책을 취급하는 헌책방을 26년이나 운영해 왔다. '보물찾기'는 평범한 서점을 뛰어넘어 포크타운의 문화생활을 받쳐 주는 안식처가 되었다. 독서회부터 작가 모임까지, 또한 모닝커피 모임부터 저녁 음악회까지, 소도시의 갖가지 활동을 아우르는 구심점이었던 것이다. 일부 주민들은 수시로 서점에 드나들면서도 정작 책꽂이 쪽은 힐끗 쳐다보지도 않았다. 몇몇 사람들만이 의리상 책을 사거나 기증했다. 하지만 로버트가 어떻게 그토록 오랫동안 사업을 유지할 수 있었는지는 도통 알 수 없는 수수께끼였다. 그의 사업은 초창기엔 우편 판매, 나중에는 인터넷 판매 위주로 굴러갔다고 알려져 있다.

로버트가 갑작스레 사망하며 여러모로 문제가 생겨났다. 서점 점원인 타냐 트립은 시체를 발견하고 끔찍이도 충격을 받았다. 게다가 여기서 일을 시작한 지 겨우 몇 달밖에 안 되었는데도 졸지에 이 응급 상황을 떠맡아 처리해야 하는 처지가 되었다. 그녀는 의사와 장의사를 차례로 부른 다음 로버트의 가족에게 연락을 취하려 시도했다. 하지만 허사였다. 리플에게는 가족이 남아 있지 않았다. 이제껏 결혼한 적도 없었고. 장례를 치르는 게 충직한 손님들의 몫이라는 사실이 곧 분명해졌다. 누군가는 떠맡아야 할 일이었으니, 그 적

임자라면 역시 타냐였다. 다행히도 그녀는 젊고 유능했으며, 외모로 보나 성품으로 보나 강인한 여성이었다. 그리고 이런 추가 업무를 떠안은 데에 혼잣말로라도 불평하지 않았다.

애거사 크리스티의 책 상자를 들어 올리려 시도했던 게 서점 주인의 사인이라는 점에는 모두들 동의했지만, 어찌 됐든 부검은 해 봐야 했다. 그 결과 검시관이 로버트의 머리에서 심각한 타박상을 발견했다. 이는 바닥에 넘어지면서 생긴 상처였다. 로버트는 심장 마비로 사망했다.

간단한 문제였다.

복잡한 골칫거리는 그 뒤에 찾아왔다. 타냐는 유언장을 찾을 수가 없었다. 로버트가 사망한 사무실은 물론이고, 여태껏 들어가 볼 엄두도 안 냈던 그 위층 아파트까지 뒤져 봤는데 말이다. 보통 사람들은 죽은 사람의 방에 처음으로 들어가려면 겁을 집어먹을 테지만, 타냐는 자신감과 결단력이 보통 이상이었다. 그녀는 겁먹지 않았다. 그렇게 이곳저곳 찾다 보니 로버트의 여권과 출생증명서, 납세 신고서가 나왔다. 한데 유언장 비슷한 건 아무리 봐도 없었다. 은행에도 확인해 봤지만 소용없었다.

한편 가장 부유한 축에 드는 손님 하나가 장례비를 대겠다고 제안했고, 단골들은 '보물찾기'에서 경야를 할 수 있게 돈을 모았다. 다들 로버트라면 활기찬 고별식을 바랐으리라고 생각했다.

안쪽 방은 오래전부터 만남의 장소였다. 방 안엔 딱히 귀중해 보이는 책은 없었다. 누구라도 헌책방을 운영하자면 절대 팔릴 리 없는 품목, 예컨대 더 이상 공포를 주지 못하는 공포 소설, 실제 과학에 추월당해 버린 과학 소설, 오늘날의 감성에는 너무 내숭스러운 로맨스 소설 등등을 감당해야만 한다. 그런 책들은 그냥 거절해 버리는 게 확실한 해결책이지만, 도판을 한 장씩 오려 내어 액자에 넣으면 포스터로 판매할 수 있는 19세기 잡지처럼 좀 더 싹수 있는 물건들과 함께 도매금으로 잔뜩 들어올 때가 종종 있다. 로버트는 그 해법으로 허섭스레기를 안쪽 방에 몽땅 박아 놓는 길을 택했다. 케케묵은 백과사전, 어학 사전, 화집 등 제일 무거운 책은 바닥에 놓았다. 그 위쪽엔 장편 요약본이나 오래전에 잊힌 작가들의 북클럽판 책, 다시 그 위에는 자비로 출판한 소설책과 시집이 자리 잡았다. 맨 위에는 미치너, 헤일리, 클라벨모두 1960~1970년대에 집중적으로 인기를 누린 작가 겸 각본가들이다의 전집을 포함하여 누렇게 변색되고 모서리가 둥그렇게 말린 두툼한 페이퍼백이 가득했다.

안쪽 방의 한 가지 장점은 방 중앙의 바퀴 달린 선반들을 옆으로 밀어 두면 훌륭한 모임 공간이 마련된다는 것이었다. 한쪽 구석엔 의자가 차곡차곡 쌓여 있었다. 로버트는 흔쾌히 무상으로 모임 공간을 제공했다. 사람들이 일단 가게 안으로 들어오면 앞쪽 공간에 진열된 매력적인 품목들을 쳐다보며 잠시 서성일지도 모르니까. 그래서 서점 안에서는 화요일마다 포크타운 역사 공부 모임이 열렸고, 수요일에는 미술 동호회, 목요일에는 체스 동호회가 모여들었다. 일요일과 월요일만 빼고는 매일매일 오후와 밤에 무슨 모임이든 잡혀 있었다.

그리고 이젠 그 안쪽 방에서 경야를 치르게 됐다.

음악 감상회 사람들이 알고 지내던 아일랜드식 바이올린 연주가가 친구 넷을 데리고 왔다. 장례식이 끝난 뒤 그들은 음악으로 모든 이의 영혼을 어루만져 주기 시작했다. 방 안이 발 디딜 틈 없이 붐볐기에, 경야에 참여하는 사람들은 안쪽 방 말고도 가게 안 곳곳으로 퍼져 나갔다.

슬프고도 아름다운 행사였다. 음악은 생기 넘쳤고 값싼 와인도 차고 넘쳤으나, 앞으로 어떻게 될지에 대한 근심이 여전히 무겁게 깔려 있었다. 당분간은 타냐가 가게를 맡아 열어 두겠지만 앞으로도 쭉 이렇게 유지되리라는 보장은 없었다.

"가게가 매각되어야 하는 상황입니다." 경쾌한 춤곡이 잠시 끊긴 사이, 타냐가 이렇게 말했다. "상속인은 없어요."

"요새같이 어려운 때에 누가 책방을 사겠습니까?" 조지 딕비-스미스가 물었다. 그는 금요일 밤에 종종 여기서 모이는 '영국 친구들' 소속이었다. 들리는 바에 따르면 크리켓과 크림 티잼과 크림을 곁들인 스콘을 홍차와 함께 먹는 영국식 오후 식사, 그 밖에도 영국식 도락에 대해 수다를 떠는 모임인 듯했다. 사실 조지는 그냥 영국 친구 정도가 아니었다. 무려 60년 전에 영국에서 태어난 사람이었으니까. "책을 죄다 내버리고 아파트를 짓고 싶어 하는 사람이 나타날 텐데요."

"내 눈에 흙이 들어가기 전엔 그 꼴 못 봐." 역시 '영국 친구들'에 속한 머틀 래퍼티가 목소리를 높였다.

"누가 또 죽어 나갈 수야 없는 노릇이지요. 말씀 고마워요." 조지가 말했다.

"우리가 두 손 놓고 가만히 있으면 안 돼요. 우리 모두 이 장소에 의지하고 있잖아요."

"여러분, 현실적으로 생각합시다." 수요일 모닝커피 모임의 일원이 말했다. "우리들 중에 이 사업을 떠맡을 수 있는 사람은 아무도 없어요. 자금이 있다고 해도요."

"책에 대해서라면 타냐 씨가 잘 알잖아요." 조지가 곧바로 끼어들었다. "서점이 문을 닫으면 타냐 씨는 실직을 하게 됩니다. 타냐 씨, 어떻게 생각해요?" 젊은 여자는 깜짝 놀란 표정을 지었다. 그녀가 어느 날 아침 서점에 걸어 들어와 로버트에게 자신을 고용해 줄 수 있는지 문의한 뒤로 불과 몇 달밖에 지나지 않은 시점이었다. 사실 로버트는 일손이 절실히 필요한 형편이었고, 그 여자야 월급이 아깝지 않을 만큼 충실히 일했다. 아무리 봐도 서른 살이 채 안 된 타냐는 나긋나긋한 목소리로 말했고, 조용히 가게 안을 오가며 책을 더 깔끔하게 정리했다. 그러면서 손님 응대는 로버트가 직접 할 수 있게 놔두었다.

"저는 도저히 가게를 매입할 수가 없어요."

"그런 제안을 하려는 게 아닙니다. 하지만 타냐 씨가 책방을 운영할 수는 있죠. 사실, 운영이라면 연로한 로버트 씨보다 훨씬 더 잘할 수 있을 거예요."

"말이 너무 박정하네." 머틀이 말했다.

조지의 얼굴이 평소보다 더 붉게 물들었다. "인정해요."

"우리 모두 로버트 씨에게 빚을 졌어요." 머틀이 말했다.

"로버트 씨의 명복을 빕니다." 조지가 잔을 들어 올리며 동의했다. "끝까지 책방을 지켰던 로버트를 위하여. 그분은 갔지만 잊히지 않을 겁니다. 가장 좋은 뜻으로 말해, 재고로 남은 책과 같다고 할 수 있겠죠."

"그게 무슨 뜻인가요?"

"어딘가로 넘어갔지만, 여전히 이 세상에 존재한다는 말이에요."

"그보단 상자에 넣어 소포로 부쳤다는 게 더 맞는 표현일걸요." 커피 모임에 속한 남자가 중얼거렸다. "아니면 파쇄되어 재생지로 돌아갔거나."

머틀은 긍정적인 방향으로 생각을 해 보느라 남들 얘기에는 귀를 닫고 있었다. "타냐 씨가 조지의 제안을 전적으로 거절한 건 아니잖아요. 기회가 된다면 타냐 씨도 계속 일하고 싶을 거예요."

타냐는 말이 없었다.

"유언장을 남기지 않고 사망할 경우엔 어떻게 되는 거죠?" 조지가 물었다.

역사 공부 모임의 대표 격이며 법 지식도 조금 있었던 아이버 치플린스키가 나서서 말했다. "유산 관리인이 지정되어야겠죠. 그러면 대대적으로 공을 들여 어떻게든 친척을 찾아낼 겁니다. 아무리 먼 친척이라 해도요."

"제가 벌써 시도해 봤는데요." 타냐가 말했다. "아무도 없더라고요."

"사촌이나 육촌, 칠촌은요?"

"하나도 없어요."

머틀이 아이버에게 물었다. "친척을 한 명도 찾을 수가 없으면 어떻게 되나요?"

"그럼 재산이 국고에 귀속됩니다."

"뭐가 *어쩐다고요?*"

"귀속돼요. 법률 용어인데, 자동적으로 국가에 되돌아간다는 뜻입니다."

"거참 끔찍하게 들리는 말이군요." 조지가 말했다.

"생각만 해도 끔찍해요." 머틀이 말했다. "관료들이 우리의 소중한 서점을 강탈해 갈지도 모른다니."

"봉건법에서부터 내려오는 거지요." 아이버가 말했다. "거기서 끝났어야만 했어요." 머틀이 말을 받았다. "귀속이라. 분명히 부정행위가 끼어들고말고요. 점잖은 사람들을 등쳐서 순수한 오락마저 빼앗아 가는 거죠. 그런 짓을 하게 놔둘 순 없어요. '보물찾기'는 우리 지역 사회의 중심이니까요."

"우리끼리 갹출해서 서점을 매입하자는 의견을 내려던 거라면, 그냥 접어 두세요." 아이버가 말했다. "경야를 위해 돈을 모으는 것과는 전혀 다른 문제니까요. 아무리 우호적이라 해도, 손님들 중에서 이렇게 위태로운 사업을 떠맡겠다고 나설 사람은 거의 없을 겁니다. 일단 저는 바로 빼 주시면 되고요."

"역사 공부 모임은 그렇게 나오시겠다, 이거군요." 머틀이 콧방귀를 꿔며 말했다. "전투가 시작되기도 전에 항복하겠다는 거네요. 뭐, '영국 친구들'은 의지가 더 굳건하답니다. 영국은 아쟁쿠르백 년 전쟁 중인 1415년 북프랑스의 아쟁쿠르에서 프랑스군과 영국군이 전투를 벌였고, 헨리 5세가 이끄는 영국군이 대승을 거둔 뒤 트루아 조약을 맺으며 북프랑스가 영국의 지배 아래 들어갔다에서 꿋꿋이 버텼죠. 6백 년 전 그 유명한 전투에서 말예요. 화요일 저녁 모임에서 혹시나 이 주제를 안 다루셨을까 봐 말씀드리는 거예요, 아이버 씨. 스페인 무적함대1588년 스페인 왕 펠리페 2세가 영국을 공격하기 위하여 편성한 대함대. 영국 해협을 항해하던 중, 영국 해군의 습격을 받아 패하였다와 맞서 싸운 게 누군지 한번 떠올려 보세요."

"워털루 전투의 웰링턴1815년 워털루에서 웰링턴이 이끄는 영국군과 블뤼허가 이끄는 프로이센군이 연합하여 나폴레옹 1세의 프랑스 군대를 꺾었다이나 트라팔가르 해전의 넬슨1805년 넬슨이 이끄는 영국 함대가 스페인 트라팔가르 앞바다에서 프랑스와 스페인의 연합 함대를 격파했다은 말할 것도 없겠죠." 조지가 덧붙였다.

"마이클 케인영국의 영화배우(1933~)." 에드워드가 말했다. 이 남자 역시 '영국 친구들' 중 한 명이었다. 여러 사람이 어리둥절해하며 눈살을 찌푸렸다. 그러자 조지가 말했다. "〈줄루1964년 개봉한 마이클 케인 주연 영화. 남아프리카 줄루 왕국과 영국군의 전쟁을 다룬다〉라는 영화 말이지요? '로크스 드리프트' 전투를 떠올린 거군."

"〈브리튼 전투역시 마이클 케인 주연인 1969년 영화. 국내 개봉명은 〈공군 대전략〉이며, 제2차 세계 대전 중인 1940년 영국 공군과 독일 공군이 벌인 전투를 그리고 있다〉도요." 머틀이 높고 의기양양한 목소리로 말을 끝맺었다.

"이분들은 *대체* 누구시죠?" 커피 모임 회원이 물었다.

좋은 질문이었다. 머틀과 조지, 에드워드는 웬만한 사람들이라면 기억도 못할 정도로 오래전부터 금요일 밤에 한 번씩 안쪽 방에서 모이곤 했다. 세 사람은 언젠가 로버트에게 다가가 여기서 모임을 해도 될지 물어봤으리라. 적어도 책에 관한 한 영국 예찬론자였던 로버트는 그들에게 퇴짜를 놓지 않았을 테고. 하지만 그 셋이 꾸린 조그만 모임에는 달리 어느 누구도 합류하지 않았다. 자기네가 언제 모일 건지 미리 공지하지 않았기 때문이다. 어느 금요일에 모임이 열리는지도 모르는데 어찌 그 자리에 낄 수가 있겠는가. 영국을 동경하고, 맥주를 뜨끈하게 데워 마시며 하고한 날 로스트비프와 요크셔푸딩만 퍼먹는 사람이라 해도 말이다.

세 사람 중 조지만 영국과 직접적인 연관이 있었다. 겉모습만 봐서는 이를 알 수 없으리라. 그는 한창나이였던 60년대 후반에 건너왔다. 머리엔 꽃을 꽂고, 배낭엔 대마초가 한가득인 히피였으니, 샌프란시스코를 찬미하는 노래스콧 매켄지가 1967년 발표한 〈샌프란시스코〉. '샌프란시스코에 가면 잊지 말고 머리에 꽃을 꽂으세요'라는 노랫말이 유명하다의 산증인이나 다름없었다. 그 뒤 중년이 되자 꽃은 포기했으나, 대마초는 내려놓지 않았다. 아무튼 그는 여전히 장발을 고수하며 희끗희끗 샌 머리를 한데 묶고 다녔다. 또 빛바랜 티셔츠와 찢어진 청바지엔 아직도 사이키델릭한 느낌이 은은히 감돌았다.

반면에 에드워드는 딱 영국 신사답게 흰색 셔츠에 스카프형 넥타이를 매고, 파란색 블레이저와 깔끔하게 다림질한 바지를 차려입었다. 콧수염은 데이비드 니븐영국의 영화배우(1910~1983)처럼 가느다랗게 다듬었고, 검고 곱슬곱슬한 머리카락은 가르마를 타서 정돈했다. 누구든 그의 말씨를 들어 봐야만 비로소 브롱크스에서 나고 자란 사람이겠거니 짐작할 수 있을 터였다.

머틀 역시 뉴욕 토박이였다. 늘 머리를 염색하고 다녔는데, 지금은 풍성하고 부슬부슬한 곱슬머리가 선명한 주황색으로 빛났다. 그녀는 자기 얼굴과 몸매를 자랑스레 여겼다. 90년대에 그 미모 덕택에 두 번째 남편 부치 래퍼티를 낚기도 했다. 왕년에 깡패였던 래퍼티 덕에 머틀은 다이아몬드 목걸이도 걸쳤고 뉴욕 최고의 레스토랑 곳곳에서 저녁 만찬도 즐겼다. 불행히도 부치는 2003년 그리티 볼로냐라는 깡패가 쏜 총에 맞아 죽었다. 경쟁 관계였던 그자와 잠시 결탁했던 게 화근이었다. 남편을 잃은 머틀은 암흑가를 떠나 여기 펜실베이니아로 이사했다. 돈에 쪼들릴 일은 없었으니, 시 외곽 부유한 동네의 식민지 시대풍 저택에서 여전히 꽤나 호사스럽게 살았다. 그녀가 저 멀리 영국과 무슨 연관성이 있을지는 누구도 짐작할 수가 없었다. 의심의 여지 없이 조지와 에드워드라는 두 남자하고 (따로따로) 동침했으리라는 점을 빼고는. 머틀은 두 남자 각각과 여러 차례 영국 여행을 다녀왔다. 조지와 에드워드는 서로를 질투하지 않았거나, 아니면 그녀가 놀라운 솜씨로 관계를 통제하는 모양이었다.

'영국 친구들'이 서점에 모여 무슨 일을 했는지는 거의 알려진 바가 없었다. 안쪽 방이 편안하고 아늑하긴 했지만, 중년의 성생활에 적합한 세간이 갖춰진 공간은 아니었다. 당연히 궁금증이 들 만한 문제였기에, 타냐는 '영국 친구들'이 저녁 시간을 어떻게 보내는지 로버트에게 자세히 물어보았다. 로버트는 아마 그들이 모여 앉아 관광 안내 책자를 보며 다음 여행 계획을 세우지 않을까 싶다고 답했다. 그 사람들은 영국에 다녀온 직후에 늘 머틀을 축으로 삼아서 모이는 듯했다. 머틀은 보통 나머지 둘 중 한쪽과 함께 나타났다.

지금 그 세 사람은 모임 때 늘 그랬듯 안쪽 방 맨 끝에 옹기종기 모여 앉아 있었다. 마침맞게도 케케묵은《브리태니커 백과사전》세 세트가 맨 아래 선반에 꽉 차 있는 자리였다.

"만약에 가게가…… 아까 뭐라고 했지?" 음악이 다시 한 번 잦아들어 대화를 나눌 수 있을 만큼 조용해지자 에드워드가 말했다.

"귀속."

"만약 실제로 그렇게 되면, 정부에서는 신속히 부동산을 처분하고 싶어 할 테고 우리는 진짜 큰일 나는 거야."

"하지만 그 단계까지 가기 전에 절호의 기회를 놓치지 말아야지." 조지가 말했다. "저들은 유산을 물려받을 사람이 아무도 없다는 사실을 확실히 확인해야만 하거든. 그건 하룻밤 사이에 해치울 수 없는 작업이지. 우리는 조직적으로 행동할 필요가 있어. 머틀이 이달 안에 코츠월즈로 여행을 떠나겠다고 얘기한 건 알지만, 아쉽게도 이번 여행은 취소해야 된다고 봐, 동지들."

"어머나." 머틀이 말했다. "여행 날만 손꼽아 기다리고 있었는걸. 당신은 우리가 여기 남아서 뭔가 해야 한다고 생각하는 거야?"

"가만히 있을 수야 없지."

"하긴 뭘 해?" 에드워드가 말했다. 시큰둥한 말투를 들어 보건대 이번엔 그가 머틀과 짝지어 영국 여행을 갈 차례인 게 분명했다. 조지는 좌우를 힐끗 훑어본 다음 목소리를 낮추었다. "나한테 생각이 있어. 좀 엉뚱한 계획이긴 한데, 지금 이 자리에서 얘기하기는 곤란해."

"다 같이 한번 모일까?" 머틀이 말했다. 더 자세히 듣고 싶어 몸이 단 모양이었다. "이번 주 금요일 어때? 이젠 로버트에게 허락을 받을 필요도 없잖아."

"예의상 타냐에게 얘기를 해야지." 조지가 말했다.

"타냐한테 당신 계획을 알려 준다고?"

"어이쿠, 아니. 모임을 갖겠다고만 알리면 되지. 타냐가 예약을 잡아 줄 수 있게."

금요일에 세 사람은 안쪽 방을 독차지했다. 타냐는 맨 앞쪽 사무실에 있었고, 그밖에는 가게 안에서 서성이는 사람도 없었다. 로버트의 부고가 《포크타운 업저버》에 실린 뒤로 '보물찾기'를 찾는 발길이 현저히 줄어들었다. 머틀과의 코츠월즈 여행이 취소되어 여태 부루퉁한 에드워드조차도 조지의 계획이 영리하다는 데는 동의해야만 했다.

"그냥 영리한 정도가 아니고, 천재적이야." 머틀이 말했다. "우리가 가게를 지켜 내고 예전처럼 쭉 이어 나갈 수 있는 길이야." 그녀는 의자에 등을 기대고 《브리태니커 백과사전》의 책등을 쓰다듬었다. "'영국 친구들'도 무기한 계속할 수 있고."

"좌우간, 자금이 받쳐 주는 한은 그렇지." 조지가 말했다. "지금까지는 우리가 지각 있게 행동해 왔잖아. 계속 그렇게 해 나가자고."

조지는 존중받아 마땅했다. 그의 현명하고 알뜰살뜰한 조언 덕분에 세 사람은 여유로운 노후를 즐길 수 있었고, 아마 앞으로도 그럴 터였다. 사실을 밝히자면, '영국 친구들' 모임은 상호 공제 조합이었다. 조지와 에드워드는 한때 부치 래퍼티 갱단에 속해 있었고, 현금 수송차를 강탈해 얻어 낸 돈으로 지금껏 먹고 살아갔다.

"그리운 내 남편 부치도 이 계획을 퍽이나 마음에 들어 했을 텐데." 머틀은 아련한 눈빛으로 말했다. "'단순한 방법이라고 늘 뻔한 건 아니야'라 말하는 그이의 목소리가 들리는 것 같아."

"만약 부치 때문에 전부 엉망진창이 되지만 않았어도, 지금 우리가 여기 처박혀 있을 일은 없었잖아." 에드워드가 여전히 뚱한 채로 말했다. "다시 뉴욕에 돌아가서 떵떵거리며 살겠지."

"착각도 심하셔." 머틀이 말했다. "당신은 6개월도 못 되어서 자기 몫을 도박으로 다 날렸을 거야. 뉴욕에서 지낼지도 모르지—하지만 지금쯤이면 센트럴 파크에서 노숙을 하고 있을걸. 난 당신보다도 더 당신을 속속들이 잘 안다니까, 에드워드."

"세상엔 센트럴 파크보다 더 나쁜 곳들도 있지." 에드워드가 말했다. "이놈의 펜실베이니아 포크타운이라면 아주 신물이 난다고. 우린 벌써 몇 년 전에 여길 떴어야 해."

"아아, 관둬."

"우리가 바로 여기, 펜실베이니아에 살고 있기 때문에 내 계획도 먹히는 거라니까." 조지가 말했다.

에드워드는 입술을 삐쭉거렸다. "제대로 먹혀야만 할 거야."

"타냐를 일찌감치 끌어들여야 하지 않을까 생각 중이야." 조지가 말했다.

"절대 안 되지." 에드워드가 말했다. "타냐가 무슨 상관인데? 뭐, 그 여자랑 사귀기라도 해?"

"어이가 없네. 그 아가씨한테서 눈을 못 떼는 건 바로 너잖아."

"그만해, 조지. 둘 다 나잇값 좀 해. 이 부분에선 나도 에드워드와 같은 생각이야. 우리끼리만 알고 있어야지." 머틀이 말했다.

에드워드는 거의 그르렁거렸다. "예전에 부치가 이런 말도 했지. '여물통에 주둥이가 많이 모여들수록 네 몫은 줄어든다'고 말이야."

"좋을 대로 해." 조지가 말했다. "타냐한테는 아무 말도 하지 말자고. 나중에 놀라 자빠지겠지, 뭐."

"그럼 우리 어떻게 역할 분담을 할까?" 머틀이 말했다.

"다른 의견이 없다면, 난 서류 작업을 맡고 싶은데." 조지가 말했다. "나는 문장을 술술 잘 쓰니까."

"짧고 간결하게 해. 현란하지 않게."

"그럼 다들 찬성하는 건가?"

에드워드는 어깨를 한 번 으쓱하며 동의했다.

"하지만 우리 모두 가담해야만 해." 머틀이 말했다. "부치는 이렇게도 말했지. '모두가 손을 더럽혀야 한다'고."

"좋아—하지만 할 일이 또 뭐가 있지?" 에드워드가 물었다.

"로버트의 신용카드가 한 장 필요해." 조지가 말했다.

에드워드가 고개를 절레절레 흔들었다. "뭐 하자는 거야. 그런 쪽으로 빠지면 안 되지. 직방으로 들통나는 길이라고."

조지가 짜증스레 숨을 몰아쉬었다. "카드로 뭘 사진 않을 거야."

"그럼 뭐 때문에 카드가 필요한데?" 에드워드는 이렇게 묻다가 곧바로 정답을 깨달았다. "뒷면의 서명 때문이구나."

"그러네." 머틀이 말했다. "에드워드, 이 일 맡을 수 있겠어?"

"까다롭겠는걸." 에드워드가 말했다.

"전혀 그렇지 않아. 로버트는 분명 신용카드를 썼을 테니까. 카드야 누구나 쓰잖아."

"그럼 우리가 어떻게 카드를 손에 넣지?"

"'*당신이* 어떻게 카드를 손에 넣느냐'지." 머틀이 말했다. "그게 바로 이번 일에서 당신 손을 더럽히는 길이고. 내 생각엔 사무실 어딘가에 아직 굴러다닐 거 같은데."

"타냐가 항상 거기 있잖아."

머틀이 눈을 굴렸다. "아이고, 세상에. 에드워드, 이런 간단한 일을 어떻게 처리할지도 알아내지 못하면 당신은 우리 패거리에 낄 자격도 없어."

조지가 중재에 나섰다. "자 자, 이 친구야, 타냐한테 가서 수작 거는 건 별로 어려울 것 없는 일이야. 어차피 평소에도 그 엉덩이에서 눈을 못 떼잖아."

머틀이 곧바로 받아쳤다. "그만해, 조지." 그리고 에드워드에게 몸을 돌렸다. "무슨 핑계를 대서든지 그 여자를 사무실 밖으로 내보낸 다음에 샅샅이 뒤져 봐."

"영국 중앙은행을 터는 것도 아닌데, 뭐." 조지가 말했다.

"알았어. 어떻게든 해 볼게." 에드워드는 별로 점잖지 못하게 말하더니 머틀 쪽으로 고개를 돌렸다. "*당신*은 어떻게 손을 더럽힐 작정이지?"

"나? 그 물건을 심어 놓기에 딱 알맞은 장소를 물색할게."

책방 점원에 불과했던 타냐는 거의 하루아침에 로버트의 점포와 유산 관리인으로 역할이 싹 바뀌었다. 그녀가 선택한 일은 아니었다. 하지만 이 일을 대신 맡아 줄 사람은 아무도 없었다. 어쨌든 타냐는 계속 고용된 상태였다. 그러니 당국자가 그만두라고 통보할 때까지는 꾸준히 일하기로 결심했다. 가게를 계속 열어 두고 결제는 현금으로만 하면 되니까. 장부는 정확히 기입하되, 새 상품은 사들이지 않으면서 말이다. 은행 계좌에 손댈 순 없었지만, 금전등록기에도 현금이 남아 있었고, 드문드문 책도 판매되었다.

다른 한편으로 타냐는 온통 난장판인 로버트의 사무실을 수습해 보려고 최선을 다했다. 로버트는 수년 전에 서류 정리를 포기해 버린 상태였다. 그녀는 며칠을 들여 서류를 꼼꼼히 분류하고, 서신을 빠짐없이 갈무리하고, 무슨 일이 있었는지 고객들에게 알려 주었다. 누가 됐든 언젠가는 재고 목록을 정리해야 하리라. 그 일을 *다* 해치우려면 얼마나 고될까. 컴퓨터엔 아무 기록도 없었다. 장부조차도 없었다. 로버트는 여태껏 한 장 한 장 뜯기는 카본지 영수증을 사용하고 있었다.

타냐는 방 저쪽에 놓인 책 상자를 흘끔 건너다보았다. 딱한 로버트를 죽음으로 몰고 간 애거사 크리스티 책 상자 말이다. 그의 시신이 실려 나간 뒤 타냐는 상자 틈새에 접착테이프를 붙이고, 흩어져 있던 책들을 주워 담은 다음 그 묵직한 상자를 캐비닛 옆에다 밀어 놓았다. 거기 든 책들도 옆방 미스터리 서가에 필히 꽂아 놔야 했지만, 가격을 얼마나 매겨야 할지 판단이 서지 않았다. 로버트가 5백 달러에 매입한 책들이니 염가판은 아니었다. 작은 통 한 군데에 송장 사본이 들어 있었다. 책 제목은 따로 기입되어 있지 않았고, 간단히 이렇게만 적혀 있었다. *합의한 대로, 애거사 크리스티 소설들.*

타냐는 그쪽으로 가서 애거사 크리스티의 첫 번째 장편소설인 『스타일스 저택의 괴사건』을 집어 들었다. 한눈에 봐도 상태가 좋았고 책 커버도 그대로 덮여 있었다. 초판본이라면 엄청난 값어치가 있겠지만, 그녀는 이게 재판이거나 복사본일 거라고 스스로를 타일렀다. 사람들은 '혹시 내가 보물을 찾아낸 게 아닐까' 하는 착각에 빠져들기 쉬운 법이니까. 책등을 확인해 보니 출판사는 보들리헤드1887년 설립된 영국 출판사로, 무명 작가였던 애거사 크리스티의 첫 책이 여기서 출간되었다. 펭귄북스의 모회사이기도 하다였다. 영국에서 출판된 책이란 얘기였다. 그런데 책 안쪽 서지 사항과 1921년이라는 출판 연도까지 살펴보고 나니, 진짜 초판본이라고밖에는 달리 생각할 길이 없었다. 오래된 책 냄새가 피어올랐지만, 책 자체는 별로 손댄 적 없는 것처럼 깨끗했다.

정말 초판본일까?

이 업계에 들어온 지 얼마 되지 않아 아직 안목이 부족했음에도,

타냐의 심장 박동은 조금씩 빨라지기 시작했다. 언젠가 로버트는 책 커버가 씌워진 애거사 크리스티 초기작이 지독히도 드물다는 얘기를 해 주었다. 옛날엔 헝겊 장정이 잘 보이도록 종이 커버를 벗겨 내고 판매하는 관습이 있었기 때문이라고 들었다.

사무실 뒤쪽 벽에 늘어선 참고용 서적 가운데 경매 낙찰가가 정리된 책들도 있었다. 타냐는 그중 한 권을 끌어내 책장을 휙휙 넘겼다. 그리고 작년에 종이 커버 없는 1921년 보들리헤드 초판본이 1만 달러를 웃도는 가격에 팔렸다는 사실을 확인했다. 지난 오십 년 동안 커버가 온전히 갖춰진 초판본이 경매에 나온 적은 한 번도 없는 듯했다.

타냐는 크리스티 소설책을 더 조심조심 만지며 출판 연도가 찍힌 페이지를 다시 한 번 들여다보았다. 진짜 초판본이 틀림없었다.

"이런, 세상에!" 그녀는 큰 소리로 외쳤다.

과연 로버트가 덥석 물 만한 책 무더기였다. 지금 손에 든 책 한 권만 해도 벌써 그가 지불한 총금액보다 수십 배나 더 나갔다. 예리한 눈썰미로 보물을 알아보고서 귀한 크리스티 컬렉션을 헐값에 몽땅 사들였으니, 로버트가 그렇게 흥분했던 것도 당연했다. 일요일 저녁 이 사무실에서 그의 감정이 얼마나 격해졌을지는 쉽게 그려 볼 수 있었다. 가뜩이나 건강치 못했던 심장에 필시 감당할 수 없을 만큼 무리가 갔으리라.

일생일대의 횡재가 그의 일생을 끝장내고 만 것이다.

그리고 이제 타냐는 제 자신의 심장을 걱정해야 할 지경이었다.

가슴속에서 록 밴드가 쾅쾅대며 연주를 해 대는 것 같았다.

커버가 없는 책이 1만 달러에 팔린다면, 이 조그만 보물은 대체 값이 얼마나 나갈까? 앞으로 몇 년까진 아니더라도 몇 달쯤 내키는 대로 펑펑 쓸 만큼은 될 게 분명했다.

정말이지 솔깃했다.

로버트는 컴퓨터를 결코 믿지 않았고, 고작 세련된 타자기 정도로만 취급하던 사람이었다. 주요 고객들의 연락처는 색인 카드에 기록되어 있었다. 이제 타냐는 색인 카드를 휙휙 넘기며 로버트가 '영국 미스터리 소설의 황금기영국에서 고전 미스터리 소설이 활발하게 창작되던 1920~1930년대를 일컬음'라 부르던 시대의 소설에 관심이 있는 부자들을 찾아보았다. 그리고 다섯 명을 추려 냈다. 카드마다 로버트와의 거래 내역과 애거사 크리스티, 도러시 L. 세이어스, 앤서니 버클리의 초기 판본에 지불한 가격이 적혀 있었다. 만 달러까지 나간 경우는 없었지만, 어차피 지금 눈앞에 있는 크리스티 초판본만큼 귀한 책은 한 권도 없었으리라.

이 고객들 중 몇 명에게 전화를 걸어 1921년 보들리헤드에서 나온 『스타일스 저택의 괴사건』—종이 커버까지 그대로 있는—초판본을 구매할 의향이 있는지 물어봐도 나쁠 건 없겠지.

"물건을 좀 봐야겠습니다." 첫 번째로 전화를 받은 고객이 말했다. 태평한 목소리를 유지하려고 애쓰는 기색이 역력했다. 그러더니 "선생이 누구신지도 아직 말씀을 안 해 주셨네요. 지금 계신 곳이 어디신가요? 제가 비행기를 타고 그리 가도 괜찮거든요"라 덧붙이며 속을 내보였다.

타냐는 신중을 기했다. "실은, 다른 잠재적 구매자들과도 이야기를 해 봐야 해서요."

"금액은 어느 정도 생각하고 계시죠?" 상대가 말했다. "아무 토도 달지 않고 선생이 원하시는 계좌 어디로든 송금해 드릴 수 있습니다. 원하시는 가격만 말씀해 주세요."

수집의 세계에 한번 빠져들면 중독되기 쉬운 법.

"아직 결정된 건 없습니다." 그녀는 말했다. "지금은 이 책에 관심 있으실 만한 분을 찾아보는 단계일 뿐이고요. 말씀드렸듯이, 다른 데도 연락을 돌려야 해요."

"경매에 부치려는 건가요, 뭔가요?"

"경매인을 통하진 않을 겁니다. 개인 거래로 처리할 예정이거든요. 하지만 어느 시점이 되면 고객님께 최고 제시액을 요청드릴 수도 있습니다."

"원래 커버가 남아 있다고 말씀하셨죠? 온전한가요? 가끔은 어느 한쪽이 찢어지거나 아예 떨어져 나가기도 하니까요."

"완벽한 상태라는 점은 확실히 말씀드릴 수 있습니다."

상대편이 잠시 잠잠해졌다가 입을 열었다. "저는 여섯 자리 액수도 제시할 의향이 있습니다. 얼룩이라든지 이런저런 부분을 제가 직접 살펴볼 수 있고, 선생께서 책의 출처를 알려 주신다면, 그 이상도 가능합니다."

*여섯 자리 액수*라고? 정말로 십만 달러 이상을 내겠다는 건가?

"감사합니다." 타냐는 간신히 얼떨떨한 목소리로 조그맣게 말했다. "이제 몇 군데 더 연락을 해 봐야겠네요."

"에라 모르겠다, 12만 달러."

그녀는 침을 꿀꺽 삼켰다. "아직 선생님 제안을 받아들인 건 아니지만, 다시 연락드릴 수도 있습니다."

"14만." 상대는 전화가 끊길까 전전긍긍했다.

"선생님 제안은 잘 기억해 두겠습니다." 타냐는 이렇게 말하고 전화를 끊었다.

그 뒤 또 한 명의 '황금기 미스터리 소설' 수집가에게 전화를 해 보았고, 이 사람은 얼룩이나 출처에도 관심이 없었다. 그는 흥분을 주체하지 못했다. "아가씨, 얼마면 되겠습니까." 그가 말했다. "그 책을 갖고 싶어 죽겠단 말이에요." 그는 묻지도 따지지도 않고 즉시 15만 달러를 제시했다. "원한다면 헌 지폐로 준비하겠습니다."

굳이 다른 고객들에게 전화를 돌릴 것도 없었다. 타냐는 생각을 가다듬어야 했다. 로버트가 갑작스럽게 사망한 일이 무척이나 큰 충격을 안겨 주었기에, 누구도 애거사 크리스티 소설책의 가치에 대해 따져 볼 생각은 못 했다. 포크타운에서 오직 타냐만이 최소한의 이해에 도달한 셈이었다. 그녀는 방금 제안받은 금액을 당최 믿을 수가 없었다. 책 커버—단면 인쇄된 종이 한 장—가 존재한다고 정말로 십만 달러 이상 가격이 치솟을 수가 있단 말인가?

타냐는 책을 더 끄집어냈다. 『골프장 살인 사건』, 『침니스의 비밀』, 『애크로이드 살인 사건』 등 초판본은 전부 다 꺼냈다. 진짜 끝내주는 지점이 뭐냐 하면, 상자 안에 총 몇 권이 들어 있었는지 서면 증거가 전혀 없다는 것이었다. 송장에는 한꺼번에 뭉뚱그려 '*합의한 대로, 애거사 크리스티 소설들*'이라고만 적혀 있었다. 타냐가 열몇 권쯤 빼 간다 한들 누구 하나 눈치채지 못할 터였다. 하지만 그녀 하나만큼은 더 부유해질 터. 그것도 믿을 수 없을 정도로 부유해지겠지.

주인 대신 가게를 도맡아 관리하는 시간도 곧 끝나리라. 유산 관리인이 지정된다는 얘기가 이미 나돌았다.

책상 위 전화기가 따르릉 울렸다. 타냐는 화들짝 놀라 몸을 홱 틀었다. 마음이 켕기는 바람에, 방 안에 자기 말고 또 누가 있기라도 한 듯 책들을 뒤집어 놓고 팔로 덮기까지 했다.

"타냐 트립 씨인가요?"

"맞습니다."

"저는 앨 존슨이고요, 은행에서 전화 드리는 겁니다. 작고하신 리플 씨 유산 문제로요."

그녀는 자동적으로 "리플 씨 유산이요"라고 따라 말했다.

"지난번에 통화했을 때 그분 유언장을 더 찾아보실 계획이라고 하셨는데요. 뭔가 발견하셨다면 아마 먼저 전화를 주셨을 테죠."

"그렇겠죠."

"괜찮으세요, 타냐 씨? 목소리만 들어서는 지금 좀 심란하신 게 아닌가 싶은데요."

"이런저런 일이 많아서요." 타냐가 말했다. "죄송해요. 유언장이 어찌 됐냐고 물어보셨죠. 못 찾았어요. 웬만한 데는 구석구석 다 살펴봤는데."

"이제 얼마나 지났죠? 5주쯤 됐나요? 유언을 남기지 않고 사망했다고 판단할 시점이 머지않은 것 같군요."

"그런 것 같네요."

"죽음에 대해 미리 대비하지 않는 경우가 생각보다 흔하거든요. 고령층이라 해도 마찬가지예요. 우리 펜실베이니아에서는 법이 꽤나 단순하죠. 유산 관리인이 지명되면, 고인의 총자산을 산출한 뒤 상속받을 친척을 찾아낼 겁니다."

타냐는 애거사 크리스티의 책에 대해 생각하지 않으려고 무진 애를 썼다. "장례식 전에 가족분들과 연락해 보려고 했는데, 이제 아무도 남아 계시지 않은 것 같아요. 아시다시피 그분은 결혼도 안 했고, 형제자매도 없거든요. 사촌조차도 전혀 찾을 수가 없었어요."

"실제로 그렇다면, 펜실베이니아주에서 자산을 회수할 겁니다. 로버트 씨의 주요 자산은 물론 서점과 그 위층 아파트죠. 다른 계획은 있으신가요?"

"계획이요?" 물론이지. 그녀에겐 계획이 있었다. 하지만 지금은 그런 얘기를 할 때가 아니었다.

"거기서 떠나 다른 일자리를 구하거나 하는 계획 말이지요."

"별다른 건 없어요. 저한테 시간이 얼마나 남았죠?"

"서점에서요? 한 일주일 정도겠네요. 관리인에게 인계를 요청하는 건 제 소관이고, 보통은 더 지체되는 일이 없습니다. 그다음엔 전부 꽁꽁 묶이게 되죠."

"가게 문을 닫아야 하나요?"

"우리끼리니까 하는 얘기인데, 사실 진작 문을 닫았어야 해요. 하지만 이번 일이 지역 사회에 얼마나 큰 충격이 될지를 알기에 눈감아 드리고 있었던 겁니다."

전화를 끊은 뒤, 타냐는 '보물찾기' 서점에서 제작한 커다란 가방을 집어 들어 애거사 크리스티 초판본들을 가득 담았다. 그녀 혼자서 지역 사회를 구제할 수야 없지만, 자기 자신만이라도 구제하지 못한다면 미쳐 버릴지도 몰랐다.

다음 날 아침 타냐가 문을 열었을 때, '영국 친구들' 중 한 명이 사무실 문밖에서 기다리고 있었다. 데이비드 니븐과 닮은 에드워드란 남자였다. 늘 그랬듯 나무랄 데 없이 멀끔했고, 옷깃엔 카네이션도 한 송이 꽂은 차림이었다. 지금은 커피 컵을 양손에 하나씩 쥐고 있었다.

"잘 지내셨어요?" 그가 입을 열자 방금 전까지의 매력은 순식간에 깎여 나갔다.

"네, 잘 지냈죠." 말 그대로였다. "하지만 가게 상황은 좋지 않은 것 같아요. 이번 주말쯤엔 관리 절차에 들어가지 않을까 싶어요." 타냐는 걱정스러운 어조를 꾸며 내려고 애썼다.

"그렇게 금방요? 너무 아쉽네요." 이상하게도, 에드워드 역시 그리 걱정스러운 기색은 없었다. "제가 타냐 씨 커피도 가져왔어요. 시럽

안 넣은 저지방 라떼, 톨 사이즈로, 맞죠?" 그러더니 컵을 건네주었다.

"어떻게 아셨어요?"

"요전 날 아침 스타벅스에 갔다가 타냐 씨 뒤에 줄 섰던 적이 있거든요."

"그런데 이걸 다 기억하셨다고요? 정말 자상한 분이시네요. 들어오시겠어요?" 그 정도쯤이야 권할 수 있었다.

에드워드가 의자를 찾아 두리번거렸지만 주위엔 남는 의자가 하나도 없었다. 그래서 그냥 캐비닛 위에다 커피 컵을 올려놓았다. 타냐는 그 캐비닛을 제 나름대로 다시 정돈해 놓으려 애쓰고 있었다. 그런데 일견 반듯이 세워 둔 듯 보였던 커피 컵이 웬일인지 엎어져 있었다. 어느새 뚜껑이 열리고 시커먼 아메리카노가 금속 캐비닛 옆면으로 줄줄 흘러내렸다.

타냐가 비명을 질렀다. "으악, 돌겠네!" 그러고는 책상 위에 있던 화장지를 몇 장 뽑아 들고 후다닥 뛰어왔다.

"전 괜찮습니다." 에드워드가 재빨리 자기 옷을 확인한 뒤에 말했다. "용케 안 튀었네요."

타냐는 무릎을 꿇고서 사무실에 남아 있던 애거사 크리스티의 책들을 부랴부랴 끌어냈다. 그쪽으로 커피가 뚝뚝 떨어지고 있으니 일단 멀찍이 떼어 놓아야 했다. 그녀는 당황하여 새된 소리를 질렀다. "책 위에 다 흘렸잖아요."

에드워드는 더 자세히 들여다보려고 캐비닛 주위를 서성였다. "어휴, 망했네." 그가 윗주머니에서 새것처럼 하얀 손수건을 꺼내 거리낌 없이 캐비닛 표면을 닦아 냈다. 그다음엔, 상자 안의 책들을 말리려고 필사적으로 애쓰는 타냐를 쳐다보더니 자기도 허리를 구부리고 책들을 톡톡 두들겨 닦기 시작했다.

"하지 마세요—괜히 더 상하기만 할 거예요." 타냐가 말했다.

"특별한 책들인가요?"

"특별하냐고요?" 그녀는 눈앞의 멍청이를 목 졸라 죽여 버리고 싶었다. 자기가 얼마나 많은 정보를 흘리고 있는지 미처 깨닫기도 전에 입에서 말이 쏟아져 나왔다. "지랄맞게 값비싼 애거사 크리스티의 초판본들이라고요. 이 책들 좀 들어 올리게 도와주세요. 커피 때문에 거의 다 못쓰게 되어 버린 거 같지만."

에드워드는 축축하게 젖은 책들을 추려 내 타냐의 책상으로 옮기기 시작했다. "이게 다 애거사 크리스티 책들이란 거네요? 그렇게 귀하다 이 말씀이죠?"

"방금 전 에드워드 씨가 커피를 쏟기 전까진—" 타냐는 너무 많이 떠벌렸다는 점을 자각하고 말을 딱 멈췄다. 그리고 이미 누설한 정보를 무마하려 했다. "그래요, 순전히 실수로 벌어진 일이란 건 저도 알아요. 하지만 로버트 씨가 5백 달러나 주고 매입한 책들이거든요."

에드워드가 휘파람을 불었다. "헌책에다 5백 달러를 낸다고요? 오래 묵은 책이야 사람들이 그냥 기증하는 줄로만 알았는데."

"이 책들은 달라요. 대부분 출간된 지 70년도 더 지난 데다 거의 얼룩 한 점 없었죠……. 지금까지는요."

"다 마르면 읽는 데는 지장 없을 거예요."

타냐가 한숨을 쉬었다. 이 바보 천치는 아무것도 몰랐다. 자기가 얼마나 큰 손해를 끼쳤는지 전혀 이해를 못했다—하지만 이는 아마 다행스러운 일이겠지. 이제 그녀는 아까 받은 충격을 가라앉히려 애쓰고 있었다. 두 사람은 책 상자를 다 비웠다. 타냐는 이보다 훨씬 더 끔찍한 재앙이 될 수도 있었다고 스스로를 다독였다. 다행히도 컬렉션에서 제일 귀한 알짜배기들은 자기 아파트에 안전히 모셔두었으니까. 여기 놔둔 책들은 혹시 로버트의 마지막 매입에 대해 누가 물을 경우 여봐란듯이 보여 주기 위한 용도였다.

에드워드는 캐비닛을 다시 한 번 문질렀다. 마치 캐비닛 *자체가* 문제라는 듯한 태도였다. "이곳을 참 깔끔하게도 정돈하셨군요."

"수습을 좀 했죠." 타냐가 여전히 떨리는 목소리로 말했다. "로버트 씨가 엄청나게 체계적인 분은 아니었잖아요."

"그럼 유언장은 아무 데서도 못 찾으신 건가요?"

"유언장이요?" 그녀는 어쩔 수 없이 그 문제를 떠올려야 했다. "현실을 직시해야죠. 유언장은 없어요—그러니까 우리에겐 가망이 없는 거고요."

"로버트 씨는 어디에다 개인적인 물건을 보관했나요?"

"여기저기에 흩어져 있어요. 출생증명서는 위층에, 납세 신고서나 카드 명세서는 여기 책상 서랍에 들어 있고요. 은행 서류는 캐비닛 뒤쪽에 있던데요."

"운전면허증은요?"

"길가에 주차된 차 안에서 찾았어요. 유언장을 찾으려고 그 안까지 뒤져 봤다니까요."

"신용카드는요?"

"바지 뒷주머니 속 명함 지갑에 여러 장 한꺼번에 들어 있었어요. 지갑은 지난주에 영안실에서 돌아왔는데, 카드 번호만 메모해 놓은 다음에 잘라서 버렸지요."

"잘 생각하셨습니다." 에드워드가 말했다. 하지만 얼굴 근육이 씰룩거렸다.

"포크타운의 한 시대가 이렇게 막을 내리네요." 타냐는 이렇게 말하고 정신을 다잡기 시작했다. "'영국 친구들' 모임은 어떻게 되려나요? 어디 다른 데서 모일 수 있을까요?"

에드워드는 고개를 저었다. "지금처럼 지낼 순 없을 겁니다."

"그럼, 여기서 끝나는 건가요?"

"그럴 것 같네요." 하지만 그러든 말든 별 상관없다는 듯한 태도는 여전했다. 그는 한 줄로 늘어선 축축하고 후줄근한 책들을 흘끗 보았다. "어떤 식으로든 죄송스러운 마음을 표현하고 싶습니다. 제가 점심 한 끼 대접해도 될까요?"

"그러실 필요 없어요."

"방금 저지른 짓을 생각하면, 최소한 그렇게라도 갚고 싶습니다. 예전에 제 지인이 '자기 발등을 찍으면, 응당 한 발로 껑충껑충 뛰는 법을 배워야 한다'고 말하곤 했죠."

타냐는 간신히 미소를 지어 보였다. "좋아요. 몇 시에 볼까요?"

두 사람은 중심가에서 가장 훌륭한 레스토랑인 지미스에서 점심을 먹었다. 그때쯤 타냐는 평정심을 거의 되찾은 상태였다. 어쨌든, 아무 흠 없는 애거사 크리스티 소설책들이 고스란히 집에 있었고, 그 정도면 자기를 부자로 만들어 주기엔 충분했으니까. 그리고 에드워드와 마주 앉아 이야기 나누는 시간은 그녀가 일찍이 포크타운까지 와서 알아내려던 핵심적인 사안을 파헤칠 수 있는 절호의 기회이기도 했다.

타냐는 태국 향신료로 양념한 새우를 곁들인 에인절 헤어 파스타 소면처럼 얇고 기다란 파스타를 다 먹을 때까지 기다렸다 운을 뗐다—그 무렵 에드워드는 샤블리 와인을 세 잔 비운 뒤였다.

"이제 '보물찾기'도 문을 닫을 때가 되었으니, 에드워드 씨한테 뭐 좀 여쭤봐도 될까요?"

"물론이죠. 말씀하세요."

"회의 때마다 정확히 무슨 일을 하셨던 건가요?"

"회의요?" 에드워드는 무슨 말인지 이해를 못 한 듯 되물었다. 타냐는 상대가 말이 안 통할 정도로 과음한 게 아니기를 바랐다.

"'영국 친구들' 말이에요. 전에 한번 사장님께 여쭤봤는데, 잘 모르시는 것 같더라고요. 꽤나 막연하게만 생각하고 계셨어요. 손님들께 아무 얘기도 안 하셨던 거랑 똑같은 태도라 볼 수 있겠죠."

에드워드는 조심스러운 답변을 내놨다. "별다른 건 없고 거의 이야기만 나눕니다."

"그렇다면 다른 장소에서도 이야기 나누실 수 있잖아요. 서점은 곧 문을 닫겠지만, 그래도 완전히 끝장나는 건 아니네요."

에드워드는 시선을 회피하는 것 같았다. "그렇게 간단하지가 않아요. 주둔지를 그냥 휙 옮길 수는 없지요."

"왜 안 되는지 모르겠는걸요."

"모르셔도 됩니다."

타냐는 그 남자가 와인을 네 잔째 쭉 들이켤 때까지 기다렸어야 했다. "세 분이 어떻게 뭉치게 됐는지는 말씀해 주실 수 있겠죠."

"우리는 오래전 셋 다 뉴욕에 살던 때부터 알고 지냈습니다."

"머틀은 거기서 그 남자랑 결혼을 했고요? 나중에 살해당하고 말았다는 사람 있잖아요."

에드워드는 고개를 끄덕였다. "부치 래퍼티요."

"래퍼티 씨는 꽤나 악명 높은 갱단 두목이었다지요? 그런 남자에게 끌리는 여자의 마음을 저도 이해할 수 있어요." 타냐는 에드워드가 눈을 크게 뜨며 가슴팍을 부풀리는 모습에 주의를 기울였다. "그 사람을 알고 지내셨나요?"

"알다마다!" 그는 강한 인상을 주려고 턱을 살짝 더 높이 쳐들었다.

"그럼, 가깝게 지내셨나요?"

에드워드는 잔을 내려놓더니 새끼손가락끼리 단단히 걸고 살이 빨개질 때까지 잡아당겼다. "우리 사이가 바로 이랬습니다."

"우와! 부치 래퍼티의 친지라면 누구든 신변이 위태롭던 시절이 있었을 텐데요. 그래서 이주하신 건가요?"

"우린 도망친 게 아닙니다." 에드워드가 말했다.

"'우리'라고 하면, 에드워드 씨와 머틀 씨, 조지 씨를 말씀하시는 건가요? 뉴욕에서 세 분이 알고 지내신 거예요?"

"그럼요. 여기로 옮겨 오는 게 우리한텐 딱 좋았습니다."

"현금 수송차가 거하게 털린 사건 때문에 어쩌다 보니 부치와 그리티 볼로냐의 사이가 틀어지게 되었다고 들었는데요."

에드워드의 입가가 단단히 굳어졌다. "그 사건에 대해서 많이 아시는 모양이네."

타냐는 얼굴이 약간 화끈거리는 느낌이 들었다. "그 당시 신문에 났더라고요. 머틀의 남편이 누구였는지 듣고 난 다음에 찾아봤어요. 그냥 궁금했거든요."

"호기심이 지나치면 다칠 수 있는 법입니다." 에드워드는 이렇게 말하며 그 얘기를 끝맺었다. 부치의 어록에서 가져온 말은 아니었다.

"음, 점심 잘 먹었습니다. 정말 맛있었어요." 몇 분 뒤 타냐는 말했다.

"내일도 같이 식사합시다." 타냐에게는 퍽이나 반가운 말이었다.

"좋죠. 다음엔 제가 살게요." 애거사 크리스티 초판본을 팔아 치우는 중이니 그 정도 여유는 있었다. 술을 몇 잔 걸치고 나면 에드워드도 입을 열 것이다. 슬슬 부추기는 것쯤이야 식은 죽 먹기지.

타냐는 자기가 강도 사건을 입에 올렸다고 해서 그가 완전히 떨어져 나가진 않았다는 사실을 확인하고 흡족해했다. 이제 에드워드는 강단 있는 사내인 양 굴었다. "오후에 제가 캐비닛 안을 살펴보겠습니다."

"그러실 필요 없어요. 잠겨 있었거든요." 타냐가 말했다.

"안쪽까지 커피가 스며들었을 수도 있으니, 한번 확인해 보죠."

"에드워드는 대체 뭔 꿍꿍이수작인 거지?" 그 주 후반, 조지가 머틀에게 물었다. "오늘 점심 때 두 사람이 지미스에서 나가는 모습을 봤는데. 이제 아주 꼬박꼬박 데이트를 하는구먼."

"그 여자 비위를 맞춰 주고 있는 모양이지." 머틀이 말했다. "기억나는지 모르겠지만, 에드워드를 그리 떠민 건 우리라고."

"그거야 로버트의 서명이 적힌 신용카드가 필요했던 때 얘기지. 하지만 벌써 사흘 전에 캐비닛에서 그 양반 서명이 가득한 케케묵은 영수증철을 찾아냈잖아. 나한테 그것만 갖다주면 되는 거였다고. 에드워드가 할 일은 끝났다니까. 타냐랑 날이면 날마다 점심을 같이 먹을 이유가 없다 이거야."

"멍청한 늙은이 꼬락서니 좀 봐." 머틀이 말했다. "에드워드는 그 여자랑 잘될 가망이 없어. 젊은 사내놈들이나 멋들어진 옷 덕을 보는 거지. 신이시여, 그 딱한 녀석이 옷이나 잘 벗어 놓게 도와주소서."

"그것도 부치가 했던 말이야?"

"아니. 내가 만든 말인데."

"머틀, 난 걱정이 돼." 조지는 질끈 묶은 은발 꽁지 부분을 목 앞쪽으로 잡아당기며 지금 느끼고 있는 스트레스를 표출했다. "에드워드가 그 여자한테 아무 말도 안 했으면 좋겠는데 말이지."

"지금 이 작전 말야?"

"아니—수송차 습격 얘기."

"타냐는 그 문제에 별 관심 없을걸. 그 여자애는 지금 머릿속이 복잡할 거야. 그리고 곧 훨씬 더 골치 아플 테고. 프로젝트는 어떻게 되어 가?"

"내가 맡은 부분은 다 됐어." 조지가 주머니에 손을 넣으며 말했다. "이젠 당신 차례야."

"좋아." 머틀이 말했다. "내일 점심 때 지미스에서 에드워드가 타냐에게 제 매력을 발휘하는 동안, 나는 요 멋진 작품을 심어 놓고 올게."

"이런 생각을 하고 있었는데요." 다음 날 점심 식사 자리에서 타냐가 말했다.

"뭔데요?" 에드워드는 벌써 샤블리 와인을 한 병 다 비우고 버번위스키를 마시고 있었다. 슬슬 백내장 수술을 받을 때가 됐나 싶게 눈빛이 흐리멍덩했다.

"로버트 씨랑—" 타냐가 말을 이었다. "에드워드 씨네 친구분들이랑 어떻게 이어진 건지 말이에요. 로버트 씨도 뉴욕에 계셨던 적이 있나요?"

"물론이죠." 에드워드가 손을 한 번 휘 내저으며 말했다. "하지만 옛날 일입니다. 우리가 훨씬 더 젊었을 적에."

"부치 래퍼티의 갱단에 있었을 때 말인가요?"

"로버트가 갱단 소속이라고는 못 하겠지만." 그는 차츰 혀 꼬부라진 소리로 말했다. "우리 모두 그 양반을 알았지. 그 시절에 우리가 곧잘 만나던 술집이 바워리 거리 어딘가에 있었는데, 로버트가 거기서 바텐더로 일했거든."

"신뢰하던 사람이었나요?"

"맞아요. 한 식구처럼."

"부치의 식구라는 뜻이에요?"

"그래요. 부치는 그 양반을 마음에 들어 했고, 그야 우리들도 마찬가지였죠. 로버트는 무슨 말을 들어도 입을 꾹 다물 줄 알았으니까. 일 얘기를 편히 나눠도 전혀 거리낄 게 없었단 말이에요."

"뉴욕에서 바텐더였다? 서점 운영하고는 거리가 너무 먼데요."

"로버트는 도시를 벗어나 책방을 열고 싶다는 꿈을 품고 있었거든요. 돈이 생기자 그 꿈을 이뤘고."

"그냥 바에서 일하며 모은 돈으로요?" 타냐가 못 믿겠다는 투로 물었다.

"부치가 도와줬죠. 부치는 그런 사람이었습니다. 그리고 헛된 일이 아니었어요. 부치는 혹시 도피처가 필요할 땐 여기 펜실베이니아 포크타운에서 잠시 납작 엎드려 지낼 수 있으리란 사실도 알고 있었으니까." 에드워드가 천천히 고개를 저었다. "그럴 틈도 없이 총에 맞고 말다니 안타까운 일이지."

여기까진 타냐도 전부 다 아는 얘기였다. 하지만 그녀가 모르는 부분이 더 있었다. "그래서 부치가 살해당한 뒤에, 같은 패 중 일부가 뉴욕을 떠나 여기로 왔다는 거예요?"

에드워드가 고개를 끄덕였다. "머틀의 아이디어였죠. 머틀은 로버트가 어디서 가게를 열었는지 알고 있었어요."

"머틀 씨는 갱단에서 활발하게 뛰는 쪽이었나요?"

"직접 발을 담그진 않았지만, 머리도 좋고 시원시원한 여자니까. 머틀은 부치를 도와서 작전을 짜곤 했어요." 그는 눈을 깜빡거렸다. 잠시 완전히 술이 깬 듯 보였다. "타냐 씨, 혹시 잠복근무 중인 경찰은 아니죠?"

타냐는 웃었다. "그럴 리가요. 에드워드 씨네 일당이 어떻게 움직여 왔는지 듣고 홀딱 빠져든 것뿐이에요."

에드워드는 안심하고 버번위스키 병으로 손을 뻗어 자기 잔을 가득 채웠다. "뭔가 섹시하죠?"

"흥분돼요. 정말로요."

"당신이야말로 가만히 앉아 있기만 해도 도발적인걸."

"아부가 심하시네요." 타냐는 여전히 첫 잔째 와인을 홀짝이며 신중하게 질문을 추리고 있었다. 제법 취한 데다 제 딴엔 호색가입네 나대는 남자라 해도, 이 과정엔 주의를 기울여야 했다. 잠복 중인 경찰이 아니냐는 의혹은 경고 신호였다. 완전히 잘못 짚긴 했지만, 그렇다고 이 남자를 얕잡아 봤다간 일을 그르치리라. "'영국 친구들'은

뭔데요? 세 분이서 사적으로 만날 수 있는 방법이 오로지 그것뿐인가요?"

"우린 어디서든 만날 수 있죠. 자유 국가잖아요."

"그럼 그냥 신비로워 보이려고?" 타냐가 미소 지으며 말했다.

에드워드도 씩 웃어 보였다. "물론이지요. 나랑 사귀어 보면 분명 신비로운 데가 있을 겁니다."

"그런 얘기가……." 타냐는 말을 더 잇지 않았다. 어느새 에드워드가 그녀의 허벅지에 손을 얹었다.

타냐는 원하던 대로 그 남자를 사로잡았다.

에드워드는 '보물찾기'로 돌아오는 길에 누가 부축해 줘야 할 만큼 비틀거렸다. 타냐는 남자가 팔을 두를 수 있게 자기 어깨를 내주었다.

"오후에 가게 닫을래요?" 에드워드가 말했다.

"좋은 생각이에요." 타냐가 대답했다. "저도 똑같은 생각을 하고 있었어요." 아까 점심 먹으러 갈 때 이미 가게 문을 닫아 두었고, 굳이 다시 열 필요도 없었다. 그녀는 에드워드와 함께 안으로 들어간 다음 빗장을 걸고 문에 걸린 *영업 마감* 표지판을 그대로 두었다.

"와인을 그렇게 마셔 댔으니, 이제 커피 좀 마시는 게 딱 좋겠어요." 타냐는 서점 안에 서서 말했다.

"더 좋은 생각이 있는데." 에드워드가 타냐의 가슴으로 손을 뻗으며 말했다.

그녀는 손을 피해 몸을 틀었다. "커피부터 마시죠. 여긴 인스턴트 커피밖에 없지만, 당신을 다시 스타벅스로 보내지는 않을 거예요. 있잖아요, 커피 탄 다음에 안쪽 방으로 들고 가죠. 그래야 우리 둘 다 의자에 앉을 수 있잖아요."

"거기서라면 행여 내가 커피를 쏟더라도 지난번처럼 엉망진창이 될 일은 없겠네." 에드워드가 싱긋 웃으며 말했다.

타냐는 커피를 탄 다음 머그 두 잔을 들고 가게를 가로질렀다. 그 전에 에드워드더러 앞장서서 들어가라고 강력히 권했다. 그 남자가 자기 뒤에 있는 건 싫었으니까.

에드워드는 안쪽 방에 무더기로 쌓인 의자 중 두 개를 간신히 끄집어낸 다음 한쪽에 털썩 주저앉았다. "당신과 단 둘이 있게 될 줄은 상상도 못 했어."

타냐는 '그런데 넌 너무 취해서 아무것도 못할걸'이라 생각했지만 "그래요, 느긋이 쉬니까 좋네요. 게다가 유명한 뉴욕 건달이랑 이렇게 함께 있으니"라 말했다.

아둔하게도 그 남자는 으쓱해하는 듯했다.

"당신이 마지막으로 거하게 한탕 친 얘기를 듣고 싶어요—현금 수송차 건 말이에요." 타냐가 말했다. "수송차는 보안이 하도 삼엄해서 누구도 감히 습격할 엄두를 못 낼 것 같은데."

"머리를 써야 하지." 에드워드가 말했다.

"그럼 당신 아이디어였어요?"

"그래, 나도 한몫했고말고." 그가 끈적한 시선으로 타냐를 쳐다보았다. "그 얘기를 듣고 싶어? 내가 말해 줄게. 이런 일에서는 약점을 노려야 해. 그게 뭔지 알아?"

"자동차 타이어요?"

"사람들이지. 보안 요원이 출근하기 전에 그놈 집을 급습해 놀래 주면 돼. 어머니가 납치된 상태니까 협조해야 한다고 그 녀석에게 말하는 거야. 가짜 폭약을 그 녀석 가슴팍에 테이프로 꽉 붙이고 언제든지 원격으로 터뜨릴 수 있다고 알려 주지."

"기발하네요." 타냐가 말했다. "당신이 전부 다 짜낸 거예요?"

"거의 그렇지. 그때부터 그놈은 겁에 질려서 뭐든 할 거야. 우선 수송차가 보관되어 있는 장소로 태워다 주겠지. 나도 보안 요원이랑 똑같은 제복을 입어야 돼. 이제 그놈이 은행의 현금 저장고로 수송차를 몰고 가. 녀석이 그쪽 직원들과 말하는 동안 나는 수송차에 돈을 싣게 거들고."

"얼마나요? 셀 수도 없이 많이?" 타냐는 아무것도 모르는 척 눈을 동그랗게 떴다.

"푼돈은 취급 안 하지." 에드워드가 대답했다. "그다음에 거기서 빠져나와 길거리로 나가면, 우리 패거리가 화물차를 몰고 따라오는 거야."

"조지 씨요?"

"맞아, 조지도 그중 하나였지. 몇 명은 부치 쪽이었고 몇 명은 그리티 볼로냐 밑에 있던 애들이었어. 그리티는 보안팀에 연줄이 있었어. 그래서 우리가 제복이랑 보안 요원 집 주소를 얻을 수 있었던 거야. 이제 창고로 차를 몰고 가서 약탈한 돈을 옮겨 실으면 끝이지."

"보안 요원은 어떻게 되고요?"

"꽁꽁 묶어서 자기 차에 가둬 놨지. 폭력은 없었어."

"얼마나 챙겼어요?"

"백만 파운드 될까 말까."

"달러가 아니라 파운드?"

에드워드는 멋쩍은 기색이었다. "그래. 폭삭 망했지. 우린 이 수송차가 다른 차들이랑 똑같이 주요 은행으로 현금을 실어 가는 줄 알았는데. 뉴욕의 주요 공항마다 돌며 환전소에 영국 돈을 공급하는 차량을 골랐으니 애석한 일이지."

"쓸모없는 돈을 잔뜩 실은 거네요."

"응. 관광객들이 휴가 떠날 때 챙겨갈 빳빳한 새 지폐 말야."

"진짜 허탈했겠어요."

"내 말이 그 말이야. 그리티는 회까닥 돌아 버려서 부치를 비난했지. 총싸움이 벌어졌는데 부치가 지고 말았어. 우리 중 몇몇은 그리티가 딱 한 명 죽이는 정도로 끝내지 않을 거라 판단했고, 그래서 뉴욕을 뜬 거야."

"당신이랑 조지, 머틀 말이죠?" 타냐는 결실을 거둘 때까지 놀라울 만큼 참을성 있게 기다렸다.

"머틀은 여기 포크타운에 와 있던 로버트를 기억해 냈어. 그래서 우리가 여기로 온 거야."

"영국 돈을 들고요?"

"영국 돈을 들고 왔지. 그 돈을 어떻게 쓸지 궁리해 봐야겠다는 생각이 들었어. 시간이 꽤 걸렸지만, 로버트의 도움으로 우린 어떻게든 해냈지."

"영국으로 꾸준히 여행 가는 거요? 깔끔한 방법이네요."

"한 번에 2만이나 3만 파운드씩만. 일부는 환전해서 달러로 돌려받고, 일부는 거기서 써 버려. 소소하게 처리하는 거지. 그래야만 해. 일련번호가 있는 새 지폐니까."

"그래서 '영국 친구들'이라고 부르는 거군요? 멋지네요!" 타냐는 손뼉을 쳤다. "에드워드, 당신은 천재예요. 그 돈이 아직 남았나요? 아니면 전부 다 썼어요?"

"절반은 넘게 남았지."

"누가 갖고 있는데요?"

"바로 여기 금고 안에 있어. 그러니 우린 여기가 문 닫게 놔둘 수가 없단 말이야."

타냐는 지금 그가 무슨 소리를 하는 건지 따라잡을 수가 없었다.

"금고는 찾아볼 수가 없던데요." 그녀는 재고가 떨어진 제인 오스틴 책 한 권을 언급하는 듯 무심한 투로 말했다. "무슨 소리인지 모르겠어요."

에드워드는 그저 미소 지었다.

"'바로 여기'라면 안쪽 방을 말하는 건가요?"

그는 찡얼대는 아기를 대하는 부모처럼 손가락을 흔들었다. "비밀."

정말 짜증나는 상황이었다. 타냐가 아는 한 이 건물에는 금고가 없었다. 로버트는 늘 금전 등록기에 매상금을 넣어 두고 다녔다. 금고를 사용하는 게 좋겠다고 판단할 만큼 큰 액수는 아니었다. 그녀는 정신을 바짝 차리고 이글거리는 눈으로 에드워드를 노려보았다. "정 이런 식으로 나오겠다면, 내 비밀도 보여 주지 않을 거예요."

"그게 뭔데?" 그가 의자 팔걸이를 움켜쥐며 물었다.

"이 개구쟁이, 알고 싶지 않나요?"

타냐는 눈앞에서 벌어지는 치열한 내적 투쟁을 지켜보았다. 걷잡을 수 없는 갈망이 현실을 집어삼키고 있었다. "더 잘 꼬드겨 봐." 에드워드가 말했다.

"좋아요. 내 비밀을 보려면 우리 같이 위층 침실로 올라가야 돼요."

"이런 망할." 그는 갑자기 자세가 불편해진 듯 고쳐 앉으며 말했다. "하자는 거야?"

타냐는 주저하다가 고개를 끄덕였다.

에드워드가 두 손가락으로 콧수염을 매만지더니 떨리는 숨을 깊이 들이쉬었다. "금고는 바로 당신 자리에 있어. 무릎으로 비빌 수도 있지."

그녀는 아래를 내려다보았다. "말도 안 돼."

"백과사전 말야. 브리…… 브리……" 에드워드는 말을 끝맺지 못했다.

"브리태니커?"

"중간에 있는 다섯 권을 봐. 가짜 표지야."

타냐는 몸을 굽히고 선반 맨 아래 칸을 꽉 채우고 있는 커다란 사전들의 책등을 유심히 살펴보았다. 빛바랜 글자라든지 닳아빠진 헝겊 표지를 보면 다른 책들이랑 다를 게 전혀 없었다.

"1911년판." 에드워드가 말했다. "녹색 책. 제12권에서 번쩍거리는 금색 부분을 누르고 어떻게 되나 한번 보라고."

엄지로 영국 왕실 문장 부분을 꾹 누르자 반응이 왔다. 에드워드가 말한 대로, 책등 다섯 개는 경첩 달린 조그만 문에 부착된 껍데기일 뿐이었다. 문이 홱 열리며 원형 비밀번호 자물쇠가 달린 금속 금고의 회색빛 앞면이 딱 드러났다.

됐다!

"정말 대단해요."

"눈앞이 가물거리지만 않으면 내가 열어 줄 텐데." 에드워드가 말했다. "아무튼 그 안엔 지폐 뭉치밖에 없어."

"비밀번호를 알아야 열죠."

"0, 4, 2, 3, 1, 9, 6, 4야. 근데 나는 당신한테 아무 말도 안 한 거야, 알았지?"

"똑똑해. 어떻게 다 기억하는 거예요?"

"머틀 생일이야. 1964년 4월 23일. 이제 닫아 놓고 위층으로 올라가자."

에드워드는 타냐가 자기를 내팽개치고 가 버려도 막을 도리가 없을 정도로 술에 취한 상태였다. 하지만, 이거 원, 타냐는 아까 말한 대로 그 남자에게 자신의 비밀을 보여 주는 즐거움을 만끽하고 싶었다.

"올라갈 수 있겠어요?"

에드워드가 킥킥 웃었다. "당연하지, 자기야." 그리고 어쨌든 위층까지 올라가는 데 성공했다. 마지막 몇 계단쯤은 거의 네 발로 기어가긴 했지만. "그래, 침실이 어디지?" 그가 숨을 훅훅 들이쉬며 물었다.

"모험을 한 번 더 떠나야 돼요, 자기. 위층이거든."

"집어치워. 여기도 소파 정도야 있겠지."

타냐는 고개를 저으며 손가락으로 천장을 가리켰다.

잠시 망설이던 에드워드는 타냐 뜻을 따라야 한다고 수긍한 듯했다. "그럼, 어느 쪽으로 가지?"

"복도 끝 나선 계단이에요."

에드워드는 늠름하게 그리로 걸어가 꼭대기까지 간신히 올라갔다. "이거 좀 어지럽군."

"계단 탓을 하면 안 되죠." 타냐가 문을 밀어젖혔다. "이봐요, 여기에요."

로버트의 침실은 아래층 안쪽 방과 똑같은 크기였다. 뒷마당이 내려다보이는 걸 보니 안쪽 방과 같은 위치인 게 분명했다. 오크 목재로 만든 킹사이즈 침대 머리판과 발판은 우아한 곡선형에다 프랑스 제국풍 덮개가 씌워져 있었다. 방 안엔 가구가 빼곡했는데 전부 잘 어우러졌다. 화장대, 옷장, 서랍장, 안락의자가 여럿이어도 복작거린다는 느낌은 들지 않았다. 이 방 역시 벽면엔 책이 가득했고, 50인치 플라스마 TV며, 스피커가 가슴 높이로 우뚝 솟은 음향 설비 또한 갖춰져 있었다. 방에 딸린 샤워실 문은 열려 있었다. 또 하나의 문은 화재 대피용 비상계단으로 이어졌다.

"딱 좋네." 에드워드가 타냐에게 다가가며 말했다.

그녀는 옆으로 비켜섰다. "서두르지 마요."

"왜 이래, *내* 비밀도 다 보여 줬잖아." 그가 침대를 톡톡 두들겼다.

"좋아요. 이제 내 비밀 차례예요." 타냐는 화장대 앞으로 가서 거울을 획 뒤집더니 뒷면에 붙어 있는 서류 봉투를 보여 주었다.

"말도 안 돼요. 일주일 전에 거울도 확인해 봤는데 아무것도 없었거든요. 오늘 아침 이걸 발견했지 뭐예요. 로버트의 유언장이에요."

"그래?" 에드워드는 다른 데 정신이 팔린 채 말했다.

"잘 들어 봐요. 당신 이름이 나오니까." 타냐는 봉투에서 서류를 스르륵 꺼내 읽기 시작했다. "'이것은 펜실베이니아주 포크타운 중심가 '보물찾기' 서점을 운영하는 로버트 리플의 유언장입니다. 온전한 정신으로 작성하는 바이며, 이밖에 다른 유언장이나 유언 보충서는 무효로 합니다. 나는 절친한 친구인 조지 딕비-스미스와 에드워드 마이어스를 유언 공동 집행인으로 지명하고자 합니다.' 당신이 지정됐다니까요. 유감스럽지만 유언 집행인이 되면 당신은 유산으로 이득을 얻을 수가 없어요."

"상관없어." 에드워드가 말했다. "이제 그거 내려놓지그래? 우리 둘이 이 침대 좀 신나게 괴롭혀 줘야지."

"이 부분 좀 들어 봐요. '헌신적으로 서점을 관리해 준 타냐 트립에게 내 집과 영업장의 단독 소유권이 넘어가도록 신탁합니다. 단, 내 사망 시점부터 10년간 그대로 서점을 운영한다는 조건하에만 재산을 양도합니다.' 노력이 가상하네."

"별로 마음에 안 들어?" 에드워드가 인상을 찌푸리며 말했다.

"구린내가 나잖아요. 이거 로버트 씨가 작성한 게 아니에요. 위조라니까. 난 지난번에 당신들이 왜 로버트 씨 신용카드를 손에 넣으려 했는지, 또 왜 기어이 오래된 영수증철을 갖고 튀었는지 알아. 서명을 위조하려던 거지. 뭐, 서명은 그럭저럭 쓸 만하네. 그건 인정해 줄게. 그런데 당신네가 깜빡 잊은 게 있거든. 유언장엔 증인이 필요하잖아. 여긴 증인 서명이 하나도 없는걸."

"증인이 없다고?" 에드워드가 반쯤 격식 차린 자세로 오른손을 들어 올리더니 웬만큼 논리 정연한 어조로 말했다. "펜실베이니아주에서는 유언장에 증인 서명을 받을 필요가 없어. 안심해도 돼, 자기야. 집이든 가게든 전부 다 당신 거라니까. 누군가가 당신을 생각해 줬다는 걸 고마워하라고."

"*나*를 생각해 줬다고? 당신들은 자기네 생각만 했지. 오래전에 자리 잡아 놓은 대로 쭉 이어 가면서, 훔친 영국 돈을 금고에서 꺼내 영국에 가서 써 버릴 생각뿐이잖아. 나보고 이 퀴퀴한 냄새 나는 헐어 빠진 오막살이집에서 10년을 썩으라는 거지? 그저 그동안 너희들이 희희낙락 멋 부리면서 살 수 있게 말이야. 글쎄, 꿈도 꾸지 마. 어디서 말도 안 되는 소리를 지껄이고 있어."

타냐는 유언장을 치켜들더니 갈기갈기 찢어 버렸다.

이런 난폭한 행동을 마주하자 어쩐지 에드워드의 뇌에서 알코올이 씻겨 나가는 모양이었다. 불현듯 그는 이 젊은 여자를 침대에 눕히는 것보다 훨씬 더 절박하고 위태로운 문제가 있음을 깨달은 듯했다. "네년 속셈이 뭔지 알아. 사무실에 있는 애거사 크리스티 책들로 혼자 한몫 크게 잡을 수 있다고 생각하는 거지. 지랄맞게 값비싸다고 네 입으로 말했잖아. 커피 얼룩 좀 튀었다고 크게 손상된 것도 아니고. 가게가 문 닫을 때 책들을 챙겨 가서 거액의 현찰로 바꿀 셈이군."

타냐는 얼굴에서 핏기가 싹 가시는 느낌이 들었다. 지난번에 격앙되어 무심코 지껄였던 말들을 상대가 아무 생각 없이 넘기길 바라고 있었건만. 이건 위험했다. 심각하게 위험하지. 가장 귀한 책들은 얼룩이 지지 않았으니 에드워드의 말이 딱 들어맞는 건 아니었다. 그 책들은 타냐의 아파트에 무사히 잘 있었다. 그렇다 하더라도, 술에 환장하는 이 멍청한 남자가 전부 다 끝장내 버릴지도 몰랐다.

강력한 탄약을 지금껏 장전해 두고 있던 타냐는, 이제 그 방아쇠를 반사적으로 당겼다. "너는 내가 누군지 모르지. 난 너랑 네 좀도둑 패거리를 짓밟아 버릴 수 있는 사람이야. 나는 그리티 볼로냐의 딸 테레사거든. 저 금고에 있는 돈은 너희가 써 버릴 돈이 아냐. 우리는 몇 년이나 들여서 여기까지 너희를 추적했지. 그리고 그 돈이 어디 있는지 알아내려고 내가 로버트의 가게에 취직까지 했잖아. 이제야 다 알아냈네."

"네가 테레사 볼로냐라고?" 에드워드는 깜짝 놀라 되물었다. "강도 사건을 벌일 때만 해도 그냥 학교 다니는 꼬마였는데."

"나는 한 가족이야. 가족은 포기하지 않지."

에드워드는 취한 사람치곤 날래게 움직였다. 공포와 격노가 뒤섞인 얼굴이었다. 그가 황소처럼 맹렬히 타냐에게 달려들었다.

그는 타냐가 방문 쪽으로 가지 못하게 딱 막아섰다. 여기서 샤워실로 가면 덫에 걸리는 셈일 터였다. 타냐에게 놓인 유일한 선택지는 화재 대피용 비상계단을 사용하는 것뿐이었다. 돌아서서 비상용 빗장을 내리치자 문이 휙 열렸다. 그녀는 이동식 난간을 꽉 쥐고 에드워드가 돌진해 오는 왼쪽 방향으로 휘둘렀다.

과음한 뒤엔 거동이 삐끗하기 쉽다. 에드워드는 멈춰 서지 못해 앞으로 고꾸라졌고, 엉덩이로 난간을 냅다 들이받은 뒤 어찌 손쓸 틈 없이 몸통이 거꾸로 뒤집히고 말았다. 어쩌면 그가 비명을 질렀을지도 모르지만, 그랬는지 어쨌는지 타냐(혹은 테레사)는 기억하지 못했다. 그러나 12미터 아래 콘크리트 바닥에 몸이 퍽 하고 부딪히던 끔찍한 소리는 영영 뇌리에서 지워지지 않을 터였다.

부검 결과 에드워드의 혈액에서 상당한 농도의 알코올이 검출되었다. 고인이 된 서점 주인의 침실에 올라가 그 남자가 뭘 하고 있었는지는 누구도 알 수 없었다. 해답의 실마리를 던져 줄지도 모르는 사람들은 모두 순식간에 포크타운을 떠나 버린 뒤 영영 소식이 끊겼다. 그래서 결국 사인 미상 판정이 내려졌다.

로버트 리플의 유언장이 없으니 '보물찾기' 서점은 적절한 절차에 따라 유산 관리인에게 맡겨졌고, 곧 펜실베이니아주에 귀속되었다. 그리고 서점 폐업 이후 그 건물은 아파트로 개조되었다.

1년쯤 지난 뒤 한 부부가 스코틀랜드 외딴섬에 살림을 차렸다. 남자는 한때 히피였던 모양이고 여자는 미국인이었는데, 자기네를 잉글리시 부부라고 소개하고 다녔다. 그 부부는 끝없이 여러 고장을 찾아가 휴가를 보내면서 국내 관광 산업에 제법 기여했다.

이후 몇 년 동안 커버까지 갖춘 희귀한 애거사 크리스티 초판본 몇 권이 여러 임자를 거쳐 가며 거액에 거래되어 책 시장을 뜨겁게 달구었다. 출처가 불분명하다는 얘기는 있었지만, 진품이라는 점만큼은 확실했다.

그것들이 보인다

– 메건 애벗

밤이면 협곡에서 들려오는 소리도 달라졌다. 어쩐지 결이 바뀌었다. 메아리 하나하나에도 방갈로 자체가 떠오르는 듯했고, 사방 벽은 숨을 씨근거렸다.

그녀는 2시가 막 지날 무렵 깨어나곤 했다. 누군가 손전등을 휘휘 비춰 댄 듯 눈이 따가웠다.

그러고 나면 그 소리가 들렸다. 밤이면 밤마다.

벽 뒤에 갇힌 작은 동물이 판자를 톡톡 두드리는 듯한 소리였다.

어린 시절 집 안벽 너머에 주머니쥐가 갇혔던 일이 자연히 떠올랐다. 발톱으로 긁는 소리가 몇 주 동안이나 들렸지만, 가족들은 벽에서 냄새가 흘러나오기 시작하고 나서야 쥐를 끌어냈다.

저기 조그만 인간들이 있는 건 아니야. 그녀는 스스로를 타일렀다. *그럴 리 없어.*

그러다가 훌쩍이는 소리를 듣고 움찔 놀라곤 했다. 깨닫고 보니 훌쩍이며 흐느끼는 건 바로 자기 자신이었으니까. 또 그렇게나 겁에 질려 있었으니까.

나는 겁 안 나. 전혀, 하나도 안 무서워.

이 모든 일은 4개월 전 페니가 '캐니언암스'라는 숙소에 처음 발을 들여놓았던 날 시작되었다. 높다란 아치형 창문에 두 짝 유리문이 돋보이는 초콜릿색과 핑크색 방갈로들, 타일이 깔린 안뜰, 그리고 그 주위를 온통 무성히 에워싼 유칼립투스, 후추나무, 올리브 나무, 피닉스야자까지—실재하는 곳이라기보다는 꿈속의 장소 같았다.

이거야. 원래 딱 이랬어야 해. 페니는 생각했다.

늘 꿈꾸었던 할리우드, 뉴스 영화시사적인 사건을 보도하기 위하여 정기적으로 제작하여 상영하는 영화. 제2차 세계대전 때까지 인기를 끌었으나, 각 가정에 TV가 보급되며 점차 관심에서 밀려나게 되었다를 짜깁기해 빚어냈던 어린 시절 상상 속의 할리우드는 바로 이런 모습이었다—은빛 라메를 걸친 케이 프랜시스, 듀센버그1930년대에 전성기를 누린 고급 자동차 회사를 몰고 선셋 대로를 달리는 클라크 게이블「바람과 함께 사라지다」의 주연으로서, 할리우드의 제왕이라 불렸던 미국의 영화배우(1901~1960), 모두가 아름답고 뭐든지 가능한 곳.

그런 세계가 정말로 존재했다 하더라도, 6년 전 페니가 그레이하

운드미국 최대의 장거리 버스 회사 버스를 타고 여기 도착했을 때는 이미 아스라이 사라져 버린 지 오래였다. 1953년 할리우드의 떠들썩한 소리며 갖가지 색깔에, 이를테면 육박하는 모텔 지붕들, 휘황찬란하게 번쩍이는 햄버거 가판대와 드라이브 인 식당, 낮게 내리깔린 스모그에 전부 다 집어삼켜진 것이다. 스모그가 하도 자욱해서 밤이면 목구멍이 타들어 가는 듯했다. 이따금씩은 거의 숨도 못 쉴 지경이었다.

하지만 이곳, 비치우드 캐니언 깊숙이 숨겨진 호젓한 안뜰엔 할리우드의 황금기가 여전히 머무를 뿐 아니라, 심지어 한창 무르익은 듯했다. 대기엔 살구 향기가 감돌고, 협곡의 고요함과 메아리는 마음을 가만히 달래 주었다. 자동차 경적이나 끼익 째지는 브레이크 소음은 전혀 들리지 않았다. 저 멀리 어디선가 창가에서 *딸랑딸랑* 울리는 종소리만 들려올 뿐. 헐렁한 실내복을 걸친 노마 시어러미국의 영화배우이자 MGM의 유명 제작자 어빙 솔버그의 아내(1902~1983)가 방갈로 한 군데에서 칵테일 셰이커를 들고 둥근 문간을 한가로이 오가는 모습이 자연히 떠오를 만한 풍경이었다.

"완벽해." 페니는 구두 뒷굽으로 멕시코풍 타일을 또각또각 디디며 속삭였다. "여기로 할게요."

"좋아요." 집주인인 슈탈 부인이 페니에게서 받은 자기앞 수표를 새틴 실내복의 축 늘어진 주머니에 넣으면서 말했다. 그리고 묵직한 열쇠고리를 페니의 손에 쥐여 주었다.

꽃가루와 이슬이 어우러진 짙은 향기는 아찔한 갈망을 불러일으키기에 충분했다.

그리고 할리우드 사인할리우드 힐스에 있는 높이 14미터, 너비 61미터의 대형 간판. 1923년 'HOLLYWOODLAND'라는 부동산 회사의 야외 광고용 간판으로 세워졌으나, 'LAND' 4글자를 빼고 전면 개조하여 현재까지 할리우드의 상징으로 통하고 있다이 아주 가까워서 어디에서든 잘 보였다. 이 또한 필시 뭔가 의미가 있을 터였다.

페니는 카니발 선술집에서 스팅어코냑과 민트 리큐어를 섞은 칵테일 세 잔을 마시고 나와 돌아다니다 거의 우연히 그곳을 발견했다. "다들 바람맞아 봤잖아요." 웨이트리스가 계산서 받침대로 자기 엉덩이를 탁 치며 혀를 쯧쯧 찼다. "그럴 땐 별수 없이 술값만 덤터기 쓰는 거지, 뭐."

"난 바람맞은 게 아닌데요." 페니가 말했다. 어쨌든 D와 연락은 했으니. 술집 여주인이 D의 전화를 받아 보라고 부르기에, 페니는 후텁지근한 전화 부스 중 하나로 들어가 문 경첩에 낀 치마를 잡아당겨 빼면서 D의 말을 들었다.

그는 오늘 밤 오지 않을 것이며, 다시는 오지 않으리라고 통보했다. 바쁜 업무 일정부터, 이런저런 스튜디오 사정이며, 조합과의 협상이 꼬여 가는 상황까지, 이유야 차고 넘쳤다. D가 아내와 여섯 자녀 문제까지 늘어놓을 때쯤 페니는 수화기를 귀에서 떼고 제대로 듣지도 않았다.

그녀는 전화 부스의 유리 접문 밖을 내다보았다. 술집 창문을 따라 기다랗게 일렬로 달린 회전 랜턴안쪽 그림이 빙글빙글 돌아가며 생동감 있게 바깥으로 반사되는 조명 장치을 보니 문득 어렸을 적 갖고 놀던 요술 램프가 생각났다.

램프를 켜면 온 침실 벽으로 말들이 흩어져 질주했더랬지.

그 랜턴들 덕택에 멀리서도 카니발 선술집을 알아볼 수 있었다. 등불마다 비치는 빛바랜 서커스 광대의 실루엣은 가까이에서 보기엔 꽤나 우스꽝스러웠다. 화려함은 확 죽고 그저 추레해 보일 따름이었다. 페니는 저 랜턴들이 얼마나 오래 여기 매달려 있었는지, 이제 와서 눈여겨봐 주는 이가 있기나 할지 궁금했다.

D가 주절거리는 사이 페니의 머릿속에선 이런 상념이 흘러갔다. 아직도 D는 조목조목 마침표를 찍는 듯 쉰 목소리로 떠들고 있었다. 희미하게 적개심이 묻어나는 목소리였다.

D는 이 미친 짓을 완전히 끝내야 한다는 데에 그녀도 분명 동의하리라는 말로 제 얘기를 끝마쳤다.

너는 달콤한 사탕 조각이었지. D가 말했다. *그런데 이제 난 널 뱉어 버려야겠어.*

그 뒤 페니는 술집에서 빠져나와 가파른 비탈을 쭉 걸어 내려갔다. 협곡에서 부는 산들바람에 랜턴들이 파르르 떨렸다.

그렇게 하염없이 걷고 또 걷다가 '캐니언암스'를 발견했다. 산울타리 뒤로 하도 깊이 숨어 있어서 누가 그리 들어가면 금세 흔적도 없이 사라져 버릴 듯한 곳이었다. 재스민 냄새가 어찌나 진한지 페니는 울고 싶어졌다.

"물론 아가씨는 영화배우겠죠?" 슈탈 부인이 4호 방갈로로 페니를 데려다주며 말했다.

"네." 페니는 대답했다. "그게 아니라, 아뇨." 그러면서 고개를 흔들었다. 술에 취한 듯한 기분이 들었다. 살구 냄새 때문이다. 아니, 슈탈 부인의 담배 탓인가. 아니면, 부인의 립스틱 때문일까. 페니의 어머니와 똑같이, 달콤한 오렌지 냄새가 나는 탠지20세기 초 립스틱 브랜드 립스틱.

"뭐." 슈탈 부인이 말했다. "어찌 보면 우리 모두가 배우 아니겠어요?"

"예전에는 배우였어요." 마침내 페니가 간신히 말했다. "하지만 현실적인 판단을 내렸죠. 이젠 분장사로 일해요. 리퍼블릭리퍼블릭 픽처스. 1935년 설립된 미국 영화사로, 흥행성 높은 B급 영화, 서부 영화를 다수 제작했다에서요."

슈탈 부인이 해초처럼 가느다란 눈썹을 치켜올렸다. "언제 저도 화장할 일 있으면 좀 부탁드릴 수 있겠네요."

페니는 뭔가가 이제 시작되려는 거라고 확신했다.

더 이상 웨스트 할리우드의 벽토 바른 네모난 집에서 이층 침대마다 무더기로 쌓이다시피 한 신인 여배우들과 부대끼며 살 일은 없는 거다. 섐록이니 선키스트 빌라니 하는 곳. 콜드크림과 어젯밤 흘린 땀 냄새, 다리 사이에 톡톡 두들긴 탤컴파우더 냄새로 범벅된 곳.

페니는 자기 형편에 독채를 감당할 수 있을지 자신이 없었는데, 슈탈 부인이 내건 집세는 저렴했다. 사실 놀라울 정도로 저렴했다. 게다가, 리퍼블릭에서 일을 계속하지 못할지라도 지금은 비상금이 제법 두둑이 쌓인 상황이었다. 영화판 사람인 D의 사무실 소파에서 반년 동안 헐떡대고 뒹굴어 가며 모은 돈이었다. 만약 D가 한 말이 진심이었다 해도, 그러니까 이제 다 끝장이 났다고 해도, 페니의 손엔 아직 그에게 받은 마지막 수표가 있었다. 그 인간은 분명 그때부터 페니를 털어 버릴 마음을 먹고 있었으리라. 여태까지 받아 본 중에 제일 큰 액수인 데다 무기명 수표였으니까.

'캐니언암스'에는 또 다른 장점이 있었다. 다른 방갈로들과 마찬가지로 4호 역시 이미 가구가 갖춰져 있었던 것이다. 햇빛에 바랜 얼룩말 무늬 소파와 라임색 벽, 체리 나뭇가지 무늬 벽지가 발린 새하얀 부엌. 욕조에 녹슨 자국이 없고 사방에서 좀약 냄새도 안 나는 집에서 살아 보기는 생전 처음이었다.

그리고 붙박이 책장에는 겉표지에 주름이 잡힌 소설책이 가득했다.

페니는 책을 좋아했고, 로이드 C. 더글라스나 프랜시스 파킨슨 키스의 인기작들을 특히 좋아했다. 4호 방갈로에 있는 책들은 전부 족히 20년은 된 듯했으며, 세련되고 고상한 느낌을 풍겼다. 표지에 사람 얼굴이라곤 전혀 박혀 있지 않은 종류 말이다.

페니는 '캐니언암스'에서 지내는 동안 저 책들을 모조리 읽겠노라 맹세했다. 뒤쪽에 처박혀 있는 갈색 장정의 책 몇 권까지도.

그리고 실제로 그 갈색 책부터 한 권씩 펴 들었다. 찬장에서 오래 묵은 길비진과 보드카를 주로 제조하는 영국의 주류 회사 진 한 병을 찾아내 자몽 껍질을 넣고 핑크 진을 휙 만들어 낸 다음, 술잔을 홀짝이며 밤늦게까지 책을 읽었다. 그 책들 탓인지 그녀는 기묘한 꿈속을 헤매었다.

"그 여자가 한 명 잡았군."

페니는 홱 돌아섰다. 안뜰 타일 한 군데서 뭔가가 언뜻 보일락 말락 했다. 하지만 주위를 살피니 아무도 보이지 않았다. 열린 창문으로 용의 입김처럼 뿜어져 나오는 고리 모양의 연기만 보일 따름이었다.

"그 여자가 드디어 하나 잡았네." 목소리가 다시 들려왔다.

"거기 누구예요?" 페니가 실눈을 뜨고 창문을 쳐다보며 말했다.

한 노인이 바로 옆집인 3호 방갈로 창가에 바짝 붙어 앉아서 몸을 이쪽으로 숙이고 있었다. 짙은 장밋빛으로 색이 바랜 벨벳 재킷 차림이었다.

"그것도 예쁜 애로다가." 그 남자는 납빛이 되어 가는 이를 드러내며 미소 지었다. "4호는 맘에 들어요?"

"아주 마음에 들어요." 페니가 대답했다. 노인의 등 뒤, 저 안쪽에서 뭔가 바스락거리는 소리가 들렸다. "저한테 딱 좋은 집이에요."

"그럴 거 같네요." 그가 천천히 고개를 끄덕이며 말했다. "확실히 그렇겠지."

바스락거리는 소리가 또 들렸다. 동거인인가? 동물? 너무 어두워서 분간할 수가 없었다. 또 다시 소리가 났을 때는, 거의 쉿 하고 속삭이는 목소리처럼 들렸다.

"늦었네요." 페니는 뒤꿈치를 슬그머니 빼며 한 걸음 물러났다.

"아." 그가 담배를 한 모금 빨며 말했다. "그럼 다음에 봐요."

그날 밤, 페니는 새벽 2시에 깨어났다. 진을 마신 탓에 입안이 말라 있었다. 방금 전까지 진찰대에 올라가 있는 꿈을 꾸던 중이었다. 머리에 거대한 반사경을 쓴 의사가 너무 가까이 몸을 기울이고 있어서 껌 냄새까지 맡을 수 있었다. 제비꽃 향이었다. 반사경 중심의 고리 모양 빛이 빙빙 도는 듯 보였다. 마치 최면을 걸려는 듯이.

점점이 찍힌 그 빛은 다시 눈을 감아도 보였다.

다음날 아침, 3호에 사는 남자가 또 창틀 바로 안쪽 그늘 속에서 안뜰의 동태를 지켜보고 있었다.

페니는 어젯밤 마신 진과 오늘 아침 피운 담배 두 개비 때문에 머리가 지끈거렸다. 어머니가 "끈덕진 찰거머리"라 부르곤 하던 두통이었다.

그래서, 그 남자를 본 페니는 걸음을 멈추고 거침없이 물었다. "어젯밤에 그게 무슨 얘기였죠? '그 여자가 드디어 하나 잡았다'니요?"

남자는 아무 소리도 내지 않고 어깨만 들썩이며 웃음 지었다.

"슈탈 부인이 하나 잡았지. 당신 말이에요." 그가 말했다. "'우리 집 거실에 들어와 볼래? 거미가 파리에게 말했습니다'랑 똑같은 경우지."

남자가 몸을 앞으로 기울이자, 반짝이는 벨벳 소매 안쪽으로 줄무늬 잠옷 윗도리가 들여다보였다. 장밋빛 도는 피부는 축축해 보였다.

"그쪽이 어떻게 생각하는지 몰라도, 저는 어리숙한 애가 아니에요. 아주 합리적인 가격에 이 집을 구했거든요. 그런 것쯤은 저도 안다고요."

"물론 그렇겠죠, 귀여운 아가씨. 물론이에요. 들어와서 차나 한잔 마시지 그래요? 여기가 어떤 곳인지 조금 알려 줄게요. 그리고 아가씨가 이사 든 4호가 어떤 집인지도."

그 뒤쪽 방 안은 어두웠고, 남자의 등 뒤에서 뭔가가 빛나고 있었다. 유리병인지 뭔지 잘 모르겠지만.

"우리 모두 뭔가가 필요하니까." 그가 윙크를 하며 알쏭달쏭한 말을 덧붙였다.

페니는 남자를 쳐다보았다. "저기요, 성함은 모르겠지만—"

"플랜트. 나는 플랜트예요. 이리 들어와요, 아가씨. 현관문 열고. 나 위험한 사람 아니에요." 그가 연분홍색 손을 흔들며 기이하게 자기 무릎 쪽을 가리켰다.

순간 저 뒤쪽, 그의 구부정한 어깨 너머 어둠 속에서 뭔가가 움직이는 것처럼 보였다. 그리고 음악이 은은하게 재생되었다. 이 세상에 불을 지를까 말까 운운하는 옛날 노래였다.

플랜트는 선율을 따라 콧노래를 흥얼거렸다. 나이 든 몸은 물렁물렁하고 굼떴지만, 희부연 눈빛만큼은 송곳처럼 날카롭고 집요했다.

현관문이 산들바람에 삐걱대다 살짝 열렸다. 그러자 담배와 베이럼 기름 성분이 없는 머리 화장수 냄새가 거의 위압적일 정도로 훅 끼쳤다.

"글쎄요." 페니는 이렇게 말하면서도 앞으로 나아갔다.

나중에야 자기가 그때 왜 그랬을까 의아해졌지만, 그 순간엔 그게 당연한 일이라는 확신이 들었다.

3호에 사는 또 한 사람은 플랜트만큼 늙진 않았지만 페니보다는 훨씬 더 나이 든 남자였고, 집 안에서 러닝셔츠와 바지만 입은 채로 돌아다녔다. 또 콧수염을 길렀으며 어깨는 커다랗고 둥글어서 원숙한 늙은 군인처럼 보였다. 페니는 웃음이 헤픈 그 남자의 얼굴을 쳐다보다 한때 뭇 여성들에게 인기가 많았던 미남 배우임을 알아보았다. 숱한 영화배우들 중에서도 단연 눈에 띄던 스타였다.

"베니라고 부르세요." 그가 페니에게 럼주 냄새가 진하게 풍기는 커피 잔을 건네주며 말했다.

플랜트는 오래전 4호에서 벌어진 사건 때문에 그곳이 몇 년 동안이나 비어 있었다고 한창 설명하는 중이었다.

"가끔씩 세입자를 구하긴 하잖아." 베니가 플랜트에게 일깨워 주었다. "스웨터를 즐겨 입던 젊은 음악가도 있었고."

"그거야 오래가지 못했지." 플랜트가 말했다.

"어떻게 됐는데요?"

"경찰이 왔죠. 그 남자는 맨손으로 벽을 잡아 뜯었어요."

페니가 눈을 동그랗게 치켜떴다.

베니는 고개를 끄덕였다. "손가락이 죄다 빨래집게처럼 매달려 있더라니깐."

"하지만 이해가 안 돼요. 4호에서 무슨 일이 있었는데요?"

"사연이 좀 있다 보니 거기 휘둘리는 사람들도 더러 생기더라고." 베니가 고개를 저으며 말했다.

"무슨 사연인데요?"

두 남자가 서로를 마주 보았다. 플랜트는 손에 쥔 컵을 빙글 돌렸다.

"사람이 죽어 나갔죠." 플랜트가 부드럽게 말했다. "거기 살았던 사람이요. 좋은 사람이었는데. 이름은 로런스, 줄여서 래리였어요. 유능한 서적상이었고. 그 사람이 죽었어요."

"아."

"그게 참—" 베니가 말했다. "가스로 자살했지요."

"여기 '캐니언암스'에서요?" 페니는 물었다. 사방에서 선풍기가 돌아가며 티끌과 묵은 각질을 공중으로 띄워 대는데도 목덜미에 땀이 맺히는 느낌이 들었다. 있잖니, 먼지란 바로 그런 것들이야. 언젠가 룸메이트 중 하나가 손끝으로 각질을 후 불어 날리며 그렇게 얘기했는데. "제 방갈로 안에서요?" 베니와 플랜트 둘 다 엄숙하게 고개를 끄덕였다.

"사람들이 래리를 싣고 나와 안뜰을 지나갔죠." 플랜트가 창밖을 멍하니 내다보며 말했다. "그 친구 금발머리가 참 풍성했는데. 어휴, 참."

"그래서 어떤 사람들은 그 얘기 때문에 시험에 들거든요." 베니가 말했다. "일단 듣고 나면 말이지."

페니는 옛날에 이웃집 남자애가 자기 집 배나무에서 떨어지고 이틀 뒤 패혈증으로 죽었던 일을 떠올렸다. 그 뒤로 누구도 그 나무에서 열린 배를 먹으려 하지 않았다.

"음." 그녀는 얼룩투성이인 창문을 초점 없이 건너다보며 말했다. "하긴, 세상에는 미신을 믿는 사람도 있으니까요."

머지않아 페니는 일주일에 몇 번쯤 아침에 3호 방갈로부터 들렀다가 출근하게 되었다. 그리고 이따금 저녁에도 찾아갔다. 3호 사람들은 호밀 위스키나 사과 브랜디를 내주었다.

그걸 마시면 잠을 청하는 데 도움이 됐다. 무슨 꿈을 꾸었는지 기억은 안 났지만, 여전히 거의 매일 밤 점점이 흩어진 빛이 눈을 따끔따끔 찔렀다.

때때로 그 빛점들은 이상한 형체로 변했다. 그러면 페니는 그 현상을 멈춰 보려고 손가락으로 눈꺼풀을 꾹 누르곤 했다.

"제 방갈로로 놀러 오시면 어때요?" 한번은 이렇게 제안해 보았다. 하지만 두 이웃은 동시에 천천히 고개를 가로저었다.

두 사람은 주로 로런스에 대해 이야기했다. 무척 민감한 영혼과 섬세한 성품을 지녔으며, 이 도시에 살기엔 지나치게 고결한 사람처럼 보였다는 래리.

"언제 일어난 일이죠?" 페니는 물었다. 머릿속이 핑핑 도는 느낌이었는데, 베니가 사과 브랜디에 물을 좀 더 타 줬으면 싶었다. "그분은 언제 죽었나요?"

"전쟁 직전이었지. 십몇 년 됐어."

"그때 그 친구는 고작 서른다섯 살이었는데."

"너무 마음 아픈 일이네요." 술기운이 오르기 시작한 페니는 눈물을 글썽이며 말했다.

"래리가 운영하던 책방은 여전히 카우엔가 대로에 있어." 베니가 말했다. "책방을 개업했을 때 래리는 몹시 자랑스러워했어."

"그 전에는 스탠리 로즈 밑에서 책을 팔았는데." 플랜트는 닳아빠진 소맷부리 아래서 손수건을 스르륵 꺼내며 덧붙였다. "래리는 아주 인기가 많았지. 아주 매력적이었어. 말씨는 캐롤라이나 소나무 목재처럼 부드러웠고."

"그 애는 '침대'를 '치임대애'라고 발음했지." 창턱에 기대고 선 베니가 클라크 게이블 같은 미소를 싱긋거렸다. "그리고 '치임대애'라는 말을 참 많이도 했어."

"나는 래리가 스탠리랑 일하기 전부터도 벌써 알고 지냈어." 플랜트의 말이 빨라졌다. "베니보다 훨씬 먼저 알았다니까."

베니는 어깨를 으쓱하며 모든 사람의 잔에 술을 가득 채웠다. "그 친구는 낡은 포드 트렁크에다 책을 싣고서 팔고 있었지." 플랜트가 말을 이었다. "내가 거기서 처음에 『율리시즈』를 샀거든."

베니가 다시금 싱긋 웃었다. "난 래리한테서 티후아나 바이블1920년대부터 1940년대까지 인기를 끈 8쪽짜리 미국 도색 만화책 한 권을 처음 샀지. 『대그우드, 가족 모임을 열다』였어."

플랜트는 고개를 끄덕이며 웃었다. "『뽀빠이와 사랑의 기술』. 그거 보고 정신이 혼미했지 뭐야. 래리는 신통한 능력이 있었어. 상대가 뭘 원하는지 딱 보면 알았단 말이야." 두 사람 얘기를 들어 보니, 한때 로즈의 책방은 탁월한 인재들이 모여드는 장소로서 할리우드

대로를 빛냈던 모양이었다. 로즈는 젊은 래리의 손에 책이 가득한 트렁크를 쥐여 주며 영화사들로 찾아가게 시켰다. 거물들을 살살 꼬드겨 내는 게 래리의 임무였다. 그들에게 물건을 보여 주고는, 사무실에 꽂아 놓고 뽐낼 수 있는 예술 서적부터 커다란 금고에 몰래 숨겨 두고 볼 외설스러운 책까지 한꺼번에 왕창 팔아 치우려는 것이었다.

페니는 고개를 끄덕였다. D가 사무실에 보관하던 특별한 책들이 생각났다. 가짜 백과사전 표지 뒤에 숨겨진 책마다 보송보송하고 기다란 부채와 공작새 깃털, 가죽 채찍으로 이런저런 짓을 하는 여자 그림이 가득했다.

페니는 D도 래리에게 그 책들을 샀을지 궁금해졌다.

"그 양반들과 직접 만나려면, 래리로서는 주위 여자들의 새틴 리본을 붙들고 올라가는 수밖에 없었지." 베니가 말했다. "스튜디오 비서든, 촬영 기록원이든, 홍보 담당이든, 당신 같은 분장사든 가릴 것 없이. 하, 그리고 촬영 보조들도. 래리는 섹시한 촬영 보조를 아주 좋아했단 말이야."

"이 동네야 누구든지 창녀로 만들 수 있으니까요." 페니는 자기도 모르게 불쑥 내뱉었다.

그러고는 창피해서 손으로 입을 가렸지만, 두 남자는 그저 웃어넘겼다.

플랜트는 창밖 안뜰을 내다보았다. 바나나 이파리들이 덧문에 *팔락팔락* 부딪혔다. "내가 보기에 래리는 유명하든 아니든 여배우들을 가장 좋아했던 것 같아."

"그 친구는 '치임대애'에서 살갗 감촉을 느끼는 게 좋다고 했지." 베니가 자기 왼쪽 팔을 문지르며 말했다. 그의 눈빛은 어둡고도 은은해졌다. "하기야, 래리는 열세 살 때까지도 엄마 곁에서 잤다잖아."

자기 집으로 돌아갈 때면 페니는 늘 래리와 마주칠지 모른다는 기묘한 느낌에 시달렸다. 장미 덤불 뒤에서, 혹은 비너스 조각상 옆에서 그가 쑥 나타날지도 모른다는 느낌.

한번은 분수대 안을 내려다보며 자기 얼굴 대신 래리의 얼굴이 비칠지 모른다는 생각도 했다.

그 남자가 어떻게 생겼는지조차 몰랐는데도.

방갈로로 돌아간 페니는 협곡이 너무도 고요한 데다 머리도 멍한 탓에 래리 생각으로 더 깊이 빠져들었다. 유행이 최소한 20년은 지난 가구는 분명 그가 살던 때와 변함없을 듯했다. 그녀는 매끄러운 등나무 소파 표면에 손을 올리고, 두 발로는 카펫을 밟고 있었다. 바나나 섬유로 만든 카펫 술 장식에 발가락이 닿았다. 작고 검은 자국이 숭숭 찍힌 오래된 욕실 거울은 또 어떤가.

매트리스가 지나치게 물컹하고 희미하게 곰팡내도 풍기는 침대에 누워 있다 보면 밤늦게 자꾸만 잠이 깼다. 페니는 번번이 흠칫 놀라며 눈을 떴다.

항상 눈이 따가운 느낌부터 들었다. 머리에 반사경을 쓴 의사나 고속도로에서 이쪽을 보고 똑바로 돌진하는 자동차가 꿈속에 나타나 번번이 얼굴로 빛을 쏘았던 것이다.

어느 날 밤, 페니는 불빛이 움직이는 모습을 포착했다. 그녀의 시선은 저쪽 벽 굽도리널에 꽂혔다.

잠깐 동안, 얇디얇은 실에 함께 엮인 듯 흐릿하게 동동 떠다니는 빛점들이 보였다.

차츰 그 점들은 어린 시절 이따금 집 안으로 몰래 기어들어 쏜살같이 내달리던 쥐처럼 보였다. 여태껏 쥐가 저렇게나 빠른 줄은 미처 몰랐는데. 어찌나 잽싼지, 눈 한 번 깜빡이는 새에 놓치고 나면 새로운 놈이 나타날 때까진 자취를 좇을 수도 없었다. 정말 쥐 떼가 맞나? 눈을 가늘게 뜨고 열심히 쳐다보면 조그만 인간들처럼 보이기도 했다. 쥐들이 뒷다리로만 선 걸까?

다음 날 아침 페니는 덫을 놓았다.

"죄송합니다만, 그분은 지금 자리에 안 계세요." 안내원이 말했다. 페니는 목소리만 듣고도 어느 직원이 전화를 받았는지 알 수 있었다. 얼굴에 애교점이 있고 기린처럼 목이 기다란 여자였다.

"하지만 좀 들어 보세요." 페니가 말했다. "그 사람이 생각하는 거랑은 다른 문제거든요. 저는 그저 그이한테 받은 수표 때문에 연락한 거예요. 은행에서 지불을 정지했단 말이에요."

즐거운 한때를 뒤로 하고 D가 건넨 이별 선물이 고작 이 모양이라니. 페니는 그 돈으로 집세를 내고, 새 거들을 하나 사고, 봐서 TV 세트까지 장만할 계획이었는데.

"스미스 양 메시지는 전해 드렸어요. 정말로 제가 해 드릴 수 있는 일은 그 정도뿐이에요."

"뭐, 나는 그 정도로 그만두지 않을 거니까요." 페니가 떨리는 목소리로 말했다. "그 사람한테 그렇게 전해 주시죠."

바쁘게 일하는 것만이 마음을 진정시켜 주었다. 일터에서 북적대는 동료들 틈바구니에 끼어 시끌시끌한 분위기 속에 스며들면 쉬이 잡생각을 떨칠 수 있었다.

나쁜 생각들은 밤에 밀려왔다. 그대로 놔두면 곤란하다는 건 그녀도 알았다.

예전에는 피부에 기름이 번들대는 룸메이트들 덕택에 잡생각에 빠질 틈이 없었다. 그 애들은 하나같이 스튜디오에서 받은 저급한 분장 때문에 발진이 났고, 스튜디오에서 만난 저급한 남자들한테 성병이 옮았으며, 페니와 마찬가지로 예쁘장했다. 그리고 롤러로 머리카락을 꼬불꼬불하게 말거나 손가락에 침을 묻혀 잡지를 넘기면서 쉴 새 없이 떠들어 댔다. 그래도 그렇게 재잘재잘하는 수다 덕분에 잡생각이 날아가 버리는 효과는 있었다. 게다가—한 침대를 쓸 때면 나일론 잠옷과 울워스 상점에서 산 분가루가 뒤죽박죽으로 엉킨—전반적인 분위기 때문에 모든 것이 천박하고 생기 넘치고 시시하고 느긋하고 가볍게만 느껴졌다.

사과 브랜디에 취한 플랜트와 베니가 곤히 잠들 수 있게 3호를 떠나 집에 돌아오면, 페니는 여기 이 방갈로 안에서 오롯이 혼자였다. 곁에 있는 거라고는 책장을 가득 채운 책뿐이었다.

그녀는 점점이 흩어지는 빛이 언제 닥쳐오나 노심초사하며 밤늦도록 눈을 감지 못하게 됐다. 이제 눈꺼풀은 시종 씰룩거렸는데, 어쩌면 야향화나 돼지풀로 인한 알레르기 탓이었는지도 모른다.

하지만 페니에게는 책이 있었다. 온갖 책, 이 연약하고 아름다운 책들, 이런저런 감정을 불러일으키고, 여기저기—아일랜드 리피강이든 프랑스 파리든—가서 이것저것 보고 싶다는 갈망을 불러일으키는 책들 말이다.

그리고 부드럽게 주름 진 갈색 종이와 살짝 해진 흰색 제과점 끈으로 싸인 책들도 있었다.

페니가 가장 좋아하는 책은 도둑맞은 보석을 찾아 나선 탐정이 도무지 뭔가 숨겨져 있지 않을 것 같은 장소에서 그것을 발견해 내는 이야기였다. 하지만 페니를 겁먹게 만드는 책도 한 권 있었다.

농부의 딸이 매일 밤 건초 침대에서 잠드는데, 밤이면 건초가 살아 움직이며 그 여자를 쿡쿡 쑤시고 찌른다는 이야기였다. 원래는 우스꽝스러운 분위기였지만 페니에게는 악몽의 씨앗이 되었다.

"글쎄, 그 여자는 래리한테 푹 빠져 있었어." 플랜트가 말했다. "하지만 래리는 그런 타입을 좋아하지 않았거든."

방금 전까지 페니는 전날 밤 슈탈 부인이 찾아왔다는 얘기를 하던 참이었다. 부인은 닳아 해진 새틴 잠옷 차림에 콜드크림을 바른 얼굴로 문간에 나타나서는 가구를 왜 옮겼느냐며 페니를 꾸짖었다.

"어떻게 그걸 봤는지조차 모르겠다니까요." 페니가 말했다. "그냥 침대를 벽에서 좀 떼어 놨을 뿐이거든요."

페니는 슈탈 부인에게 밤중에 가스 오븐 통풍 조절판 돌아가는 소리가 들려서 그랬다고 거짓말했다. 그림자며 빛이며 하는 이야기를 꺼내기가 꺼려졌다. 뒷발로 선 쥐들이 너무도 민첩하게 벽 뒤에서 움직이는 바람에 요정이나 난쟁이, 아주 조그만 인간이 아닐까 하는 생각마저 드는 것과 마찬가지로, 대낮에는 도통 말이 안 되는 소리였으니까.

"여긴 아가씨 마음대로 물건을 옮기면 안 되는 곳이라고요." 슈탈 부인이 꽤나 언성 높여 말했다. 잠시 동안 페니는 저 여자가 곧 울음을 터뜨리지 않을까 생각했다.

"그게 말이지, 전부 다 그 친구 가구거든." 베니가 말했다. "래리 거야. 포크랑 숟가락 하나까지 전부."

입속에서 이가 살짝 달그락달그락 맞부딪치는 느낌이 들었다.

"래리는 슈탈 부인이 좋아할 만한 책들을 골라서 선물 공세를 폈지." 베니가 덧붙였다. "그 여자를 감질나게 만들 수 있는 딱딱한 영국 소설 말야. 덕분에 몇 달 동안 집세도 안 냈고."

"래리가 죽었을 때 그 여자는 몇 주가 지나도록 안뜰에서 통곡했어." 플랜트가 회상했다. "협곡에 유골을 뿌리고 싶어 했는데."

"하지만 래리의 가족들이 찾아왔지." 베니가 말했다.

"캐롤라이나에서 여기까지 기차를 타고 온 거야. 남자 한 명, 여자 한 명이 빳빳한 판지 가방에 피망 샌드위치를 꾸려서 왔더라. 그 사람들이 고향으로 시신을 가져갔어."

"래리의 가족은 할리우드가 그 애를 죽였다고 말했지." 베니가 고개를 가로젓더니, 늘 그러듯 담배에 찌든 이를 드러내 보이며 웃었다. "사람들은 늘 그렇게 말하잖아."

"당신은 남의 얼굴 분장이나 해 주고 있기엔 너무 예쁜데." 분장을 받던 남자 배우 하나가 기다란 턱받이 아래서 손가락을 흔들며 말했다.

페니는 그저 미소만 띄웠고, 위기가 닥치기 전에 서둘러 자리를 떴다.

서부극이었기 때문에 주로 남자들만 버글거렸다. 그러니 구레나룻, 입가에 까칠까칠 돋아난 수염, 사흘 동안 면도하지 못하고 흙먼지가 잔뜩 앉은 턱수염을 꾸며 주어야 했다.

여배우의 얼굴을 분장하기는 더 까다로웠다. 여자들은 어떻게 화장하면 좋을지 제각기 생각해 둔 게 다 있었다. 파라마운트나 MGM에 들어가려고 악착같이 고군분투하는 여자애들도 있었고, 아니면 거기서 출발해 리퍼블릭을 찍고 기나긴 내리막길로 미끄러지는 경우도 있었다. 얼라이드로, 또 AIP상대적으로 영세한 영화 제작사들로. 그다음엔 웬 능글능글한 남자가 샌퍼낸도 밸리 한구석의 자기 집에다 차린, 아무도 들어 보지 못한 영화사로.

그네들은 치아 상태가 좋지 못하고 머릿니가 있었으며, 몇 명은 스튜디오로 들어올 때 제대로 씻지도 않은 듯한 냄새를 풍겼다. 그래서 의상 보조들은 늘 등 뒤에서 코를 틀어막았다.

예쁜 여자애들이 살기엔 참 험난한 동네였다. 오로지 이곳만이 그랬다.

페니는 자기가 눈부시게 빛나던 시절은 이미 한참 전에 끝났다는 사실을 알고 있었다. 그녀의 광채는 숱한 남자들이 붙들고 흔들어 젖히는 사이 다 벗겨져 나갔다.

하지만 오히려 속 편한 면도 있었다. 그리하여 페니는 기꺼이 분장 사업에 뛰어들었다. 여자들의 광채가 벗겨져 나가면, 그녀는 바로 브러시와 분첩을 꺼내 들고 그네들을 새것처럼 반짝이게 만들어 줄 수 있었다. 그러나 통 안의 분을 톡톡 두들기는 동안 정신은 딴 데 팔려 있곤 했다. 이제는 스튜디오에 딸린 야외 촬영지를 뛰어다니는 래리의 모습을 상상하기 시작했다. 그가 물건을 바리바리 싸들고 리퍼블릭에도 왔으려나? 그랬을지도 모르지. 그럼 래리는 나한테도 와서 사탕발림을 했을까? 내 상사가 T.S. 엘리엇이나 트럼프 카드에 관심이 있기를 기대하면서.

낮 동안 페니의 상상 속에서 래리라는 남자는 매력적이고, 쾌활하며, 말재주 좋은 난봉꾼이었다.

하지만 밤에 '캐니언암스'로 돌아오면 사정이 달라졌다.

그게 말인데, 가끔은 이 방 저 방 돌아다니는 래리가 보이는 것만 같았다. 지저분한 바지를 입은 채 창백한 얼굴로 술을 마시는 래리,

사람이든 뭐가 됐든 이미 잃어버린 무엇인가가 다시는 돌아오지 않으리라 확신하며 한탄하는 래리의 모습이 눈에 보일 듯했다.

이제 소리가 들렸다. 새벽 2시면 나타나는 빛인지 쥐들인지 뭔지에 늘 딸려 오는 소리.

톡톡톡.

처음엔 그저 방갈로 옆을 스치는 바나나 나무 소리려니 생각했다. 하지만 창밖으로 달빛이 가득한 안뜰을 내다보아도 긴가민가했다. 밖은 바람 한 점 없이 고요하게만 보였다.

아마 부엌 창문 바깥에 있는 야자수 소리일 거야. 페니는 생각했다. 원래는 부챗살 같은 이파리가 사방으로 무성한 모양새를 퍽 좋아했지만, 이제 그 나무는 끊임없이 그녀의 신경을 건드리며 육박해 오는 듯했다.

또한 밤중에는 별로 부엌에 들어가고 싶지가 않았다. 섬뜩하게 빛나는 하얀 타일을 보면 뭔가가 떠올랐다. 시곗줄이 걸린 채 밀려 올라간 셔츠 아래로 드러난 D의 펑퍼짐한 뱃살이라거나, 집에서 도망쳐 나오던 날 아침 고양이를 위해 남겨 두었던 우유 접시 같은 것. 할리우드로 꼭 가야만 했으니 별수 없었지.

쥐덫에는 아무것도 걸려들지 않았다. 뭔가가 온통 벽을 스치며 깜빡이는 가운데 잠을 설치고 난 뒤, 페니는 매일 아침 다른 자리로 덫을 옮겨 놓았다. 그리고 어떤 흔적을 찾아보았다.

그러나 흔적 같은 건 전혀 보이지가 않았다.

어느 날 밤 3시, 바닥에 무릎을 꿇고 손가락으로 굽도리널을 쭉 더듬어 보았다. 벽에 귀를 대고 있으니 안쪽에서 톡톡 두드리는 소리가 나는 듯했다. 톡톡톡. 아니, 틱틱틱인가?

"여기서는 여태 아무 소리도 못 들었는데." 다음날 플랜트가 말했다. "하지만 나는 진정제를 먹고 자니까."

베니가 이맛살을 찌푸렸다. "예전에 한번 취해서 헛것을 본 적 있어." 그는 이런 의견을 내놨다. "혹시 그럴 가능성도 있을 거 같아?"

페니는 고개를 저었다. "아무튼 그 문제 때문에 잠을 자기가 힘들어요."

"얘." 플랜트가 말했다. "혹시 살짝 도움을 받아 볼래?"

그는 창백하고 축축한 손바닥을 내밀었다. 손바닥 한가운데에서 흰 알약이 빛났다.

그날 밤 페니는 믿기 어려울 정도로 깊이 잠들었다. 너무 깊이 잠든 나머지, 내내 목이 꺾인 자세로 몸을 둥글게 만 채 거의 꼼짝달싹할 수도 없었다.

그리고 일어나자마자 쓰레기통에 토했다.

그날 저녁 퇴근한 뒤, 안뜰에서 슈탈 부인을 기다렸다.

줄담배를 피우는 사이 예전엔 눈치채지 못했던 것들이 눈에 들어왔다. 안뜰 바닥 타일 일부는 금이 가 있고, 몇 군데는 아예 빠진 상태였다. 전에는 알아차리지 못했다. 중앙 분수대 위의 사자 조각상

들에 흠집이나 떨어져 나간 곳이 있다는 사실도, 사자 주둥이에서 연두색 물이 겨우 한 방울씩만 찔끔찔끔 흘러나온다는 사실도 이제야 알았다. 분수 바닥의 배수구는 찌그러진 담뱃갑들과 쓰고 버린 피임 기구로 꽉 막혀 있었다.

드디어 느릿느릿 다가오는 슈탈 부인의 형체가 시야에 들어왔다. 챙 넓은 모자가 조그만 머리통 위로 축 처져 있었다.

"슈탈 부인." 페니가 말했다. "이제까지 해충 구제업자를 부르신 적이 있나요?"

부인은 잠시 미동도 없이 우뚝 멈춰 서 있다가, 마침내 왼손을 들어 올려 머스터드색 스카프 아래로 머리를 쓸어 넘겼다.

"저는 주거 환경을 깨끗하게 관리한답니다." 햇빛이 비치는 텅 빈 안뜰에 슈탈 부인의 목소리가 낮게 울렸다. 여기 안뜰엔 눈부시게 빛나는 동시에 독성을 품은 협죽도와 등나무가 사방에 널렸다. 이 도시의 모든 것이 그러하듯.

"벽판 뒤에서 무슨 소리가 들리는데요." 페니가 대꾸했다. "쥐일 수도 있고, 주머니쥐 새끼들이 침실과 부엌 사이 벽에 갇혔을 수도 있겠어요."

슈탈 부인이 그녀를 쳐다보았다. "오븐을 쓴 다음에 소리가 났나요? 통풍 조절판이 또 탁탁 소리를 내는 건지도 모르거든요."

"저는 요리를 잘 못 해요. 오븐은 아직 켜 보지도 않았고요."

"그렇지 않을 텐데요." 슈탈 부인이 의기양양하게 턱을 치켜들며 말했다. "요전 날 밤에 사용했잖아요."

"네?" 그러다 기억이 났다. 비가 퍼붓던 날 오븐을 써서 옷을 말렸던 것이다. 하지만 아주 늦은 시간이었는데, 대체 슈탈 부인이 어떻게 아는 건지 알 수가 없었다. "제 집 창문을 엿보고 계신 건가요?" 페니는 한층 엄격해진 목소리로 물었다.

"불이 켜진 걸 봤어요. 오븐 문이 열려 있던걸요. 그러면 안 돼요." 슈탈 부인이 고개를 가로저으며 말했다. "엄청 위험하다고요."

"전에도 훔쳐보는 집주인 때문에 고생한 적이 있었죠. 아무래도 제가 커튼을 쳐야겠네요." 페니가 냉랭하게 말했다. "하지만 밤마다 들리는 소리는 오븐 조절판에서 나는 소리가 아니에요. 분명히 말하는데, 벽 안에, 부엌에 뭔가가 있어요."

슈탈 부인의 입술이 살짝 떨리는 듯 보였고, 이를 본 페니는 더 대담하게 나갔다.

"제가 싱크대 밑에서 찾은 망치를 꺼내서 부엌 벽에 구멍을 뚫어 봐야 할까요, 슈탈 부인?"

"어디 그러기만 해 봐요!" 그 여자에게 손목이 꽉 붙들리자, 모조 보석 반지들이 살에 파고들었다. "그랬다간 가만히 안 놔둬!"

페니는 공포를 느꼈다. 슈탈 부인이 숨을 씨근거리면서 같이 분수 가장자리에 좀 앉자고 고집 부렸다.

잠시 동안 두 사람은 그저 말없이 숨만 들이쉬고 내쉬었다. 살구 향을 머금은 공기가 페니의 폐 속에 가득 찼다.

"슈탈 부인, 죄송해요. 그게 말이죠—그냥 요새 제가 잠이 모자라서 그래요."

슈탈 부인은 심호흡을 하더니 눈을 다시 가늘게 떴다. "옆집에서 쓸데없는 소리를 늘어놓은 거죠? 여태 아가씨 귀에다 증오심만 잔뜩 불어넣은 거예요."

"네? 그런 문제가 아니에요. 저는—"

"그 일이 일어난 뒤에 제가 부엌을 철저히 청소해 놨어요. 깨끗이 닦고 리놀륨도 다 뜯어냈고요. 벽지도 구석구석 꼼꼼히 새로 발랐단 말이에요. 벽지로 전부 싹 덮어 버렸지요."

"거기서 일이 벌어진 거예요?" 페니가 물었다. "4호에서 죽었다는 가엾은 남자 말이에요. 래리였나요?"

하지만 슈탈 부인은 그저 조그맣게 접은 연보라색 실크 손수건에 입을 대고 숨만 들이쉬었다 내쉬었다 했다. 호흡에 맞춰 손수건이 부풀었다 꺼졌다 할 뿐 말은 나오지 않았다. 혹은 아무 말도 할 수가 없었거나.

"그이는 무척 아름다웠어요." 부인이 마침내 속삭였다. "사람들이 오븐에서 끌어냈을 때, 래리의 얼굴은 더없이 강렬한 빨간색이었죠. 잘 익은, 아주 무르익은 체리처럼 말예요."

그 일이 어떻게 벌어졌는지 알고 나니 상황이 달라졌다. 여태까지는 페니의 상상 속에서, 잘생기고 애수 어린 래리는 일부러 가스가 새어 나오게 만들어 놓고 집 안을 돌아다녔다. 그러다 거실에 있는 나지막한 안락의자에 자리 잡고 앉거나 침대에 누워 가느다란 이승의 사슬에서 천천히 풀려나 떠내려가는 것이다.

페니는 이제 과연 그 오븐을 다시 쓸 수 있을지, 아니, 쳐다볼 수나 있을지 자신이 없었다.

이게 바로 그 오븐임은 의심의 여지가 없었다. 진노랑이나 민트색 나는 예쁘장한 신제품들 말고, 어렸을 적 집에서 쓰던 것처럼 흰 도자기와 무쇠로 만들어진 '매직셰프' 오븐 말이다.

나중에 플랜트에게 들어 보니, 마지막 세입자 같은 경우엔 시종 가스 냄새를 맡았다고 했다.

"그 여자는 가스 냄새 때문에 두통이 온다고 했어." 플랜트가 말했다. "그러다 어느 날 밤 얼굴이 백짓장처럼 질려서 여기로 왔지. 글쎄, 방금 부엌에서 가슴이 피로 범벅된 성녀 아가타가슴을 도려내는 형벌에 처해졌던 성녀를 봤다는 거야."

"제 눈엔…… 그런 건 전혀 안 보이는데요." 페니가 말했다.

집에 돌아와 잠을 청하면서, 페니는 지난주 자신의 모습을 머릿속에 그려 보기 시작했다. 어쩌다가 그 오븐 문을 열어 두고, 비에 젖어 미끌미끌해진 고급 드레스를 선반에 걸쳐 놓았는지. 사실 그렇게 놔둔 것도 깜빡 잊어버리고 있다가 몇 시간 뒤에야 오븐 앞에 돌아갔다.

이제 옷장으로 걸어가, 옷걸이에 걸려 있던 그 드레스를 쓱 빼내 얼굴에 대 보았다. 하지만 아무 냄새도 나지 않았다.

D는 아직도 페니의 전화에 응답을 하지 않았다. 은행에서 부도

수표에 대해 대금을 청구했기 때문에 새로 산 모자를 환불받을 수밖에 없었고, 이틀 뒤면 월세도 내야 했다.

분장팀 사람들이 다들 점심 먹으러 구내식당으로 가는 동안, 페니는 슬그머니 빠져나와 택시요금을 펑펑 쓰며 D의 스튜디오로 향했다.

대기실 문을 열었더니, 벌써 일어서 있던 안내원이 페니 앞으로 결연히 걸어왔다.

"아가씨." 안내원은 거의 페니를 막아서며 말했다. "나가 주셔야겠어요. 애초에 맥이 아래층에서 출입을 막았어야 했거든요."

"왜요? 난 여기 수십 번은 드나들었는데—"

"방문 예약 명단에 없으시니까요. 이제 그게 저희 규칙이에요, 아가씨."

"그럼 이젠 예약 명단까지 적어 놓고 저 안쪽 삐걱대는 소파에 신인 여배우를 앉힌단 말인가요?" 페니가 팔을 홱 치켜들어 가죽 덧댄 문을 가리켰다. 가느다란 콧수염을 기른 남자와 깃털 모자를 쓴 여자가 잡지를 보다 말고 힐끗 올려다보았다.

안내원은 이미 전화를 걸고 있었다. "맥, 좀 도와주셔야겠어요……. 네, 그 사람이에요."

"나를 무슨 보따리장수처럼 밖으로 털어 버릴 수 있다고 생각한다면—" 페니는 뚜벅뚜벅 걸어가 D의 사무실 문을 쾅쾅 두드리며 말했다. "진짜, 제대로 큰코다칠 줄 알아."

부드러운 가죽을 손마디로 두들겨 봐야 아무 소리도 나지 않았다.

주먹으로 쳐도 마찬가지였다.

"아가씨." 누군가가 불렀다. 경비원이 성큼성큼 다가오고 있었다.

"난 여기 있어도 되는 사람이란 말이에요." 페니는 새된 목소리로 아득바득 우겼다. "내가 여기다 꼬라박은 시간이 얼만데. 이 정도 권리는 있다고요."

하지만 경비원은 페니의 팔을 붙잡았다.

페니는 대기 중이던 남녀를 절박한 눈빛으로 내려다보았다. 혹시 그들이 도와줄지도 모른다는 생각이 스쳤던 모양이다. 하지만 대체 왜 도와주겠는가?

여자는《시네스타》잡지에 푹 빠진 척했다.

하지만 머릿기름이 반들반들 빛나는 남자는 페니를 보고 미소 지으며 윙크를 날렸다.

다음날 아침 페니는 찌뿌듯하지만 결의에 찬 상태로 깨어났다. D에 관한 문제는 잊어버릴 테다. 그 남자 돈 따위는 필요 없었다. 어쨌든 그녀에겐 일자리가 있었고, 그것도 제법 괜찮은 일자리였으니까.

그날 오후 촬영장은 더웠고, 분장사들 중 누구도 배우 얼굴에 먼지가 안 묻게 유지할 수가 없었다. 얼굴마다 얕고 깊은 주름살이 얼마나 많은지—구석구석 전부 다 매끈하게 만들려고 공을 들이는 입장이 아니고서야 이런 데 생각이 미칠 일은 결코 없으리라.

"페니." 분장 감독인 고든이 말했다. 페니는 남자 배우의 얼굴에 파우더를 지그시 누르고 있었는데, 그런 자신을 고든이 잠시 지켜보고 있었던 게 아닌가 싶었다.

"먼지가 너무 많아서요." 그녀가 말했다. "그래서 시간이 좀 걸리네요."

고든은 페니의 작업이 끝나고 배우가 자리를 뜰 때까지 기다렸다가, 몸을 앞으로 숙이며 말했다.

"별일 없어요, 펜?"

그는 어딘가—페니의 목과 가슴께—를 쳐다보고 있었다.

"무슨 말씀이신가요?" 페니는 파우더를 내려놓으며 물었다.

그러나 고든은 그저 계속 페니를 쳐다보기만 했다.

"예쁜이, 자동차 엔진이라도 손보다 왔어?" 촬영 보조 한 명이 지나가다 말했다.

"뭐라고요? 저는……."

페니는 화장 거울 쪽으로 돌아섰다. 그제야 자기 쇄골에 기름때가 기다랗게 묻었다는 것을 깨달았다. 그리고 앞이마에도 시커먼 검댕이 한 줄로 쭉 그어져 있었다.

"왜 이러나 모르겠어요." 페니가 몽롱한 목소리로 천천히 말했다. "저는 차가 없는데요."

그 순간, 이른 아침에 꾸었던 꿈이 퍼뜩 떠올랐다. 꿈속에서 그녀는 부엌에 들어가 오븐 통풍 조절판을 점검하고 있었다. 문 경첩이 삐걱거렸고, 창밖을 보니 슈탈 부인이 서 있었다. 그 여자의 눈은 늑대처럼 번득였다.

"그건 꿈이었는데." 페니는 중얼거렸다. 정말 꿈이었던가? 혹시 전날 밤 잠결에 돌아다녔나? 설마 잠든 채로…… 부엌에…… 오븐 앞에 가 있었나?

"페니." 고든이 눈을 가늘게 뜨고 그녀를 쳐다보며 말했다. "페니, 아무래도 이만 집에 가는 게 좋겠어."

시간도 너무 일렀고, '캐니언암스'로는 돌아가고 싶지 않았다. 4호 방갈로로 들어가고 싶지도, 그 부엌을 지나치고 싶지도 않았다. 부엌의 체리 무늬 벽지는 요즘 들어 점점이 흩어진 핏방울처럼 느껴졌다.

더구나, 요즘 그녀는 슈탈 부인이 바나나 나무에 물을 주면서 목재 블라인드 사이로 자신을 엿본다는 생각에 쭉 사로잡혀 있었다.

집에 가는 대신, 시내에서 버스를 타고 사우스 5번가의 커다란 도서관으로 갔다. 아이디어가 하나 떠올랐다.

나비넥타이를 맨 어린 사서는 페니를 도와 신문 부고 기사를 찾아 주었다.

래리에 대한 기사 세 개를 찾아냈지만 사진은 한 군데도 없어서 실망스러웠다.

그나마 자세한 사항이 짜임새 있게 기술된 지면은 《미러》뿐이었다.

"허먼 슈탈 부인이라는 수려한 용모의 집주인"이 시신을 발견했으며, 부인이 너무도 큰 소리로 "통곡하기 시작"하여 협곡 끝까지, 그리고 곧 위까지, 아마 저 위쪽 할리우드 사인의 이끼 낀 처마까지 들릴 정도였다고 적혀 있었다.

"그래서 슈탈 부인의 남편은 어떻게 된 건가요?" 페니는 그날 밤 플랜트와 베니를 만났을 때 물어보았다.

"래리보다 겨우 몇 달 전에 죽었어." 베니가 말했다. "심장이 안 좋았다고들 하던데."

플랜트가 옅은 눈썹 한쪽을 치켜올렸다. "그 여자는 절대 남편 얘기를 하는 법이 없어. 입만 열면 래리 얘기뿐이지."

"언젠가 래리는 그 여자가 자기를 지켜봤다는 말도 했다니까. 정말로." 베니가 또 말했다. "침실 블라인드 틈으로 몰래 지켜봤다는 거야. 그것도 래리가 섹스하는 동안에."

분명 그랬겠지. 페니는 이 말이 사실임을 즉시 알 수 있었다.

그녀는 밤마다 바로 그 침대에 누워 잠드는 자기 모습을 떠올려 보았다. 매트리스가 지나치게 부드러워서 가끔은 침대 기둥이 안쪽으로 휘어지는 것만 같은 래리의 침대 말이다.

슈탈 부인은 페니에게 침대를 다시 벽에 붙여 놓으라고 요구했었다. 그래서 일단 거절했지만, 다음날 집에 와 보니 그 여자가 짧은 팔로 매트리스를 꽉 쥐고 직접 침대를 옮기고 있었다. 매트 커버의 아플리케에 얼굴이 짓눌린 채로.

그 꼴을 지켜보자니 페니는 관음증 환자 같은 기분이 들었다. 너무도 사적이고 은밀한 광경이었다.

"가끔 나는 궁금해." 플랜트가 말했다. "소문도 좀 돌았거든. 남자

잡아먹는 과부거미라느니, 마귀할멈이라느니."

"누가 억지로 다른 사람 머리를 오븐에 넣기는 힘들어." 베니는 말했다. "적어도 오래 그러고 있을 순 없어. 자기도 가스에 노출될 테니까."

"맞는 말이야." 플랜트가 말했다.

"오븐에서 벌어진 일이 아닐지도 모르잖아요." 페니가 불쑥 말했다. "시신을 발견한 건 그 여자예요. 만약에 래리가 자는 동안 슈탈 부인이 가스를 틀어 버렸다면요?"

"그리고 경찰한테 보여 주려고 오븐으로 끌고 갔다?" 플랜트와 베니는 서로를 쳐다보았다.

"그 여자는 힘이 엄청 세단 말이에요." 페니가 말했다.

방갈로로 돌아온 페니는 침실 창문 바로 앞에 앉아서 기다렸다.

자정도 훌쩍 넘긴 시각, 블라인드 틈새를 응시하던 페니의 눈에 드디어 그 여자가 보였다. 슈탈 부인이 안뜰 가장자리를 따라 걷고 있었다.

그 여자는 조용히 노래를 부르고 있었고, 걸음걸이는 불안정했다. 어쩌면 취했을지도 모르겠다는 생각이 들었지만, 여기서는 분간하기가 어려웠다.

페니는 가설을 세워 보고 있었다.

우선 책을 한 권 집어 들고서 새벽 2시까지 뜬 눈으로 지샜다.

그러다가, 침대에서 미끄러져 나와 휙 스쳐 가는 빛과 그림자들을 눈으로 좇으려 애썼다.

그녀는 몸을 수그리고서 굽도리널에 손을 갖다 댔다. 쭈그리고 앉은 쥐 같기도 하고, 행진하는 작은 인간들 같기도 한 그 우스운 형체들이 만져지기라도 하듯이.

"저기 뭔가가 있어!" 그녀는 소리 내서 말하다가 제 목소리에 깜짝 놀랐다. "벽 속에 있어."

아침이면 모든 것이 흐릿해지겠지만, 그 순간만큼은 오븐에서 새는 가스와 슈탈 부인과 어긋난 사랑과 벽 속의 독에 관한 실마리들이 머릿속에서 딱 맞물렸다. 뭔가 흉흉한 일이 일어나기 전에 실체를 파악한 것이다.

그 순간에는 전부 다 이치에 맞았고, 회반죽 뒤에서 조그맣게 톡톡 소리까지 들려오자 페니는 거의 환호성을 지를 뻔했다.

*

플랜트는 페니에게 씁쌀한 허브주를 한 잔 더 따라 주었다. 베니는 콧수염에 왁스를 바르고 탭댄스를 선보였다.

두 남자는 직장에서 잘린 페니가 기운을 낼 수 있게 위로해 주고 있었다.

"저는 이제껏 지각도 두세 번밖에 안 했어요. 언제나 맡은 일에 충실했다고요." 페니는 피가 날 정도로 세게 입술을 깨물었다. "누구 때문인지 알 것 같아요. 그놈이 740달러 공수표로 엿 먹이는 걸로도 모자라 이젠 아예 날 파멸시키려 드는 거예요."

그리고 그녀는 며칠 전 D에게 어떤 편지를 썼는지 들려주었다.

D—당신한테 폐를 끼치려고 편지를 쓰는 게 아니에요. 하지만 내 것은 내 것이잖아요. 당신이 줬다 빼앗는 인간일 줄은 정말 몰랐네요.

나는 당신과 함께 할리우드 파크에 갈 때, 팔짱 끼고서 빌라 카프리 레스토랑에 갈 때 입으려고 고급 드레스를 샀어요. 당신이 되통스레 긁어 대는 바람에 일주일에 스타킹을 세 개나 사야 했고요. 당신 때문에 내 일도 제쳐 놓고 페니실린 치료를 두 차례나 받아야 했죠. 게다가 당신 때문에 내 룸메이트 폴린이 날 쫓아내기도 했고요. 당신이 식기용 승강기 옆에서 그 애를 주물럭거렸다면서요. 그러니 그 돈은 신사가 숙녀에게 제공할 수 있는 최저 금액이에요. 최저가라고요, D.

한 가지 물어볼 게 있는데요. 촬영장 책상 서랍 이중 바닥 뒤에 숨겨 놓은 책들 있잖아요—스탠리 로즈 씨한테서 구입한 건가요, 아님 그의 잘생긴 조수 래리한테서 구입한 건가요?

당신이 사무실에 그런 책들을 쟁여 두고 있다는 사실을 부인도 아는지 궁금하네요. 거기 숨겨 둔 여자들 사진을 보고 추잡한 짓거리를 한다는 걸 아내분도 아시려나요?

당신에 대해서라면 래리도 아마 내 의견에 동의할 거예요. 그는 감수성이 민감한 사람이었으니까. 게다가 래리가 먹고 자고 하던 집에 지금은 내가 살거든요. 말이 나왔으니 말이지만, 당신네 모두가

그 사람을 파멸시켰잖아요. 당신네들 때문에 래리는 술독에 빠질 수 밖에 없었고 결국 지독히도 위험한 행동까지 하고 만 거예요.

어떻게 감히 내 돈을 빼앗아 가려 할 수가 있죠. 포동포동한 어깨가 축 처지도록 흰 담비, 밍크, 스라소니 모피를 주렁주렁 늘어뜨린 아내도 뒀으면서 말이에요.

홈비 힐스의 노스 페어링 로드 312번지에 사시는 아내분 말이죠.

어른스럽게, 교양인답게 행동하자고요. 어쨌든, 사람이 궁지에 몰리면 무슨 짓을 할지 모를 일이잖아요.

—당신의 복덩이 페니가

지금 두 사람에게 읽어 주고 있자니, 어쩐지 편지를 막 썼을 때만큼 정연해 보이지가 않았다.

베니는 페니의 어깨를 토닥여 주었다. "그래서 그 남자가 경찰에 널 신고한 거구나, 응?"

"스튜디오 담당 경찰을 불렀죠. 그것만으로도 영 나쁜 일이에요." 페니가 말했다. 경찰이 그녀를 분장 부서에서 끌고 나가는 내내 모두가 빤히 쳐다보았다. 여자들 몇 명은 웃고 있었다.

"미안해, 펜." 고든이 페니의 손에 들린 파우더 브러시를 빼 가며 말했다. "이 업계에선 끌어올려 주는 손이 곧 끌어내리는 손으로 돌변하곤 하지."

두 달 전 취직이 됐을 때, 페니는 자기 인사 기록부에 고든이 'D가 추천'이라 적어 넣는 것을 지켜보았다.

"있잖니, 네 애인은 이걸 협박으로 받아들인 거야." 플랜트가 편지를 쳐다보며 고개를 가로저었다. "그 남자는 냉혈한이야. 그런 남자들은 대개 그렇지. 그 인간들은 냉혹한데 넌 물러 빠졌어. 래리가 물렀던 것처럼."

페니도 그 말이 사실임을 알고 있었다. 그녀는 충분히 냉혹하지가 못했다. 적어도 제대로, 영리하게 냉혹했던 적은 한 번도 없었다.

페니는 아주 늦어서야 두 남자의 집에서 나왔다.

그리고 4호 앞에 멈춰 섰지만, 어쩐지 발길이 떨어지지가 않았다. 차가운 손끝이 가슴 사이를 꾹 누르며 그녀를 뒤로 밀어내는 듯했다.

그때 방갈로 안에 있는 슈탈 부인의 모습이 눈에 들어왔다. 코트를 펄럭이며 커다란 통창 옆을 지나고 있었다.

"거기 서요!" 페니가 소리쳤다. "다 보여요!"

그러자 슈탈 부인이 딱 멈춰 섰다. 그러더니 천천히 돌아서서 페니를 마주 보았다. 그 얼굴은 유리창 때문에 일그러져 마치 물속에 잠긴 듯 보였다.

"저기요." 페니 뒤에서 목소리가 들려왔다. 슈탈 부인의 목소리와 똑같았다. *저 여자가 복화술이라도 쓰나?*

홱 돌아서니 집주인은 안뜰에 서 있었다. 겨우 몇 발자국 떨어진 곳에.

마치 어린 시절 읽은 동화 속 마녀처럼 자유자재로 변신하는 건가

싶었다.

"저기, 아가씨." 슈탈 부인이 한 번 더 이렇게 말했다.

"안에 계신 줄 알았어요." 페니는 숨을 고르려 애쓰며 말했다. "그런데 지금 보니 그냥 유리에 비친 모습이었네요."

슈탈 부인은 잠시 아무 말도 없이 두 손을 모으고 서 있었다.

부인의 손에 들린 진홍색 책이 눈에 띄었다.

"저는 밤에 종종 여기 나와 앉아 있곤 해요." 부인이 살짝 취해 흐트러진 목소리로 말했다. "별빛 아래서 책을 읽지요. 래리도 자주 그랬거든요."

슈탈 부인이 페니를 자기 집으로 맞아들였다. 뒤편의 가장 작은 방갈로였다.

"우리 얘기 좀 했으면 좋겠어요." 집주인이 말했다.

페니는 주저하지 않았다. 집 안을 보고 싶었다.

이해하고 싶었다.

집 안으로 들어서니, 안뜰에 가득하던 냄새의 정체가 무엇이었는지 마침내 깨달을 수 있었다. 밤에 피는 재스민 화분이 사방에 널려서 붙박이 책장을 휘감고 올라가거나 창틀 주위로 퍼져 나갔고, 심지어 식당으로 통하는 아치형 문간 위로도 뻗어 있었다.

둘은 갑갑한 방 안에서 차가운 재스민 차를 마셨다. 페니는 그렇게나 책이 많은 방은 본 적이 없었다. 죄다 책등이 반듯하고 티 없이 깨끗해서 한 번도 펼쳐 본 적 없는 듯 보였다.

“저쪽에 책이 더 있답니다.” 슈탈 부인이 민트색 복도 벽 너머 어딘가를 향해 손을 흔들었지만, 여기서는 잘 보이지 않았다. 재스민이 뿜어내는 냄새 때문에 공기가 너무도 혼탁해서 눈까지 흐려질 정도였다. “저는 책을 무척 좋아해요. 다 래리에게 배웠지요. 래리는 제가 어떤 책을 좋아할지 쏙쏙 알았어요.”

페니는 고개를 끄덕였다. “저도 밤이면 방갈로에 있는 책들을 읽어요. 지금껏 그렇게 책을 많이 읽었던 적이 없어요.”

“책들을 거기 그대로 두고 싶었어요. 그게 순리 같았죠. 그리고 다른 세입자들이 하는 말은 안 믿었어요. 종이에서 가스 냄새가 난다는 얘기요.”

그 말을 듣자 페니는 불길한 생각이 들었다. 구석구석에서 가스 냄새가 나는데 내가 모르는 거라면? 집요하게 퍼지는 살구와 유칼립투스의 짙은 향기가 모든 것을 뒤덮어 버리니, 내가 어찌 알겠는가?

“저기, 래리의 방갈로에서 잘 지내고 있어요?”

페니는 뭐라 답해야 할지 알 수가 없어 그저 차를 한 모금 천천히 마시며 고개만 끄덕였다. 럼주인가? 무슨 리큐어를 탄 건가? 음료는 무척이나 달콤했고 혀에 얼얼한 감각을 남겼다.

“나는 세입자 중에서 래리가 제일 좋았어요. 심지어……” 슈탈 부인은 잠시 말을 멈추고 고개를 절레절레 흔들었다. “그이가 그런 일을 한 뒤에도요.”

“부인이 그 사람을 발견하셨죠.” 페니가 말했다. “정말 끔찍했겠어요.”

슈탈 부인은 안뜰에서 읽던 빨간색 책을 들어 올렸다.

"이 책은 그이가…… 래리가 몸에 지니고 있던 거예요. 나한테 줄 생각이었던 것 같아요. 래리는 내게 정말 많은 것을 주었죠. 이 색깔 좀 보세요, 마치 심장처럼 새빨갛죠?"

"어떤 책인가요?" 페니가 몸을 더 가까이 기울이며 물었다.

슈탈 부인은 한 손으로 책을 꽉 움켜쥐고 다른 손으로는 주름 없이 쭉 뻗은 기다란 목을 어루만지며 페니를 쳐다보았지만, 상대의 말에는 전혀 귀를 기울이지 않는 듯 보였다.

"래리가 저한테 준 책 하나하나를 보면 얼마나 저를 잘 헤아리고 있는지 드러나요. 그이는 제게 그렇게 많은 것을 주고도 무엇 하나 바라지 않았죠. 그 당시는 저희 어머니가 신장염으로 죽어 가던 때였는데, 병 때문에 얼굴이 파티용 풍선처럼 부어올랐었어요. 사실, 고약한 여자였지요."

"슈탈 부인." 페니가 입을 열었다. 견딜 수 없을 정도로 손가락이 저릿저릿했고, 슈탈 부인이 기르는 식물 냄새인지 진한 향수 냄새—백단향인가?—인지, 아무튼 냄새가 너무도 독했다.

"래리는 모든 사람들을 다 좋아했어요. 사람들은 그이의 관심이 자기한테만 쏠린 줄 알겠지만. 한번은 그이가 파라마운트 스튜디오에서 황동색 블러셔를 가져다 준 적이 있어요. 폴렛 고더드찰리 채플린의 〈모던 타임즈〉에서 첫 주연을 맡아 명성을 얻은 미국의 배우(1910~1990)가 쓰던 거라고 말해 주더군요. 저는 아직도 그 물건을 가지고 있답니다."

"슈탈 부인." 페니가 좀 더 과감하게 다시 한 번 말을 꺼냈다. "부인은 래리를 사랑하고 계셨나요?"

그 여자가 페니를 쳐다보았다. 페니는 마치 옛날 탐정 영화에서 화면이 암전되기 직전에 그러듯 자기 눈의 초점이 차츰 흐려지는 느낌을 받았다.

"정말이지 그이는 스타들만 갈망했어요." 슈탈 부인은 앞쪽에 용이 그려진 새틴 가운 위로 자기 어깨와 가슴께를 쓰다듬었다. "그 여자들의 피부는 감촉이 다르다나요. 냄새도 다르고. 그이는 냄새에 좀 별스러웠거든요. 소리나 빛에도. 하여간 무척이나 예민했죠."

"하지만 부인은 래리를 사랑하지 않았나요?" 페니는 이제 한결 고집스러운 목소리로 물었다.

슈탈 부인이 눈을 가늘게 떴다. "모두가 래리를 사랑했죠. 누구나. 그이는 누구에게든 선선히 좋다고 했어요. 누구에게나 선뜻 제 한 몸을 내던져 주었죠."

"하지만 그 사람이 왜 그런 짓을 했을까요, 슈탈 부인?"

"래리는 오븐에 머리를 집어넣고 죽었어요." 슈탈 부인이 등을 살짝 곧게 펴며 말했다. "그이는 남부 사람들이나 미적 감각을 타고난 사람들만이 도달할 수 있는 광기에 사로잡혔던 거예요. 한데 그 남자는 둘 다에 해당했으니. 아가씨는 너무 어리고 단순해서 이해하기 어려울 거예요."

"슈탈 부인, 부인이 래리에게 무슨 짓을 하신 건 아니고요?" 페니는 이렇게 말하려고 했지만, 입이 떨어지지 않았다. 그사이 슈탈 부인은 점점 더 커져만 갔고, 어쩐지 가운 위의 용이 페니에게 뭔가 속삭이는 것만 같았다.

"이 차에 뭐가 들어 있는 거죠?"

"그게 무슨 말이에요, 아가씨?"

그 여자의 얼굴은 기묘하게 쭉 늘어나 있었다. 어디선가 후다닥 달리는 소리가 났다. 조그만 발, 동물 발톱, 뾰족한 발을 지닌 인간들의 날카로운 발소리 같았다. 흔들흔들하는 금시계의 사슬, 배나무에 대롱대롱 매달린 이웃 사람…….

페니는 서서히 자줏빛으로 동트는 새벽녘에 깨어났다. 슈탈 부인의 거실 등나무 의자에 푹 쓰러져 팔을 한쪽으로 늘어뜨린 채였다. 여전히 손가락엔 찻잔 손잡이가 걸려 있었다.

"슈탈 부인." 페니가 속삭였다.

하지만 그 여자는 이제 맞은편 소파에 없었다.

페니는 간신히 몸을 일으켜 조금씩 앞으로 걸어 나갔다.

살짝 열린 침실 문 안쪽으로, 매트리스 위에 널브러진 슈탈 부인이 보였다. 가운에 그려진 용이 부인의 몸 위에 쫙 펼쳐져 있었다.

침대에 뻗은 슈탈 부인 곁에는 안뜰에서 읽던 책이 놓여 있었다. 새빨간 표지 위에 박힌 제목은 야한 느낌을 풍겼다.

『난잡한 밤』이라는 제목이었다.

조심조심 책을 펼치니 이런 글귀가 보였다.

나의 더러운 살인자, 슈탈 부인에게.

사랑을 담아, 로런스.

페니는 책과 찻잔을 챙겨서 나왔다.

그 뒤 자기 집 거실 얼룩말 무늬 소파에 몸을 웅크리고서 몇 시간 더 잤다.

이틀 전부터 부엌에는 얼씬도 안 했고, 안쪽이 아예 안 보이게 문간에다 낡은 목욕 타월까지 달아 놓았다. 그놈의 번득이는 도자기 오븐이 안 보이도록.

페니는 오븐에서 분명 가스 냄새가 뿜어져 나온다고 확신했다. 타월 뒤에서 파란 불빛이 가물거리는 게 보였다.

그렇다 해도 부엌에는 들어가지 않았다.

그리고 이제는 그 냄새가 벽 틈으로 들어올까 봐 겁이 났다.

전부 다 하나로 이어져 있는 문제였고, 이 모든 것의 배후에는 슈탈 부인이 있었단 말이다. 점점이 흩어지는 빛, 굽도리널에 드리운 그림자, 벽 속에서 나는 소리, 그리고 저 쉭쉭대는 가스까지 전부.

*

플랜트는 책에 적힌 글귀를 보며 고개를 가로저었다.

"세상에, 이럴 수가 있나? 마지막 얼마 동안 래리는 남들이 이해하기 어려운 상태가 됐어. 4호에만 틀어박혀 지냈고. 그 여자를 피해 숨어 있었는지도 몰라. 전부 다 알고 있었으니까."

"몸에 이 책을 지니고 있었대요." 페니가 떨리는 목소리로 말했다. "그 여자 말로는요."

"그럼 이 서명은—" 플랜트가 손을 뻗어 페니의 손목을 잡았다. "우리에게 단서로 쥐여진 거네. 저 멀리 무덤 너머에서 손가락질하듯이 말야."

페니는 고개를 끄덕였다. 이제 자기가 무엇을 해야 할지 확실히 알 수 있었다.

"제 말이 어떻게 들릴지는 알지만, 누군가 나서서 뭐든 해야 한다고요."

눈부시게 흰 셔츠를 입은 형사가 코카콜라를 마시며 고개를 끄덕였다. 관자놀이 쪽 머리카락이 희끗희끗한 그 남자는 자기 이름을 노블Noble, 고귀하다는 의미이라 밝혔는데, 참 얼토당토않게 느껴졌다.

"글쎄요, 아가씨, 우리가 뭘 할 수 있을지 한번 봅시다. 일단 오래전에 일어난 일이네요. 아가씨 전화를 받은 뒤에 지하실에서 사건 파일을 가지고 올라와야 했거든요. 사실 잘 기억도 안 나는 사건입니다." 형사가 파일을 열더니 검지에 침을 묻혀 가며 휙휙 넘기기 시작했다. "가스 자살 맞죠? 그 당시에 비일비재하게 접수되던 건이죠. 전쟁 전 여러 달에 걸쳐서요."

"네, 부엌에서요. 지금 제 집 부엌이죠."

형사는 얇은 파일을 훑어보다 잠시 입술을 오므리더니 기분 나쁘게 미소 지었다. "아, 기억나네요. 기억나. 조그만 인간들."

"조그만 인간들이요?" 순간 등뼈가 뻣뻣하게 굳어지는 느낌이 들었다.

"그 사건 일주일 전 소음 때문에 신고가 들어와서 순찰대원 한 명이 거기로 출동했었죠. 아가씨네 집에 살던 책방 주인이 안뜰에서 비명을 지르고 있었다고 합니다. 작은 인간들이 벽 속에서 나와 자기를 죽이려 한다고 주장하면서요."

페니는 한마디도 하지 않았다. 자신의 내면 깊은 데서 뭔가가 비명을 지르는 듯하여, 그 자리에 잠자코 앉아 이야기를 듣는 데만도 안간힘을 쏟아야 했다.

"알코올 금단 증상으로 진전 섬망이 나타난 거죠. 독주를 끊으려고 노력 중이었다는군요." 형사가 조서를 읽으며 말했다. "그 남자는 술주정꾼이었어요, 아가씨. 거기 안뜰은 온통 그런 사람들로 넘쳐났던 것 같은데요."

"아니에요." 페니는 머리를 앞뒤로 흔들며 말했다. "그렇지 않아요. 래리는 그런 사람이 아니었어요."

"음." 형사가 말했다. "래리가 어떤 사람이었는지 알려 드리죠. 그 사람의 침대 머리맡 탁자에서 포수 글러브가 여섯 개나 나왔습니다." 그는 잠시 말을 멈추고 페니를 쳐다보았다. "실례되는 말씀이지만, 여성용 피임 기구도 여러 개 발견되었는데, 각각 다른 여자 이름이 적혀 있었죠. 인기 스타 몇 명. 적어도 그때는 인기 배우였는데, 누구누구였는지는 이제 기억이 안 나네요."

페니는 여전히 벽에 대해 생각하고 있었다. 조그만 인간들. 그리고 그녀가 보았던 쥐들. 뒷다리로 선 쥐들인지, 도깨비인지, 아니면 춤추는 요정인지.

"자, 아시겠죠." 형사가 파일을 닫으며 말했다. "그 남자는 알코올 중독자였고, 상류층 누구하고 연애가 잘 안 풀려서 자살한 겁니다. 아주 딱 떨어지는 케이스죠."

"아뇨."

"아니라고요?" 형사가 눈썹을 치켜올렸다. "아가씨, 그 사람은 오븐에 허리까지 쑥 들어가 있었습니다. 게다가 손에는 사냥용 칼도 들려 있었고요."

"칼이요?" 페니는 손으로 이마를 누르며 물었다. "그럼 그렇죠. 이래도 모르시겠어요? 래리는 스스로를 방어하려고 했던 거예요. 전화로 말씀드렸잖아요, 형사님. 반드시 슈탈 부인을 조사해 보셔야 해요."

"집주인 말씀이시군요. 아가씨네 집주인인가요?"

"그게, 슈탈 부인은 래리를 흠모하고 있었거든요. 그런데 래리가 그 여자의 마음을 받아 주지 않았던 거예요."

"여자가 한을 품었다 이거네요?" 형사가 의자에 등을 기대며 말했다. "언젠가 체리모야 거리에서, 자신을 차 버린 남자가 잠들었을 때 다리미로 얼굴을 지진 여자도 보긴 했습니다만."

"이것 좀 보세요." 페니가 손가방에서 슈탈 부인의 조그만 빨간색 책을 꺼내며 말했다.

"『난잡한 밤』." 형사는 앞 단어를 익살스럽게 발음했다.

"외설적인 책인 모양이군요."

그러더니 가늘게 뜬 눈으로 페니를 쳐다보았다. "제 아내도 이 책을 가지고 있던데요."

페니는 아무 말도 하지 않았다.

"읽어 보긴 하셨나요?" 형사가 진력이 난다는 투로 물었다.

페니는 글귀가 적힌 페이지를 펼쳐서 형사 앞에 들이밀었다.

"'더러운 살인자.'" 그가 어깨를 으쓱했다. "그래서 이 친구는 그 여자가 자기를 죽이려 한다는 사실을 알고 있었는데, 경찰에 알리는 대신 책에다 조그맣게 메모를 남긴 다음에 순순히 살해당했다 이 말입니까?"

페니의 머릿속에서는 분명 모든 게 맞물려 소름 끼치고도 완벽하게 균형을 이루었는데, 형사가 소리 내어 말하자 전부 너무도 생소하게 들렸다.

"어떻게 된 일인지는 저도 모르겠어요. 어쩌면 경찰에 갈 작정이었는데 슈탈 부인이 선수 쳤을지도 몰라요. 그 여자가 어떻게 그랬는지는 저도 모르지만요." 페니가 말했다. "어쨌든 그 여자는 위험한 사람이란 말이에요. 모르시겠어요?"

형사는 전혀 납득하지 못하는 게 분명했다.

"정말이라니까요. 제가 봤는데, 그 여자는 밤에 밖에 나와서 뭔 일을 꾸며요." 페니는 점점 더 숨을 몰아쉬며 말했다. "가스로 무슨 짓을 하고 있단 말이에요. 형사님이 가스 화구 쪽을 한번 확인해 보시면 뭔가 알아내실지도 몰라요."

페니는 지금 자기 목소리가 얼마나 시끄러운지 자각했다. 숨이 갑갑하게 턱 막히는 느낌이었다. 그녀는 목소리를 낮추며 형사 쪽으로 몸을 기울였다.

"제 집 오븐에서 단서가 나올지도 모르겠어요."

"그래요?" 형사가 턱을 문지르며 물었다. "거기 작은 인간들이 들어 있나요?"

"그런 게 아니라요. 이건 다른 얘기지만, 맞아요, 그것들이 보이긴 해요." 페니는 형사를 똑바로 쳐다볼 수가 없었다. 그랬다가는 기가 죽을 것 같았다. "하지만 그게 정말로 조그만 인간이 아니라는 건 알고 있어요. 다 그 여자가 벌이는 짓이에요. 항상 2시에 시작되거든요. 새벽 2시요. 그때만 되면 그 여자가 무슨 짓을 하는 거예요. 래리한테도 그렇게 한 거고, 이제 나한테도 똑같은 짓을 하고 있단 말이에요."

페니는 한 손으로 얼굴을 문지르는 형사를 보고 자신의 신용이 바닥에 떨어졌다는 것을 깨달았다.

"전화로도 말씀드렸지만―" 그녀는 이제 더욱 필사적으로 말했다. "그 여자가 제 음료에 무슨 약을 탄 것 같아요. 그 컵을 가지고 왔어요."

그리고 다시 손가방에 손을 넣어 찻잔을 꺼냈다. 잔 바닥엔 아직 동그랗게 갈색 자국이 남아 있었다.

노블 형사가 찻잔을 들어 올려 냄새를 맡아 보더니 내려놓았다.

"음, 버번위스키를 타서 아가씨를 마비시켰다 이겁니까?"

"여기 술이 섞인 건 알아요. 하지만 형사님, 그냥 술만이 아니라 뭔가 더 있다니까요." 페니는 다시금 새된 목소리로 외쳤고, 이젠 제자리에 앉은 다른 경관들마저 이쪽을 지켜보는 것 같았다.

하지만 노블은 동요하지 않는 기색이었다. 깔끔하게 면도한 얼굴에는 심지어 얼핏 미소가 스치는 듯 보일 정도였다.

"그러면 그 부인이 왜 당신을 해치려 할까요?" 그가 물었다. "그 여자가 아가씨한테도 반한 겁니까?"

페니는 형사를 바라보면서 머릿속으로 조용히 셈해 보았다. 폐 속이 점점 더 갑갑해져 숨을 쉬기 어려웠다.

그녀는 평생 동안 이런 남자들을 상대해 왔다. 우쭐거리는 남자들. 옷을 고급스럽게 차려 입든 너저분하게 주워 입든 간에, 죄다 똑같이 능글맞게 머리를 굴리고, 똑같이 안달을 내고, 목소리는 크고, 껴안고 입을 맞춰 대고, 순식간에 괄태충처럼 질척거리는 놈들. 점잖던 태도는 이내 추잡해지게 마련이었다.

"형사님." 페니가 차근차근 말했다. "슈탈 부인은 제가 다 눈치챘으리라고 의심하는 게 분명해요. 자기가 래리한테 한 짓 말이에요. 약물을 먹여 놓고 일을 꾸몄는지는 모르겠어요. 사냥용 칼은 그때 몸싸움이 벌어졌다는 증거죠. 어쨌든 형사님이 들고 계신 얄팍한 파일에 들어 있는 게 전부가 아니라는 사실만큼은 분명히 알겠어요."

형사는 다시 의자에 등을 기대며 고개를 끄덕였다. 그리고 오른팔을 뻗어 책상 위 금속 서류함에서 또 하나의 파일을 집었다.

"아가씨, 그럼 아가씨 *본인* 파일에 대해서도 잠깐 얘기해 볼까요?"

"제 파일이요?"

"아까 아가씨 전화를 받고서 신원을 조회해 봤죠. 통상적인 절차입니다. 홈비 힐스의 특정 주소로 편지를 수차례 보내고 계신 일에 대해 말씀해 보시겠습니까?"

"뭐라고요? 저는…… 딱 한 통 보냈을 뿐인데요."

"또 2년 전에 MCA1924년 설립된 미국의 엔터테인먼트 기업으로 현재는 NBC 유니버설의 일부를 이루고 있다에서 사귀던 남자는요? 아가씨가 그 남자 자동차 타이어를 칼로 그었다던데?"

"무슨 일로든 고소당한 적은 한 번도 없어요."

페니는 그 일에 대해서, 혹은 체이슨스 레스토랑 뒤쪽 칸막이 좌석에서 그놈이 자신에게 무슨 짓을 하려 들었는지에 대해서 결코 말하지 않을 터였다.

형사는 파일을 내려놓았다. "아가씨, 정확히 무슨 일로 찾아오신 겁니까? 슈탈 부인에게 불만이 있습니까? 이봐요, 집주인이 보기 싫기는 나도 마찬가지예요. 뭐, 집세를 내기 싫다든지 그런 건가?"

극도의 피로가 몰려와 진저리가 났다. 잠시 동안, 페니는 제대로 몸을 일으킬 수 있을지도 자신이 없었다.

하지만 래리에 대해 더 생각해 봐야 했다. 또 자기 자신이 얼마나 4호에 녹아들었는지도 생각해 볼 문제였다. 정말로 그러했고, 그 사실이 이 모든 일의 시초가 되었으므로. 인생의 새로운 장을 열었다고도 할 수 있겠지.

"아뇨." 페니가 일어서며 말했다. "그런 게 아니라고요. 형사님도 알게 될 거예요. 분명히 알게 될 거예요. 제가 보여 드릴 테니까요."

"아가씨." 형사가 뒤에서 불렀다. "저한테 아무것도 보여 주지 마시고요. 처신이나 좀 제대로 해요, 알았죠? 착한 아이처럼."

4호로 돌아온 페니는 숨을 좀 돌리려고, 생각을 정리하려고 등나무 소파에 누웠다.

그리고 슈탈 부인의 책을 옷 주머니에서 끄집어내 읽기 시작했다.

막상 읽어 보니 생각하던 것과는 사뭇 다른 책이었다.

갈색 종이로 싼 책들과 달리 지저분한 내용이 아니고, 영국에서 일어난 일을 다룬 탐정 소설이었다. 어떤 여자가 애인을 독살했다는 혐의에서 최근에 벗어난 뒤 동창회에 참석한다. 모임 중에 그녀는 자기 드레스 소매에 끼워진 악의적인 쪽지를 발견하게 된다. "이 더러운 살인자……!"

페니는 숨이 턱 막혔다. 그러다 이내 궁금해졌다. 책에 적힌 메모는 그저 래리가 슈탈 부인에게 보내는 윙크 같은 것이었던가?

래리는 슈탈 부인이 좋아할 만한 책들을 골라서 선물 공세를 폈지. 베니는 이렇게 말했었다. *그 여자를 감질나게 만들 수 있는 딱딱한 영국 소설 말야.*

그럼 래리의 글귀에 담긴 의미는 이게 다였던가?

아냐. 페니는 주머니에 책을 다시 밀어 넣으며 확신했다. 이건 시선을 분산시키는 속임수야. 나를 헷갈리게 만들려고, 내가 진실을 알아내지 못하게 막으려고 말이지. 래리는 내가 진실을 알아내길 원해.

얼마 지나지 않아 우편물 투입구에서 달칵 소리가 났다. 내다보니 종이쪽지가 투입구로 슥 들어와 현관 바닥에 떨어졌다.

페니는 그리 걸어가 쪽지를 집어 들었다.

4호 방갈로:
월세가 미납되었습니다.
—H. 슈탈 부인

"어쨌든 저는 이사 가야 해요." 페니는 베니에게 쪽지를 보여 주며 말했다.

"아니, 얘야, 왜?" 베니가 속삭였다. 플랜트는 침실에서 가볍게 코를 골며 자고 있었다.

"그 여자가 그런 짓을 한다는 사실을 증명할 방법이 없어요." 페니가 말했다. "하지만 집 안에 있으면 가스실 같은 냄새가 난다고요."

"내 말 들어 봐, 그 여자 때문에 겁먹지 마." 베니가 말했다. "장담하는데, 점화용 불씨과거의 가스 오븐은 전기로 불꽃을 일으키는 대신 점화용 불꽃이 항상 유지되는 구조였다가 나갔을 거야. 내가 한번 살펴봐 줄까? 다음에 들를게."

"지금 와 주실 수 있나요?"

베니가 어둑어둑해진 침실을 들여다보며 미소 짓더니 페니의 팔뚝을 토닥거렸다.

"물론 그래도 되지."

러닝셔츠 바람인 베니는 페니가 부엌문에 걸어 둔 목욕 타월 아래로 쭈그리고 들어갔다.

"네 침대를 덥혀 달라고 날 부른 줄 알았는데." 그가 리놀륨 바닥에 무릎을 꿇고 말했다.

귀에 익은 *틱틱틱* 소리가 들리기 시작했다. "들리세요?" 페니가 긴장한 목소리로 물었다. 다만 부엌에서 듣는 소리는 침실에서랑은 또 달랐다. 소리가 더 가까웠고, 벽 안쪽에서만이 아니라 사방에서 들렸다.

"점화기 소리야." 베니가 말했다. "가스 불을 켜려고 돌아가는 거지."

페니는 타월 뒤에서 베니를 지켜보았다.

"하지만 확실히 냄새 나죠?" 페니가 말했다.

"당연하지." 그가 기묘하게 높은 목소리로 대답했다. "세상에, 지독한걸."

베니는 굽도리널과 싱크대, 털털거리는 냉장고에 머리를 바짝 갖다 댔다.

그러더니 오븐을 힘껏 앞으로 끌어당기며 말했다. "이게 뭐지?"

그는 오븐 뒤쪽 벽을 손으로 더듬고 있었지만 페니에게는 그쪽이 보이지 않았다.

"뭔데요?" 페니가 물었다. "뭐 좀 찾으셨어요?"

"모르겠어." 베니가 저쪽으로 고개를 돌린 채 말했다. "나는……. 이럴 수가, 이게 대체 어찌 된 일인지 모르겠네. 다시 아르곤 숲양차 세계 대전 때 격전지가 되었던 프랑스 북동부 삼림 지대에 끌려온 기분이군."

그러고는 간신히 손바닥으로 바닥을 짚고 몸을 뒤로 젖혔다.

"저기 뒤에서 뭘 보신 거예요?" 페니가 오븐 뒤를 가리키며 물었다.

하지만 베니는 말려 올라간 러닝셔츠 앞쪽에 입김을 후 불며 고개만 절레절레 흔들었다.

잠시 뒤 두 사람 다 숨을 헐떡거리는 가운데, 베니가 팔을 쭉 뻗어 오븐 문 앞면의 손잡이를 돌렸다.

"냄새가 나요." 페니가 뒷걸음질하며 말했다. "베니 씨는요?"

"저 점화용 불씨가—" 베니는 얼굴을 감싸고 숨을 거칠게 몰아쉬며 말했다. "나가 버린 게 분명해."

그리고 리놀륨 바닥에 무릎을 끌며 새하얗고 번득이는 오븐 쪽으로 다시 조금씩 움직였다.

"베니 씨, 지금…… 오븐을 여시려고요?"

낯빛이 창백해진 베니가 팽팽히 당긴 고무줄처럼 입을 벌린 채 페니를 쳐다보았다.

"열 거야." 그가 말했다. "불씨를 살려 놓아야 해." 하지만 꿈쩍도 하지 못했다. 어떤 느낌, 그 문이 컴컴한 심연처럼 쩍 벌어진 듯한 느낌이 들어서 둘 다 움직일 수가 없었다.

문을 두드리는 소리에 잠시 돌아섰던 페니는 다시 앞을 보자마자 숨이 턱 막혔다. 베니는 어느새 머리와 어깨를 오븐 안에 집어넣은 채, 덫에 목이 걸린 고양이처럼 더없이 끔찍한 소리를 내고 있었다. "나와요." 얼마나 바보같이 들리든 간에 페니는 외쳤다. "나와요!"

그녀는 앞으로 달려들어 몸을 숙이고 베니의 바지를 와락 붙든 다음 뒤로 확 잡아당겼다.

두 사람은 비틀거리면서 일어섰다. 페니는 체리 무늬 벽지가 발린 부엌 벽 앞에 웅크리고 섰다.

베니가 돌아서서 페니의 팔을 꽉 붙들며 몸을 밀착하더니 벽으로 밀어붙였다.

그녀는 베니가 풍기는 냄새를 맡을 수 있었다. 그의 피부는 축축하고 털 뽑힌 거위 같았다.

베니의 입술이 페니의 목덜미를 우악스레 짓눌렀다. 살을 파고드는 이빨이 느껴졌다. 이제 그 남자는 두 손으로 페니의 엉덩이를 잡았다. 뭔가가 변해 버렸지만, 페니는 그게 뭔지 아직 이해할 수가 없었다.

"어쨌든 네가 원하는 게 이거지, 안 그래, 예쁜이?" 그가 페니의 귓가에 대고 속삭였다. "네가 쭉 원하던 게 바로 이거잖아."

"아니, 아냐, 아냐." 페니는 저도 모르게 흐느껴 울고 있었다. "어차피 당신은 여자한테 관심 없잖아요. 여자를 좋아하지도 않으면서."

"나는 다 좋아." 그가 손바닥으로 페니의 가슴을 거칠게 쓸었다.

페니가 고개를 들어 남자를 쳐다보았다. 그는 래리였다.

그녀는 눈앞의 남자가 래리임을 알아볼 수 있었다.

래리.

마침내 다시 베니가 돌아오고, 그 콧수염과 싱글거리는 웃음도 제자리를 찾았지만, 그 웃음엔 여전히 공포가 어려 있었다.

"미안해, 페니." 그가 뒤로 물러서며 말했다. "영광이지만, 나는 원래 그쪽이 아니어서."

"네?" 페니는 이렇게 물으며 내려다보았다. 그랬더니 그의 바지춤을 꽉 움켜쥐고 있는 자기 손이 보였다. "아아, 이런."

둘은 3호로 돌아와 숨을 헉헉거리며 커다란 잔에 술을 따라 마셨다.

"거기 다시 들어가면 안 돼." 베니가 말했다. "아침에 가스 회사에 연락해야겠어."

플랜트는 밤에 여기 소파에서 자도 된다고 말했다. 묵은 신문지들 아래 어떻게든 누울 자리를 마련하면 된다고.

"그 안을 들여다보지 말았어야지." 플랜트가 고개를 가로저으며 베니에게 말했다. "그 오븐 말야. 묘지에서 들려오는 휘파람 소리 같은 거라고."

베니는 어깨에 타월을 두르고 부들부들 떨고 있었다. 너무도 창백했다.

"나는 아무것도 못 봤어." 그는 계속 이렇게 말했다. "개미 새끼 한 마리도 못 봤다고."

*

페니는 꿈을 꾸고 있었다.

"네가 내 책을 가져갔지!"

꿈속에서 그녀는 플랜트네 소파에서 땀이 흥건한 채로 일어나 문을 열었다. 거의 자정이 다 되었는데도 안뜰은 기이하게 밝아서 모든 초목이 현란하고 자극적으로 빛났다.

잠깐. 누가 뭐라고 했던가?

"래리가 나한테 준 거란 말이야!"

페니의 몸은 끈적한 물엿에 빠진 것처럼 너무도 느릿느릿 움직이고 있었다.

4호 방갈로 문이 열려 있었고, 손에 빨간 물건을 든 슈탈 부인이 문밖으로 막 나타났다.

"내가 잠든 틈에 이걸 가져간 거지? 이 좀도둑 좀 봐! 도둑질이나 하는 창녀!"

슈탈 부인이 가운 자락을 거대한 진홍빛 날개처럼 펄럭이며 페니에게로 돌진하기 시작했을 때, 페니는 자기가 아직 꿈을 꾸는 중이라고 생각했다.

"그만해." 페니가 말했지만 그 여자는 이제 코앞까지 다가들었다.

이건 꿈이어야만 했다. 그리고 꿈속에서는 뭐든 자기 마음대로 할 수 있는 법이니, 페니는 두 팔을 높이 들어 올린 다음 자신을 덮쳐 오는 진홍빛 날개를 꽉 내리눌렀다.

빨간 책이 주머니에서 미끄러져 나왔다. 둘 다 그것을 집으려고 아등바등했지만 페니가 더 빨랐다. 그녀는 책을 잽싸게 움켜쥐고 버티다가, 그 늙은 여자가 발이 꼬여 비틀댈 때까지 책으로 목을 찍어 눌렀다.

이것은 꿈이어야만 했다. 왜냐하면 슈탈 부인의 몸은 '이렇게 약해 빠진 여자 살인마가 있을까' 싶을 정도로 나약해서, 이제 뜨개 인형처럼 축 늘어져 허우적거렸기 때문이다.

팔꿈치를 휘적대며 손톱으로 할퀴어 대는 몸부림이 한 차례 지나갔다. 슈탈 부인의 뼈마디 굵은 손에 끼워진 두껍고 불룩한 금반지가 페니의 얼굴을 스쳤다.

그 뒤, 한 번 확 밀쳤을 뿐인데도 그 늙은 여자는 너무 쉽게 바닥에 나동그라졌다. 안뜰 타일 바닥에 머리가 턱 하고 부딪혔다.

그 여자의 입과 귀에서 피가 콸콸 흘러나왔다.

"페니!" 등 뒤에서 목소리가 들렸다. 플랜트가 손을 입가에 대고 자기 집 문간에 서 있었다.

"페니, *무슨 짓*을 한 거야?"

마주 본 페니의 얼굴 표정이 심상치 않았던지, 플랜트는 곧장 자기 방갈로 안으로 물러나 문을 철컥 잠가 버렸다.

어쨌거나, 때가 되었다. 페니는 확신했다.

그리고 4호로 걸어 들어가는 동안 자신이 미소 짓고 있음을 어렴풋이 느꼈다.

압정을 하나하나 뽑자 부엌문 삼아 임시로 달아 둔 타월이 팔뚝 위로 떨어졌다.

부엌은 캄캄했고, 전에 없던 냄새가 났다. 살구도, 재스민도, 가스 냄새도 아니었다. 대신 곰팡이와 도배용 풀, 녹물이 섞인 비릿한 냄새가 풍겼다.

페니는 천천히, 단호하게 오븐 앞으로 곧장 걸어갔다. 유약 바른 표면이 달빛을 받아 새하얗고 기괴하게 번득였다.

오븐 문은 닫혀 있었다. 손을 대어 보니 차디찼다.

무릎을 꿇고 그 뒤로 기어갔다. 베니가 충격에 빠졌던 바로 그 자리로.

이게 뭐지? 베니는 말했었다.

물론 지금은 꿈이어야만 하고, 꿈에서 으레 그러듯 페니는 뭘 어떻게 해야 할지 다 알고 있었다. 그래서 손바닥으로 체리 무늬 벽지를 훑으며 굽도리널 부근까지 미끄러져 내려갔다.

그 지점이 보였다. 이음매 부분이 쩍 벌어진 벽지가 마치 숨을 쉬는 듯했다. 들이쉬고, 내쉬고.

거기로 손을 뻗어 잡아당기자, 손 아래서 풀이 바스러져 가루가 날렸다.

페니는 슈탈 부인이 했던 말을 기억하고 있었다. *그 일이 일어난 뒤에 벽지도 구석구석 꼼꼼히 새로 발랐단 말이에요. 벽지로 전부 싹 덮어 버렸지요.*

숨을 거칠게 몰아쉬며, 무릎을 삐걱대며, 이마를 벽에 꾹 눌러 대며 생각했다. 나는 대체 무엇을 목격하게 되리라고 생각한 걸까?

벽지는 깨끗하게 벗겨지지 않았고 조각조각 기다랗게 찢어졌다. D에게 성병이 옮아 몇 주나 앓은 뒤에 숭숭 빠지던 머리카락처럼.

벽 한 부분이 드러나자 깊게 벤 자국이 차례로 이어져 있는 게 보였다. 마치 누군가 칼로 회반죽을 푹푹 찌른 것 같았다. 사냥용 칼로. 하지만 그건 어떤 문양, 상형문자처럼도 보였다.

실눈을 떠 봤지만, 부엌이 너무 어두워서 잘 보이지 않았다.

오븐으로 손을 뻗어 부엌용 성냥을 잡아챘다.

성냥불을 켜고 가까이 몸을 숙이자 깊이 새겨진 글자를 희미하게 알아볼 수 있었다.

조그만 인간들이 벽에서 나와.

밤이면 밤마다 나는 놈들의 목을 베어 내지. 난 돌아 버렸어.

오늘 밤, 나는 목숨을 끊을 거야.

당신이 이 글을 발견하길 바라.

그럼 안녕.

페니는 몸을 앞으로 숙이고 손바닥으로 그 글자들을 꾹 눌렀다.

이거야말로 다른 무엇보다도 중요한 문제였다. 다른 건 아무래도 상관없었다. "아아, 래리." 그녀는 고마움의 눈물로 목이 멘 채 말했다. "나도 그것들이 보여요."

뒤이어 이제껏 들어 본 적 없는 커다란 소리가 들렸고, 불길이 올라와 페니의 얼굴을 휘감았다.

형사는 안뜰 한가운데, 꼭대기를 잘라 낸 바나나 나무 옆에 서 있었다. 발 앞에 가로놓인 널빤지에서는 아직도 연기가 피어올랐다. 시커멓게 그을린 방갈로에서 떨어져 나온 문짝이었다.

소방관들이 장비를 끌고 그의 곁을 지나가고 있었다. 사망한 여자를 실은 들것은 진작 사라지고 없었다.

“점화용 불씨 때문입니다. 거의 뭐 지붕까지 날릴 뻔했네요.” 순찰대원 한 명이 말했다. “부엌은 전쟁 때 대공습을 방불케 하는데, 그 안에 사상자는 단 한 명, 완전히 타 버린 그 여자뿐입니다. 아님 타고 남은 잔해라고 해야 할까요. 더 큰일 날 수도 있었는데, 그나마 이만하길 다행이죠.”

“세상일이 다 그렇지.” 형사가 말했다. 두 사람의 얼굴은 자욱하게 피어오른 연기 사이로 가려졌다.

또 다른 경관이 다가왔다. “노블 형사님, 옆집에 사는 커플과 얘기를 해 봤습니다. 그 여자에게 그 집에 다시 들어가지 말라고 경고했다는군요. 그랬는데도 여자가 하루 종일 술을 마시며 정신 나간 소리를 했다고 합니다.”

“집주인은 좀 어때?”

“병원에 있습니다.”

노블이 고개를 끄덕였다. “자, 이만 끝내지.”

거의 2시가 되었지만 아직은 집에 가고 싶지 않았다. 아무튼 이글록까지 꽤 먼 거리를 운전해서 가야 했으니까.

그리고 그 냄새, 또 그 집 부엌에서 본 광경 때문에도 아직 집에 들어가고 싶지가 않았다.

도로 꼭대기에 술집이 보였다. 밝은 불빛이 손짓하는 듯했다.

지붕이 서커스 천막처럼 생긴 카니발 선술집이라는 곳이었다.

인생은 카니발이지. 그는 혼잣말했다. 아내가 즐겨 보는 소설 속 형사가 냉소적으로 읊을 만한 말이었다.

저 술집이 아직도 버티고 있다니 믿을 수가 없었다. 전쟁 전에 와봤던 기억이 나는데. 할리우드 볼1922년 할리우드에 개장한 대규모 야외 공연장 안내원이랑 데이트를 하던 시절에 말이다.

운전대를 잽싸게 확 틀어 좁은 주차장으로 들어섰다. 오래전 기억 속 모습 그대로 정신 사나운 광대 랜턴들이 밝혀져 있었다.

안으로 들어서니 오롯이 따스하게 환대받는 기분이 들었다. 여자 종업원이 뚱한 표정을 짓고 있는데도 아무 타격이 되지 않을 정도였다.

"마지막으로 주문받는 거예요." 그 여자가 호밀 위스키를 건네주며 말했다. "10분 후면 문 닫거든요."

"전화 한 통만 얼른 걸면 됩니다."

그는 뒤쪽 공중전화 부스 한 군데로 들어가 접문을 당겨 닫았다.

"응, 나도 그 책 있어." 아내가 하품을 참으며 대답했다. "그런데 딱히 야한 책은 아냐."

그러더니 살짝 웃었다. 성질 뻗치게 만드는 종류의 웃음이었다.

"그럼 어떤 책인데?" 그가 물었다.

"글쎄, 책에서 발견하는 의미야 사람마다 다른 법이라." 아내가 말했다. 아내는 자기가 얼마나 똑똑한지 과시하려고 말을 늘 저 따위로 했다.

"내 말이 무슨 뜻인지 알잖아." 그가 말했다.

그녀는 잠시 말이 없었다. 저 너머로 울음소리가 들리는 듯했다. 아이들 중 하나가 우는 모양이었다.

"미스터리야." 마침내 아내가 말했다. "당신 취향은 아니지. 누가 죽어 나가지도 않거든."

"알았어." 무슨 얘기를 듣고 싶었던 건지 스스로도 확실히 알 수가 없었다. "금방 들어갈게."

"사랑 이야기이기도 해." 아내가 묘하게 슬픈 투로 거의 속삭이듯 말했다. "당신 취향은 아니지."

그는 전화를 끊고 맥주를 주문했다. 그날 밤 바텐더가 술통에서 마지막으로 짜낸 맥주였다.

커다란 통창 옆에 앉아서 협곡을 굽어보고 할리우드 사인을 올려다보았다. 이 순간의 모든 면이 몹시도 익숙하게 느껴졌다. 엉클 샘의 부름을 받아 군에 입대했던 3년을 빼고는 이 관할서에서 20년 동안이나 근무했건만, 놀라움은 도무지 무뎌지지가 않았다.

그는 경찰서에 찾아왔던 여자의 모습을 떠올렸다. 불안하게 떨리던 다리, 닳아 해진 옷, 애원하던 목소리.

누구 한 명쯤은 잠시라도 그 여자를 생각해 줘야 하지 않겠는가?

시계를 흘끗 보았다. 2시였다. 하지만 오늘 밤엔 그 여자가 조그만 인간들을 볼 일이 없으리라.

가느다란 콧수염을 기른 주방 보조가 기다란 막대를 들고 오더니 창문에 걸린 우중충한 회전 랜턴들을 하나씩 전부 돌려놓았다. 이제 알록달록한 광대들은 협곡을 마주 보았다. 문을 닫을 시간이었다.

"나 너무 그리워하지 말아요." 나가는 길에 그는 뚱한 종업원에게 한마디 던졌다.

주차장에서 협곡을 내려다보니, 여기서도 '캐니언암스'가 보였다. 홍합 껍데기처럼 새까만 방갈로 뼈대 위로 아직도 연기가 자욱했다. 유리창이 깨져 버린 침실 창문으로 밤바람에 파르르 떨리는 커튼이 보였다.

차에 막 타려던 찰나, 그것들이 눈에 들어왔다. 조그만 인간들.

그것들은 그의 차 덮개를 가로질러 저 아래 협곡에서 춤을 추고 있었다.

몸을 돌려 술집을 올려다보았다. 창가의 랜턴들이 빙빙 돌며 저 너머 협곡으로, 저 너머 '캐니언암스'로, 사방으로 춤추는 광대들을 흩뿌리고 있었다.

그는 심호흡을 했다.

마침 종종걸음으로 주차장 계단을 내려오던 젊은 주방 보조에게 그가 물었다. "밤마다 이래요?"

그 남자가 멈춰 서서 노블의 시선을 좇더니 고개를 끄덕였다.

"밤이면 밤마다." 그는 말했다. "꿈처럼요."

왕비에게 헌정한 초판본

– 캐럴린 하트

애니 달링은 물웅덩이를 철벅철벅 헤치며 몸을 떨었다. 보통 때는 선착장에 들어온 배라면 웅장한 원양 항해용 요트부터 경쾌한 소형 범선까지 하나하나 감상하느라 잠시 멈춰 서곤 했다. 하지만 지금, 2월의 비 내리는 날엔 그저 우산으로 머리를 꽁꽁 가리고 앞으로만 나아갔다. 허연 파도로 얼룩진 잿빛 바다나 사선으로 내리는 비에 부옇게 흐려진 수평선 쪽에는 눈길 한 번 주지 않았다. 널빤지가 깔린 해변 상점가 산책로에 다다른 애니는 안도하며 잠시 한숨 돌렸다. 그리고 책방 '맞춤형 죽음'Death on Demand, 캐럴린 하트의 미스터리 시리즈 제목이기도 하다 문 앞에 서서 우산을 털고 열쇠를 꽂았다.

사랑해 마지않는 책방 안에 들어서자 아침 냉기가 한결 누그러졌다. 애니는 '맞춤형 죽음'이 사우스캐롤라이나 해안가 조그만 섬인 브로워즈록의 문학적 중심지라고 자부했다. 그녀는 도자기 우산 꽂이에 우산을 찔러 넣고 도어 매트에 부츠를 문질러 닦은 다음, 새 책과 오래된 책 냄새가 뒤섞인 공기를 들이마셨다. 이어서 전등을 켜고는 이달의 미스터리와 스릴러, 서스펜스 소설이 위풍당당하게 진열된 신간 매대를 보고 흡족해했다.

애니는 중앙 통로를 재빨리 가로질러 가서 난방기 온도를 높이고 커피를 끓이기 시작했다. 2월엔 섬에 관광객이 몰려들지 않았기 때문에, 『39계단1915년 발표된 존 버컨의 스릴러 소설. 이를 원작으로 한 앨프리드 히치콕의 동명 영화 역시 잘 알려져 있다』의 초판본만큼이나 손님이 희귀한 때였다. 충실한 점원인 잉그리드 웹은 남편 두에인과 함께 하와이에서 휴가를 즐기고 있었고, 애초에 서점의 단골손님 상당수는 햇볕이 쨍쨍한 계절에 섬으로 놀러 오는 관광객들이었다. 만약 남편 맥스가 바로 옆집 '비밀 위원회'에 있었더라면 분명 불쑥 들러 커피를 한잔하고는 얼른 집에 돌아가 침대에서 뒹굴자며 옆구리를 찔렀을 거다. 그게 맥스가 제일 좋아하는 취미 활동 중 하나였으니. '비밀 위원회'는 어느 상황에든 해결책을 제공해 준다는 다소 엉뚱한 사업이었다. 아무튼 맥스는 같이 골프 치는 친구들과 함께 PGA 토너먼트가 열리는 페블비치로 떠난 참이었다. 그러니 어느 모로 보나 아주 조용한 하루가 되리라.

이 한갓진 시간에 어떤 책을 집어 들면 딱 좋으려나? 애니는 프렌치 로스트 커피를 한 잔 따르면서 스스로에게 무슨 책을 선물해 줄지 생각해 보았다. 타샤 알렉산더의 『가짜 상속녀』? J. A. 잰스의 '보몬트' 시리즈 중 과거와 현재를 오가며 고군분투하는 『세컨드 워치』? 수전 위티그 앨버트의 '달링 달리아' 시리즈 신간은 어떨까. 아니면 비 내리고 (해안가 섬치고는) 추운 날이니 옛날부터 좋아하던 책을 펼쳐 들 수도 있었다. 헐렁한 스웨터와 닳아빠진 실내화가 포근함을 안겨 주듯, 매닝 콜스의 『어제를 위해 건배를』, 존 마퀀드의 『노란색 명나라 도자기』, 패멀라 브랜치의 『자매품 살인』 같은 예전 책도 마음을 정겹게 어루만져 주니 말이다.

날카롭게 야옹 우는 소리가 났다. 한쪽 발목이 살짝 따끔따끔했다.

이 가게의 지배자로 군림하는 우아한 검은 고양이 애거사가 초록색 눈을 치뜨고 애니를 빤히 쳐다보고 있었다.

고양이의 눈을 마주하면 어째서 학창 시절 교장실에 불려 가던 때 같은 느낌이 드는 걸까?

애거사는 잠시 멈춰 마지막으로 의미심장한 눈빛을 한 번 던진 뒤 커피 조리대를 향해 결연히 나아갔다.

애니도 따라갔다. 그리고 우묵한 철제 그릇에 고양이 사료를 새로 부었다. 도자기 그릇도 집어 들어 헹군 다음 신선한 물을 담아 철제 그릇 옆에 놓았다. 애니가 바지런한 사람이었다면 당장 창고로 부랴부랴 가서 주문을 넣고, 새로 입고된 책도 풀어 놓았으리라. 그러는 대신 그녀는 커피 잔을 들고 가게 앞쪽 첫 번째 책장으로 걸어가서는, 『자매품 살인』을 집어 들며 미소 지었다.

그다음엔 가게 한구석 비죽비죽한 양치식물 곁에 놓인 낡은 소파에 눌러앉아, 패멀라 브랜치가 창조해 낸 신랄하고 우스운 세계에 빠져들었다. 별달리 흥미로운 일 없이 오늘 하루가 잔잔히 흘러가리란 확신을 품고서.

*

현관 초인종이 울렸다. 애니는 '맞춤형 죽음'에서 제작한 진홍색 책갈피를 책에 끼우고는 미소 지을 태세를 갖추며 일어섰다. 늦은 오후였고, 가게는 하루 종일 묘지처럼 고요했다. 그녀는 중앙 통로를 따라 출입구로 향했다.

그러자 엘런 갤러거가 와당탕퉁탕 뛰어들었다. 곱슬곱슬한 갈색 머리는 늘 그렇듯 빗질하지 않은 채 엉켜 있었지만, 평소엔 누르께하던 길쭉하고 여윈 얼굴에 오늘은 연분홍빛 홍조가 감돌았다. 엘런은 깃털 베개를 가슴에 꽉 끌어안고서 두꺼운 근시용 안경 너머로 재빨리 눈을 깜빡거렸다. "애니 씨." 엘런이 꽥꽥대는 비명과 째지는 증기 오르간 소리의 중간쯤 되는 듯한 목소리로 외치고는, 애니의 코앞에 미끄러지듯 멈춰 서서 가쁜 숨을 몰아쉬었다. "해변 산책로에도 안개가 자욱하네요. 그래서 내가 이걸 꽁꽁 싸매서 가져온 거예요. 값이 꽤 나가는 물건인지도 모르거든요. 진짜 오래된 건데." 그러더니 풀 죽은 표정을 지었다. "이 작가의 책이 사방에 쫙 깔려 있다는 건 나도 알지만요. 어쨌든, 가치가 있을지도 몰라요. 애니 씨가 알려 줄 수 있지 않을까 싶어서 한번 가져와 봤어요." 엘런이 베개를 한쪽으로 치우고 애니에게 책 한 권을 들이밀었다. 그러면서 열심히 주절거렸다. "……그쪽에서 내 주소를 찾아낸 거예요…… 엄마랑 오래 알고 지낸 친구인데…… 둘 다 전시에 군인과 결혼한 처지였고…… 그분은 97세까지 사셨대요…… 남은 가족은 한 명도 없고…… 그분이 남긴 물건은 전부 모아도 상자 하나에 다 들어갈 정도였죠……."

애니가 책을 건네받았다. 표지를 보자 기묘하게도 숨이 턱 막히는 느낌이 들었다. "엄마는 밀리센트 아주머니가 왕실에서 일했다는 얘기를 누누이 해 줬고…… 그 말이 참 근사하게 들렸지요…… 양로원에서 그분 물건이 담긴 상자 하나를 보내 준다고 했는데, 우편 요금은 내가 내야 했거든요…… 16달러가 들더라고요…… 거의 거절할 뻔했다가, 문득 엄마 얘기가 떠올랐죠…… 자질구레한 영국산 장신구라도 좀 있으려니 싶었어요."

표지는 지극히 단순했다.

제목: 푸아로 사건집.

작가명: 애거사 크리스티.

흰색 종이 커버에는 직사각형의 흑백 삽화가 들어가 있었다. 정장에 나비넥타이, 각반을 격식에 맞춰 차려입고 오른손엔 실크해트와 장갑을, 왼손엔 지팡이를 든 에르퀼 푸아로의 모습이었다. 무궁무진한 호기심을 빛내며 예리하게 꿰뚫는 시선은 보는 이를 도발하는 듯했다.

"……별로 기대하지도 않았어요. 상자엔 몇 가지 물건이 들어 있었는데…… 미군 부사관과 예쁜 아가씨가 같이 찍힌 코닥 사진이라든지…… 우리 아빠도 부사관이었죠…… 그때 엄마는 약국에서 일하고 있었고요…… 아빠가 치통이 있었다나 봐요…… 엄마는 밀리센트 아주머니와 쭉 연락을 하고 지내다가 언제부턴지 연락이 끊겼는데…… 양로원에서 엄마가 옛날에 보낸 크리스마스카드를 보고 저를 찾아낸 모양이에요……."

애니는 조심조심 표지를 열고 첫 페이지를 넘겼다. 기묘하게 숨막히는 느낌이 한층 심해져서 현기증이 다 날 지경이었다. 거기 이렇게 적혀 있었다.

런던: 존 레인. 보들리헤드. 1924.

초판.

애니는 속표지를 펼쳤다. 간단명료한 헌사를 마주하자 눈동자가 흔들렸다.

왕비 전하께

미천한 제가 전하께 충성을 다할 수 있어 영광입니다.

애거사 크리스티

1925년 5월 15일

서명 역시 검은색이었고, A와 C의 위쪽에 작게 고리를 그리며 커다랗게 둥글린 필체가 두드러졌다. 헌사에는 각 단어 사이를 널찍하게 띄우는 크리스티 특유의 필체가 뚜렷이 드러났다. 출간 이듬해에 왕비에게 바친 책이었다.

애니는 침을 꿀꺽 삼키고, 뭐라 말을 해 보려고 애쓰면서 조심스레 종이 커버를 벗겨 냈다. 그러자 앞면에 검은색 제목과 테두리가 인쇄된 노란색 헝겊 표지가 나왔다. 파이거나 긁힌 데도 없고, 변색도 되지 않았다. 책등은 곧았다.

"……그분이 이 책을 애지중지한 게 분명해요…… 손수 만든 분홍색 퀼트 덮개로 싸서 보관했더라고요…… 성경 빼고 책은 딱 이것 한 권뿐이에요……."

표지와 종이 커버는 책이 갓 인쇄되어 나온 날만큼이나 말끔했다. 아주 새것 같은 초판본이었다. 상태가 '최상'이라는 건 희귀 도서에 부여될 수 있는 최고의 영예인 셈이다.

1925년에 애거사 크리스티가 왕비에게 헌정한 초판본. 당시 왕은 조지 5세였고 왕비는 테크의 메리였다.

엘런이 다시 베개를 붙들더니 가슴께에 꽉 끌어안았다.

"아무래도—" 열의가 시들해졌는지 느릿느릿 말을 이었다. "아주 값나가는 책은 아닌가 보네요." 엘런은 빛바랜 듯 연한 파란색 눈에 희망을 품고 애니를 쳐다보았다. 목소리에선 겸연쩍은 기색이 묻어났다. "50달러나 백 달러쯤은 나가지 않을까 기대했는데, 그런 급은 아닌 모양이죠."

조그만 중고품 가게를 운영하며 드문드문 버는 수입으로 근근이 먹고 사는 엘런 갤러거에게 백 달러면 큰돈이었다. 그녀는 구제 옷 가게에서 단정한 헌옷을 골라 입었고, 유일한 혈육인 조카딸의 의대 학비를 지원하느라 허리띠를 바짝 졸라매고 살았다. 지난번에 애니가 퇴근 후 커피 한잔하자고 엘런을 초대했던 날, 엘런은 지니의 학비 때문에 엄청나게 불어나는 부채가 몹시 걱정된 나머지 야윈 얼굴에 주름살이 한가득했다. 가욋돈으로 백 달러를 얻는다면 엘런은 더 좋은 겨울 코트나 신발 한 켤레를 장만할 수 있으리라.

애니는 손끝으로 책을 잡고 다시 종이 커버로 감쌌다. "백 달러요? 이 책은 최소한 10만 달러는 나갈걸요. 제 생각엔 그보다 더 될 거 같고요. 15만, 어쩌면 17만 5천 달러까지 나갈지도 몰라요."

엘런이 가느다랗고 높은 목소리를 간신히 쥐어짰다. "10만 달러요?"

"그 이상이요." 애니는 커피 조리대 표면이 완전히 깨끗한지 확인부터 한 다음 책을 올려놓았다. "책에 씌울 비닐 커버를 가져올게요."

엘런이 조리대 위에 놓인 책을 바라보았다. 입술이 파르르 떨렸다. "세상에, 이게 웬일이야. 그런데 뭘 어떻게 해야 할지를 모르겠어요."

"어떻게 하면 좋을지 제 선에서 한번 알아볼게요." 금전적 가치가 상당한 책이니 신중히 처리할 필요가 있었다. "일단 조사 좀 해 봐야겠어요. 희귀본 감정 평가 사무실을 몇 군데 알아보고 정보를 알려드릴게요. 감정 평가사에게 연락해서 감정가를 받아 본 다음에 경매에 부칠지 고급 희귀 서적상에게 판매할지 따져 보는 게 최선책인 것 같아요."

'맞춤형 죽음' 장서 중에서 가장 수집 가치가 높은 책은 S.S. 밴 다인의 『벤슨 살인 사건』 초판본이었고, 에마 클라이드가 9천 달러에 구입했다. 가끔 애니와 맥스가 에마의 집에 저녁을 먹으러 갈 때면, 애니는 에마의 서재를 둘러보곤 했다. 그중 한 책장에는 대실 해밋의 『데인 가의 저주』, 수 그래프턴의 『알리바이의 'A'』, 윌키 콜린스의 『해 저문 뒤』를 포함해 초판본이 빼곡했다.

"10만 달러라고요?" 엘런은 가까스로 속삭이듯 내뱉었다.

"확실해요."

불현듯 엘런의 얼굴이 확 젊어진 것처럼 보였다.

애니는 그 변화에 가슴이 뭉클해졌다. 삶에 옥죄여 자신감이 깎여 나가고 근심만 산더미처럼 쌓이기 전에는 분명 이런 앳된 모습이었을 텐데.

"어머나." 엘런이 속삭였다. "그러면…… 정말 그렇게만 된다면…… 아아, 진짜 좋을 거예요. 지니를 도울 수도 있고. 애니 씨한테는 얘기 안 했지만, 병원에 갔더니 저더러 눈 치료를 안 받으면 머잖아 시력을 잃을 거래요. 하지만 새 보험을 적용받으려면 우선 의료비로 5천 달러를 지불해야 하는데, 저한테는 그만한 돈이 없거든요. 아아, 애니 씨." 엘런의 눈가에 문득 눈물이 맺혀 반짝였다.

애니는 눈물을 참느라고 눈을 깜빡였다. 뜻밖의 기쁨을 목도하는 건 참 멋진 일이었다. "정말 잘됐어요, 엘런 씨. 이제 엘런 씨 하고 싶은 거 다 할 수 있어요. 책 구매자를 찾는 일은 제가 도와드릴게요. 그럼, 우선 비닐 커버 좀 가지고 와야겠어요."

엘런은 애니가 보호용 비닐 커버로 조심스레 감싸 놓은 초판본을 살살 집어 들었다. "양로원에서 전쟁 때 군인과 결혼한 부인이라는 얘기를 안 해 주었더라면 나는 아마 그분 물품을 받지 않았을 거예요." 엘런이 떨리는 목소리로 말했다. "우편 요금으로 16달러를 내라고 했는데, 정말로 그런 여윳돈이 없었거든요. 돈을 부칠 수 없다는 편지를 적기 시작하다가, 그냥 내야겠다, 내자, 하고 결심했죠." 그리고 애니를 응시했다. "생각만 해도 철렁해요…… 만약 저 책이 부인의 소지품 상자 안에 섞여서 그냥……."

애니는 그 야윈 어깨에 한 팔을 두르고 꼭 안아 주었다. "얼른 조사에 나서야겠어요. 제가 한번 알아볼게요."

엘런이 고개를 끄덕이고 통로를 따라 걸어 나가다 멈춰 섰다. "정말 그렇게만 되면, 이제 더 이상은 두려울 게 없어요. 두려울 게 없어……."

애니도 현관문까지 함께 나가 배웅했다. 아까 엘런은 가욋돈을 좀 얻을 수 있을까 바라며 비에 젖은 몰골로 여기 나타났다. 지친 기색이 역력했고, 좌절감에 짓눌려 어깨마저 축 처져 있었다. 하지만 이제 그녀의 수척한 얼굴은 환히 빛났고, 연한 파란색 눈은 행복감으로 반짝였다.

*

애니는 마지막 한 모금 남은 미지근한 커피를 홀짝 마시고, 종이 몇 장을 파일에 밀어 넣은 다음 시계를 흘끗 보았다. 4시 45분이었다. 이대로 가게 문을 닫지 못할 이유가 없었다. 문을 연 뒤로 총 두 명의 손님이 들었다. 줄리아 스펜서-플레밍의 신작을 찾는 교구 목사, 그리고 비번인 경찰관 하일라 해리슨이었다. 늘 주변을 세심하게 살피는 하일라는 경찰서장 빌리 캐머런과 함께 일하는 경관들 중 가장 신중하고 사려 깊은 쪽이었다. 워낙에 경찰 소설을 좋아했기에, 오늘도 에드 맥베인의 『세이디가 죽었을 때경찰 소설의 대표격인 '87분서' 시리즈 중 1972년작』 신판을 집어 들었다. 그리고 애니가 계산을 할 동안 말을 붙였다. 점박이 도롱뇽들이 딱 좋아할 만한 날씨라고, 아마 그래서 녀석들의 공식 명칭이 사우스캐롤라이나 도롱뇽인 모양이라면서, 자기가 사는 아파트 옆 연못 근처에서도 한 마리 봤다고 했다.

손님들과 교류하는 거나 다를 바 없는 일이었기에, 애니는 엘런을 위해 정보를 모으며 감정인과 경매인, 희귀 서적 딜러의 명단을 차곡차곡 정리하는 작업도 즐겁게 끝마쳤다. 오늘밤 활활 타는 난롯불 앞에서 다 읽을 생각으로 『자매품 살인』을 손가방에 밀어 넣었다. 그리고 콧노래를 흥얼거리면서 중앙 등을 끄고 어둑어둑한 가게 안을 마지막으로 휙 살펴보았다.

천막 아래로 장대비가 비스듬히 휘몰아치며 산책로에 후두두 떨어졌다. 애니는 문 닫힌 상점 세 곳을 지나쳤다. 거기 주인들은 침체

기인 2월 동안 문을 닫고 바하마에 가서 마르가리타를 홀짝이는 편을 택했다. 엘런의 '선물의 집' 창문으로 작은 불빛이 어슴푸레하게 흘러나왔다. 판유리 너머엔 이것저것 다양하고도 별난 물건들이 진열되어 있었다. 1930년대에 출시된 녹슨 와플 제조기, 고리버들 의자에 걸쳐 놓아 옷자락이 축 처진 체크무늬 레인코트, 낡고 옆면이 긁힌 소형 가죽 트렁크, 차곡차곡 쌓인 버들 무늬 접시, 1센트 우표가 붙은 엽서들, 모조 다이아몬드가 박힌 검정색 새틴 구두, 건반 몇 개가 빠진 아코디언, 유목으로 만든 지팡이, 손으로 채색한 자그마한 석고 성모 마리아상.

애니는 문을 밀고 들어갔다. 엘런의 가게는 산책로를 따라 올라가는 길에 있었고 내부 공간은 '맞춤형 죽음'보다 훨씬 더 협소했다. 엘런의 '선물의 집'과 남성복 상점인 '멋진 사나이' 사이의 좁다란 통로는 상점들 뒤쪽 골목으로 이어졌다.

애니는 벌써 머리를 굴리는 중이었다. 가게에서 나가 통로로 달려 내려간 다음 폭우가 내리면 늘 웅덩이가 생기는 골목길을 철벅철벅 헤치며 주차장까지 가는 게 더 빠를까, 아니면 빗물을 피할 수 있는 산책로로 되돌아가는 게 빠를까? 차는 사실상 산책로보다는 골목길 끄트머리에 더 가까이 주차되어 있었지만, 흠뻑 젖지 않으려면 산책로를 따라가는 게 나았다.

가게 안에 들어왔더니 바깥 산책로보다도 더 추운 듯했다.

"엘런 씨?"

공간을 꽉 채운 작은 탁자들 사이로 카운터까지 비좁은 통로가 나 있었다. 애니는 엘런이 애정을 담아 '수집품'이라고 부르는 물건이 넘쳐 나는 탁자들을 하나하나 지나쳤다. 그 물건들 모두가 이름 없는 삶에서 빠져나온 작고 닳아빠진 잔재라는 깨달음이 문득 찾아들었다. 탁자마다 모조 보석류, 낡은 옷, 액자, 접시, 조리 도구, 껌 종이로 만든 유니콘에서부터 쟁반 크기 피사의 사탑 모자이크에 이르는 잡다한 미술품, 레코드판, 제2차 세계 대전 때의 군인 인식표, 3센트 우표가 붙은 누르튀튀한 엽서, 차곡차곡 쌓인 파란색 법랑 대야, 빨래판, 깃털 달린 모자, 심지어 음료 휘젓는 막대 무더기까지 뒤죽박죽으로 섞여 있었다.

가게와 창고 사이에는 속이 비치는 얇은 커튼을 쳐 두었다. 엘런이 부랴부랴 커튼을 헤치고 카운터 앞으로 나왔다. 카운터 한쪽 끝엔 소중한 수집품이 쪼르르 진열되어 있고 다른 쪽엔 직사각형의 회색 현금 보관함과 장부가 놓여 있었다. 엘런의 가게엔 금전 등록기나 카드 리더기가 없다. 그래서 물건을 판매할 때마다 장부에 기입하고 손님에게 영수증을 손수 적어 주었다.

분홍색 퀼트 덮개에 싸인 직사각형 물건이 카운터 중앙에 놓여 있었다. 맨 위에 M과 K라는 이니셜이 보였다.

엘런이 애니의 시선을 눈치채고 약간 방어적인 투로 말했다. "책을 퀼트 덮개에 다시 넣어 놨어요. 물론 애니 씨가 준 비닐도 그대로 씌워 뒀지만, 원래 주인의 덮개에 넣어 보관하는 게 좋겠다는 생각이 들었거든요. 분명 밀리센트 아주머니가 직접 이 덮개를 만들었을 거예요. 이름이 밀리센트 케네디였거든요."

주절주절 이야기를 늘어놓는 동안 엘런의 얼굴은 진실하고 무방비해졌다. 앞뒤 재지 않고 떠오르는 대로 쏟아 내는 이야기들이었다. 퀼트로 감싸 놓은 책을 보며 엘런은 가장 애지중지하던 물건을 안전하게 보관하려고 솜씨 좋게 이런 보호구까지 만든 여자를 떠올리고, 또 그 여자와 만났던 옛 기억까지 아스라이 더듬어 나갔다. "저는 그냥 꼬맹이였죠…… 엄마가 절 데리고 아주머니를 보러 갔어요…… 찻집에요…… 거기서 밀리센트 아주머니를 만났죠……." 엘런이 미소 지으며 나긋나긋한 목소리로 말을 이었다. "……엄마는 정말 반가워했어요." 그러더니 미소가 사라졌다. 손으로는 M이라는 글자를 부드럽게 만졌다. "혹시 말이에요—" 엘런은 적당한 말을 찾으려 했다. "저 책을 팔면 돈이 좀 될 거라는 사실이야 그분도 알았겠지만, 왕비에게 받은 책이라 쭉 간직하고 있던 게 아닐까요?" 엘런의 두 뺨이 분홍빛으로 물들었다. "왕비가 왜 선물을 했는지는 몰라도, 아마 부인이 미국 남자와 결혼해서 떠나게 됐을 때 기념으로 주지 않았을까요? 아무튼, 그냥 제 추측일 뿐이지만, 왕비가 밀리센트 아주머니에게 책을 줬고, 그분은 왕비님께 받은 귀한 선물을 절대로 남에게 넘기지 않았던 거죠. 늙고 가난해져서 자기 소지품을 다 합해 봐야 작은 상자 하나 채울까 말까 한 상황이 되었어도 말이에요. 왕비가 몸소 부인의 손에 책을 쥐어 주었다고 생각해 봐요."

엘런의 가느다란 목소리에서 경외감이 묻어났다.

애니는 그 숨 막힐 듯한 경외감을 이해했다. 옛날 흑백사진들을 볼 때도 그와 같은 감정이 일곤 했으니까. 어느 사진 속, 긴 소매 블라우스와 긴 치마를 입은 젊은 여자가 절벽 위에 서서 손으로 얼굴을 가리며 바다를 바라보고 있었다. 17살이나 18살쯤 되어 보였고, 사진이 찍힌 연도는 1914년이었다. 그 순간은 영원히 사진 속에 남았다. 그 순간은 진짜였다. 사진 속 여자는 살아 숨 쉬며 주위 세상에 마음을 기울였으나 이제는 흙으로 돌아간 지 오래되었다. 하지만 그 순간만큼은 숨결까지 다시 생생히 느껴지는 듯했다.

이와 같은 마법이 그 책에도 담겨 있었다. 여왕의 손길이 닿은 책. 파란 눈동자에 적갈색 머리인 작가의 손길이 닿은 책. 1925년이면 아직 아치애거사 크리스티의 첫 남편 아치볼드 크리스티와 사랑하는 사이였고, 작가의 놀라운 인생은 채 펼쳐지지도 않은 때였다.

엘런이 미간을 찌푸렸다. 그리고 쭈뼛거리는 목소리로 물었다. "제가 저 책을 팔면 그분이 언짢아하지나 않을까요?"

이상하게도 애니는 자신의 몸이 살짝 떨리는 걸 느꼈다. 바로 곁에 누군가 서 있는 것만 같았다. 삶에 지치고 허리도 굽었으나 과거의 영광에 얽매여 있는 어떤 여자가.

이 책이 떠안겨 줄 돈은 엘런의 삶을 변화시키리라. 가난의 두려움을 떨쳐 내고, 시력을 지키고, 조카에게 마음껏 넉넉히 베풀며 살게 해 주리라. 하지만 엘런은 누군가가 소중히 간직해 온 보물을 경매에 부쳐도 될지, 그렇게 최고 입찰자에게 책이 넘어가면 옛날 옛적 전시 군인의 아내였던 원 소유자가 상심하진 않을지 걱정하고 있었다.

애니는 적당한 말을 생각해 보았다. "천국이 어떤 곳일지는 모르겠어요. 아무도 모를 일이죠. 하지만—" 손수 짜 넣은 M 이니셜을 검지로 더듬으며 말을 이었다. "그 부인은 이제 천국에 계세요. 그분은 천국의 장엄함에 휩싸여 지내겠죠. 그곳은 악의나 무자비함 같은 건 전혀 찾아볼 수 없는 세상일 거라고 생각해요. 그분도 엘런 씨의 선택에 기뻐할 거예요."

엘런의 연한 파란색 눈이 눈물로 흐려지는 듯했다. "고마워요, 애니 씨." 그리고 목을 가다듬었다. "이렇게 살뜰히 도와줘서 정말 고마워요."

애니는 파일을 내밀었다. "정보 모으는 동안 저도 재미있었어요."

엘런이 파일을 받아 가슴에 가져다 댔다. 온화한 얼굴이 기쁨으로 빛났다.

*

아직 쌀쌀한 2월 날씨이긴 해도, 하루 만에 이렇게나 확 달라지다니. 애니는 두툼한 남색 터틀넥 스웨터와 회색 모직 바지, 누비 외투의 따스함에 고마움을 느꼈다. 그래도 선착장에 느긋이 발걸음을 멈추고 서서, 새로 들어온 흰색 요트가 햇빛에 반짝이는 모습을 구경했다. 눈에 손 그늘을 만들며 선체에 적힌 이름을 읽어 보았다. '핫마마'였다. 저 요트의 주인이 여기저기 돌아다니는 부유한 여자일지, 아니면 자신의 허황된 희망, 혹은 가장 아름다운 추억을 담아 요트 이름을 저렇게 지은 남자일지 궁금했다.

애니는 '맞춤형 죽음'의 조명을 켜고 애거사에게 인사하면서도 시종 미소 짓고 있었다. "늦어서 미안해, 귀염둥이야. 아침 주방장은 지금 캘리포니아에 가 있단다." 그리고 중앙 통로를 총총 가로질렀다. 애거사가 흡족하게 와작와작 밥을 먹는 동안 애니는 커피 메이커를 켰다. 오늘은 정말로 최근에 입고된 책들을 꺼내 놔야 하는데…….

"애니 씨." 새된 비명 소리가 이른 아침의 온화한 고요를 뚫고 울려 퍼졌다. 다급하게 탁탁대는 발소리가 들렸다. 곧 엘런 갤러거가 비틀비틀 다가와, 빗줄기 같은 눈물을 하염없이 쏟으면서도 쉼 없이 중얼거렸다. "누가 내 책을 가져갔어요. 오늘 아침 가게에 들어갔더니 카운터 위에 덮개만 널브러져 있고 속이 텅 빈 거예요. 사방을 샅샅이 찾아봤지만 내 책은 아무 데도 없어요. 없어져 버렸어요, 아주 없어졌어……."

*

하일라 해리슨 경관은 널빤지 산책로에 서서 골목으로 이어지는 비좁은 통로 쪽에 난 창문을 살펴보았다. 빳빳한 카키색 제복 위에다가 등에 '경찰'이라 적힌 재킷도 벨트 채워 입고 있었다. 창틀은 뒤틀렸고 내리닫이창은 열린 채였다. 경관은 무릎을 꿇고 창문 안으로 고개를 들이밀었다가 다시 물러나 일어섰다. 그리고 엘런 갤러거를 쳐다보았다. "무단 침입 증거는 없지만 누군가 안으로 비집고 들어가려고 탁자를 젖혀 놓은 것으로 보이네요. 이 창문은 평소에 잠겨 있습니까?"

엘런 갤러거는 얇은 면 블라우스와 검은 모직 치마를 입고 덜덜 떨고 있었다. 엘런이 발작적으로 침을 삼키고 말했다. "안 잠겨 있었을 거예요. 도통 잠기지가 않는 창문이라."

애니는 어중간하게 열려 있는 창문을 바라보았다. 그야말로 식은 죽 먹기였다. 간밤 선착장과 상점가가 텅 빈 시간에 누군가 산책로로 슬그머니 들어선 것이다. "하일라 경관님, 감시 카메라는요?"

하일라의 서늘한 초록색 눈동자가 통로를 죽 훑었다. 그러더니 엄지손가락을 휙 젖히며 말했다. "카메라가 양쪽 끝에 설치되어 있는데, 어느 쪽에서도 이 창문은 안 보일 겁니다. 카메라에 뭐가 찍혔는지 확인해 보겠습니다. 지문도 조사할 겁니다. 하지만 계획을 짜서 행동하는 범인들은 보통 지문을 안 남기죠."

애니는 도둑이 과연 맨손으로 다녔을까 의심스러웠다. 장갑을 끼기 딱 좋은 밤이었으니까. 그녀는 범인이 장갑 낀 손으로 낡은 창문을 잡고, 안으로 비집고 들어갈 수 있을 만큼 틈이 벌어질 때까지 끈덕지게 밀었다 당겼다 하며 흔들었을 거라고 확신했다.

"일단은—" 하일라의 목소리는 언제나처럼 무미건조했다. "안으로 들어갑시다. 선생님께서 어떤 물건을 잃어버리셨는지 이야기를 들어 보죠."

가게 안은 추웠으나 하일라가 지문을 채취하기 전까진 창문을 닫을 수 없었다. 어차피 거기서 지문은 건지지 못했지만 말이다. 세 사람은 카운터 앞에 섰다. 진이 다 빠진 엘런이 처량한 몰골로 침울하고 단조롭게 이야기하는 동안 애니는 가게 안을 둘러보았다. 옷 더미 속에 섞여 있는 체크무늬 숄이 눈에 띄었다. 그리 재빨리 가서 두툼한 양모 숄을 집어 들고 턴 다음 돌아와 엘런의 축 처진 어깨에 둘러 주었다.

하일라는 이따금씩 메모해 가며 엘런의 이야기를 경청했다. 양로원에서 온 편지와 어머니의 옛 친구에 대한 얘기, 또 그렇게 돈이 많이 드는데도 우편료를 지불하게 된 사연, 그리고 상자가 도착한 뒤 애거사 크리스티 책을 발견하고 혹시 돈이 좀 되지 않을까 싶어 애니에게 가져와 봤다는 이야기까지.

애니는 너무도 선명히 기억하고 있었다. 그때 엘런의 파란 눈은 앳되고 들떠 보였는데 지금은 삶에 시달리고 패배한 눈빛이었다.

하일라가 카운터를 쳐다보았다. "그러니까 어젯밤 엘런 씨가 떠날 땐 그 책이 분홍색 퀼트 덮개로 싸여 있었군요. 어디다가 두셨죠?"

엘런은 통나무처럼 뻣뻣하게 카운터 뒤로 걸어가 가장자리 아래쪽을 가리켰다. "바로 저기 선반 위에다 놓았어요. 저는 매일 밤 저기다 장부와 돈통을 보관해요."

하일라의 홀쭉한 얼굴은 변함없이 무표정했다.

애니의 머릿속엔 문득, 10만 달러에서 17만 5천 달러쯤은 나가는 책이 도난 경보기도 감시 카메라도 경비 체계도 없는 가게 선반에 덩그러니 남겨져 있었구나 하는 생각이 스쳤다. 물론, 밤중에 한 번씩 경찰이 불쑥 나타나 여기저기 손전등을 비추며 순찰을 돌았지만 말이다. 페리로만 들어올 수 있는 해안가 섬에서는 사소한 범죄가 일어나더라도 그리 위협적인 수준은 아니었다. 범죄가 발생하긴 했다. 벽지에서 가끔 빈집 털이 사건이 일어났고, 여름철 피서객이 바글거릴 때면 휠 캡이나 핸드폰을 도난당하는 경우도 있었지만, 해변 산책로 위의 가게가 털리는 일은 드물었다.

하일라는 펜으로 수첩을 톡톡 두드렸다. "책이 여기 있다는 걸 아는 사람이 누가 있죠?"

엘런은 떨리는 손을 들어 가느다란 손가락들로 한쪽 뺨을 꾹 눌렀다. 그리고 머뭇머뭇 겸연쩍은 표정으로 애니를 슬쩍 쳐다보았다.

애니는 놀라지 않았다. 엘런이야 늘 자기 이야기를 떠벌리곤 했으니까. 원체 솔직하고 순수한 사람인 데다, 어제 오후엔 누구든 엘런이 몹시 들떴다는 사실을 알아차릴 수밖에 없었으리라. "누구한테 말씀하셨죠?"

엘런이 깡마른 어깨를 움츠렸다. "그게 실수라고는 생각하지 않았어요. 아무래도—" 그리고 처량한 목소리로 시인했다. "아무 생각도 없었던 거 같아요. 저는 그저 여기서 몹시 기뻐하고 있었죠. 지니에게 편지를 쓰려고 자리에 앉았을 때 벤슨 부인이 들어왔고, 어쩌다 보니 자초지종을 전부 이야기하게 됐거든요. 음, 전부 다는 아니네요. 애니 씨랑 상의했다는 얘기는 안 했어요. 그러니까, 값이 얼마나 나가는지는 아무한테도 말 안 할 생각이었어요. 아무한테도 말 안 했는데……."

하일라가 끼어들었다. "처음부터 짚어 보죠. 엘런 씨는 가게에 들른 손님들에게 책 이야기를 하셨지요. 그게 누구누구였는지 이름을 알려 주시겠습니까?"

엘런이 숄 가장자리를 움켜쥐고 어깨 주위를 더 꽉 여몄다. "낸시 벤슨 씨가 2시 반쯤 들어왔어요. 뭘 사러 왔냐면……"

하일라가 다시 말을 끊었다. 그래도 목소리는 상냥했다. "이름부터 알려 주시죠."

엘런이 연한 파란색 눈으로 하일라를 쳐다보았다. "낸시 벤슨. 피킷 교수. 월트 위즈덤."

애니 역시 친하진 않더라도 아는 사람들이었다. 셋 다 이 섬에서 잘 알려진 인물이었으니. 낸시 벤슨은 섬에 새로 들어온 수수께끼의 여성이며 모리슨 약국에서 일했는데, 모나리자처럼 갸름한 얼굴로 빤히 쳐다봐 손님들을 무안하게 만들곤 했다. 정중하고 쾌활한 중년 이혼 남성인 월트 위즈덤은 말재간이 뛰어나고 젊은 여자들을 좋아했다. 은퇴한 역사학 교수 캘빈 피킷은 늘 자기 지식을 나눠 주려고 안달하는 사람이었다(독립 선언문의 첫 번째와 두 번째 초안은 삼베로 만든 종이에 적었고, 처음으로 백악관에서 생활한 대통령은 존 애덤스였으며, 독일 유보트양차 세계 대전 때 사용된 독일의 대형 잠수함는 제2차 세계 대전 동안 플로리다 해역에서 24척의 배를 침몰시켰고, 기타 등등).

"그 밖에 어제 오후나 저녁에 또 다른 사람에게 책 얘기를 하셨습니까?"

엘런이 고개를 저었다.

"책 얘기를 나눈 세 분에 관해서……"

엘런의 속눈썹이 재빨리 파르르 떨렸다. 놀라고, 살짝 충격 받고, 흥분한 듯했다. "그 사람들 중 하나가 어젯밤에 돌아와서 제 책을 가져갔다고 보시는 거예요?"

하일라는 신중히 대답했다. "여러 가능성이 있습니다. 그냥 좀도둑이 가게에 침입해 잔돈을 뒤져 보려고 카운터로 갔을 수도 있죠. 잠긴 금전 등록기를 열기는 어려운데, 엘런 씨가 금전 등록기를 사용하지 않는다는 건 다들 아는 사실일 수가 있거든요. 현금도 없어졌습니까?"

엘런은 현금 보관함을 들어 올려 열었다. 그리고 입술을 달싹이며 얼마 안 되는 지폐를 재빨리 세어 보았다. "그대로 있네요."

하일라는 고개를 끄덕였다. "침입자는 카운터 아래 있는 물건이라면 뭐가 됐든 값어치가 나갈 거라고 짐작했을지도 모릅니다. 그래서 거기 책이 있는 것을 보고 가져가기로 결심했을 수도 있습니다. 아니면 이제 오후 가게에 왔던 사람들 중 하나가 그 책의 진가를 알아차리고서 밤중에 돌아왔을 가능성도 있고요."

엘런이 경외의 눈으로 하일라를 바라보았다. "저, 그럼, 책은 되찾아 주실 수 있는 거죠, 맞죠? 아, 정말 좋아요. 얼마나 걸릴 것 같으세요?"

평소엔 당최 속을 알 수 없는 하일라의 얼굴에 놀라움과 당혹, 경악과 연민이 스쳤다. 경관이 입을 열다 멈추고 숨을 골랐다. "그 책이 어떻게 됐는지 밝혀내기가 쉽진 않을 것 같습니다."

엘런은 간절한 얼굴로 바라보며 손을 파닥거렸다. "하지만 우린 이제 그 사람들 중 하나가 분명하다는 걸 알잖아요—그 사실을 척 알아내다니 경관님은 정말 대단하세요—그럼, 수색 영장을 받아서

집이든 뭐든 싹 살펴보면 안 되나요? 그 책을 가져간 사람은 물건이 손상되지 않게 안전한 데 모셔 놨을 거예요. 경관님이 그 사람들에게 가서, 그중 한 명에게—누구든 간에—책이 있다는 사실을 알고 있으니 그냥 제게 돌려주는 게 제일 쉽고 좋은 해결책이라고 말씀해 주시면 되잖아요."

"선생님, 그 세 분이 어제 가게에 왔고 그 책에 대해 전해 들었다는 사실만으로는 수색 영장을 청구할 근거가 없어요. 사실—" 하일라가 떨떠름한 태도로 말했다. "대단한 절도죄를 범했다고 추궁하는 건 고사하고, 그 사람들을 신문할 만한 뾰족한 근거도 없습니다. 게다가—" 하일라는 손가락을 접은 채 한 손을 올렸다. 그리고 말을 이어 나가며 손가락을 하나씩 폈다. "강도가 들었다는 물리적인 증거가 없습니다. 오직 선생님과 달링 부인께서만……"

애니는 그 격식 차린 지칭에 미소를 지어 보일 수도 있었지만 잠자코 있었다. 하일라 해리슨 경관이 그저 의례를 준수하느라고 결혼 후 성으로 부른 것임을 알기 때문이었다.

"……그 물건이 존재한다고 확언할 수 있을 뿐이고, 비어 있는 퀼트 책 덮개는 그 안에 고가의 책이 들어 있었다는 증거가 되지 못합니다. 그리고 마지막으로, 양로원에서 온 상자에 대해 말씀하신 것으로 보아, 엘런 씨는 양도 증서도 갖고 계시지 않은 건데요. 그렇죠." 하일라는 잠시 생각하다 말을 이었다. "이 책이 바로 엘런 씨 소유라는 증거가 없습니다."

엘런의 얼굴에서 희망이 사그라들었다. 문득 몸이 쪼그라드는 듯 보였다. 그녀는 이제 절망한 눈으로 하일라를 바라보았다. "경관님께서 뭐라도 해 주실 수는 없을까요?"

하일라는 수첩을 덮었다. 두 눈에는 슬픈 기색이 어렸지만 목소리만큼은 사무적이었다. "신고 접수를 하겠습니다."

*

애니는 경찰서 휴게실 자판기에서 닥터페퍼를 골랐다. 그리고 캔이 구멍으로 미끄러져 나오는 동안, 왼편에 게시된 섬 세부 지도를 흘끗 보았다. 북단엔 외곽 도로가 뻗었고, 중심부엔 항구와 작은 시내가 형성되어 있으며, 남단엔 골프장이라든가 길이 구불구불한 고급 주거지, 선착장 등이 있었다. 그리고 선착장을 따라 '맞춤형 죽음'과 엘런의 '선물의 집'을 비롯한 상점들이 곡선을 그리며 늘어섰다. 애니는 차가운 캔을 들고 기다란 포마이카 탁자 앞으로 가서 하일라의 맞은편 의자에 스르륵 앉았다.

하일라는 넘칠 듯한 블랙커피에 설탕을 두 스푼 넣고 휘저으며 고개를 흔들었다. "애니, 정말로 가망이 없어. 빌리 서장님은 지금 공판 때문에 뷰퍼트에 가셨는데, 잠시 짬 나실 때 연락해 봤어. 하루 이틀 정도 기다려도 괜찮을 거 같다고 하시네. 서장님이 여기 돌아온 다음에, 그 사람들한테 비공식적으로 접근해 보면 좋겠다면서. 누가 가게에 침입했을지 알아내려고 단서를 추적하는 중인데, 혹시 그 책에 대해 남에게 얘기한 적 있는지 묻는 식으로 말이지. 가게에 들렀다는 이유만으로 그 사람들에게 줄줄이 혐의를 제기할 순 없어."

애니의 마음속에서 뜨거운 분노가 불끈 치솟았다. 하일라를 향한 분노는 아니었다. 하일라 경관은 최선을 다해 제 할 일을 하고 있었다. 애니의 분노는 뒤틀린 창문을 끼낑대며 열고 안으로 기어 들어가 책을 훔쳐 간 누군지 모를 침입자를 향했다. 그 책은 엘런의 인생을 역전시켜 줄 수도 있었는데. 그 책 덕분에 잠시 동안이나마 엘런의 얼굴이 다시 활짝 피어나고 흐릿한 파란색 눈엔 열망과 생기가 반짝였는데. 기쁨을 깨뜨리는 행위야말로 가장 저열한 도둑질이었다.

하일라가 계속해서 말했다. "……마음이 좀 아프더라고. 손님들 중 하나가 도둑이라는 점을 내가 알아냈다고, 엘런 씨는 마치 천재를 보듯 날 바라봤잖아. 엘런 씨가 나더러 그랬지. 그 사람들한테 가서, 그중 한 명이—누구든 간에—책을 훔쳤다는 사실을 알고 있으니 그냥 돌려주는 게 제일 쉽고 좋은 해결책이라는 얘기를 해 달라고." 하일라는 당혹감과 동정심 사이에서 어쩔 줄을 몰랐다. 그러다 평소대로 딱딱하고 농담기 없는 어조로 유감을 표했다. "엘런 씨는 아이 같아. 하지만 그분보다 더 세상 물정에 밝은 다섯 살짜리 꼬맹이들도 수두룩하지."

애니는 닥터페퍼 캔을 치켜들다 말고 우뚝 멈추었다…… *제일 쉽고*…….

갑작스런 정적이 흐르는 가운데, 하일라가 애니를 빤히 들여다보았다. "이봐, 애니."

애니는 급히 캔을 들어 꿀꺽 마시고, 그 호불호 갈리는 시큼한 탄

산음료가 목구멍으로 넘어가자 캑캑거렸다.

하일라는 어깨에 힘을 주며 곧고 빳빳한 자세로 앉아 있었다. "허튼 짓은 꿈도 꾸지 마. 우선, 그런 식의 꼼수는 벌써 옛날에 끝났어."

애니는 깜짝 놀라 하일라를 쳐다보았다. 그녀도 잘 알듯이, 하일라는 때늦게 미스터리 소설의 매력에 빠져들었지만, 소설 속에서 범인을 교란하는 방법들 중에 어떤 게 말도 안 되는 수법인지 정도는 단언할 수 있었다.

하일라의 시선은 조금도 흔들림이 없었다. "지난달에 도서관 탐정 소설 클럽에서 발표자한테 들었는데 말이야. 어떤 명망 높은 신사가 아서 코넌 도일에게 '도망치십시오. 전부 발각되었습니다'라는 쪽지를 받은 다음날 사라져 버렸다는 이야기는 진짜로 있었던 일이 아니래. 헤니 말로는 그 얘기가 마크 트웨인의 사연으로도 알려져 있는데, 만약에 소문이 사실이라면, 악마 같은 유머 감각으로 유명하던 트웨인 쪽이 차라리 더 그럴 듯한 후보라고 했어. 헤니는 그런 이야기가 오랫동안 떠돌아 왔고, 어디서 유래한 건지는 아무도 모를 일이라고 하더라. 어쨌든 날 방해할 생각은 하지 마."

애니는 자기한테 능청 떠는 재주가 있었으면 싶었다. 어머니와 남편이 애니의 얼굴을 두고 근시가 심한 들쥐도 쉽게 길을 찾을 수 있는 지도 같다고 입을 모아 말할 정도였으니. 이제 그녀는 닥터페퍼 캔을 들어 경례했다. "그 생각이 머릿속에 스쳤다는 사실은 인정할게."

하일라는 의심 가득한 초록색 눈으로 계속 애니를 들여다보았다.

"하지만 네 말이 맞아." 애니가 진심 어린 말투로 수긍했다. 하일라는 일단 한 가지 생각에 매달리면 부두 말뚝에 붙은 따개비보다 더 찰싹 달라붙는 사람이었다. "그런 방법은 절대 먹히지 않겠지." 그리고 미소 지었다.

하일라는 웃어 주지 않았다. "절대 누구도 궁지에 몰아넣지 마, 애니. 그럼 어떻게 되겠어? 네가 약속을 잡았다 치자. 엘런 씨가 덤불 속에 숨어서 지켜볼 수도 있겠지. 네 생각은 누가 미끼를 무는지 확인하고, 기회 되면 사진을 찍든지 해서 빌리 서장님께 뭔가 가져다 주려는 거잖아. 하지만 그 셋은 다들 장물을 갖고 있다 붙잡히면 잃을 게 많은 사람들이야. 더구나, 인간들은 십만 달러라면 별짓을 다 할 거고. 또 하나, 범인은 애거사 크리스티의 친필 서명을 보고 싶어서 이 책을 빼돌리고는, 이 세상 어느 누구도 못 가진 책을 손에 넣었다며 흐뭇해할 미친놈일지도 몰라. 그러니까, 그런 짓은 꿈도 꾸지 말라고."

*

애니는 손을 뻗어 애거사의 등을 쓰다듬었다. "하일라는 대체 날 얼마나 멍청이로 생각하는 거야?" 벽난로 속 통나무에서 불길이 너울거렸다. '맞춤형 죽음' 안은 겨울날의 정취가 한껏 풍기도록 환하고 따스했으며, 커피 조리대 위에선 핫초코가 담긴 머그에서 김이 모락모락 피어올랐다.

애거사가 고개를 틀고 살짝 깨물었다.

애니는 손을 홱 거둬들였다. “우리 도도한 고양이, 너마저 이러기야?”

늘 그렇듯 애거사는 변덕스럽게 가르랑거리며 애니의 다리에 몸을 딱 붙였다.

애니는 커피 조리대에 기대서서 핫초코를 홀짝였다. 물론, 훤히 알려진 해묵은 계략은 진부하기 짝이 없었다. 하지만 진부함이란 손에 잡힐 듯 엄연한 진실을 드러내 주기도 하는 법. 비밀을 품은 자라면 누구든 혹여 들통날까 봐 전전긍긍하기 마련이었다. 하일라는 애니에게 쓸데없이 휘젓고 다니지 말라고 경고했다. 하지만 하일라의 대답을 통해 어제 오후 엘런의 가게에 들렀던 손님들 모두 잃을 게 많다는 사실을 확실히 알 수 있었다. 틀림없었다. 바로 그 점을 지렛대로 삼아야 했다. 그래, 점잖은 도둑을 직접 대면하는 건 어리석은 일이 될 테다. 애니는 ‘자정에 무덤가에서 기다리겠습니다’ 식의 약속을 잡는 데엔 전혀 관심이 없었다.

그런 짓을 할 만큼 어리숙하진 않았으니까. 애니는 단호하게 고개를 끄덕인 다음, 머그잔을 들고 창고로 가서 컴퓨터 앞에 앉았다. 그리고 여러 웹 사이트를 검색하다 자기가 찾던 물건을 발견하고 주문을 넣었다. 내일이면 배송될 터였다.

애니는 컴퓨터에서 몸을 뗐다. 지금부터 내일까지 할 일이 많았다. 현관문으로 걸어가며 외투 걸이에서 재킷을 잡아채고 전등을 껐다.

애거사가 호기심 어린 눈빛으로 따라왔다. 애니의 이런 행동은 겨울 오후의 일상에서 벗어나 있었으니. 계산대 앞에 멈춰 선 애니는 애거사가 가장 좋아하는 장난감들이 담긴 그릇에서 개박하향 갈색 쥐 인형을 집어 들어 통로로 데굴데굴 굴렸다.

애거사가 날쌔게 쫓아갔다.

애니는 밖으로 나와 문을 잠그고, 산책로를 성큼성큼 바삐 지나 쿵쿵대며 계단을 내려갔다. 멈춰 서서 선착장을 바라보지도 않았다. 차로 향하는 내내 종잡을 수 없는 상념들이 머릿속에서 부대꼈다. 우선 접근하기 쉬운 장소가 필요했다. 하지만 사냥감은 촉각을 곤두세우고 덫을 경계할 게다. 아무도 잠복하고 있지 않은 듯하여 도둑이 마음 편히 나타날 만한 장소가 어디일까?

애니는 운전대 앞으로 미끄러져 들어갔다. "아, 그래." 그녀는 자신의 영리함에 감탄해 큰 소리로 외쳤다. "알았다." 곧이어 시동을 걸고 후진했다가 방향을 틀어 해변 쪽으로 차를 몰았다.

*

목요일 늦은 오후, 애니는 UPS유나이티드 파슬 서비스. 미국에 본사를 둔 국제적 물류 운송 업체 트럭이 올 때까지 '맞춤형 죽음' 뒤편 부두에서 기다렸다. 그리고 소포를 받아 부랴부랴 가게로 들어와서는 가로세로 25센티미터쯤 되는 판지 상자를 작업대 위에 올려놓았다. 윗면을 칼로 긋고 뚜껑을 연 다음 비닐 완충재에 싸인 물건을 꺼냈다. 잠시 뒤, 애니는 배터리 충전식인 작은 카메라를 들여다보았다. 내일 아침으로 타이머를 맞추는 데는 1분밖에 걸리지 않았다. 일단 켜 놓으면, 카메라는 계속

작동될 터였다.

*

애니는 겨울 해질녘 해변을, 어슴푸레한 빛이 사그라들기 직전 해안가 귀리가 금빛으로 아른대는 풍경을 사랑했다. 산책로가 끝나 가자 그녀는 체크무늬 코트를 더욱 꽁꽁 여몄다. 혼자서 개를 산책시키는 사람이 지나갔지만 이 적막을 깨뜨릴 순 없었다. 잔잔한 파도가 굽이쳤다. 차츰 희미해지는 햇빛에 포말이 잿빛으로 부서졌다. 애니는 모래밭을 터벅터벅 걸어 안전 감시탑으로 향했다. 그리고 한쪽 가로대 아래에다 접착제를 붙인 뒤, 접착제 표면에 소용돌이형 회색 플라스틱 카메라를 꾹 눌러 붙였다. 그다음 뒤로 물러서서 만족스레 고개를 끄덕였다. 이 정도면 여기 카메라가 붙어 있다는 사실을 미리 알고 있는 사람이나 간신히 식별할 수 있을 거다.

*

애니는 차에 올라 시내 방향의 넓은 가로수 도로를 달리며 제 자신의 똑똑함에 취했다. 아직 캄캄해지지 않았으니, 완전히 밤이 되기까지 한 시간은 남았다. '파로티스 바 앤 그릴'에서 저녁 한 끼 먹기엔 충분한 시간이었다. 그다음엔 구식 공중전화 부스로 가서 전화를 세 통 걸 생각이었다. 하지만 상점가가 문을 닫는 5시 이전에 시내를 어슬렁어슬렁 돌아다닐 시간도 충분했다.

애니는 유혹에 굴복하고 말았다.

'모리슨 약국'은 섬에서 가장 오래된 호텔인—소박하고 비싸지 않으며 몇 세대에 걸쳐 손님들에게 사랑받아 온—'머메이드 호텔'과 겨울엔 휴업하는 수영용품점 사이 비좁은 틈에 끼어 있었다. 애니는 약국 안으로 들어가 잠시 우두커니 서서 판지 가판대에 진열된 초콜릿을 쳐다보았다. 다른 손님—헤이즐 케리—이 계산을 마칠 때까지 기다리며 천천히 물건을 고르는 듯한 태도였다.

그때 헤이즐이 계산대에서 몸을 돌리다 "애니 달링, 이게 얼마 만이야!"라고 외쳤다.

애니도 헤이즐을 좋아했지만, 만나고 나면 대개 한차례 태풍을 맞고 살아남은 듯한 기분이 들었다. 헤이즐은 점심 약속을 잡고, 기회되면 서배너까지 쇼핑하러 다녀오자고 떠들썩하게 수다 떤 뒤 짐 한 보따리를 들고 떠났다.

애니는 속에 라즈베리가 든 고디바 초콜릿 바 세 개를 들고 계산대로 걸어갔다. "낸시 씨, 잘 지내세요?" 계산대에 초콜릿을 올려놓으며 말을 걸었다. "며칠 전에 해변 산책로에서 언뜻 뵌 것 같은데. 낸시 씨는 평소에 저희 가게 쪽 섬 끝까진 안 내려오시잖아요." 선착장은 섬의 남쪽 끝에, 시내 중심가와 페리를 댈 수 있는 항구는 섬의 가운데쯤인 서쪽 해안에 있었다.

낸시가 서늘한 파란 눈을 깜빡이지도 않고 애니를 꼼꼼히 살펴보았다. 은빛 도는 금발머리로 감싸인 갸름한 얼굴은 담담해 보였다.

"해변 산책로요?"

"화요일이었던 것 같아요."

"그랬던 것 같기도 하고요." 여자치고는 굵은 목소리였다. 파란 눈은 여전히 애니에게 고정되어 있었다. "구입은 이것만 하시나요?"

"네, 고마워요."

낸시는 금전 등록기에 가격을 입력한 뒤 초콜릿을 비닐봉지에 담았다. 그리고 여전히 무덤덤한 얼굴로 봉지를 건네주었다.

애니는 살가운 웃음을 지어 보려 했다. "다음에는 제 가게에도 잠깐 들르세요. 신간이 많이 들어왔거든요. 어떤 작가를 제일 좋아하세요?"

낸시는 어렴풋이 놀란 표정을 짓더니 천천히 말했다. "저는 리 스미스를 좋아해요."

"우리 책방에서 제일 잘 나가는 작가 중 한 명이에요."

낸시는 아무 말도 없었다.

어색한 정적이 흘렀다. 애니는 억지로 미소를 짜낸 뒤 돌아섰다.

*

캘빈 피킷은 통통한 손에 만년필을 쥐고서 꿈을 꾸는 듯 멍한 표정을 짓고 있었다. 눈길은 포카혼타스 흉상이 서 있는 한쪽 구석에 머물렀다.

"피킷 교수님?"

그가 섬 역사 협회 사무실 중앙에 놓인 낡은 나무 탁자에 산더미처럼 쌓인 책 뒤에서 올려다보았다. 시선이 서서히 또렷해졌다. "그래요, 맞아, 낯이 익네요. 달링. 애니 달링 씨. 해변 산책로에서 책방을 운영하시죠. 재발매된 '릴리 우' 시리즈가 마음에 들어요. 내가 무슨 책 얘기하는지 아시겠어요?" 캘빈은 대답할 시간을 주지 않았다. "정말 인상적인 인물이지요. 최초의 중국계 미국인 탐정이고, 재니스 캐머런의 조수로 그치는 게 아니라 훨씬 더 많은 역할을 하거든요. 릴리는 그 안에서 가장 뛰어난 두뇌였어요. 그리고 20세기 중반 하와이의 모습을 포착해서 보여 주는 작품도 몇 권 있죠. 작가는 아주 흥미로운 여성이었고, 좀 슬픈 삶을 살았지만, 놀라운 재능을 지닌 사람들의 삶이란 흔히 그렇잖아요. 그나저나 애니 씨는 장서를 참 멋지게 갖춰 두셨더군요. 여기 있는 커다랗고 케케묵은 책들보다 훨씬 더 흥미로워요."

캘빈이 책 더미를 툭툭 치더니 활짝 웃으며 물었다. "그런데 먼지투성이인 제 누추한 왕국에 무슨 일로 행차하셨지요?" 때마침 재채기가 나오는 바람에, 그는 침이 튀지 않게 헐렁한 셔츠 소매로 간신히 입을 꾹 막았다. "우리가 역사와 함께 발굴해 내는 게 바로 이거랍니다. 엄청난 먼지요. 방금 '앤 여왕의 복수'호18세기 초 영국에서 만든 대형 함선으로, 당대 악명 높은 해적 '검은 수염'이 이러한 이름을 붙여 해적선으로 사용했다에 대한 몹시 흥미로운 소논문을 깊이 파고 있었어요. '검은 수염'이 몰고 다니던 해적선인데, 최근에 인양되면서 더 많은 사실이 알려졌거든요. 물론 '검은 수염' 대신 에드워드 티치라 불러 줘야겠지만. 참 대단한 악당이지 뭡니까. 에드워드 티치와 스테드 보닛은 그 지역을 공포의 도가니로 몰아넣었어요. 윌리엄 펜17세기 영국의 신대륙 개척자과 선명하게 대비가 되죠. 둘 다 같은 시대에 활동했는데, 펜은 도덕성과 인품이 훌륭했단 말이지요. 하지만 역사적 기록을 보면 늘 그런 식이었답니다." 캘빈은 갑자기 키가 160센티미터나 될까 말까 한 몸을 벌떡 일으키고 환히 웃었다. "이 겨울 오후에 뭘 좀 도와드리면 될까요?"

애니는 머릿속에 바로 떠오른 것부터 물어보았다. "혹시 제가 가게에 있다 선생님을 몰라봐서 인사도 못 드린 게 아닐까 싶었는데요?"

캘빈이 옅은 갈색 눈을 빠르게 깜빡였다. "나를 몰라보셨다고요? 최근에 제가 거기 간 적이 있나요? 이거 원, 가끔 내가 어디로 가던 중인지 깜빡할 때도 있기야 하지만, 그쪽으로는 안 간 것 같은데요. 조만간 방문할 예정이긴 하답니다. 헌책 코너를 둘러보는 게 즐거워서 말이에요. 수집가가 탐낼 만한 고서를 언제 발견할지 모를 일이거든요. 애니 씨가 에드거 앨런 포의 진귀한 판본 하나를 몰라보고 헐값에 내놓았길 바란단 얘기는 아니지만, 혹시 모르니 구경해서 나쁠 건 없지요."

서늘한 공기가 소용돌이쳤다. 애니는 살짝 한기가 들었다. 캘빈 피킷은 숱 많은 백발과 잘 다듬은 흰 콧수염, 구깃구깃한 트위드 재킷, 그리고 대체로 천진한 표정 때문에 천생 교수처럼 보였다. 이 사람은 속으로 신나게 비웃으며 애니를 갖고 노는 중인 걸까?

애니는 침착한 눈빛으로 캘빈을 쳐다보았다. "선생님께서 고전 미스터리를 좋아하시니 말인데—" 그러면서 머릿속으로 허둥지둥 책을 뒤져 보았다. "콘스턴스와 궤니스 리틀 자매의 『거대한 검은 칸바』 초판본에 관심이 있으실지 궁금했거든요. 책 상태도 좋고요. 20

달러에 드릴 수 있어요."

캘빈이 신중하게 따져 보는 듯 입술을 오므렸다. "좋은 가격이군요. 진짜 괜찮은 가격이네요. 음, 그래요, 내일 들러서 살게요."

*

중심가에서 한 블록 떨어져 있는 '위즈덤 투자 회사'는 월트 위즈덤 소유의 저택을 본부로 삼았다. 남북전쟁 전에 지은 목조 가옥이었는데, 예전엔 으리으리한 식당으로 사용하던 맨 아래층을 사무실로 개조해서 썼다. 월트는 굴 껍질이 섞인 울퉁불퉁한 바닥 위에 우뚝 솟은 그 저택을 할머니로부터 상속받았다. 계단을 오르면 비바람을 막아 주는 주랑 현관에 이르렀다. 격식 차린 거실은 고객 대기실로 쓰였고, 월트는 위층에 거주했다.

애니는 서둘러 계단을 올라갔다. 4시 45분이니 잠재적 고객이 찾아오기엔 좀 늦은 시간이었지만, 그래도 월트가 환영해 주리라고 굳게 믿었다. 애니가 '맞춤형 죽음'에서 얻는 수입이야 얼마 안 된다 해도, 맥스와 그의 어머니 로럴 로스크가 부유하다는 사실은 월트도 잘 알고 있을 터였다. 돈에 눈먼 자들이 "무지막지한 부자네"라고 혀를 내두를 정도였으니까.

애니는 조지 왕조풍의 작은 대리석 협탁 위에 도금한 거울을 세워 둔 멋진 복도로 걸어 들어갔다. 바닥은 애초부터 깔려 있던 소나무 심재였다. 우아한 계단이 위층으로 쭉 이어졌다.

월트가 애니의 왼쪽 문간에 나타났다. 180센티미터가 넘는 키에

숱 많은 밤색 머리, 영화 〈바람과 함께 사라지다〉 속 탈턴 쌍둥이풍의 짧은 구레나룻, 뚜렷한 이목구비와 두툼한 입술을 지닌 월트는 여자들이 자신에게 홀딱 반하리라 생각하며 우쭐했다. 애니는 그 유혹하듯 휙 스치는 눈길을 보고 월트가 본인을 어떻게 판단하는지 알 수 있었다.

애니가 절제된 미소를 지으며 말했다. "투자 자문이 필요한 친구가 있어서 제가 한번 알아보겠다고 했거든요."

월트는 반쯤 허리 숙여 인사했다. "좋죠, 들어오세요." 그러면서 현재 개인 사무실로 쓰고 있는 방으로 애니가 들어갈 수 있게 비켜섰다. 벽은 오래전 가정집이었을 때와 똑같이 옅은 파란색이었다. 천장 높이의 창문들 주위로는 여러 점의 붉은 벨벳 벽걸이가 테두리를 이뤘고, 거대한 마호가니 책상 위엔 서류가 널려 있었다. 중국 도자기 화병 두 개가 놓인 애덤 양식18세기 스코틀랜드 애덤 형제가 창시한 경쾌하고 우아한 신고전주의 인테리어 디자인 및 건축 양식. 영국의 전통에 고대 그리스와 로마의 건축 요소나 장식을 녹여 냈다 벽난로 선반 아래서 불꽃이 깜빡거렸다.

월트는 책상 앞에 놓인 방패 모양 등받이 의자로 애니를 안내해 예의 차린 태도로 앉혀 주고는, 그녀의 팔에 잠시 가만히 손을 얹고 있었다.

그러더니 자기 의자로 가지 않고 책상 한구석에 기댄 채 애니 곁에 머물렀다. "친구분이시라고요?"

애니는 고개를 끄덕이며 감탄하는 눈빛을 꾸며 냈다. "그 친구는 이제껏 돈이 한 푼도 없었는데, 현물을 하나 팔면 아마 15만 달러쯤

얻을 수 있는 모양이에요."

월트가 고개를 끄덕이며 두 손끝을 맞댔다. "그분한테 다른 투자 자산은 없고요?"

애니는 고개를 저었다. "사실, 친구에겐 아무것도 없어요." 그리고 월트를 빤히 쳐다보았다. 지금 바보같이 굴고 있는 걸까? 그럴지도 몰랐다. 하지만 속에서 열불이 치솟았다. 엘런은 그렇게나 감격했고, 자기 시력을 지킬 수 있는 돈이 생겼다고 생각했는데, 순식간에 빈손으로 덩그러니 남겨졌단 말이다.

"흠. 그러면 연금을 고려해 보시는 것도 좋을 겁니다. 아니면 높은 수익률이 보장되는 뮤추얼 펀드도 괜찮죠." 월트는 친절하게 미소 지었다. "그런 종류는 제가 맡아 드리는 업무는 아니지만—" 그가 일어섰다. "친구분께 그렇게 전해 드려도 좋습니다."

애니도 자리에서 일어났다. 시간 낭비하게 해 줘서 고맙다고 말하려다 꾹 참고 문 쪽으로 돌아섰다.

커다랗고 따뜻한 손이 어깨에 닿았다. "가시기 전에 한잔하실래요?"

애니는 그 지분거리는 눈을 올려다보았다. "월트 씨, 고맙지만 볼 일이 좀 있어서요."

그리고 성큼성큼 걸어가 문을 열고 현관으로 나갔다.

월트는 문간에 서 있었다. "이제 바깥이 꽤 어둑어둑해지는데요. 섬에 살자면 이런 게 위험하죠. 조명 시설이 빈약하다는 것 말이에요. 길 잘못 들지 마시고 조심히 가십시오."

급히 연석으로 내려가 차에 타는 사이 아까 그 말이 머릿속에 맴돌았다. 월트의 굵은 목소리는 사근사근했다. 그런데 혹시 거기 우스워하거나 협박하는 기색도 서려 있었던가?

월트 말대로 땅거미가 지고 있었다. 길거리에 그림자가 짙게 깔렸고, 멀리 떨어진 형체는 전부 분간할 수 없이 흐릿해졌다. 애니는 본인에게 방종한 저녁 만찬을 즐길 자격이 충분하다고 생각하며 '파로티스 바 앤 그릴' 앞에 차를 댔다.

*

작은 상점가 위로 밤의 장막이 검은 벨벳처럼 드리워졌다. 총총히 반짝이는 별들이 주위를 희미하게 밝혔지만, 가로등은 아주 띄엄띄엄 서서 조그만 웅덩이 같은 빛만 발산할 뿐이었다. 애니는 난쟁이 요정처럼 작달막한 벤 파로티가 쾌활하게 반겨 주는 가운데 채 썬 체더치즈와 양파를 얹은 칠리 요리 한 접시를 배불리 먹었다. 이곳은 섬에서 가장 오래된 식당이었고, 바로 옆엔 톱밥으로 바닥이 덮인 낚시용품점도 딸려 있었다. 따뜻한 식당에서 다시 바깥으로 나선 애니는 눈이 어둠에 익을 때까지 기다렸다.

벤의 작별 인사가 귓가에 쟁쟁했다. *애니 씨와 맥스 씨 때문에 섭섭하다니까요. 뭐든 좋으니 신나는 일을 좀 마련해 줄 수 없겠어요?* 애니는 벤이 겨울철의 우울함을 떨쳐 낼 수 있게 기운을 북돋아 주며 몇 분 더 이야기 나눌 수 있다면 좋겠다고 생각했다. 그러면서 상점가 끝에 보이는 구식 공중전화 부스로 힘차게 걸어갔다. 해변 산책로엔 인적이 끊겼다. 항구에서 불어오는 상쾌한 바람은 2월의 냉기만이 아니라 묵직한 습기까지 머금고 있었다. 애니는 몸을 떨며 발걸음을 재촉했다.

공중전화 부스는 익히 아는 대로 낡은 나무 재질이었고 문은 약간 열려 있었다. 손을 뻗어 미끄덩할 정도로 축축하고 차가운 손잡이를 잡아당겼다. 문은 반쯤 열리다 말고 어디 단단히 걸린 듯 꿈쩍도 안 했지만, 그 사이로 어떻게든 비집고 들어갔다. 조명은 들어오지 않았다. 애니는 손가방에서 연필 모양 손전등을 꺼내 낡아빠진 공중전화를 비춰 보았다. 금속 카운터 위에 동전을 쌓아 놓고 동전 구멍에 몇 닢 밀어 넣은 다음 전화번호를 눌렀다.

"여보세요." 낸시의 낮은 목소리엔 반가움도 적대감도 드러나지 않았다.

애니는 숨을 한 번 들이쉬고 속삭였다. "화요일 밤에 당신을 봤습니다. 당신이 그 책을 가지고 있다는 걸 알아요. 책을 넘기세요. 남쪽 해변 가건물 옆에 있는 안전 감시탑으로 가지고 오세요. 내일 아침 10시입니다. 책을 거기 두고 가십시오. 안 그러면 경찰에 신고할 겁니다." 그리고 수화기 스위치를 꾹 눌렀다.

캘빈 피킷의 음성사서함 인사말은 자신만만했다. "*루이스 캐럴이 말했듯이, 도대체 나는 누구일까? 아, 그것 참 커다란 수수께끼지.* 이 문제를 뛰어넘을 수 있다면, 삐 소리 후에 메시지를 남겨 주십시오."

임무가 막중한 상황에서도 애니는 흥미를 느꼈다. 하지만 꽤나 영리한 사람은 꽤나 영리하게 못된 짓을 할 수도 있는 법. 수화기에 대고 휘파람을 불며 스위치를 눌렀다.

동전을 더 넣고 세 번째 전화번호를 두드렸다. 통화 연결음이 몇 번 나오다가 자동 응답기로 넘어갔다. 윌트 위즈덤은 집에 있는 게 거의 확실했지만 '알 수 없는 발신자'로 뜨는 전화는 무시해 버리는 모양이었다. 소곤소곤 협박조의 메시지를 남기는 거야 아주 잠깐이면 됐다.

*

기운 넘치는 흰 고양이 도러시 L은 애니가 불을 지필 동안 웅크리고 앉아 유심히 지켜보았다. 애니는 마지막으로 한 번 더 풀무질을 하고 활활 타오르는 불길을 들여다보았다. 그러고는 그물 철망을 닫고 벽난로 앞 체크무늬 소파에 편히 앉았다. 쿠션을 몸 뒤로 밀어 넣자 핸드폰이 울렸다. 마음속으로 노래를 흥얼거렸다. 맥스의 전화 수신음으로 설정해 둔 〈뭐든 좋아〉라는 노래의 처음 몇 소절이 퍽 마음에 들었다.

둘은 동시에 말을 쏟아 냈다. 그러다 애니가 경외심에 차 숨을 들이마셨다. "로리 매킬로이를 봤다고?" 애니는 부러움에 거의 몸이 떨릴 지경이었다. 마스터스 토너먼트에서의 대담한 활약을 본 뒤로 그 아일랜드 골프 선수를 동경해 왔으니까.

맥스가 낭랑한 목소리로 꾸짖었다. "그렇게 꺅꺅대는 말투는 사랑하는 남편한테만 쓰셔야죠."

애니의 웃음소리가 잔잔히 울려 퍼졌다. "그렇게 만들려면 당신이 마스터스에서 우승하기만 하면 돼. 매킬로이는 잘하고 있어?" 애니는 포근한 집 안 소파에 푹 파묻혀서 도러시 L을 무릎 위에 안고 얼러 주었다.

"버디만 줄줄이 세 개야. 만약에 내가……"

맥스의 목소리에 푹 빠져든 애니는 은은히 미소 지으며 귀를 기울였다. 맥스가 즐겁게 지내고 있어서 기뻤다.

"……내 얘기는 이쯤 해 두고. 거긴 어때?"

"아, 별일 없지." 애니는 태평한 말투로 말했다. "중대한 강도 사건 정도……."

"섬에서?" 맥스가 깜짝 놀라 되물었다.

애니는 엘런에게 멋진 보물이 들어왔는데 애통하게도 곧장 사라져 버린 일이며 세 명의 손님 이야기까지 단숨에 전해 주었다. "……그래서 내가 세 명 모두한테 메시지를 남겨 놨어."

"당신은 정말로―" 맥스는 흥미가 동한 목소리로 물었다. "도둑이 호락호락 아침 10시에 감시탑 앞으로 나올 거라고 생각하는 거야?"

"아마 안 오겠지. 하지만 혹시 카메라에 셋 중 하나가 찍히면, 어디서부터 시작할지를 알 수 있잖아. 어쨌든, 카메라랑 배송 요금밖에 안 들었고."

"그래." 말투는 다정했지만, 애니의 계획이 시간 낭비라고 생각한다는 티가 역력히 났다. "내가 집에 돌아간 다음에, 우리 둘이 그 책의 특징들을 한번 꼼꼼히 정리해 보자. 그리고 그 책을 얻게 될 법한 사람들한테 전부 보내는 거야. 아마 그쪽이 더 효과가 있을 거야."

"하지만 어떤 구매자가 우리한테 일러 준다고 해도, 그게 엘런의 책이라는 걸 어떻게 증명할 수 있을까?"

"양로원에서 상자를 꾸린 사람이 있겠지. 그 사람한테 증언을 얻자. 이쪽에서는 당신이 확인해 줄 수 있고."

"페리 메이슨얼 스탠리 가드너의 소설 속 변호사이자 탐정. 영화와 TV 시리즈로 여러 차례 제작되었다이 델라 스트리트페리 메이슨의 유능한 비서한테 말하듯 하네. 하지만 아마 당신 계획이 내 작전보다 더 효과적일 거야." 애니는 기분이 너그러워진 상태였다. "어쨌든, 카메라에 누가 잡히면 당신한테도 알려 줄게—그리고 내일은 로리 매킬로이 사진이나 한 장 찍어 봐……. 주말 잘 보내…… 로리 응원하고…… 응, 나도 사랑해."

전화를 끊은 뒤 애니는 미소 지었다. "도러시 L, 네가 제일 좋아하는 인간이 나흘 지나면 돌아올 거야."

일이 다 잘 풀린다면 그때쯤엔 도둑의 정체도 얼추 파악하게 될 터였다. 애니가 전화로 협박한 건 먹히지 않을지도 모른다. 하지만 만약 십만 달러가 넘는 책을 훔쳤는데 누군가 전화 걸어 그 현장을 봤다고 속삭인다면, 과연 두 발 뻗고 편안한 겨울잠에 빠져들 수 있을까? 전화는 분명 반응을 이끌어 낼 것이다.

겁에 질린 도둑은 오늘 밤 감시탑 앞으로 책을 가지고 가서 근처에 아무도 없는지 확인하고, 장갑 낀 손으로 책을 신문지에 싼 다음 안전 요원용 의자 위에 올려놓기로 결심할지도 모른다. 카메라는 아직 작동하지 않을 테지만, 범인을 붙잡는 일보다는 엘런이 책을 돌려받는 게 더 중요한 문제였다. 다시 한 번 엘런의 앞날에 행복이 펼쳐질 수 있도록 말이다.

범인이 오늘 밤 항구로 가서 바다에 책을 던져 버리는 게 최악의 결과일 게다. 아니면 범인은 책을 꽉 움켜쥐고서 범행을 부인하는 데 제 운을 걸지도 모른다. 하지만 모험 없이는 얻는 것도 없는 법이다. 애니는 나른하게 눈을 깜빡이며 생각했다. 만약 그녀가 책을 되찾지 못한다 해도, 아무 피해도 없으니 아무 문제도 없다. '아무 피해도 없으니 아무 문제도 없다.' 그 후렴구가 마음속에 잔물결을 일으켰다. 세라 코드웰의 탐정 소설을 다시 한 번 읽을 때가 됐군. 내가 세라 코드웰만큼 영리하다면 뭔가 다른 방법으로 책을 되찾을 수도 있을 텐데. 참, 맥스의 생각도 아주 쓸 만했다…….

애니는 난로가 뿜는 온기에 완전히 몸이 녹았다. 겨우 9시였다. 혼자 잠자리에 들기엔 너무 이른 때였다. 그녀는 곧 읽으려고 협탁 위에 쌓아 둔 책 더미로 눈을 돌렸다. 재니스 게이블 배시먼의 『포식자』, 제프리 디버의 『스킨 컬렉터』, 라이스 보엔의 『하트의 여왕』, 에드 고먼의 『폭풍 속을 달리는 사람들』. 애니의 손이 머뭇머뭇하고 있을 때……

삐걱 소리가 났다.

애니는 부엌으로 이어지는 복도를 쳐다보았다.

뒷문이 열린 듯 서늘한 공기가 회오리치며 불어닥쳤다. 문 경첩에 다용도 윤활유를 좀 발라 줄 필요가 있었다. 문단속은 아직 안 해뒀는데, 섬사람들 대부분이 그렇듯, 애니도 집에 있을 때 굳이 문을 꼬박꼬박 잠그고 지내진 않았다. 그냥 착각인가 하고 넘어가려는데……

캘빈 피킷이 문간에 나타났다. 검은 모자에 검은 스웨터, 검은 외투, 검은 바지, 검은 운동화로 맞춰 입고서, 불룩 튀어나온 외투 주머니에 오른손을 쑤셔 넣고 있었다.

애니는 어리벙벙해 눈이 휘둥그레지고 얼굴은 굳어진 채, 숨을 헉 하고 들이쉬었다.

캘빈이 애니를 빤히 마주 보며 방으로 들어섰다.

애니는 이제껏 백발이 무성한 캘빈의 모습만 보아 왔는데, 지금은 머리카락이 해군 니트 모자에 싹 가려져 있었다. 둥근 얼굴은 더 이상 천진해 보이지 않았다. 캘빈은 절대 긴장을 풀지 않는 권투 선수처럼 두 다리로 딱 버티고 섰다. 연한 갈색 눈은 차갑고 매서웠다.

"내 이럴 줄 알았지."

"이럴 줄 알았다고요?" 애니는 이렇게 내뱉고서 아차 실수했구나 싶었다. 벌떡 일어서서 깜짝 놀란 척하며 어쩐 일로 찾아왔느냐고 물었어야 했는데. *노크하시는 소리를 못 들었네요.*

"표정이 참 풍부한 얼굴이시군. 관찰하자면 꽤나 재미있네. 술술 읽혀." 냉랭한 말투였다. "겁먹었군. 내 자동 응답기에 메시지를 남긴 게 아니라면 날 겁낼 이유가 전혀 없지. 그러니까 엘런이 당신에게 책을 가지고 갔던 거야."

애니는 숨을 쉬려고 애썼다. 캘빈은 책, 자기가 훔친 책에 대해 툭 터놓고 이야기하고 있었다. 검은 옷에다…… 여기 왜 온 걸까?

"원하는 게 뭐예요?"

"침묵이지. 당신의 침묵." 캘빈이 주머니에서 손을 꺼냈다. 태연하게 손에 쥔 강철 총신 역시도 검푸른색이었다. "엘런은 어떻게 상자를 연 지 한 시간도 못 되어 인생이 완전히 변했는지 이야기해 줬지. 그 여자는 오래된 책을 발견했고, 몇 달러쯤은 나가겠지 생각했다더군. 그리고—" 캘빈은 오싹하게 가성을 내며 엘런의 목소리를 그대로 흉내 냈다. "*그 책이 수천 달러도 더 나가는 물건이라는 사실을 알았던 순간엔 하도 놀라서 간이 떨어질 뻔했지 뭐예요.*" 그가 더 가까이 다가왔다. "그 여자는 전문가가 아니야. 그러니 내가 전부터 비슷한 책을 갖고 있었는지 어땠는지도 결코 밝혀내지 못하겠지. 곰곰이 생각해 보니 말이야—" 캘빈은 재미나다는 말투로 말했다. "예전에 어디에선가 사 둔 책 상자 안에서 그 책을 우연히 발견했지 뭐야. 그렇게나 귀중한 책을 갖게 되다니, 왕비에게 헌사를 적어 둔 페이지를 손가락으로 넘겨 볼 수 있다니, 정말 즐거웠지. 하지만 이제 난 더 넓은 세상을 구경할 준비가 됐고, 그래서 책을 팔기로 결심한 거야." 두툼한 입술에 냉소가 번졌다. "어때, 내가 몇 년 동안 소장해 온 책에 대한 사색이 마음에 들어?"

애니는 총신을 물끄러미 바라보았다. 만약 저 인간이 방아쇠를 당긴다면…… 빠져나갈 길은 없었다. 거리가 너무 가까웠다. 분명 고통스럽겠지…….

"엘런으로 말할 것 같으면, 보아하니 내가 거기 들르기 얼마 전에 상자를 열고 책을 발견했던 모양이던데. 하지만 귀중한 물건인지는 몰랐지. 그런데 내가 들어갔을 땐 이미 그 책이 수천 달러는 나간다는 사실을 알게 된 뒤였단 말이야. 그게 뭘 시사할까? 그 여자는 컴퓨터는 고사하고 금전 등록기도 없는 사람이야. 누군가에게 물어봐야만 했지. 자, 누가 알려 줬을까요?" 캘빈의 갈색 눈에서 예리한 지성이 번득였다. "주위에 그 책의 가치를 알아볼 만한 식견이 있는 사람은 딱 한 명밖에 없었잖아. 그래서 아까 누가 전화를 했는지 알아낼 수 있었던 거야. 당신이 나를 봤는지 아닌지는 중요하지 않아. 내가 책을 가져갔다는 사실을 어떻게든 알게 됐거나 짐작했나 본데. 당신이 감정인이나 희귀 서적 수집가 무리에게 그 책이 도난당했다는 경고를 해 놓는다면 내가 책을 팔아 치우기 어려워지겠지. 엘런에게는 아무도 신경 쓰지 않을 거야. 하지만 당신한테는 전문 지식이 있으니까 말이야."

캘빈이 총을 까딱거렸다. "일어나."

애니는 입술이 바짝 마르고 목이 메었다. 일단 천천히 일어섰다. 캘빈을 피해 도망갈 수는 없었다. 그러기엔 둘 사이 거리가 너무 가까웠고 총구는 한 치의 흔들림도 없었다. 혹시 그녀가 돌진한다면…… 캘빈은 총을 쏠 테고 그녀는 격렬한 고통 속에 허물어지리라. 집에 돌아온 맥스는 피가 검게 엉겨 붙은 채 여기 누운 애니를 발견할 테고. 잉그리드가 휴가를 떠났으니, 서점이 문을 안 연다는 점을 알아차릴 사람도, 문을 왜 안 열었을까 싶어 집에 찾아와 볼 사람도 없으리라. 누가 온다고 해도 어차피 너무 늦은 뒤일 테고. 뭐든 해봐야 했다. 방법을 생각해 내야만 해. 맥스가 돌아와서 피로 얼룩진 소나무 심재 바닥에 누운 그녀를 발견하게 놔둘 순 없으니. 맥스는 엘런의 손님들 중 하나가 살인자임을 알겠지만, 그러든 말든 애니에게는 이미 영영 아무 의미가 없으리라. 뭐가 됐든 행동에 나서야 했다.

"아니면 말이지." 캘빈은 곰곰 따져 보는 투로 말했다. "당신은 내가 해변에 책을 놔두고 가리라 생각했을지도 몰라. 당신이 팔아 치울 수 있게. 당신 남편은 부자고, 당신도 부자야. 그런데 아무리 부자라도 욕심에는 끝이 없을지도 모르겠군. 파리 관광이라든지, 아프리카 사파리 여행이라든지. 혜택 받은 사람들의 일상에 대해서라면 《가제트》 신문에서 다 읽었지." 목소리가 반감과 시기심으로 냉랭하게 식었다. "그래서 당신 남편이 페블비치에 있다는 걸 안 거야. *브로워즈록 골퍼 4인조가 페블비치로 여행을 떠나 최고로 진한 유대를 나누고 있다.* 나는 골프를 칠 만큼 살림이 넉넉했던 적이 한 번도 없었지. 책을 팔고 나면 나도 여행을 다닐 수 있어. 나는 그 책을 팔고 돈을 챙길 거야. 당신은 아무 방해도 못해. 이제껏 나는 아무것도 못 가져 봤다고. 뭐, 은퇴한 교수라고 동네방네 말하고 다니긴 했지. 존경받는 직함이잖아. 사실 내가 뭐였는지 알아? 전임 강사였어. 부교수. 바닥 중의 바닥이지. 종신 교수 자리를 꿰찬 개자식들은 복도에서 마주쳐도 인사하려 드는 법이 없더군. 강사 따위 쓰레기는 눈에 보이지도 않는다 이거지. 나는 이 대학 저 대학을 전전했어. 그러다 아무 데서도 날 써 주지 않는 때가 왔고. 그 갑갑한 방에 쭈그리고 앉아 산더미같이 쌓인 이류 역사 문헌이나 쳐다보면 얼마를 받는지 알아? 한 달에 천 달러야. 당신은 월 천 달러로 살아 본 적이나 있나?"

"캘빈 씨, 나가 주세요."

그가 두툼한 입술에 빈정대는 미소를 머금었다. "이런, 돈 많은 여사께서 이제야 말씀하시네. 아랫것한테 썩 꺼지라고 명령하시는군. 하지만 그런 요구를 하기 전에 생각 좀 해 보지그래. 내가 얼른 갔으면 좋겠나? 내가 여기서 나가면 넌 죽을 텐데."

서늘한 공기가 휘몰아쳤다.

애니는 서늘함을 피부로 느꼈다. 아니면 어른대는 죽음의 그림자 때문에 오싹해진 걸까?

근육이 탄탄하고 날씬한 몸이 살며시 문간에 발을 들였다. 하일라 해리슨이 초록색 눈으로 애니를 응시하며 주의하라는 뜻을 전했다. 하일라 역시 스웨터와 바지, 운동화까지 전부 검은색으로 맞춰 입었고, 붉은 머리는 검은 모자 속에 감춘 채였다.

애니는 무표정한 얼굴을 유지했다. 절대 하일라를 봤다는 티를 내서는 안 되었다.

하일라는 오른손에 밧줄을 느슨하게 잡고 있었다.

묵언의 이해와 감사의 마음이 벅차올랐다. 경찰서 휴게실에서 얘기를 나눴을 때 하일라는 의혹의 눈초리로 애니를 쳐다보며, 덫을 놓아 도둑을 잡으려 하지 말라고 경고했다. 분명 하일라는 애니가 가만히 있을 거라고 믿지 않았으리라. 그래서 바닷가 안전 감시탑으로 가는 애니를 멀찍이서 추적했다가, 나중에 현장을 살펴보고 카메라를 발견했겠지. 그리고 애니가 곧 약속을 잡을 거라고 판단했던 거다. 일단 심증을 굳힌 이상 하일라는 절대 샛길로 빠지지 않고 밤낮으로 애니의 일거수일투족을 지켜보았다. 물론, 캘빈 피킷이 도착했을 때도 집 밖에서 대기 중이었고. 그 남자가 노크도 없이 뒷문으로 들어가자마자 하일라는 행동에 나섰다. 그러면서 다른 경관들도 곧바로 호출했을 터였다.

하일라는 왼손을 들어 입술에 검지를 대더니, 손끝을 모아 재빨리 오므렸다 폈다 하며 입을 벙긋대는 동작을 취했다.

말해. 계속 말해. 애니는 무슨 말이든 해서 캘빈이 계속 지껄이게 만들어야 했다.

또 하나의 인물이 문간으로 조심조심 들어왔다. 다부지고 건장한 루 피렐리 경관이었다. 제복을 입은 루는 양손으로 권총을 감싸 쥐고 몸을 살짝 웅크린 채 캘빈을 주시했다. 하지만 캘빈 피킷은 위험인물이었다. 두 사람이 자기 뒤에 있다는 것을 눈치채면 사방에 총질을 해 댈 수도 있었다. 루가 제때 총을 쏠 수도 있겠지만, 그게 아니라면, 혹시 하일라나 루가 다친다면 전적으로 애니의 잘못이었다.

애니는 캘빈에게 쭉 시선을 고정하고 말했다. "캘빈 씨도 이런 모험을 감행하고 싶지는 않으시잖아요. 만약에 그냥 나가 주신다면……"

캘빈이 눈을 깜빡이며 다른 데를 보았다. 그의 시선은 잠시 애니 너머 어딘가에 못 박혔다.

무엇을 보고 있는 걸까?

깨달았을 땐 이미 늦어 버렸다. 애니의 뒤쪽 벽에 유리판을 덮은 커다란 액자가 걸려 있었다. 전등 빛을 받은 유리에 방 안이 반사되며, 마주 보고 있는 애니와 캘빈, 그리고 캘빈의 등 뒤 현관문 안쪽에서 있는 하일라와 루까지 다 비쳤다.

캘빈은 잽싸게 세 걸음 내디뎌 애니의 팔을 꽉 붙들고 몸을 홱 돌려 현관을 보게 했다. 그리고 애니를 끌어당겨 자기 앞에 세우고는 목에 총구를 힘껏 들이밀었다.

하일라가 전진하기 시작했고, 루 역시 애니와 캘빈을 향해 총을 겨누며 움직였다.

“거기 멈춰. 총 버려.” 낮게 꽉 잠긴 캘빈의 목소리엔 죽음과도 같은 암흑이 깃들어 있었다.

하일라는 기우뚱대며 멈춰 섰다. 손에 들린 밧줄이 으스스하게 앞뒤로 흔들거렸다. 루 경관도 멈췄다. 루는 겁에 질려 얼어붙은 애니를 방패 삼아 앞세운 캘빈과 자신 사이의 거리를 눈으로 재어 보고 있었다.

애니의 머릿속은 혼란스러운 생각들로 타들어 갔다. 모두가 제자리에 꼼짝도 않고 서 있었다…… 그림 속 한 장면처럼…… 루는 여전히 총을 들고 있었다…… 캘빈은 그녀를 앞세워 캄캄한 바깥으로 몰고 나갈 수도 있었다…… 아니면 지금 죄다 죽여 버리는 게 낫겠다고 결정했을까…… 다 그녀의 잘못이었다…… 루의 손에 들린 총이 거대해 보였다…… 혹시 절묘하게 조준해서 사격한다면…… 캘빈의 주의를 흩뜨려야 했다…… 그녀에게 달린 일이었다…… 애니는 섬 극장에서 연기를 했었다…… 〈독약과 노파원작 희곡은 조지프 케슬링의 1941년작. 이를 각색하여 1944년 개봉한 프랭크 캐프라 감독, 케리 그랜트 주연의 스크루볼 코미디 영화로 인기를 끌었다〉의 일레인 하퍼…… 〈나인 투 파이브1980년 개봉한 콜린 히긴스 감독의 코미디 영화〉의 주디 번리……

애니는 휘청휘청하며…… 몸에서 힘을 풀었다…… 그리고 신음을 흘리며 바닥으로 축 처졌다. 겁에 질려 실신한 여자처럼……

엄청난 총성이 작은 방 안을 쩌렁쩌렁 뒤흔들었고 화약 냄새가 매캐하게 퍼졌다.

고통으로 끙끙대는 소리가 났다. 캘빈이 육중한 무게로 그녀를 내리누르며 쓰러졌다.

발소리가 쿵쿵 울렸다. 뒤이어 고함 소리가 들렸다. "체포해. 저놈 잡아."

애니는 갈빗대를 한 대 얻어맞았다. 다들 뒤엉켜 몸싸움을 벌이는 가운데, 그녀는 자신을 짓누르는 살인적인 무게에서 벗어나려고 발버둥 쳤다. 캘빈은 애니를 밀쳐 내고 비척대며 일어섰다. 그리고 근처에 떨어져 있는 총을 잡으러 비틀비틀 움직이며 하일라에게 왼 주먹을 휘두르고 발길질했다. 박살이 난 오른손에서는 피가 줄줄 흘렀다. 루가 접근해 권총을 경찰봉처럼 휘둘렀다.

옆머리에 깊은 상처를 입은 캘빈이 바닥에 쓰러졌다.

*

애니는 해변 산책로에서 기다렸다. 만사가 순조로웠다. 햇빛이 창창하고 바다는 잔잔했으며, 갈매기들이 선착장 위를 선회했다. 좋은 일이 가득한 하루가 펼쳐질 것만 같았다. 애니는 시계를 힐끗 보았다. 어제에야 알게 된 사실이지만, 일련의 혐의로 구속 기소된 캘빈 피킷은 섬 북쪽 끝에 있는 낡고 비좁은 원룸 아파트에 살고 있었다. 그 좁은 공간을 수색하는 데 얼마나 걸릴까? 하일라가 전화해 영장을 받아 출동 중이라고 알려 준 지 벌써 두 시간도 넘었다.

늘씬하고 탄탄한 하일라 해리슨이 카키색 제복 차림으로 성큼성큼 상점 모퉁이를 돌았다. 고개를 당당히 쳐들고 어깨도 쭉 펴고 걸었지만 갸름한 얼굴은 침울했다. 하일라가 한 발짝 앞까지 다가와 천천히 고개를 저었다.

애니가 불쑥 말했다. "너 표정이……."

"샅샅이 수색했어. 집 안 구석구석 전부 다 조사했는데. 놈의 자동차 좌석까지 들어내서 살펴봤다고." 하일라가 코를 찡그렸다. "완전히 허탕만 쳤네. 이럴 수가 있나."

"어쨌든 어딘가엔 분명 그 책이 있을 거야."

하일라는 생각에 잠겨 얼굴을 찡그렸다. "놈은 네 집으로 갈 때까진 뜻밖의 문제가 생길 줄 몰랐어. 그러니까 그 책을 특별한 곳에 숨겨 두지는 않았다고 보는 게 사리에 맞아. 확인해 보니 자기 앞으로 부친 소포는 전혀 없었어. 대여 금고도 없고. 지인들 중에 놈의 뒤를 봐주는 사람이 있는 것도 아니야. 게다가 섬 주민들은 다 우리와도 아는 사이인 데다, 살인 미수와 납치, 체포 불응 등등 이런저런 일로 기소된 캘빈을 굳이 감싸 주지 않을 거야. 즉—" 하일라가 해답을 내

놓았다. “그날 밤 캘빈은 책을 보관해 두던 자리에 그대로 놓고 나왔다는 얘기지. 하지만—” 그러고서 진짜 모르겠다는 감정을 듬뿍 담아 야윈 두 손을 들어 올렸다. “도저히 찾을 수가 없네.”

애니는 하일라에게 정말 확실하냐고 묻지 않았다. 하일라를 잘 알았으니까. 하일라가 책임자라면 언제나 신중하고 철두철미하게 수색할 테지.

“……역사 협회 사물함에도 별거 없었어. 반쯤 남은 버번위스키 병. 제인 콜리가 분명 심술을 부리겠구나 싶었지…….”

애니는 협회장인 제인 제솝 콜리의 그리 유쾌하지 못한 모습을 떠올렸다. 제인은 키가 크고 깡마른 체형에 뻣뻣하고 구불구불한 진회색 머리였고, 거만하며 유머 감각 없는 사람이었다.

“……제인에게 물어봤어.” 하일라의 초록색 눈이 짓궂게 번득였다. “버번이 협회에서 허가한 주류냐고 말이야. 캘빈이 업무 시간에 버번을 홀짝거린 것 같은데. 제인은 탐탁지 않아 했고, 증거물을 챙겨서 나가 달라고 요구했지. 나한테 사물함을 보여 주는 게 몹시 못마땅한 기색이었어.”

애니는 캘빈 피킷이 조그만 직원용 사물함을 배정받은 데 모욕감을 느꼈으리라 생각했다. 아마 그 안에 위스키를 보관해 두며 즐겼겠지. 그녀는 낡은 나무 책상에 책 더미를 쌓아 두고 앉아 있던 캘빈의 모습을 떠올렸다…….

*

제인 콜리는 뼈만 앙상한 얼굴이 시뻘게지도록 화를 내며 애니와 하일라를 가로막았다. "당신들은 여기 멋대로 들어올 권리가 없습니다. 피킷은 그냥 평범한 직원일 뿐이었어요. 그 사람 사물함을 열어 보게 허락해 드렸잖습니까. 어서 나가 주시죠……."

"선생님." 하일라는 완강하게 나갔다. "저는 영장을 받아 왔으니 이 부지를 수색할 권한이 있습니다. 공무 집행 방해죄로 체포되고 싶으시다면 경찰서로 호송해 드린 뒤에 돌아와서 수색을 진행하겠습니다."

제인은 몸을 꼿꼿이 세우고 서서 팔짱을 끼었다. "좋습니다. 하지만 종이 한 장이라도 손상되면 법적 조치를 취할 거예요."

애니는 입구 오른쪽에 보이는 책상을 가리켰다. "경관님, 저기 쌓여 있는 책들 확인해 보세요."

제인은 고개를 앞으로 쑥 내밀고 그들을 따라 책상 쪽으로 왔다. 얼굴은 분노로 일그러져 있었다.

하일라 해리슨은 책상 가장자리에 지문 채취 도구를 올려놓았다. 그리고 뚜껑을 휙 젖힌 뒤 비닐장갑을 뽑아 두 손에 꼈다. 하일라가 책상 주위를 빙 돌았다. 그러더니 가죽 커버가 너덜너덜한 책 한 권을 들어 올리고 애니를 쳐다보았다.

애니는 그쪽으로 걸어가 몸을 숙이고 고개를 저었다.

한 권, 두 권, 세 권……

네 번째 책은 표지가 야했다. 여자가 머리를 뒤로 젖혀 긴 머리칼을 늘어뜨리고 장갑 낀 양손을 목에 갖다 댄 그림이었다.

역사 협회에서 보게 되리라곤 생각하기 어려운 책 표지였다.

"표지 벗겨 보세요."

하일라가 너덜너덜한 표지를 조심스럽게 벗겨 내자 직사각형의 흑백 삽화가 들어간 흰색 겉표지가 드러났다. 격식 차린 정장에 나비넥타이, 각반을 착용하고 오른손엔 실크해트와 장갑, 왼손엔 지팡이를 쥔 에르퀼 푸아로가 바로 여기 있었다.

"이거예요." 애니는 득의양양하게 말했다. 그녀가 여기 찾아왔을 때 캘빈은 당연히 홍겨움에 취해 있을 만했다. 애니가 찾던 책은 그때 바로 이 책상 위 책 더미 속에 있었던 것이다.

"여기 있는 건 전부 협회 소유물입니다." 틀림없이 제인 콜리는 사라진 책과 그 가치에 대해《가제트》지에서 정보를 얻었을 터였다. 만일 제인이 이 책을 협회 자산으로 그러쥘 수 있다면, 섬의 역사학을 찬란하게 부흥시킬 자금이 생기리라. "누구도 이 책이 다른 사람 소유물이라고 증명할 수 없잖아요……."

애니가 책을 가리켰다. "비닐 커버 보이시죠?"

제인이 책으로 눈길을 돌렸다.

"하일라 경관님, 그 커버에서 지문을 채취해 보세요. 제 지문이 묻어 있을 거예요. 제가 그 책을 커버에 넣었으니까요. 그리고 엘런 갤러거 씨가 책을 넘겨받아 니트 덮개에 넣었으니 그분의 지문도 나올 거예요. 게다가 말이죠." 애니는 별로 켕길 것도 없이 살짝 과장을 보탰다. "예전 소유주가 지내던 양로원에서 받은 진술이 그 상자가 엘런 갤러거의 소유라는 사실을 증명해 줄 겁니다."

*

'맞춤형 죽음'의 초인종이 울렸다. 엘런 갤러거가 카운터로 달려들었다. 두꺼운 안경알 너머로 눈을 휘둥그레 뜨고 있었다. "방금 들었는데요. 책이 팔렸대요, 애니 씨." 엘런의 목소리는 떨리는 속삭임으로 잦아들었다. "17만 달러에 말예요." 엘런은 카운터 건너로 팔을 뻗어 애니의 손을 잡았다. "다 애니 씨 덕분이에요."

사자의 책

– 토머스 페리

도미닉 핼킨은 음성 메시지를 틀어 놓고서 재킷을 벗은 다음 물기가 잘 마르도록 세탁실에 걸어 두었다. 그가 알기로는 트위드 재킷에서 풍기는 비 냄새를 두고서 핼킨의 냄새, 영문학 교수의 냄새라 말하는 이들도 있는 모양이었다. 핼킨에게 재킷—겨울에는 트위드나 그보다 더 얇은 실로 짠 모직 재킷, 늦봄부터 초가을까지는 시어서커라든지 가벼운 여름용 원단으로 만든 재킷—이란 정비공의 점프 슈트나 마찬가지로 작업복이었다. 젊은 세대의 회의적인 시선을 막아 내는 보호복이라 할 수도 있었다.

처음 몇 통은 일상적인 메시지였다. 중세 문학 강좌를 듣는 학부생 하나가 그간 몸이 아팠다면서 과제를 내일 제출해도 될지 물었다. 괜찮고말고. 그 여학생 말고도 그의 영혼을 피폐하게 만들 인간들이 줄을 서 있었다. 메그 스탠리 학과장은 그에게 박사 학위 구술시험 심사를 맡아 줬으면 좋겠다는 메시지를 남겼다. 불행히도 핼킨은 꼼짝없이 그 일을 떠맡으리라. 정신없이 휘갈겨 쓴 예비 시험지를 읽은 다음 구술시험에서 꼬치꼬치 캐묻는 과정은 그에게도 학생에게도 고통을 안겨 줄 테고. 문학을 사랑한다는 죄악을 징벌하도록 설계된 이 역겹고 굴욕적인 의식에 양쪽 모두가 동참한 꼴이었다. 하지만 이 또한 그에게 주어진 업무의 일환이었다.

마지막에 녹음된 메시지는 일상적이지 않았다. “핼킨 교수님. 교수님께서는 현재 중세 영문학 분야에서 두세 손가락 안에 드는 권위자로 인정받고 계시죠.” 핼킨은 자기가 최고로 뛰어나다거나 유명하다며 우쭐대는 교수들을 경멸했지만, 그럼에도 ‘두세 손가락’이라는 말에 신경이 거슬렸다. 핼킨 본인, 그리고 하버드에 재직하는 베순이 양대 산맥이었다. 저 남자가 생각하는 세 번째는 대체 누구지? 그러니 무슨 말이 이어지든 이미 심기가 불편한 채로 들을 수밖에 없었다. “제 수중에 『사자의 책』이 있습니다. 얇은 피지 위에 정교한 중세 법정 서체로 적은 필사본이고, 전문을 온전히 판독할 수 있는 상태입니다. 그럼 다시 연락드리겠습니다.”

쿵쿵대는 심장 박동이 느껴졌다. 동시에 목이 졸린 듯 어질어질했다. 잠시 뒤 핼킨은 자기가 숨 쉬는 것마저 깜빡 잊고 있었음을 깨닫고, 양 손바닥으로 탁자를 짚고 서서 숨을 골랐다. 그렇게 심호흡을 몇 번 하면서 생각을 해 보았다. 저건 당연히 낚시질이다. 『사자의 책』은 누구도 가질 수 없는 책이니까.

초서가 「본당 신부의 이야기중세 영국을 대표하는 작가 제프리 초서(1343?~1400)의 『캔터베리 이야기』 제10부」 말미 '초서의 철회'에서 "『트로일러스와 크리세이더』, 『명예의 전당』, 『착한 여인들의 전설』, 『공작 부인의 책』, 『새들의 토론』, 『캔터베리 이야기』에 실린 죄를 짓는 이야기들, 『사자의 책』, 그 밖에도 미처 다 떠올리지도 못할 만큼 숱한 책과 노래와 음탕한 시가 있습니다—헤아릴 수 없이 자비로우신 주님, 저의 이런 죄를 용서하여 주소서"라며 자신의 훌륭한 작품들을 전부 열거할 때 딱 한 번 언급했을 뿐, 그 책은 달리 어디에도 존재하지 않았다.

도미닉 핼킨은 그 철회의 글을 진지하게 받아들이는 동료들을 볼 때마다 우습게 여겼다. 어떻게 자기네가 초서를 잘 안다고 공언하면서 그 작가가 구사하는 짓궂은 반어법도 눈치채지 못하는지 도무지 알 길이 없었다. '철회'는 고해가 아니라 선전인데 말이다.

그런 생각을 하자 방금 들은 애간장 태우는 말이 다시금 귓가를 간질였다. 초서는 '철회'에서 자기가 썼던 글을 전부 소개하는 게 아니라 걸작들만 열거했다. 6세기가 지난 지금에 와서도, 중세 영문학에 관심을 기울이는 이유를 꼽자면 거기 나열된 시들이 상당한 비중을 차지할 정도였으니. 작가는 자신의 숭고한 업적인 『캔터베리 이야기』에 이르기까지 순서대로 차근차근 나열하고 나서 딱 한 가지 제목만을 더 언급했다—그게 바로 『사자의 책』이다.

영문학의 세 거인 중 만형 격인 초서—셰익스피어에게 희곡 말고 그만의 진정한 특기, 즉 인간에 대한 깊은 이해를 깨우쳐 준 작가이자, 밀턴에게는 시적 서사를 풀어내는 방법을 전수해 준 작가—는 언어 자체가 아직 요람기여서 한 작가의 능력을 거름 삼아 풍성하고 정교하게 성장해 나갈 수 있던 시절에 글을 쓴 사람이었다. 만약 5백 년도 넘게 퍼져 있던 통념과 달리, 『사자의 책』이 어딘가 보존되어 있었다면?

도미닉 핼킨은 생각에 잠겼고, 사색하는 이들이 대개 그러듯 술을 꺼내 마셨다. 그는 서재 안 가죽 소파에 앉아 그 옆에 놓인 18세기 책상 너머 벽면을 가득 채운 책장을 건너다보았다. 이곳은 자신의 정신을 물리적으로 구현한 장소나 다름없었기에 어디를 들여다봐야 할지 바로 알 수 있었다. 그는 제프리 초서의 책들이 꽂혀 있는 다섯 번째 칸을 쳐다보았다. 잘 알려진 1975년 도널드슨판, 단편적인 헹우르트 필사본에서 오류를 바로잡은 블레이크판, 풍부한 보조 자료와 비평을 수록한 피셔판, 대학원 시절 큰맘 먹고 구입한 총 7권짜리 1899년 스키트판이 줄줄이 꽂혀 있었다. 같은 줄 끝에는 엘즈미어 필사본의 복제판도 보였다. 순례자 초서의 이미지를 포함해 23장의 채색된 삽화가 퍽 마음에 들었기 때문에 갖춰 둔 것이다.

핼킨은 영국 제도의 숨결 같은 맛이 나는 싱글 몰트 위스키를 마셨다. 그윽한 토탄과 축축한 이끼와 습한 공기와 시간의 맛이랄까. 이 사건에 다음 장이 펼쳐질 가능성은 희박하다고 가닥을 잡았다. 그러고는 전화를 걸었다.

핼킨은 T.M. 스패너라는 남자의 개인 전화번호를 눌렀다. 많은 이들이 탐내는 연락처였다. 유력 인사들은 아무런 정보도 없이 그 번호만 적힌 작은 종이를 지갑에 넣고 다녔다. 스패너에게는 대대로 물려받은 재산이 있었는데, 어떻게 축적한 재산인지 추적하기도 어려웠다—진짜 영어식 이름은 스패너이지만 미국에서는 고집스레 렌치라고 부르는 도구를 조상 중 한 명이 발명하면서부터 부유해졌다고 알려져 있을 뿐이다. 하지만 예일대학교 학부생 시절 처음 만났을 때부터도, 헬킨은 T.M. 스패너를 보며 참 호기심을 자극하는 친구라고 생각했다. 스패너는 상상력이 풍부해서 언제든 갖가지 추측과 황당무계한 이야기를 풀어놓을 준비가 되어 있는 사람이었다.

"T.M. 스패너입니다"라는 대답이 들렸다. 그리고 그 목소리는 다시금 헬킨을 감동시켰다. 스패너의 억양에는 남부의 흔적이 살짝 남아 있었다. 북동부에서 고등학교와 대학교 시절을 거치면서도 어떻게든 살아남은 느릿느릿한 버지니아 동부 해안가의 억양이었다. 그 목소리에는 두 발로 밟고 선 땅, 들이마시는 공기, 그 밖에도 지금 선 자리에서 보이는 모든 것의 소유권이 자신에게 있다는 증서를 뒷주머니에 꽂고 있는 사람 특유의 공기가 뚜렷이 감돌았다.

"T.M." 헬킨이 말했다. "도미닉이야."

"어이쿠, 존경하는 교수님." 스패너가 말했다. "목소리 들을 때마다 어찌나 반가운지 몰라."

헬킨은 그 말이 진심이길 바랐다. 만일 그렇다면 이유는 단지 하나, 대부분의 연락은 사업상 목적을 띠지만 헬킨만큼은 전혀 일과 상관없고 스패너의 조언이나 도움이나 지지를 원하지 않기 때문일 수도 있었다. 헬킨과 스패너는 늘 30년 전에 두 사람을 한데 묶어 주었던 주제, 즉 책에 대해 담소를 나누었다. "나도 그래, T.M. 지금 나 때문에 방해가 되는 게 아니라면 좋겠는데."

"그럴 리가. 집에 앉아서 그냥 TV 보고 있어. 보고 있다고 말하기는 애매하군. 그러면 내용을 제대로 따라가는 중이라는 뜻이 되니까. 그냥 음 소거를 해 놓고 알프스산맥의 아름다운 모습을 바라보고 있었어. 별일 없고, 돔?"

"몇 분 전까지만 해도 별일 없었지. 할 말이 있는데. 내가 말이야, 복잡한 감정을 불러일으키는 음성 메시지를 받았거든."

"뭐? 아프거나 그런 거 아니지?"

스패너의 목소리에서 진심 어린 걱정이 묻어났다.

"아니, 그런 건 아니고. 사적인 문제도 아니야. 지적인 문제지. 문학적이고 역사적인 문제. 어떤 남자가 전화해서 신분은 밝히지 않고 그저 『사자의 책』을 가지고 있다고만 말했어."

"『사자의 책』이라." 스패너가 따라 말했다. "'철회'에 나오는 거네."

"응." 핼킨이 대답했다. "맞아. 글을 썼다는 죄에 용서를 구하는 대목에서, 초서가 자기 작품 중 제일 훌륭한 것들만 열거하다 맨 마지막으로 언급한 책이지."

"잠깐만, 돔. 저기 책꽂이에 내 해묵은 『캔터베리 이야기』가 보이는 거 같아. 잠깐 기다려 봐. 15미터도 안 떨어져 있으니까."

딱딱한 바닥에 전화기를 달칵 내려놓는 소리가 났다. 핼킨은 T.M. 스패너가 어떤 사람인지 다시 한 번 여실히 느끼고 있었다. 스패너는 재계 인사였고, 그 말인즉 정치와 제조업, 무역, 또한 권력을 기민하게 이용하는 능력이 한꺼번에 돌아가는 세계에 몸담고 있다는 뜻이었다. 하지만 그는 겸손하고 진지한 태도로 문학을 공부해 오기도 했다. '15미터도 안 떨어진' 곳에 서재를 마련해 두고 살 수 있는 사람인 동시에, 그만한 크기의 서재를 마련할 *능력이 있고*, 어느 책이 어디 꽂혀 있는지 다 아는 사람이기도 했다. 다시 전화기를 집어 드는 소리가 났다. 헬킨이 말했다. "「본당 신부의 이야기」 뒤에, 맨 끝에 나와."

"알았어." 스패너가 말했다. "아, 그래. '『캔터베리 이야기』에 실린 죄를 짓는 이야기들, 『사자의 책』, 그 밖에도 미처 다 떠올리지도 못할 만큼 숱한 책과…… 노래와 음탕한 시가 있습니다.' 『사자의 책』은 여태껏 발견된 적이 없지?"

"맞아. 나한테 전화한 사람이 그 책을 가지고 있다는 거야. 얇은 피지 위에 정교한 중세 법정 서체로 적혀 있고 전문을 빠짐없이 알아볼 수 있다고 주장하던데."

"너는 그게 정말일 수도 있다고 생각해?" 스패너가 물었다.

"의심스럽지." 그러더니 헬킨은 이렇게 덧붙였다. "하지만 한 번씩 일어나던 일이잖아. 사람들은 뭔가를 찾아내니까. 믿어지지가 않는 것들을 발견한단 말이지."

"내가 뭘 해 줬으면 좋겠어?"

"모르겠어." 헬킨이 말했다.

"그 말은 살짝 솔직하지가 못하게 들리는걸." 스패너가 말했다.

"오랜 친구이자 네가 아는 사람 중에 아마 제일 돈 많은 녀석에게 전화해 놓고 말야."

"미안해." 헬킨이 말했다. "그런 뜻으로 꺼낸 얘기는 아니었어. 뭔가 도움을 받고 싶은데, 아직 뭐가 필요한지는 모르겠다. 나도 불과 몇 분 전에 알게 된 정보니까. 누군가에게 말하지 않곤 배길 수가 없었어. 그렇지만 이건 그냥 아무한테나 말할 수 있는 문제가 아니잖아. 이 문제를 이해하고 나랑 같이 풀어 나갈 수 있는 오랜 친구가 필요해—다른 종류의 삶을 살아 왔고, 협잡꾼의 냄새를 나보다 잘 맡을 수 있는 친구 말이야. 이 남자—목소리 외엔 무엇도 노출되지 않은 남자—는 나한테 전화해서 자기 수중에 책이 있다고 했지. 미친 놈일 수도 있고, 아니면 사기꾼이거나 얼치기일지도 몰라. 하지만 어쩌면 역사상 가장 귀중한 미발견 원고를 가지고 있을지도 모르지."

"음성 메시지로 왔다고?"

"응. 책을 갖고 있다고만 하고, 자기가 누군지, 어디에 있는지, 그 책을 어떻게 할 계획인지는 전혀 얘기하지 않았어. 마음 한구석으론 그 사람이 다른 데에도 전화하기를 바라게 되네—벌써 그랬을지도 모르지만. 제럴드 베순에게 연락했을지도 몰라. 그럼 그 시건방진 새끼는 지금쯤 머리를 긁적이며 난처해하고 있겠지." 헬킨이 잠시 말을 멈췄다. "사실 난 이 남자 손에 진짜 그 책이 있기를 진심으로 바라는 것 같아. 얇은 최고급 피지에 선명한 중세 법정 서체로 적혀 있어서 한 글자 한 글자 다 읽을 수 있는 『사자의 책』. 그 남자가 말한 대로 말이지. 그리고 어느 기관에 기증하는 게 좋을지 내 의견을 듣고 싶어서 전화했기를 바라고 있어."

"정말로 일이 그렇게 될 거라고 믿지는 않겠지." 스패너가 말했다.

도미닉 핼킨은 술잔을 빙글빙글 돌렸다. 그리고 찰랑이는 호박색 액체를 바라보며 그 깊은 빛깔에 빠져들었다. "전 세계 도서관과 박물관은 사람들이 기증한 물건들로 가득 차 있잖아." 그가 말했다. "살다 보면 몹시 도량 넓은 행위도 한 번씩 보게 되는데. 그 면에서는 너를 빼놓을 수가 없고. 하지만 예전엔 상상조차 못했던 이기적인 짓이나 사기 행각도 심심찮게 접했단 말이지. 지금 이게 어느 쪽일지 모르겠어."

"아니면 그 사이에 있을 가능성은?" 스패너가 물었다. "그냥 단순히 책을 팔려는 거면?"

"그래. 그럴 수도 있고." 핼킨이 말했다. "학부생이 장난을 치는 걸 수도 있지. 술집에서 늙은이 하나를 포섭해서 한잔 사 주는 대가로 교수한테 장난 전화를 걸면 재미날걸. 오래전 사라진 초서의 시를 입에 올리는 것만으로도 교수가 어찌나 손을 부들부들 떨던지, 술 한 잔 값이면 두고두고 신나게 떠들어 댈 수 있을 테니까."

"그럴 수도 있겠지." 스패너가 말했다. "그러니까 현실적으로 생각해 보자. 우리가 이 문제에 어떻게 대처해야 할까?"

"철저히 따져 봐야 해. 그래야 무슨 일이든 일어나기 전에 다음 단계를 대비해 놓지. 다시 전화가 올 때까지 한동안 기다려 봤다가, 만약 연락이 없으면 전부 잊어버리기로 마음먹어야 돼. 그렇게 해야

어차피 절대 불가능했던 것을 쓸데없이 평생 갈망하며 속 태우는 일이 없을 거야."

"전화가 오면?" 스패너가 물었다.

"그럼 만반의 준비를 해 두고 우리가 원하는 방향으로 일이 진행되게 인도해야지."

"우리가 어떤 방향으로 몰아가고 싶은 거지?"

"대학이나 위탁 단체, 영국 정부, 아니면 캘리포니아 헌팅턴 도서관에 양도하라고 그 남자를 설득해 볼 수 있을 거야. 헌팅턴 도서관이 엘즈미어 필사본을 소장하고 있으니까."

"워낙 가치 있는 물건이니, 만약 재산이 많은 사람이라면 소득세까지 감면받을 수 있겠지." 스패너가 말했다. "그쪽이 판매 수익보다 더 쏠쏠할 수도 있어."

"『사자의 책』 필사본에 그 남자 이름을 붙이기로 합의를 볼 수도 있지. 엘즈미어 필사본처럼 말이야."

"아님 엘긴마블스영국의 엘긴 경이 터키 주재 영국 공사로 있을 때 그리스에서 매입하여 대영 박물관에 일괄 판매한 파르테논 신전의 대리석 조각품처럼." 스패너가 말했다. "하지만 그 남자가 자기 과시에 목을 매는 타입이 아닐 수도 있고, 세금 감면 혜택에 신경 쓸 만큼 부유하지 않을 수도 있지."

"그거 말고도 필사본을 우리 통제 아래 둘 수 있는 방법을 찾아내야 해. 제프리 초서의 마지막 대작인데—그 가치를 돈으로 따지면 대체 얼마나 비싸겠어? 우린 어떻게 해서든 그 책이 경매에 올라가지 않게 해야 해. 경매에 부쳤다가는 옥스퍼드 대학을 나온 아랍 왕자 한 떼거리며 거대 소프트웨어 회사 세 군데쯤, 오스트레일리아 억만장자 한두 명까지 입찰 경쟁을 벌일 거라고. 미술계에서 벌어진 일이랑 비슷해지겠지—반 고흐 작품들이 중견 기업 하나에 맞먹는 값을 호가하는 걸 봐."

"내가 그 책을 사겠다고 제안하길 바라는구나." 스패너가 말했다.

"그 방법도 생각해 보는 중인데." 핼킨이 말했다. "혼자서 매입하기엔 너무 비싸, 너한테도 말이야. 우리는 아마 선입찰에 필요한 자금을 넉넉히 모아야 할 거야. 하지만 나는 그 남자에게 실제로 돈을 지불하고 싶진 않아. 그냥 예비로 마련해 둬야 하지 않을까 싶은 거지."

"현명한 생각 같은데. 추산을 한번 해 보자. 얼마쯤 필요할까? 이런 건 대개 얼마나 나가지?"

"이런 건 *존재하지* 않아. 2001년에 셰익스피어의 『퍼스트 폴리오 1623년 출간된 셰익스피어 최초의 희곡 전집』 한 권이 크리스티 경매에서 6백만 달러 정도에 팔렸어. 하지만 『퍼스트 폴리오』는 인쇄본일 뿐이야. 현재 40권은 남아 있고, 재판은 수도 없이 많지. 『사자의 책』은 양피지 책이야—가죽을 한 장 한 장 보존 처리하고 돌로 문질러 부드럽게 편 다음 글자와 그림으로 가득 채운 유일무이한 책이라고. 예술 작품이지."

"좋아. 그럼 실제 필사본은 값이 얼마나 나가지? 최고가를 추산해 보자면?"

"그 물건이 어떻게 생겼는지를 봐야 판단할 수 있을 거야. 1983년에 한 독일 단체에서 로마네스크 복음서에 거의 1천 2백만 달러나 냈어. 아름다운 책이었지. 하지만 누구도 성경에 뭐라고 적혀 있는지 궁금해서 천 2백만 달러를 쓰거나, 셰익스피어의 책 내용을 몰라서 6백만 달러를 쓴 게 아니라고."

"우리는 액수를 알아야 해."

"나도 모르겠어." 핼킨이 덧붙였다. "어쩌면 따져 보기가 겁나는 건지도 모르고."

"한번 따져 봐."

"알았어." 핼킨은 고민했다. "실제 책만 현재 화폐 가치로 환산했을 때 최소 5백만 달러는 된다고 치자. 엘즈미어 필사본만큼 아름답지는 않겠지만, 훨씬 더 희소하지. 『캔터베리 이야기』는 다른 필사본들도 존재하니까. 이 책이 영국 최초의 위대한 작가가 남긴 마지막 대작이자 지금껏 발견되지 않은 원고라고 생각해 봐. 살아남은 마지막 공룡을 발견할 수 있는 천재일우의 기회나 마찬가지란 말이야. 무슨 말인지 이해돼?"

"응. 계속 얘기해."

"게다가, 『사자의 책』의 내용은 완전히 미지의 영역이야. 책임감 있는 소유주라면 우선 이 책을 세 가지 판으로 펴내기부터 해야 해. 첫째, 원본을 그대로 복제한 판, 둘째, 일반 독자를 위한 보급판, 셋째, 주석과 역사적 해설, 비평을 수록한 학술용 판이지. 권위자 논문도 몇 편 실을 수 있겠고. 지금 우린 책의 분량을 모르는 상황이야. 『공작 부인의 책』처럼 그저 천 3백 행 정도의 시일 수도 있어. 하지만 『트로일러스와 크리세이더』 같은 경우엔 5부로 나뉘어 있고 8천 행도 넘지. 만약 『사자의 책』이 다른 작품들만큼 훌륭하지 않다고 해도, 학자들에겐 똑같이 중대한 의의가 있을 거야."

"책값 일부를 만회할 방법이 슬슬 보이는데." 스패너가 말했다. "출판권 덕을 볼 수 있겠는걸."

"아마 대중에게 인기를 끌지는 못할 거야." 핼킨이 말했다. "하지만 영어를 사용하는 모든 국가의 연구자들이 사서 읽겠지. 미국, 캐나다, 잉글랜드, 오스트레일리아, 뉴질랜드, 남아프리카 공화국, 아일랜드—"

"영어권 국가가 어디인지는 나도 잘 알아."

"또 일정량은 언제까지든 꾸준히 팔릴 거야. 초서를 공부하는 학생이라면 모두가 필독해야겠지. 더구나 영어권 국가 학생들만 영문학을 공부하는 게 아니니까. 독일과 스위스 인구 중 3분의 2, 스웨덴과 네덜란드에선 85퍼센트, 인도에서는 20퍼센트가 영어를 쓴다고."

"좋아." 스패너가 말했다. "누가 필사본을 소유하든지 자기가 지불한 금액 중 극히 일부나마 판매 수익으로 회수할 수 있으리라고 어림하면 되겠네."

"재단이라든지 정부에서도 보조금이 나올지 몰라." 핼킨이 말했다. "하지만 전부 시간이 꽤 걸리는 일이고, 다 합쳐도 얼마 안 될 거야."

"우리가 이 남자를 상대할 작정이라면 어쨌든 필사본의 가격이 얼마나 될지 생각해 내야 해." 스패너가 말했다. "1983년에 독일 단체가 오래된 복음서에 지불한 천 2백만 달러와 2001년에 셰익스피어의 『퍼스트 폴리오』에 지불한 6백만 달러를 합친다고 치자. 그럼 천 8백만. 우리가 준비할 금액은 천 8백만 달러로 정하면 어떨까 싶네. 적어도 이건 뭔가 실제적인 숫자를 근거로 삼은 거잖아. 그리고 우리가 진지하다는 것을 보여 주는 금액이기도 하고."

"동감이야." 핼킨이 말했다. "그런데 그렇게 많은 돈을 마련할 수 있을까?"

"내가 한번 알아볼게." 스패너가 말했다. "투자자들이 필요할 거야. 꽤나 까다로운 일이 되겠어. 어디다 투자하는 건지 아무한테도 말할 수가 없으니까. 혹여 알려졌다가는 우리 편이 죄다 경쟁자로 돌아서고 말 거야. 그러니 사람들은 내가 그 돈으로 무엇을 사려는지 모르는 채로도 기꺼이 자금을 대야 하는 거지."

"그런 사람들이 있나?"

"내 평판이 그 정도로 좋은지 한번 두고 봐야지. 스카치 한잔 더 하고, 차분한 마음으로 발 뻗고 쉬어. 오늘 밤에 내가 몇 군데 연락을 돌리기 시작할게. 그 사람이 다시 전화하기 전에 우리가 돈을 더 많이 준비해 둘수록 좋을 테니까."

그날 밤 핼킨은 잠을 설쳤다. 잠이 깰 때마다 머릿속으로 그 문제를 통째로 검토하며 꿈과 기억의 경계가 명확해질 때까지 더듬어 보았지만, 한동안은 다시 잠을 이룰 수가 없었다.

핼킨은 다시 전화가 오길 기다렸다. 단 하루 지나갔을 뿐인데도 도무지 더 견딜 수가 없을 정도였다. 그렇게 이틀째 밤이 지나가자 차츰 스스로에 대한 확신이 흔들리기 시작했다. 그는 음성 사서함에 남은 메시지를 열두 번이나 다시 들으면서 자기가 오해하거나 혹시 놓친 부분은 없는지—전화번호든 이름이든—열심히 확인했다. 그러고 나서 음성 메시지가 설비 문제로 중간에 끊길 여지는 없는지 확답을 들으려고 전화 회사에 연락해 보았다. 회사에서는 그럴 리 없다고 분명히 확인해 주었다. 핼킨이 이용하고 있는 요금제로는 음성 메시지를 한 번에 몇 분 길이로도 남길 수 있었다. 모든 게 디지털로 처리되기 때문에 테이프가 다 떨어질 가능성도 없었다. 테이프 같은 건 애초에 없었다. 그리고 발신자 번호는 숨김 상태였다.

다음날 핼킨은 대학에 가서 강의를 해야 했다—학부생들이 "베어울프영국에서 가장 오래된 영웅 서사시. 구전되어 오다가 8세기 무렵에 문자로 정착되었다부터 창자 비우기중세 영어에서 현대 영어로의 음운 변화인 '모음 추이(Vowel Shift)'를 'Bowel Shift'로 바꾼 말장난까지"라 부르기로 결정한 중세 문학 개론 아침 강좌였다. 간단하고 빨리 끝나는 수업이었다. 핼킨의 목표는 주로 자기가 젊었을 적 품었던 열의를 이 어린 냉소주의자들에게도 불어넣어 주는 것이었고, 그런 일이라면 어김없이 문학 자체가 핼킨 대신 나서서 도맡아 주었다. 대학원 세미나는 지루한 업무였다—존 가워14세기 중세 영국의 시인. 제프리 초서의 친구이자 경쟁자였다의 『사랑의 고백』은 흠 잡을 데 없이 우수하고 원숙한 작품이지만 요즘 그는 가워가 초서에 비할 바는 아니란 생각을 품고 있었다. 누구도 초서에 비길 수 없었다. 「진주」나 「가웨인」을 쓴 시인「진주」, 「가웨인 경과 녹색 기사」 등 한 권으로 묶인 작자 미상의 14세기 영국 시 4편이 발견되었는데, 사상이나 운율 등의 유사성을 고려해 볼 때 동일 작가의 작품으로 추정된다조차도 초서만큼 넓은 시야, 인간에 대한 강한 흥미, 순수한 야망을 펼쳐 보일 수는 없었다.

헬킨은 집으로 달려갔다. 진입로로 너무 빨리 방향을 틀다가 보도 옆 산울타리를 거의 들이받을 뻔했고, 그다음엔 차고 문이 열리기가 무섭게 한쪽 옆으로 너무 바짝 차를 몰았다. 그러고는 차고 벽에 하도 딱 붙여서 주차한 바람에 문이 잘 열리지도 않아 운전석에서 간신히 비집고 나와야 했다. 마침내 집 안으로 허둥지둥 들어간 헬킨은 전화기를 집어 들고 음성 메시지에 귀를 기울였다.

아무것도 없었다. 뭐, 메시지들이야 와 있었지만 그가 기다리던 연락은 없었다. 첫 번째는 그냥 학부생들이었다. 과제를 제출할 수가 없을 정도로 지독히 아프다는 학생들이 몇 명 더 있었다. 다음은, 저번에 그 대학원생이 화요일 오후 필기시험 뒤에 구술시험을 보겠다고 전했다. 좋아. 고통스러운 시련을 질질 끌어서 뭐 하겠어? 다음으로, 친구인 노먼 새먼스가 「가웨인과 녹색 기사」에 대한 총론에 실을 원고를 청탁하려고 전화했다. 물론 수락해야지. 이 핑계로 10년 전 《영어와 게르만어 학술지》에 기고한 논문을 고쳐 쓸 수 있으리라. 그 학술지에 실었던 논문을 기억하는 사람이라면 그 뒤로 헬킨의 학식이 얼마나 깊어졌는지 확인하고 흐뭇해할 터였다.

불현듯 새로운 아이디어가 떠올랐다. 헬킨은 음성 사서함 인사말을 바꾸기로 했다. 곧바로 해당 코드를 입력하고 가장 교수다운 어조로 말했다. "도미닉 헬킨입니다. 삐 소리가 난 뒤 메시지를 남겨 주시거나, 제 핸드폰으로 전화해 주십시오. 번호는—" 이어서 전화번호를 읊은 다음 인사말 녹음을 마쳤다. 그러고는 직접 전화를 걸어 자기 목소리를 들어 보았다. 완벽했다. 이제는 『사자의 책』을 소지하고 있는 사람의 중대한 연락을 못 받을까 봐 전전긍긍하며 지낼 필요가 없게 됐다.

헬킨은 꼬박 나흘 동안 밤이고 낮이고 핸드폰만 붙들고 살았다. 보통 조용한 환경에서 지내지만 그래도 혹여 무슨 소음에 묻혀 전화벨을 못 듣지나 않을까 싶어 수시로 벨소리가 잘 들리는지 점검해 보았다. 전화가 오면 몸으로 느낄 수 있게 진동도 켜 두었고, 그럼에도 혹시 전화를 놓쳤을지 모르니 메시지를 계속 확인했다.

그러다가 마치 열이 내리듯, 불안감이 스르륵 지나갔다. 그 전화는 분명 실없는 장난질이었을 게다. 만약 누가 그런 보물을 가지고 있다면 무슨 일이든 하겠지, 두 손 놓고 있지는 못하리라. 그리고 뭘 어떻게 하고 싶든지 그 필사본이 진품임을 증명해 줄 권위 있는 전문가가 필요할 터였다. 그 남자는 헬킨 같은 이에게서 "맞습니다. 이 책은 진품입니다"라는 확언을 얻어 내야 할 것이다. 지난번 음성 메시지에 그런 얘기는 일언반구도 없었다.

헬킨은 평상심을 되찾았다. 평범한 일상은 평온했다. 그는 이 필사본이라는 것에 아무 책임도 없었다. 위기를 겪을 일도 없었다. 그저 원래대로 살아 나가면 그만이었다.

골칫거리는 딱 하나밖에 없었다. 이제 사람들이 헬킨의 핸드폰 번호를 얻기가 너무 쉬워졌다는 것 말이다. 학부생들은 그의 핸드폰이 24시간 문학 관련 도움을 받을 수 있는 응급 전화라도 되는 듯 자정도 넘은 시간에 전화를 걸어 궁색한 변명과 알랑대는 질문을 늘어놓았다. 이젠 학과장이 핸드폰으로 전화해 셰리 와인과 치즈가 대접되는 지긋지긋한 파티에 오라고 부르기에 이르렀으니, 즉석에서 알리바이를 둘러댈 수밖에 없는 노릇이었다.

헬킨은 자기 핸드폰 번호를 빼는 대신 "급한 용건이 있으시다면 삐 소리 후에 메시지를 남겨 주십시오"라는 말을 넣어 새로운 인사말을 녹음했다. 이번 인사말이 초서 운운하는 장난 전화 이전보다도 더 깐깐한 태도를 내비친다는 점에 흡족함마저 느꼈다.

그럼에도 헬킨은 스패너에게 바로 전화 걸지 않았다. 전화 인사말을 바꿔서 개인적인 생활에 건전한 방침을 새로 세우는 것과, 스패너에게 그게 장난 전화였다고 이야기하여 그 눈부시게 빛나는 가능성에 작별을 고하는 것은 별개의 문제였다. 그는 일주일쯤 뭉그적거리다가 결국 전화를 걸었다.

스패너는 전화를 받자마자 이렇게 말했다. "너한테 막 전화하려던 참이었어. 지금 통화 좀 오래 해도 괜찮아?"

"그럼. 상관없어."

"내가 해냈어." 스패너가 말했다.

"뭘?"

"자금을 마련했다 이거야."

"천 8백만 달러를?" 헬킨은 속이 울렁거렸다.

"유럽이랑 버지니아에 있는 부동산 몇 군데를 담보로 해서 신용장을 받았지. 헤지 펀드나 은행에서 일하는 친구 몇 명하고도 얘기해 봤더니, 내가 구입하려는 게 뭔지는 몰라도 선뜻 얼마씩 투자해 줬어. 다들 우리가 필요할 때 바로 자금을 사용하면 된다고 동의했고."

"정말 미안해, T.M." 핼킨이 말했다. "이제까지 아무 연락도 못 받았어. 그렇게 말도 안 되는 얘기가 사실일 리 없다는 걸 일찍이 알아챘어야 하는데. 내가 속아 넘어간 게 거의 확실해."

"*거의* 확실하다." 스패너가 그대로 반복했다.

핼킨은 잠시 묵묵히 있다가 입을 열었다. "아주 확실해. 애초에 영 가망 없는 일이었지. 그 책이 어딘가 남아 있다는 소문조차 없이 6백 년도 넘게 흘렀는데."

"네 의견을 존중해, 돔. 사정 잘 설명해 줘서 고맙다. 하지만 너만 괜찮다면—아니, 네가 안 괜찮아도 말이야—당분간 그 돈은 언제든 쓸 수 있게 준비해 둘게. 실제로 빌린 돈도 없고, 아직 아무도 뭘 매각할 필요가 없었으니까. 우리는 그저 한동안 자산 일부를 유동적인 상태로 두자고 합의했을 뿐이야."

"그럴 필요 없어." 핼킨이 말했다. "난 이번 일로 어지간히 바보짓을 한 기분이 들어. 그리고 그런 장난 전화 때문에 네 평판을 걸게 할 순 없지."

"괜찮으니 걱정 마." 스패너가 말했다. "지금으로서는 이 문제로 걱정할 게 전혀 없어. 자금을 구할 수 있다는 것만 알아 둬."

17시간 뒤 전화가 걸려 왔다. 자가용을 몰고 대학으로 출근하던 핼킨은 핸드폰 벨과 진동이 동시에 울리자 깜짝 놀랐다. 얼른 연석 쪽에 차를 세우고 전화를 받았다. "여보세요?"

"핼킨 교수님, 안녕하십니까." 틀림없이 바로 그 목소리였다—약간 비음이 섞였고, 듣기 좋은 수준은 살짝 넘어서는 고음에 정중한 말씨. 핼킨은 그 음성 메시지를 너무도 많이 되풀이해 들었기에 그 남자의 음색과 억양을 고스란히 알아들을 수 있었다. "지금 편히 통화하실 수 있으십니까?"

"도로변에 차를 댔습니다." 핼킨이 말했다.

"아마 제 메시지 받으셨겠지요."

"메시지 받았습니다."

"네. 딱 한 번만 연락드렸습니다. 선생님께서 곰곰이 생각해 보시고 구체적인 조건을 논의할 준비도 하실 수 있게 시간을 드렸죠. 지금 제가 가지고 있는 게 아마 세상에 딱 한 권뿐인 『사자의 책』 필사본일 겁니다." 이번에는 중세 영어식 모음으로 책 제목을 발음했다. "초서가 직접 쓴 원고 말고 열람을 위해 제작한 사본은 이게 유일할지도 몰라요."

"어떤 이유에서 그 책이 진품이라고, 또 초서의 『사자의 책』이라고 생각하시는 건가요? 중세 문학을 살펴보면 사자 이미지가 두루두루 나타나고, 그런 별칭을 지닌 인물도 다수였는데요—예를 들면 하인리히 사자 공작센 공 겸 바이에른 공으로 불린 독일의 왕족(1129?~1195)으로, 뤼베크 따위 여러 도시를 건설하고 동방 개척에 힘썼다이라 불리던 작센 공작도 있고요."

"첫 장에 제프리 초서의 『사자의 책』이라고 적혀 있습니다. 양피지를 조금 잘라 내 방사성 탄소 연대 측정을 받아 봤더니 1390년대 중반 정도로 추정되더군요. 시는 초서가 쓴 다른 작품들과 마찬가지로 완전무결하고, 세속적이고, 기발하고, 또 종교적이면서, 웃기고,

외설적입니다."

헬킨은 홀딱 빠진 티를 덜 내려고 애쓰며 물었다. "언제쯤 그 책을 볼 수 있을까요?"

"지금 바로요. 이미 요약과 샘플 페이지 몇 장을 선생님께 보내 드렸습니다."

"어떻게요?"

"이메일 첨부파일로 보냈습니다. 아무 때나 편하신 시간에 열어 보시면 됩니다."

"선생은 제가 그 필사본을 직접 살펴보지도 않고 진품이라 인증해 주길 바라시는 겁니까? 특히나 이렇게 중대한 의의를 지닌 작품이라면, 제 명예와 신용을 걸어야 하는 문제인데 말입니다."

"저는 선생님께 바라는 게 아무것도 없습니다. 다만 이 책을 볼 기회를 드리는 것뿐입니다." 그러더니 전화가 끊겼다.

도미닉 헬킨은 도로변에 차를 대고 앉아, 와이퍼가 앞 유리창을 오락가락하며 물기를 빡빡 닦아 내는 모습을 지켜보았다. 눈여겨보지 않아 몰랐는데 어느새 비가 점점 더 퍼붓고 있었다. 이젠 느릿느릿한 와이퍼 속도로는 감당이 안 됐다. 그래서 앞 유리는 와이퍼가 쓸고 지나갔다 돌아오기도 전에 다시 빗물 범벅이 되곤 했다.

헬킨은 마음속에 차오르는 증오를 자각했다. 그는 책을 가지고 있다는 남자가 싫었다. 그자가 얼마나 거만한지는 대번에 알 수 있었다. 그 인간은 엄청난 보물을 손에 틀어쥐고는 온 세상이 자기 발아래서 굶주린 개 떼처럼 침을 질질 흘리며 기다리게 만들 작정이었다. 그러면서 쾌감을 느끼고 있는 것이다—실제로 도미닉 핼킨은 지금 굶주린 개처럼 침을 질질 흘리며 기다리게 되었고 말이다. 그자는 지금까지 오직 핼킨에게만 책의 존재를 알렸다고 은근히 암시했지만, 그마저도 과연 사실인지 알아낼 길이 없었다. 핼킨은 다른 차들이 웅덩이를 밟고 쌩쌩 지나치는 바람에 운전석 창문으로 흙탕물이 한바탕 들이쳐 얼굴에 튀는데도 가슴속에 울컥 치미는 증오를 삭이느라 5분 동안 가만히 앉아 있었다.

그러고 나서 백미러를 보며 끼어들 틈을 찾은 뒤 도로로 빠져나왔다. 그리고 대학 주차장까지 차를 몰고 가 자기 자리인 364번에 주차했다. 조교수 시절 직접 골라 놓고 몇 년이나 기다려서 배정받은 자리였다. 그늘 쉼터와 겨우 몇 발자국 떨어진 자리라 여름에는 어느 정도 그늘이 졌고 겨울엔 비를 피할 수 있었다. 핼킨은 서류 가방을 홱 집어 들고 차에서 내려 그늘 밑으로 달려갔다. 그리고 지붕 덮인 보도 끝까지 침착하고 위엄 있게 걸어간 다음, 움푹 파인 벽 안에 버티고 있는 베이컨 홀 문 앞까지 전력 질주하기 시작했다.

곧바로 학부 강의를 하러 간 핼킨은 훌륭하게 제 역할을 소화했다. 머릿속에 차곡차곡 넣어 뒀던 대사를 술술 낭독하고, 물 흐르듯 자연스러운 중세어 발음으로 어조와 음역에 변화를 주며 각각의 등장인물을 연기했다. 그 뒤엔 그 작품들의 의미에 대해 간결하고도 매력적으로 설명했다. 자리에 앉아 있던 수강생들은 핼킨이 애초에 대강 목표했던 것보다 훨씬 더 강렬한 열정으로 충만해졌다.

그렇게 핼킨은 소소한 승리를 거뒀고, 그 덕에 어느 정도 마음이 진정되었다. 수업을 취소하고 어서 이메일을 보러 가고 싶다는 유혹을 그렇듯 간신히 참아 내며 한 시간을 보냈다. 그 역겨운 인간은 틀림없이 도미닉 핼킨이 이메일을 열어 보면 곧바로 확인할 수 있게 조치를 취해 뒀으리라. 그러니 적어도 한 시간쯤은 대체 핼킨에게 이메일을 읽어 볼 마음이 있기나 한 건지 궁금해하며 서성였을 터였다.

그 뒤 핼킨은 자기 연구실로 갔다. 그 방은 안식처이자 일터였고, 30년이나 사용하고 나니 대학교가 아니라 본인 소유인 듯한 기분이 드는 공간이었다. 짙은 색 목재로 패널과 책장을 맞춘 방은 핼킨보다 세 세대는 먼저 지어졌지만, 책장에 가득한 책은 전부 핼킨 소유였다. 채색 필사본의 낱장 일부, 중세 교구 기록부와 정부에서 작성한 명단 몇 장 등 귀중한 수집품은 대학 소장품을 빌려 온 것이었지만, 여기 오랫동안 재임하는 사이 꼭 자기 것처럼 느껴졌다.

그는 블라인드를 내리고 문을 잠갔다. 그다음에 컴퓨터를 켜고 "사자의 책"이라는 제목이 눈에 들어올 때까지 이메일 목록을 훑어 내렸다. 메일을 클릭하는 순간 다시금 그 남자를 향한 증오가 스쳤지만, 곧 그런 인간 따위는 잊어버리고 말았다.

화면에 책 한 페이지가 뜨자 왼쪽 상단 첫 글자를 확대해 보았다. 사람이나 동물 형상으로 장식하는 방식의 머리글자였는데, 이는 746년 제작된 상트페테르부르크 비드중세 유럽의 채색 필사본으로, 그림으로 장식한 머리글자의 초창기 모습을 확인할 수 있는 자료이다에서 비롯된 스타일이었다. 대문자 I의 틀 안에 금박을 입힌 사자가 그려져 있었다. 엘즈미어 필사본에서

세로줄로 적힌 글자 옆에 그려진 것과 마찬가지로, 왼쪽 여백을 따라 덩굴로 휘감긴 삼면 테두리 장식이 있었다. 핼킨은 양쪽 페이지의 일부분씩을 동시에 화면에 띄운 채로 이미지를 최대한 크게 확대했다. 그러자 좀 더 가볍고 훨씬 더 부드러운 송아지 가죽 안쪽 면으로 만든 첫 페이지와 다 큰 동물 가죽의 바깥 면으로 만든 다른 페이지의 차이를 구별할 수 있었다. 그쪽엔 가죽에 털구멍이 있었고, 눈에 띄는 결점도 몇 군데 보였다. 그는 글자를 더 자세히 들여다보았다. 초서가 '애덤 스크리빈'이라고 언급한 바 있으나 대부분의 연구자들이 애덤 핑크허스트14세기 영국 필경사 중 가장 널리 알려진 인물와 동일인이라 확인한 필경사의 작품과 매우 흡사해 보였다. 그다음엔 필경사가 아니라 화가가 그린 대문자 I를 다시 살펴보았다. 시는 "옛날"로 시작되었다.

옛날 옛적 리처드 왕 시절,
비애와 통탄만이 가득하였으나,
왕으로서는 지당하고 참된 일이라
단 한 명의 잉글랜드인이라도
독일 하인리히의 손에 잡혀 있는 한.

이윽고 핼킨은 넋을 잃고 한 문장씩 읽어 내려가며 화면에 펼쳐진 책장 속으로 푹 빠져들고 말았다. 그렇게 몰입한 채, 글자를 명확하게 알아볼 수 있을 만큼 확대되는 두 페이지를 다 읽었다. 그는 글자

각각을 엘즈미어 필사본의 스타일과 비교해 보았다. 그 남자가 보내 준 자세한 설명서를 열어 작품 각 부분의 해설과 실제 책을 측량한 정보 등도 꼼꼼히 검토해 보았다.

다시 고개를 들었을 땐 블라인드 가장자리로 비치던 가느다란 빛이 사그라들어 캄캄해진 뒤였다. 몸을 일으키니 엉덩이와 무릎이 뻐근했다. 몇 시간이나 등을 앞으로 구부리고 앉아 있었던 것이다. 두통이 일었다. 진작부터 눈 뒤에서 차곡차곡 쌓이다 터진 통증인 게 분명했다. 핼킨은 여덟 번째 읽고 있던 파일을 저장한 다음 집에서 쓰는 노트북으로 열어 볼 수 있도록 메일을 전달했고, 대학에서 쓰는 두 번째 이메일 계정으로도 한 통, 안전하게 보관하기 위해 아이언 마운틴문서 데이터 위탁 관리 회사으로도 한 통, T.M. 스패너에게도 한 통 보냈다.

그러고서 전화를 걸었다. 통화 연결음이 다섯 번 울린 뒤 스패너가 받았다. "안녕, 도미닉."

"스패너." 핼킨이 입을 열었다.

"목소리 들으니 좋구나, 돔." 스패너가 말했다. "그런데 조금 이따가 통화할 수 있을까? 지금 친한 친구가 와 있거든."

여자 웃음소리가 들렸다. 그와는 무관한 여러 감정을 일깨우는 아름다운 목소리였다. 물론 명성이 자자한 T.M. 스패너라면 이 시간에 저런 목소리를 지닌 여자와 함께 있겠지. 핼킨은 시샘을 다스렸다. T.M. 스패너의 인생은 모든 면에서 다른 누구보다도 우월했다. 스패너가 누리는 복은 우주의 질서 한 부분이라 해도 좋았다. 하지만 지금이 몇 시인데? 거의 새벽 1시잖아. 이런 망할. 이건 좀 굴욕적이었다.

"T.M, 정말 미안해. 내가 쭉 일하다 보니 지금이 몇 시인지도 신경을 못 썼네. 내일 다시 전화할게."

"일단 이것만 알려 줘." 스패너가 말했다. "우리 그 돈이 필요해지는 거야?"

"응. 그런 것 같아."

"좋아."

8시간 뒤 핼킨의 핸드폰이 울렸다. "핼킨입니다."

"꼭 핸드폰을 붙들고 기다렸던 것 같은 느낌인데, 돔."

"그랬어." 핼킨이 말했다.

"그렇게 대단한 일이야?"

"그렇게 대단한 일이야, 말 그대로."

"뭘 알게 됐는지 얘기해 봐."

"그 남자가 맛보기로 샘플을 보내 줬어. 필사본의 처음 두 페이지 사진이랑 책 관련 정보를 적은 설명서야. 책은 6919행짜리 운문이더라." 핼킨의 목소리는 거의 속삭이듯 잦아들었다. "T.M, 딱 우리가 바라던 그대로야. 진짜 『사자의 책』이야. 『캔터베리 이야기』 직전에 시작해 『캔터베리 이야기』 직후에 끝낸 초서의 마지막 주요 작품 말이야."

"책은 어때? 필사본이 어떻게 생겼냐는 게 아니라, 글이 어떠냐는 얘기야."

"아름다워. 사진에 보이는 두 페이지의 문장만 읽을 수 있었지만, 그 정도만 읽어 봐도 초서의 작품이 확실하구나 감이 와. 액자식 구성이고, 외부 서사는 사자왕 리처드1189년부터 1199년까지 재위한 잉글랜드 국왕 리처드 1세(1157~1199). 제3차 십자군 원정에서 크게 활약하였고, 잉글랜드 역사상 가장 용맹한 전사로 유명하다의 이야기야. 리처드와 그의 고약한 형제들, 주로 존에 얽힌 얘기인데, 존은 잉글랜드 왕위와 가문 소유의 프랑스 영지를 두고 다퉜거든. 그리고 리처드가 신성 로마 제국의 하인리히 6세에게 붙잡혀 있는 동안 왕좌를 차지하지. 그때쯤 리처드 1세는 여러 전쟁을 치르고 십자군 원정을 나가 살라딘과 싸우는 등 이런저런 맹위를 떨치며 이미 '사자의 심장' 리처드로 불렸어. 그가 독일 땅의 지하 감옥에 갇혀 있는 동안, 이솝의 유령이 찾아와 사자와 쥐 이야기를 들려줘. 어떻게 약자가 강자를 속박에서 풀어 줄 수 있는지에 대한 얘기지. 평범한 잉글랜드 국민들이 끝끝내 성금을 긁어모아 그의 보석금을 낸 것처럼 말이야. 또 안드로클레스와 사자 이야기도망친 노예 안드로클레스가 산중 동굴에서 죽어 가는 사자를 구해 준 뒤, 훗날 체포되어 경기장으로 끌려가 야수에게 물려 죽을 위기에 처했을 때 바로 그 사자와 만나 생명을 건지고 노예 신분에서도 벗어나게 된다는 이야기를 통해 선행은 언젠가 보답받기 마련이라는 교훈도 전해. 그다음엔 다니엘이 나타나 사자 굴에 던져졌던 자신의 사연을 이야기해 줘. 사자들이 다니엘은 털끝 하나 건드리지 않고 그 대신 왕에게 악한 조언을 숙덕인 무리를 잡아먹은 거 너도 알지. 이 시는 정치, 동맹, 현명한 통치, 보상과 처벌에 대한 논고야. 말해 봐야 뭐 하겠어? 그냥 모든 것을 다 아우르는 이야기야."

스패너가 말했다. "그건 그렇고 리처드 1세는 어떻게 된 거야? 내가 항상 느끼기로는, 통치에 거의 신경을 안 쓰는 왕이었던 것 같은데."

"맞아. 결국엔 1199년 공성전 중에 어린 소년이 쏜 석궁에 맞아 사망했지. 그 잔인한 운명의 장난이 이 작품의 비극적 요소야. 리처드 1세의 동생, 로빈 후드 이야기에 악당으로 등장하는 '땅 없는 왕' 존은 전쟁에서 졌고, 귀족들의 반발에도 부딪혔고, 1215년 대헌장존 왕이 그의 실정을 비판하는 귀족들의 압력에 굴복하여 승인한 칙허장. 기본적으로 귀족의 봉건적 특권을 재확인한 문서이지만, 그 뒤 국민의 권리를 옹호하는 전거로 해석되며 영국 입헌 정치의 토대가 되었다에 서명할 수밖에 없었지. 1390년대까지도 뭇 사람들은 리처드가 그때 죽지 않았더라면 위대한 왕이 되어서 영원히 태평성대를 이뤘을 거라고 생각했어. 이 책도 그런 맥락이지. 리처드는 성군이 되는 법을 배우고 있어. 우선 고전을 통해서, 그다음엔 성서 속 스승을 통해서. 그는 찬란한 위용을 맛보았고, 이젠 몰락하여 지하 감옥에 쭈그리고 있지. 하지만 운명은 그가 또 한 번 비상할 수 있게 만반의 대비를 갖추고 있어. 만일 그가 마음을 고쳐먹어 전쟁은 그만두고 통치를 시작하기만 한다면 말이야. 그러나 리처드는 그렇게 하지 않았고, 운명의 수레바퀴는 그를 영영 거꾸러뜨렸지. 운명의 수레바퀴란 모두가 아는 고전적인 주제였는데, 주로 보에티우스그리스 철학을 중세에 전했고, 현세적 쾌락을 버리고 덕에 의한 마음의 평안을 얻을 것을 역설한 고대 로마의 철학자(?~524)에서 비롯된 거야. 초서가 보에티우스의 『철학의 위안』을 번역했다는 점을 떠올려 봐."

"하지만 이게 진짜일까? 지금껏 행방이 묘연했던 걸작이 진짜로 우리 손에 들어온다고?"

"그런 거 같아."

"언제?"

"그 사람이 다시 전화하겠다고 했어."

"전화 오면 나한테 연락해 줘. 몇 시가 됐든, 내가 어디 가 있든 상관없으니 꼭 전화해."

"내 느낌에 그 남자는 도서관에 책을 기증할 사람 같진 않아. 그 귀한 책을 쥐고 만인의 머리 위에서 으스대는 걸 너무 즐기는 것 같거든."

"그러니까 우리가 그 남자랑 협상을 해 봐야 해."

"내가 먼저 제시를 해야 할까?"

"그쪽에서 요구할 경우에만."

"얼마나?"

"5백만 달러가 수중에 있고 즉시 거래할 수 있다고 말해. 주판알을 튕겨 볼 것도 없이 바로 가능하다고 말야."

"만약에 그쪽에서 이 제안을 거절하면?"

"그럼 후원자들과 의논해 봐야 한다고 말한 다음에 나한테 전화해."

"알았어."

다음 전화가 왔을 때 핼킨은 마음의 준비가 됐다는 느낌이 들었다.

"핼킨 교수님." 수화기 너머로 목소리가 들렸다. 핼킨은 다시 한 번 이질적인 말씨라고 생각했지만, 어느 지방, 혹은 어느 나라 억양인지조차 파악할 수가 없었다. 문득 이게 특이한 종류의 억양일지도 모른다는 생각이 들기 시작했다. 그렇다면 아주 안 좋은 징조일 수도 있었다. 이 남자가 정신 이상일지도 모른다는 얘기니까. "제가 보내 드린 건 검토해 보셨습니까?"

"네." 이제 와서 무감동하거나 무심한 척해 봐야 아무 의미 없었다. "이 책을 어떻게 구하신 거죠?"

"수준 떨어지게 그런 얘기나 해야겠습니까?" 남자가 말했다. "충분히 짐작할 수 있으셨을 텐데요. 아니면 혹시 짐작은 해 봤지만 틀려서 바보로 취급당할까 봐 주저하셨나요?"

"옛날 귀족 가문의 서재에 있지 않았을까 싶습니다만. 런던 말고 다른 지역이겠죠. 아마도 잉글랜드 북부 귀족 저택이 아닐까요."

"런던은 왜 안 되죠?"

"너무 급변했으니까요. 런던에는 6백 년 동안이나 한가하게 방치된 부동산이 별로 없잖습니까. 또 제2차 세계 대전 당시 런던 대공습으로 수많은 저택이 폭파되었는데, 이 책이 그중 한 군데에 있었다면 사라졌을 테고요. 이 필사본의 주인은 의심의 여지 없이 매우 부유했을 테고 어쩌면 왕족이었을 가능성도 있습니다. 그러니 곤트의 존잉글랜드의 왕족이자 랭커스터 공작(1340~1399). 잉글랜드의 왕 에드워드 3세의 넷째 아들이자 헨리 4세의 아버지이 아니었나 생각해 보게 되네요. 곤트의 존은 초서의 후원자이자 절친한 친구였고, 둘의 부인은 자매지간이기도 했으니. 필사본은 존의 사유지 중 한 군데에서 유실되었을 가능성이 있죠. 아마도 랭커스터에서요."

"브라보." 남자가 말했다. "그러면 선생님 생각엔 아무도 그 책이 거기 있다는 사실을 몰랐던 이유가 무엇인 것 같습니까?"

"모르겠군요. 곤트의 존과 초서는 각각 1399년과 1400년에 사망했어요. 시기적으로 아주 가깝지요. 곤트의 존이 죽은 뒤 랭커스터 가문의 다음 세대는 유럽 전역으로 흩어졌고요. 딸 한 명은 포르투갈 왕비가 되었고, 또 한 명은 카스티야의 왕비가 되었죠. 아들인 헨리는 종신 추방되었다가 돌아와 왕위 쟁탈전을 벌였고, 헨리 4세 국왕이 되었습니다. 존이 사망했을 때 어떤 하인이 집 안을 정리하며 그 필사본을 다른 책 수백 권과 함께 작은 방에 넣어 뒀을 가능성이 있겠죠. 곤트의 존이 이를 안다면 충격을 받았겠지만, 백성들 대부분이 여전히 문맹이던 시절이었으니 그게 어떤 책인지도 모르고 넣어 놨을 겁니다."

"제가 진짜 전문가를 제대로 골랐다는 확신이 드네요." 남자가 말했다. "당연한 일이지만, 하버드의 베순 교수를 비롯해 몇 명 더 고려해 보긴 했거든요. 하지만 선생님은 마치 중세인들과 매일 길거리에서 부대끼는 것처럼 그 시절 사정을 훤히 아시네요."

"감사합니다." 핼킨이 말했다. 어쩌면 언뜻 접한 태도만으로 그릇된 선입견을 품고 상대를 오해했는지도 모른다. "선생께서 제게 필사본의 존재를 알려 주신 이유는 아마 조언을 얻기 위해서겠죠. 기꺼이 돕겠습니다. 도서관이나 대학에 기증하실 계획이신가요?"

"아뇨, 그럴 생각은 없습니다."

핼킨은 심장이 철렁 내려앉았다. "그럼 어쩌시려고요? 경매에 내

놓으실 겁니까?"

"딱히 그런 건 아니고요." 남자가 말했다. "몸값을 받으려고 모셔 두고 있는 겁니다. 제 값을 못 받는다면 아예 없애 버릴 거고요."

"뭐라고요?" 핼킨이 말했다. "무슨 말씀이신지 모르겠습니다."

"당연히 그러시겠죠." 남자가 말했다. "어떤 부자들은 렘브란트의 회화든, 다빈치의 스케치든, 링컨의 편지든 제 손에 넣고 싶어 합니다. 그렇지만 선생님처럼 평범하고 진지한 분들은 우리 문화의 정수한 부분을 혼자 소유하려는 마음은 절대 먹지 못하지요. 그저 그게 실제로 존재하기만을 신경 쓰고 또 바랄 뿐. 선생님 같은 학자들에게, 위대한 작품의 필사본은 단지 신뢰할 만한 원고가 명확하게 적혀 있기 때문에 가치가 있는 것이고요. 일단 본문이 재판으로 찍혀 나오면, 소유권이 누구에게 있든 간에 학자들은 작품을 연구할 수 있지요. 그러니 유감스럽게도, 저는 바로 선생님 같은 분들을 협박하는 겁니다. 일주일 안에 제게 돈이 들어오지 않으면 『사자의 책』은 무로 돌아갈 겁니다. 영원히 소멸할 거예요."

"하지만 그러면 선생은 아무것도 못 얻잖습니까."

"아니, 아무것도 못 얻는 건 선생님이죠. 저는 이미 다 읽어 봤으니까요." 남자가 말했다. "조만간 다시 연락드리겠습니다."

"언제쯤이요?"

하지만 상대는 그대로 전화를 끊어 버렸다. 다음 전화는 이틀 뒤 걸려 왔다. 이번엔 핼킨도 대비를 하고 리허설까지 해 본 뒤였다. 전화 건 사람이 누군지 파악하자마자 핼킨은 말했다. "대안을 찾아내려고 노력해 봤습니다. 필사본을 구입해서 옥스퍼드나 케임브리지에 기증하고 싶습니다—어느 쪽이든, 선생께서 더 선호하시는 곳으로요."

"아뇨."

"그럴 목적으로 자금을 모았습니다—5백만 달러예요. 현금으로 받으실 수 있습니다."

남자가 웃었다. "현금 5백만 달러면 실물이 어떤 느낌일지도 당최 모르겠는데요? 선생님은 아십니까?"

"백 달러 지폐 5만 장이겠거니 생각합니다." 핼킨은 말했다. "터무니없이 많은 돈이죠. 커다란 상자 다섯 개에 백만 달러씩 나눠 담아 도착할 거라고 들었습니다."

"저는 누구에게도 필사본을 팔지 않을 겁니다." 남자가 말했다. "하지만 몸값은 5백만 달러면 되겠군요."

"저는 책을 구입하겠다고 제안한 겁니다."

"선생님은 이 상품에 관해서라면 진정한 전문가이시고, 5백만 달러에 사들이면 합리적일 거라고 생각하시지요. 사실 더 가치가 크지만, 선생님의 추산을 따르겠습니다. 하지만 선생님은 손에 쥔 카드패를 언뜻 보여 주고 말았어요. 선생님께선 분명 그 작품을 보존하기 위해 5백만 달러를 지불하실 겁니다. 본인이 소유하지는 못하겠지만, 어쨌든 그렇게 되면 언젠가 출판될 가능성이 있다는 얘기죠. 곧장 불타서 없어지는 대신 말이에요."

핼킨은 두피와 이마에 땀이 맺히는 느낌이 들었다. 너무 낮은 가격을 부른 모양이었다. "혹시 우리가 가격을 더 올릴 수 있다면, 그땐 판매하시겠습니까?"

"아뇨. 판매용이 아니라니까요. 지금으로선 5백만 달러로 책을 살려 둘 수 있습니다."

"제발요." 헬킨이 말했다. "그 책은 한 사람의 기분하고는 비교도 안 될 만큼 가치가 있단 말이에요."

"그렇게 생각하신다니 기쁘군요." 남자가 말했다. "돈을 모아 검은색 캐딜락 에스컬레이드에 실어서 모레 오전 7시까지 보스턴시로 가져오십시오. 제가 한 말을 그대로 따라 해 주세요."

"캐딜락 에스컬레이드에 돈을 실어서 모레 7시에 보스턴으로 가져오라는 말씀이시죠."

"그렇게 처량하게 말씀하시지 마세요. 저는 선생님이 정말로 원하는 것을 제공하려는 겁니다."

"어째서 제가 그걸 원한다고 생각하시는 거죠?"

"선생님이 *원해야만* 하는 것이니까요. 선생님은 죽었다 깨어나도 그렇게 진귀한 물건을 소유할 수 없을 겁니다. 설령 제가 책을 판매하더라도, 선생님 뒤에는 후원자들이 있고, 책은 선생님이 아니라 그 사람들의 통제 아래 들어가겠죠. 중요한 건 인류가 그 작품을 잃지 않으리라는 사실입니다. 중세 문학 연구자라면 더 장기적인 안목으로 생각할 줄 알아야 해요."

헬킨이 말했다. "저는 평생 중세 문학을 연구해 왔습니다. 문학을 사랑하고, 각각의 작품에 지대한 호기심을 느끼기 때문입니다. 잘 아는 작품들이라 해도 늘 관심을 기울이지요. 저는 이 책을 읽고 싶습니다."

"좋은 답변이네요." 남자가 말했다. "수요일에 전화해서 선생님이 캐딜락을 어디로 몰고 오면 되는지 알려 드리겠습니다."

"저요? 저는 그럴 계획이—"

"그러면 전부 물 건너가는 겁니다. 지금 뭐가 걸려 있는 상황인지를 이해하는 사람이 운전해야만 해요—바로 선생님 말이죠."

"알겠습니다."

핼킨은 그 남자가 거들먹거리며 몇 마디 더 주절거리지 않을까 싶어 조마조마하게 기다렸지만 아무 소리도 들리지 않았다. 상대는 하고 싶은 말을 다 하고 끊은 뒤였다.

스패너에게 전화한 핼킨은 통화 내용을 얘기하기도, 안 하기도 난처했다. 그러니 그저 그 남자가 했던 말을 최대한 그대로 옮기려고 했다.

스패너는 잠시 침묵했다. "좋아, 도미닉. 넌 누구 못지않게 잘 대처했어. 그 인간이 미치광이로 밝혀질 가능성이 늘 깔려 있었잖아. 넌 지금도 그놈한테 진짜 필사본이 있다고 믿어?"

"응." 핼킨이 대답했다. "이메일에 요약되어 있는 내용을 보면 딱 그 당시에 초서가 집필했을 만한 작품이야. 내가 직접 읽어 본 구절에 드러난 문체도 틀림없이 초서야. 얇은 피지에 정교한 법정 서체를 새겨 넣은 방식을 보면 필사본 자체도 그 시절 초서에게 걸맞고. 그때쯤에 초서는 이미 부유하고 유명했으니까. 가짜라기엔 모든 면에서 너무 완벽해."

"그럼 지금부터는 내가 넘겨받아서 몇 가지 준비를 좀 할게. 너는 비행기 타고 보스턴으로 가서 레녹스 호텔에 방을 잡아. 내가 널 쉽게 찾아갈 수 있게."

"그런데 이제 어쩔 셈이야?"

"우선, 캐딜락 에스컬레이드에 현금 5백만 달러를 실어서 보스턴으로 가져가. 그냥 보스턴에 눌러앉아 기다리다가 다음 전화가 오면 그놈이 하라는 대로 해. 무슨 일이 생기든지 우린 일단 어떻게든 해봐야 해."

"하지만 너는 무슨 생각인 건데?"

스패너는 한숨을 쉬었다. "내 생각엔 이제 전문가의 도움을 좀 받아 볼 시점에 다다른 것 같아. 이런 상황에 도움을 줄 만한 사람들을 몇 명 알거든." 정신이 팔린 듯한 목소리였다. "잠깐만 기다려 줘." 잠시 뒤 스패너가 돌아와 말했다. "좋아. 네 항공편을 마련했고, 레녹스 호텔에 예약도 했어. 내일 아침 공항으로 가서 11시 15분에 보스턴행 비행기를 타."

"하지만 넌 정말로 그게—"

"응. 해야만 해." 스패너가 말했다. "아무도 모르는 곳에 묻혀 있던 세계적 문화유산 한 조각을 파괴하지 않는 대가로 돈을 뜯는 건 엄연히 불법이야. 파괴한다면 더더욱 나쁘고. 좌우간, 우리는 어떻게든 이 책을 쟁취하고 보존해야 해. 이제 짐 싸."

다음날 저녁 레녹스 호텔 방에 앉아 있던 헬킨에게 전화가 왔다.

그는 자기 핸드폰 안에 독사가 도사리고 있기라도 하듯 떨떠름하게 그쪽을 쳐다보았지만, 어쨌든 손을 뻗어 핸드폰을 집어 들었다. "네가 지금 무슨 생각을 했을지 훤히 보인다." 스패너가 말했다. "그냥 나야. 아래 로비에 와 있어. 내려와."

헬킨은 재킷을 걸친 뒤 부랴부랴 엘리베이터를 타고 내려갔다. 반짝이는 황동 문이 열리자마자 뛰쳐나가 프런트를 지나 오른쪽으로 돌자, 로비 안락의자에 혼자 앉아 있는 스패너가 보였다. 헬킨은 그간 거의 까먹고 있던 사실 하나를 문득 확인했다—스패너의 풍모에서 가장 도드라지는 특색은 역시 저 편안한 분위기였다. 스패너는 푹신푹신한 팔걸이에 팔꿈치를 괴고 두 다리는 쭉 뻗어 발목에서 포갠 채 등받이에 머리를 편히 기대고 앉아 있었다.

그러다 헬킨을 보고는 벌떡 일어나 악수를 했다. "돔!" 스패너가 말했다. "다행히 제때 잘 도착해 있었군."

그러고 나서 일이 심상치 않게 돌아갔다. 스패너가 "소개할게"라 말하며 고개를 돌리니 근처 소파에 앉아 있던 두 남자가 일어섰다. "이쪽은 핸런 씨, 스토크스 씨야." 그리고 반대쪽으로 고개를 돌렸다. "가너 씨, 또 여기는 터너 씨와 데이 씨."

헬킨은 이 순간 로비 전체에 스패너가 고용한 요원들이 쫙 깔려 있다는 사실을 깨우쳤다. 첫 눈엔 다섯 사람이 각기 사뭇 달라 보였다. 은발인 핸런은 적어도 50세는 되어 보였고 나이 든 축구 코치 같은 체격이었다. 스토크스와 가너는 몸집이 더 작았는데, 한쪽은 흰 피부에 불그스름한 머리였고, 다른 쪽은 까무잡잡했다. 터너와 데이라는 두 여자는 서른 살쯤 되었고 둘 다 날씬하지만 그리 눈에 띄지 않는 외모였다. 핼킨의 눈엔 다섯 사람이 서서히 비슷비슷하게 보였다. 그들은 모두 경찰관 특유의 인내심 강하고 예리하지만 낙관적이지는 않은 시선으로 주위를 살피고 있었다. 마주치는 모든 사람들이 금방이라도 실망스러운 짓을 저지르리라 예상하는 듯한 눈빛이었다.

핼킨은 그들에게 다가가 일일이 악수했다. 그렇게 하면 얼굴을 기억하기가 쉬울 거라는 판단 때문만이 아니라, 자신에 대한 오해를 바로잡고 싶다는 갑작스러운 충동 때문이기도 했다. 그래 봐야 그 사람들의 태도를 바꿀 순 없다는 게 금세 분명해졌지만 말이다. 다섯 사람은 필연적인 실망이 닥쳐오기를 기다리며 계속 핼킨을 주시했다. 누구든 저들 앞에 서면 기를 쓰고 자신의 결백을 증명하게 되겠구나 싶었다.

스패너가 말했다. "우리랑 함께 나가자." 그리고 문으로 앞장섰다.

핼킨도 바삐 따라갔다. 둘은 곧 회전문을 통과해 보일스턴가로 나섰다. 걸음을 옮기던 핼킨은 모두들 행진하듯 거리를 따라 걷는 건지 궁금해 어깨 너머를 건너다보았다. 그러나 행진은커녕 이미 각자 주위 풍경으로 은은하게 녹아든 뒤라는 사실만 얼떨떨하게 확인했다. 두 여자는 활기차게 이야기를 나누며 걷고 있었는데, 어찌된 영문인지 어느새 둘 다 근처 상점의 쇼핑백까지 챙겨 들고 있었다. 둘은 잠시 멈춰서 쇼윈도를 들여다보았다. 핸런은 두 사람보다 6미터쯤 앞서서 혼자 터벅터벅 걸었다. 가너와 스토크스가 제일 뒤쪽에 포진했는데, 앞서 걷는 사람들과 무관해 보이는 거야 말할 것도 없고, 두 남자가 일행인지조차 파악하기 어려웠다. 가너는 핸드폰을 들고 통화 중이었고, 스토크스는 택시를 찾는 듯 보였다.

헬킨이 스패너에게 물었다. "저분들 경찰이야?"

"지금은 아니고. 각각 이런저런 일을 해 오다가 이제 보안업체에서 일하고 있어. 다들 주로 다른 국가에서 벌어진 납치 사건이나 인질 교환을 처리해 본 경력이 있고. 그게 저 사람들의 전문 분야 중 하나야."

두 블록을 더 걸어가자 스패너가 말했다. "여기 800번지에 프루덴셜 센터 주차장이 있거든. 거기에 에스컬레이드를 주차시켜 놨어."

둘은 건물 로비로 들어가 엘리베이터를 타고 지하 2층으로 내려갔다. 밖으로 나오니 에스컬레이드가 눈앞에 보였다. "볼품없고 흉한 차야." 스패너가 말했다. "어쨌든 하루 동안은 네 거지."

더 가까이 다가가는 사이 다른 일행도 속속 도착했다. 핸런이 안내에 나섰다. 그는 일단 자동차 뒷문을 열더니 이렇게 말했다. "여기 상자들이 있습니다. 아마 용의자는 에스컬레이드로 이동하지 않을 겁니다. 도청 장치와 위치 추적기가 장착되어 있어서 추적당할 수 있다고 예상할 테니까요. 용의자는 차를 버릴 겁니다. 그자가 버리지 않을 거라고 확신할 수 있는 것은 오로지 돈뿐입니다."

"잠깐만요." 헬킨이 말했다. "저를 따라오실 계획이십니까?"

핸런은 스패너를 쳐다보았다.

스패너가 말했다. "당연하지."

헬킨은 다급해졌다. "하지만 미행당하고 있다는 사실을 알아채면 그놈은 필사본을 훼손할 겁니다."

핸런이 말했다. "그 남자가 직접 현장에 나오지 않을 거라고 거의 확신합니다. 운전은 공범에게 맡길 겁니다. 본인은 멀리, 안전한 장소에서 대기하겠죠. 하지만 선생님 말씀이 맞습니다. 만일 공범이 일정 시각에 보내기로 정해 놓은 신호를 주지 않으면, 그자가 물건을 파손할 가능성이 있겠죠. 우리는 발각되지 않도록 만전을 기할 겁니다. 또 공범의 행동을 방해할 계획도 없습니다."

"그럼, 어떤 계획을 세우신 거죠?"

"공범이 돈을 어디로 가져가는지 알아내는 것이죠." 핸런은 말했다. "우리는 용의자가 돈을 다른 차량으로 옮겨 실을 거라고 예상합니다. 그리고 아마 그자는 캐딜락에 상자를 버리고 다른 방식으로 돈만 수거해 갈 만큼 영리할 겁니다. 바로 그렇기 때문에—" 그는 긴장감을 조성하기 위해 잠시 말을 멈췄다. "현금 자체에 위치 추적기를 심는 겁니다."

핸런은 코트 주머니에서 '$10000'라고 표시된 종이 띠가 둘린 백 달러 지폐 한 다발을 꺼내 헬킨에게 건네주었다. 헬킨은 현금 다발을 손에 쥐는 일이 낯설었지만, 상상했던 거나 별반 다르지 않아 보였다. 보아하니 흰 띠에 검은색으로 인쇄된 숫자는 살짝 도드라지게 양각되어 있었다. 헬킨이 돈다발을 돌려주려고 팔을 뻗었지만, 핸런은 받아 들지 않고 그저 종이 띠를 가리켰다. "전자 회로가 든 칩이 첫 번째 0 안에 있습니다. 나머지 0은 축전지이고, 달러 표시는 얇은 와이어 안테나입니다. 물론 이런 띠가 5백 개나 있죠."

헬킨은 '물론'이라는 말에 당황했지만, 5백만 달러를 만 달러씩 묶었으니 5백 개일 수밖에 없다는 점을 상기했다. "네, 그렇군요."

"범인들이 차량을 몇 번 갈아 치우든, 어디에 현금을 옮겨 담든, 이 돈은 갈취 용의자에게 도달하는 길을 확실히 알려 줄 겁니다."

"만약 공범이 돈을 은행으로 가져가면 어쩌죠?" 헬킨이 물었다.

"돈을 은행 금고에 넣어 둔다면 어느 은행인지 우리가 알 수 있습니다. 계좌에 예금한다면 은행은 연방 정부에 이 거래를 보고해야 합니다. 5백 군데 은행에 예금을 한다고 해도, 모든 곳에서 보고서를 제출해야 할 겁니다."

"돈은 추적이 되니까." 스패너가 말했다. "그게 돈의 또 다른 특장점이지."

다음날 헬킨은 거의 종일 호텔 방에 혼자 우두커니 앉아 전화를 기다리며 지냈다. 읽을거리를 아무것도 안 가지고 온 데다 텔레비전을 볼 엄두도 거의 안 났다. 그러다 전화벨 소리를 놓칠 리 없을 정도로 음량을 충분히 낮춘 다음 TV 화면에 집중해 보려 했다. 몇 년 동안이나 TV를 본 적 없었던 헬킨은 전보다 화질이 훨씬 더 좋아졌다는 점을 알아볼 수 있었다. 하지만 TV 프로그램에는 여전히 별 흥미가 생기지 않았다. 늦은 오후, 전화벨이 울렸다.

"아직도 제 필사본을 파괴하지 않는 대가로 5백만 달러를 지불할 의향이 있으십니까?"

"네." 헬킨이 말했다.

"그러면 찰스강을 건너 케임브리지로 돈을 운반하세요."

"그게 다입니까?"

"그렇습니다. 도착하시면 제가 다시 전화하겠습니다." 핼킨은 캐딜락이 주차되어 있는 프루덴셜 빌딩 주차장으로 거의 달음박질하듯 했다. 차 앞으로 가면서 보니 각기 다른 쪽에 차를 대고 대기 중인 스토크스와 가너가 보였다.

핼킨은 에스컬레이드의 시동을 걸고 출발했다. 다른 보안 요원들도 길거리 어딘가에서 용의자를 지켜보는 게 분명했다. 어제 들은 설명에 따르면 보안팀은 용의자의 눈에 띄지 않도록 주의하며, 5백 개의 종이 띠가 송신하는 신호를 추적할 터였다.

핼킨이 다리를 건너 케임브리지로 가자 전화벨이 다시 울렸다. 그 남자는 서쪽으로 차를 몰라고 지시했고, 20번 국도를 타고 거의 월섬까지 갔을 때 또 전화해 매사추세츠 유료 고속도로로 내려가 동쪽으로 달리라고 했다.

운전하는 동안 다른 차들이 좌우로 스쳐 지나갔고, 가끔씩 주위 차 안에서 누군가가 핼킨을 유심히 살펴보는 것 같았다. 어쩌면 그 남자가 괜히 이렇게 이상한 경로로 차를 몰게 시킨 게 아닐지도 모르겠다는 생각이 퍼뜩 들었다. 어쩌면 그자는 바로 옆에서 달리며 캐딜락을 관찰하거나 핼킨이 보안팀과 교신하는 낌새는 없는지 살피고 있었을지도 모른다. 차선을 살피며 미행이 따라붙나 확인하는 조력자들도 풀었을지 모르고.

핼킨은 그자의 명령을 따를 수밖에 없었다. 스패너의 요원들이 전자 장비로 추적하고 있으니 문제될 건 아무것도 없었다. 핼킨은 그 남자가 일러 준 출구로 나갔다. 그리고 지시대로 한쪽 길을 따라 올라갔다가 다음 길로 내려가니 명령이 떨어졌다. "한 블록 가면 오른쪽에 버스 정류장이 있습니다. 거기 멈추세요."

명령대로 하자, 털실 카디건에 챙 모자 차림의 나이 든 남자가 거기 벤치에 앉아 있다 일어서서 운전석 쪽으로 달려오더니 문을 열어젖혔다. 남자가 말했다. "돌아서 조수석에 타시고 제가 운전하게 해 주십시오."

이건 핼킨이 전혀 예상하지 못한 상황이었다. 남자가 차에 올라타는 바람에 핼킨은 옆자리로 밀려났다. 그래서 별수 없이 그쪽 문으로 빠져나왔다. "여기서 절 내려 주고 가셔도 됩니다." 핼킨이 말했다.

"아뇨. 타세요."

핼킨은 고분고분 따랐다.

남자가 도로로 차를 빼더니 액셀을 밟았다. 그러더니 깜빡이도 안 켜고 불쑥 방향을 틀어 속도를 냈고, 차를 돌려 골목길을 올라가다 신호등 없는 교차로를 여러 번 건넌 다음 다른 골목길로 진입했다. 핼킨은 기가 막힌 곡예 운전에 겁을 먹은 동시에 그 무모함에 두려움을 느꼈다. 그래서 운전자에게 이러면 헛되이 둘 모두의 목숨을 거는 셈이라고 말하고 싶었다. 핼킨의 아군은 전자 장치로 이 차의 움직임을 좇고 있었다.

두 번째 골목은 좁다랗고 길었으며, 그저 통로처럼 보일 뿐 목적지가 될 순 없을 듯했다. 하지만 운전자는 커다란 차고 문을 지나쳐서 차를 멈추더니 차고로 후진해 들어갔다. 차고 문이 윙윙거리며 핼킨의 눈앞으로 내려왔다. 한 남자가 문가에 서 있었는데, 잘 보니 그 옆에 차고 문을 조절하는 버튼 두 개가 달린 장치가 있었다. 운전석에 있던 남자가 "차 안에 계십시오"라 말하고 내렸다.

더 젊은 남자 세 명이 에스컬레이드 뒤로 달려갔다. 운전자가 뒷문을 연 뒤 다 함께 현금 다섯 상자를 꺼냈다. 그리고 상자들을 건물 측벽으로 잽싸게 옮겼는데, 거기엔 무슨 기계 다섯 대와 더플백 다섯 개가 준비되어 있었다.

그 기계들은 핼킨의 눈에도 익숙했다. 겉면은 온통 회색이었고, 맨 위쪽에는 작은 디지털 화면이 달렸으며 앞면에는 작은 쟁반 같은 작업대가 있었다. 곧 일당이 작업에 들어갔고, 핼킨은 저런 기계를 전에 어디서 봤는지 떠올렸다—은행이었다. 저건 은행 창구 직원들이 쓰던 것과 같은 지폐 계산기였다.

그들은 각자 만 달러 다발을 집어 들고 종이 띠를 벗긴 다음 기계 위에 지폐를 올려놓았다. 그리고 기계가 윙윙대며 지폐를 세고 나면 돈다발을 빼내 발치에 있는 더플백에다 던져 넣었다.

다른 공범들보다 살짝 나이 든 남자가 핼킨이 앉은 조수석 창문 쪽으로 다가왔다. 희끗희끗한 머리를 바짝 깎은 모습이었다. "놀란 표정이시군요. 제가 돈을 세어 볼 줄은 모르셨습니까?" 못 알아들을 수가 없는 목소리였다. 이제 핼킨은 그 어느 때보다도 더 이 목소리가 증오스러웠다. 놈이 아까 그 운전자와 좀 닮았다는 느낌이 언뜻

들었다. 두 사람은 형제 사이일까?

"놀라긴요." 핼킨은 거짓말했다. "뭐, 이런 식으로 곧장 세어 볼 줄이야 몰랐습니다만."

"선생 느낌엔 제가 남을 쉽게 믿는 사람 같았습니까?" 그자가 핼킨을 뚫어져라 쳐다보았다. 그러더니 고개를 돌리고 나머지에게 외쳤다. "아직 뭐 수상한 건 안 나왔고?"

"아직요." 한 명이 말했다. "아무 문제도 없어요." 또 한 명이 말했다. 누구도 고개 들어 이쪽을 쳐다보지 않았다. 다들 맹렬한 속도로 일하고 있었다.

핼킨은 그저 지켜보았다. 한 상자에 지폐 다발 백 묶음씩 총 다섯 상자. 놈들은 종이 띠를 벗겨 바닥에 떨구고 지폐 뭉치를 계산기에 올린 다음, 기계가 윙윙대며 지폐를 셀 동안 다음 지폐 다발에서 띠를 벗겨 내 쉼 없이 기계를 돌렸다. 각자 백 묶음씩 맡아서 믿기지 않는 속도로 척척 검사를 해 나갔다.

은발인 남자가 지폐 계산기 쪽으로 걸어가더니 허리를 굽히고 뭔가 집어 들었다.

핼킨은 갑자기 숨이 턱 막혔다. 그 남자가 바닥에서 종이 띠를 집어 들어 아연 도금된 구식 쓰레기통에 넣고 있었다.

핼킨은 놈의 주의를 돌리고 싶어 속이 탔다. 단 1분만 다른 생각을 하게 해도 효과가 있을 것이다. "최소한 저한테 직접 보여 주실 순 없겠습니까?"

"뭘 보여 줘요?"

"아시잖습니까."

남자가 고개를 저었다. "여기 없습니다. 저는 책을 가지고 다니지 않아요." 그러더니 바닥에 시선을 못 박은 채 우뚝 멈췄다. 잠시 어리둥절한 표정이 스치다 안색이 바뀌었다—의심이 가득한 눈빛이었다. 그자가 고개를 획 돌려 핼킨을 바라보았다. 그리고 띠 하나를 주워 들어 찢어 버린 다음, 벽으로 달려가 거기 세워 두었던 기다란 빗자루를 집어 들고 지폐 계산기 앞에 늘어선 일당 주위를 잽싸게 쓸었다. 종이 띠를 무더기로 쓸어 모은 뒤엔 양손 가득씩 쥐어 쓰레기통에 던져 넣었다. 그자가 소리쳤다. "돈 그만 세고 나머지 종이 띠부터 벗겨 내서 최대한 빨리 이 쓰레기통에 넣어."

일당이 그대로 따르자 그자는 다시 벽 쪽으로 가서 등유가 담긴 듯 보이는 작은 깡통을 집어 들었다. 그리고 거기 담긴 투명한 액체를 종이 띠 무더기 위로 붓더니, 주머니에서 성냥갑을 꺼내 한 개비 그은 다음 그대로 던져 버렸다.

훅 하며 불이 붙자마자 순식간에 불길이 1미터도 넘게 치솟았다. 그자가 외쳤다. "종이 띠는 전부 다 떼어 내서 불 속에 던져. 다른 건 놔두고 여기 집중해. 한 개도 빼먹지 말고 전부 다."

일당은 그 말대로 고분고분 최대한 빨리 종이 띠들을 태웠다. 그 일을 다 마치자 남자가 외쳤다. "좋아. 나머지 돈은 가방에 던져 넣고 길거리로 나르자고."

더플백을 하나씩 든 일당은 핼킨의 에스컬레이드가 들어온 차고 문에서 좀 떨어진 건물 측면의 문 너머로 사라졌다.

은발 남자가 핼킨 쪽 창문 가까이로 걸어왔다. "선생은 우리가 맺은 협정을 어기고 속임수를 썼습니다." 그자가 말했다. "참 나, 이런 멍청한 사람을 봤나." 그리고 돌아서서 일행이 먼저 더플백을 나른 문으로 자기도 잽싸게 빠져나갔다.

차 시동이 걸리고 훌쩍 떠나가는 소리가 핼킨의 귀에도 들렸다.

다섯 명의 장정이 각자 지폐 계산기를 들고 성인 키 높이의 문 저편으로 옮겼다. 핼킨은 저들을 막아설까 생각도 해 봤지만, 어떻게 다섯 명을 한꺼번에 저지할 수 있을지 알 수가 없었다. 아마 한 명을 막아서기가 무섭게 사정없이 두들겨 맞고 기절할 테지.

핼킨은 캐딜락 에스컬레이드 조수석에 멀거니 앉은 채 지켜보았다. 그 패거리는 핼킨이 여기 있다는 사실을 잊어버린 양 이쪽을 거들떠보지도 않았다. 핼킨으로서는 오히려 다행스러웠다. 잠시 후 떼거리는 사라졌다. 또 시동 거는 소리가 났다. 나머지도 차를 몰고 떠나는 모양이었다.

핼킨은 에스컬레이드 조수석에 앉아 쓰레기통 속 불이 다 타들어 꺼질 동안 멍하니 쳐다보고 있었다. 종이 띠는 싹 타 버렸고, 이젠 더 태울 것도 없었다.

핸드폰을 꺼내 스패너에게 전화를 했다.

"지금 어디야?" 스패너가 물었다. "보안팀에서 송신기 신호가 끊어졌다고 하는데."

"다 불에 타 버렸어." 핼킨이 말했다. "그놈이 그게 속임수라는 사실을 간파하고 길길이 날뛰었어. 이젠 그 자식이 무슨 짓을 할지 짐작도 못하겠어."

"너 지금 어디 있어?"

"그놈 패거리 중 한 명이 차를 몰고 골목을 올라와서 창고나 차고처럼 보이는 장소로 데려왔는데. 운전한 놈이 열쇠도 가져가 버렸네."

"밖으로 나갈 수 있겠어?"

"그런 것 같아."

"그럼 나가서 도로 표지판을 찾아봐. 끊지 않고 기다릴게."

아까 일당이 빠져나간 문으로 나가자 평범한 보스턴 길거리가 펼쳐졌다. 행인들이 핼킨을 지나쳐 상점이나 식당으로 걸어 들어갔다. 마치 더 고요하고 질서정연한 다른 세계로 통하는 문을 넘어온 것만 같았다. 핼킨은 길모퉁이에서 비컨가라고 적힌 표지판을 발견했다.

한 시간 뒤 핼킨과 스패너는 레녹스 호텔 로비로 돌아와 카펫 깔린 바닥을 가로질렀다.

"한잔 마셔야겠어." 핼킨이 말했다.

"나도." 스패너가 말하며 바 쪽으로 다가가 문을 열었고, 둘은 조명이 희미하고 아늑한 공간으로 들어섰다.

그때 핼킨의 전화벨이 울렸다. 그는 주머니에서 핸드폰을 꺼내 엄지로 화면을 휙 밀어서 통화를 연결했다. 사진이 한 장 떴는데—다시 잘 들여다보니 영상이었다. 화면 속에 두툼한 종이 한 뭉치가 보였다. 약간 노랗게 변색된 길쭉한 종이에, 가운데 세로로 적힌 한 단에는 검은 잉크로 윤곽선이 그려져 있고 왼쪽 여백에는 덩굴 테두리 장식이 보였다. 금박을 입혀 채색한 글자인 듯싶은 부분이 왼쪽 상단에서 반짝인 것도 같았다. "이런, 세상에." 핼킨이 말했다.

스패너도 몸을 바짝 기울이고 핸드폰 화면을 들여다보았다. "이게 그거야?"

누군가 종이 뭉치를 두 손으로 집어 올렸다. 영상에서 익숙하고도 증오스러운 목소리가 흘러나왔다. 경멸이 뚝뚝 묻어나는 말투였다. "선생은 자기 입으로 한 약속을 헌신짝처럼 내팽개쳤죠. 나는 말한 대로 지킵니다."

놈은 번쩍이는 금속 쟁반에 종이 뭉치를 올려놓았다.

핼킨이 전화기에 대고 말했다. "제발 이러지 마십시오."

대답은 없었다. 핼킨은 이 동영상이 생중계가 아니라는 점을 깨달았다. 이건 진작 일어난 일이었고, 지금 전화기에 대고 말해 봐야 아무에게도 닿지 않았다. 놈이 오른손에 깡통을 쥐고 종이 위로 액체를 부었다. 그러고는 성냥을 그어 쟁반 위로 던졌다. 샛노란 불꽃이 솟아올라 깜박이며 너울댔다. 불길이 살짝 떨리면서 꼭대기 주위로 푸른 기운이 감돌았다. 그러다 영상이 온통 캄캄해졌다. 연결이 뚝 끊어졌다.

두 사람은 말문이 막힌 채 서로를 쳐다보았다. 30초쯤 묵묵히 있다가 스패너가 먼저 입을 열었다. "미안해." 그가 말했다. "정말 미안해, 도미닉."

핼킨은 잠에서 깨어난 듯 살짝 움찔했다. "어? 아냐, T.M. 네 책임이 아니야. 넌 언제나 그랬듯, 정말 배포 크고 용감하게 최선을 다해 줬는걸. 내 잘못이지."

바텐더가 마치 유령처럼 두 사람 앞에 나타났다. "주문하시겠습니까?"

스패너가 말했다. "싱글 몰트 스카치로 주세요."

핼킨이 바텐더보다는 스패너를 향해 고개를 끄덕여 보였다.

바텐더가 말했다. "여러 싱글 몰트가 구비되어 있습니다. 각별히 좋아하시는 품목이 있으실까요?"

스패너는 바 위쪽 세 번째 선반에 진열된 술병들을 힐끗 보았다. "저거면 되겠네요."

"라프로익이요?"

"좋아요. 그걸로 한 병, 잔 두 개랑 같이 주세요."

바텐더가 첫 잔을 따라 주었고, 1분도 채 시나지 않아 스패너가 두 번째 잔을 채웠다. 그 뒤론 둘 다 더 느긋한 속도로 한동안 묵묵히 술을 마셨다.

마침내 핼킨이 말했다. "나 때문에 네 돈이 날아갔어. 내가 갚기엔 너무 큰돈인데. 평생 모아도 다 못 갚을 것 같아. 참담한 기분이야."

"그 돈 돌려받을 생각 없어." 스패너가 말했다. "그건 나 혼자서 메울 수 있어. 대기하던 후원자들은 아무것도 잃지 않을 거야. 각각에게 본인이 투자하기로 약속한 금액의 10퍼센트만 보내 주고 수익이라고 하면 돼. 모두들 만족할 거야." 스패너는 핼킨의 눈을 들여다보다가, 문득 달라진 표정으로 말을 이었다. "중요한 부분은 이건데, 이번 일은 우리끼리 비밀로 간직해야 해. 영원히. 내가 그렇게 어리석인 짓을 벌였다는 사실을 나와 거래하는 사람들이 알게 되면, 내 평판은 무너져 버릴 거야. 난 말이야, 내 판단을 신뢰하고 내가 옳다는 쪽에 수십억 달러를 거는 투자자들에게 의존하고 있거든. 그러니 절대로 발설하지 않겠다고 맹세해 줬으면 좋겠어."

헬킨은 뒤로 기대고 스패너를 똑바로 쳐다보았다. "내가 이 일이 알려지길 바랄 것 같아? 만약 네 경력이 지금 꺾인다 해도 넌 거의 그대로, 승자의 삶을 이어 나갈 거야. 하지만 나는 가진 게 중세 문학 학자로서의 명성밖에 없어. 웬 미친놈 손에 초서의 『사자의 책』이 불타 버리게 만든 인간을 이쪽 분야 사람들이 어떻게 볼지 알기나 해? 누구한테든 이런 일이 있었다는 얘기를 하느니 차라리 죽는 게 나아. 기꺼이 맹세할게."

80킬로미터 떨어진 어느 집 차고 뒤에서, 남자는 두어 시간 전에 작게 불을 피우고 남은 찌꺼기를 깔끔히 다 치웠다. 그는 손으로 만질 수 있을 정도로 쟁반이 식을 때까지 기다려야 했다. 이제 그을린 잔해와 재를 봉지에 두 번 꽁꽁 담아 쓰레기통 속으로 처박았다. 참 값비싼 불놀이였다. 그는 증서를 인쇄하는 회사에서 피지를 구입한 다음 자기 손으로 대강 자르고 다듬었다. 그리고 영상에서 『사자의 책』이 진짜처럼 보이도록, 프로젝터를 이용해 맨 위 페이지를 그대로 베껴 그렸다. 결과는 만족스러웠다. 레그 삼촌이 전쟁 이후 매입한 랭커셔 농장의 트렁크에서 찾아낸 진짜배기와 아주 똑같아 보였다. 그 물건은 원래대로 온도 조절실에 보관되어 있었다.

남자는 호스로 쟁반을 씻어 내고 휴지로 물기를 닦은 다음 집으로 가지고 들어가 부엌 조리대 아래 선반에 내려놓았다. 그리고 시계를 보았다. 슬슬 시간이 됐다.

그는 서재 책상 앞에 앉아 이름과 연락처 목록을 훑어보았다. 그러고는 오른쪽 서랍에서 선불 핸드폰 하나를 꺼내 전화번호를 눌렀다.

통화 연결음이 네 번 울리더니 음성 사서함 인사말이 나왔다. 녹음이 시작되자 남자는 말했다. "베순 교수님, 제가 연락드린 이유는 교수님께서 중세 영문학 권위자로는 전 세계를 통틀어 서너 손가락 안에 드는 분이기 때문입니다. 제 수중에 『사자의 책』이 있습니다. 현존 유일한 필사본이 아닐까 싶습니다. 얇은 피지 위에 정교한 중세 법정 서체로 적혀 있고, 전문을 온전히 판독할 수 있는 상태입니다. 그럼 다시 연락드리겠습니다."

백만 불짜리 속편

– R. L. 스타인

1

여기 재커리 골드를 보라. 현재 33세이며, 앳된 외모에 키 크고 훌쭉한 체형, 까무잡잡하게 선탠한 피부가 돋보이는 남자다. 지금은 카페 뒤쪽 구석에 노트북을 펼쳐 놓고 앉아 키보드 위에 한 손을 가만히 얹고 있다. 신경이 잔뜩 곤두선 모습이다.

구릿빛 피부가 부각되는 흰색 폴로셔츠에 카키색 카고 바지, 흰색 컨버스 운동화까지, 옷차림은 편안한 스타일이다. 그가 텅 빈 일회용 컵을 쥐고 들어 올리려다 내려놓는다. 라떼는 진작 다 마셔 버렸다. 세 번째 잔을 주문해야 하나? 이번엔 그란데 사이즈가 좋을까?

재커리 골드는 어떤 플롯을 짜내야 하나 궁리하며 카페인의 신에게 부디 영감을 내려 달라고 애원하고 있는 작가이다. 참 지겨운 클리셰지만, 소퍼모어 징크스성공적인 첫 작품 · 활동에 비해 그에 이은 작품 · 활동이 부진한 경우, 2년차 징크스라고도 한다에 빠진 작가이기도 하다. 두 번째 소설을 영 써 내려가지 못하는 동안, 그는 자신도 이러한 클리셰의 예외가 될 수는 없음을 통렬히 배웠을 뿐이다.

재커리는 미신을 믿거나 몽상에 잠기는 사람이 아니요, 실리적인 사람이다. 다시 말해 현실주의자다.

하지만 오늘은, 이야기의 물꼬를 터 줄 수만 있다면 무슨 마법이든 기꺼이 환영할 테다. 천사든 뮤즈든, 주술사든, 아니면 저승에서 들려오는 목소리, 마법의 구슬, 부적, 구깃구깃한 종이 냅킨 위에 휘갈겨 쓴 메시지든, 뭐가 됐든 상관없다.

오늘은…… 어쩌면 오늘은 그 마법이 일어나리라.

아니, 재커리 골드는 〈환상 특급〉의 세계 속에 살지 않는다. 맨해튼 어퍼웨스트사이드 70번가 브라운스톤 건물에 살지. 첫 소설로 인세를 풍족하게 벌어들인 뒤 매입한 고급 아파트 말이다.

인터뷰에 응할 때면 비평 따윈 절대 읽지 않는다고 말하지만, 사실 그는 자기를 두고 "새로운 미국 대중 문학의 과거와 미래를 아우르는 제왕"이라 단언한 《뉴욕 타임스》 기사를 읽었다.

과거와 미래를 아우르는 제왕에게 미래가 있을까?

재커리는 결국 에스프레소에 무지방 우유를 탄 세 번째 라떼를 주문하고 만다. 그리고 눈이 아리도록 밝고 텅 빈 모니터 앞, 자신의 왕좌에 다시 좌정한다.

돌이켜 보면 첫 책은 그냥 저절로 쓰였다. *사실상 술술 떠오르는 대로 타자만 치면 될 정도였지. 그다음엔 거의 고칠 필요도 없었고.*

목구멍에서 한숨이 새어 나온다. 손에 쥔 뜨거운 커피 컵이 달달 떨린다. 만약 첫 책이 그를 왕위에 올려놓지 않았더라면, 두 번째 책에 이렇게까지 압박을 느끼지도 않았으리라.

예로부터 숱한 왕들이 참수를 당했지.

그러고는 너무 비장하게 굴지 말라며 스스로를 꾸짖었다. 이미 수많은 작가들이 나보다 앞서 겪어 왔던 문제 아닌가.

재커리는 유머 감각이 있는 사람이다. 이는 그의 아내 크리스틴도 인정하는 바다. 달궈진 프라이팬으로 머리통을 후려갈기고 싶을 때가 여러 번 있었지만 유머 감각 덕택에 살려 준 줄 알라고 그에게 말할 정도니까. 크리스틴은 빨간 머리이고—이 역시 클리셰인데—불타는 듯한 빨간 머리라면 으레 그러려니 싶게 성미가 화끈한 여자다.

벽 쪽 테이블에 앉은 10대 여자애 두 명이 재커리의 눈길을 끌었다. 그 애들은 바닥에 녹색 헝겊 배낭을 나란히 내려놓고 테이블 위엔 핸드폰을 하나씩 올려 두고 있다.

"에이브럼스 선생님께서 『전쟁과 평화』는 꼭 읽어 올 필요 없다고 하시더라. 그러니까 스파크 노트유명 문학 작품의 줄거리 요약과 분석 자료를 제공하는 미국 참고서. 부실하거나 틀린 자료도 뒤섞여 있어, 대개의 학교에서는 이를 참고하여 과제나 시험을 치르지 못하도록 지도한다만 대신 읽어 봐도 돼."

"에이브럼스 선생님 최고야."

아이들 뒤쪽 자리에는 덥수룩한 흰 머리에 얼굴이 붉고 둥그런 여자가 앉아 있다. 기다란 파란색 코트를 목까지 단추 채워 입었고, 발치에 쇼핑백 두 개를 내려놓았는데, 마치 좌절감에 빠진 듯 털썩 주저앉아 혼잣말을 주절거리고 있다. 아니면 전화 통화를 하는 중인가?

재커리는 정신 집중을 도와줄 소음이나 재잘대는 말소리, 움직임, 시선을 사로잡는 신선한 얼굴들이 필요하다고 속으로 중얼거렸다. 그는 첫 소설 대부분을 바로 이 카페에서 집필했다. 집에 눌러앉아 있을 순 없다. 아기가 울어 대는 집에선 뭘 할 수가 없으니. 더구나 자기 남자친구에게 전화해 격앙된 스페인어를 폭포수처럼 쏟아 내는 보모까지 있다면 말 다 했지.

친구가 알려 준 앱도 이미 써 보았다. 카페에서 울리는 소음을 자기 집 오디오로 들을 수 있게 해 주는 앱이었다. 잠이 잘 오게 파도 소리를 내 주는 음향 장비처럼 말이다. 그 앱을 켜면 접시 달그락거리는 소리와 낮게 웅성웅성 떠드는 소리가 무한 반복되었다. 하지만 그 정도 소리로는 오롯이 창작에 집중할 만큼의 자극을 얻을 수 없었다. 그러니 밖으로 나가야만 했다.

지금 재커리는 카페 한구석에 앉아 이 테이블 저 테이블을 건너다보고 있다. 환히 빛나는 노트북 화면에 빠져들어 있거나 한창 수다를 떠는 사람들의 면면을 자세히 들여다보다가, 다들 얼마나 태평해 보이는지 생각한다. *저들은 소설을 쓸 필요가 없으니까.* 사람들 대부분은 학교를 졸업하고 나면 다시는 과제를 제출할 필요가 없다.

그리고 모두 그 사실을 매우 흡족히 여긴다.

그는 왜 작가가 되기로 작정했던가? 다른 직업을 떠올릴 수가 없었기 때문인가? 부모님이 그에게 제대로 된 경력을 쌓기 시작하라고, 뭔가 "든든히 기댈" 수 있는 일을 찾아보라고 간청했기 때문인가?

아니면 하워드 스트라이버라는 캐릭터가 마치 꿈결처럼 스르륵 떠올랐기 때문일까?

하워드 스트라이버, 제발 날 붙들고 늘어지지 마. 난 네가 좋아. 아니, 널 사랑해. 내 오랜 친구 하워드, 항상 네게 고마운 마음을 품고 살 거야. 하지만 널 두고 떠나야만 해.

재커리는 벌써 미지근하게 식어 가는 라떼를 홀짝인다. 아이디어가 번뜩 떠오른다. *작가가 만들어 낸 캐릭터가 작가를 혼자 내버려 두지 않는다면 어떨까? 현실 세계까지 쫓아온다면?*

이미 누가 써먹은 설정이다. 하지만 출발점은 될 수 있겠지.

몸을 앞으로 숙이고 생각이 자유로이 흐르도록 눈을 감는다. 타자 칠 준비를 한다. 그러다 누가 한쪽 어깨를 아플 정도로 꽉 붙잡는 바람에 화들짝 놀랐다.

고개 돌려 올려다보니 50대쯤, 어쩌면 60살까지도 되어 보이는 덩치 큰 남자가 우뚝 서 있다. 눈동자는 옅은 갈색이고, 군살이 축 처진 턱엔 희끗희끗한 수염이 텁수룩하다. 연갈색 머리카락은 엉망진창으로 헝클어져 있다. 얼굴 전체가 흐릿하네. 재커리는 생각했다. 왠지 초점을 맞출 수 없는 듯한 느낌이다.

구걸하고 다니는 노숙자인가? 아냐. 그러기엔 너무 잘 차려입었다. 맨 위 단추를 풀어 둔 옅은 파란색 셔츠, 다림질이 잘된 짙은 색 정장 바지, 광이 나는 갈색 가죽 구두까지.

재커리의 어깨를 꽉 쥐었던 손아귀가 느슨해졌다. "얘기 좀 하자고." 남자가 입술은 달싹하지도 않고 잇새로만 말한다.

격한 어조에 뜨악해진 재커리는 상체를 뒤로 멀찍이 젖혔다. "저를 아십니까?"

"나 카르도사야." 남자가 말한다.

"실—실례지만." 재커리는 깜짝 놀라면 말을 더듬는 버릇이 있다.

"카르도사라고." 남자가 다시 한 번 말한다. 옅은 갈색 눈동자는 재커리에게 못 박혀 있다. "카르도사라니까. 나 알잖아."

"아뇨. 죄송합니다." 재커리는 돌아앉아 다시 키보드 위에 두 손을 올려놓았다. "죄송하지만, 제가 지금 일하는 중이라서요. 이럴 시간이 없—"

카르도사라는 남자가 대뜸 달려들어 팔을 뻗었다. 그러더니 노트북 윗면을 쾅 내리쳐 재커리의 손을 그대로 눌러 버린다.

우지끈 부서지는 소리가 재커리의 귀에도 들린다. 다음 순간, 손에서부터 격하게 솟아난 통증이 양팔로 퍼져 나갔다.

카페 안에 가득한 말소리를 꿰뚫고 비명이 울려 퍼진다. 사람들이 고개 돌려 재커리를 바라본다.

"내 손가락을 부러뜨렸잖아요! 당신 때문에 손가락이 부러진 거 같다고요."

카르도사가 계속 내려다보는 가운데, 재커리는 노트북 사이에 낀 두 손을 빼 내고 손가락을 문질러 통증을 덜어 보려 한다. "왜 이러는 겁니까? 말해 봐요—용건이 뭐죠?"

2

"용건이 뭐냐고? 나야 뭐, 응당 받아야 할 내 몫을 원할 뿐이지."

카르도사는 재커리의 맞은편에 놓인 의자를 끌어내더니 큼지막한 몸뚱이로 깔고 앉으며 끙 앓는 소리를 냈다. 얼굴엔 불쾌감을 부르는 미소가 걸려 있다. 미소가 아니라 서늘한 경고 같다. 남자가 여봐란듯이 테이블 위에 두 손을 쫙 펼쳤다. 손마디마다 검은 털이 돋은 커다란 손이다. 오른쪽 새끼손가락에는 둥글고 번쩍거리는 반지를 끼고 있다.

재커리는 욱신욱신 쑤시는 손을 문지르며 손가락을 움직여 보았다. 멀쩡한 것 같긴 하다. 이 남자가 재커리를 겁줄 작정이었다면, 제대로 성공한 셈이다. 이제 재커리는 주위를 흘끔거리며 혹시 매장 책임자나 경비원이 있을까 찾아본다. 당연히 아무도 안 보인다.

그런데 왜 저 남자의 얼굴에 초점을 맞출 수가 없는 거지? 꼭 빛이 비껴가는 것 같다.

재커리는 라떼 컵을 옆으로 슬쩍 밀어 놓으며 말했다. "저는 정말로 여기서 일하는 중이거든요. 그쪽이 누군진 모르겠지만, 진짜 제 생각엔—"

카르도사가 커다란 손을 홱 치켜들어 재커리의 말을 막는다. 남자의 얼굴에서 미소가 사그라든다. "당신이 어떻게 생각하든 전혀 상관없어."

재커리는 다시 한 번 주위를 흘끔거리다가 이번엔 도주 경로를 가늠해 보았다. 비좁은 통로는 사람들로 꽉 막혀 있다. 여자 두 명이 엄청나게 큰 유아차들로 통로를 막아 놓았다.

손가락 두 개가 부어오르기 시작했다. 재커리는 아픈 손가락을 살살 문질렀다. "댁이 아무 이유도 없이 공격했잖습니까. 부탁인데, 이젠 저를 좀 내버려 두면 좋겠는데요."

상대의 얼굴에 다시금 미소가 퍼진다. "마음껏 징징거리시지."

재커리로서는 뭐라고 대꾸해야 할지 알 수가 없었다. 미친 사람일까? 만약 저 남자가 미치광이이고 몸싸움을 벌일 작정이라면, 재커리는 불리한 입장이다. 그는 살면서 한 번도 싸워 본 적이 없다. 심지어 어린 시절 포트 워싱턴의 놀이터에서 뛰놀 때조차 아이들과 다투지 않았다.

재커리가 묵묵히 상대를 뜯어본다. 한 번도 만나 본 적 없는 사람인 게 분명하다. 둘 사이에 긴장된 정적이 흐른다. 노트북 케이스가 재커리의 두 발 사이에 떨어져 있다. 노트북을 케이스에 잽싸게 쓱 밀어 넣고 도망칠 태세를 갖출 수 있을까?

카르도사가 침묵을 깨뜨렸다. 커피 얼룩이 묻은 조그맣고 네모난 테이블 위로 몸을 기울이고는, "보람찬 하루 보내고 있나, 골드 씨?" 하고 묻는다. 그다음엔 대답을 기다리지도 않고 곧장 노트북을 빙글 돌려 펼치더니 화면을 들여다본다. "백지네? 또 빈 화면이야?"

재커리는 노트북을 움켜쥐고 다시 원래대로 휙 돌려놓았다. "또라니, 무슨 뜻입니까? 지금 무슨 소리를 하는 거죠?"

재커리에게 못 박힌 카르도사의 옅은 갈색 눈동자엔 이제 싸늘한 위협조가 깃든다. "그래서 내 글을 몰래 베껴다가 책을 펴낸 거 아니야?"

"하!" 재커리는 참지 못하고 비웃음을 터뜨렸다. "그딴 용건으로 여길 찾아온 겁니까, 카르도사 씨? 당신 미쳤군요. 맛이 갔어요. 당장 물러가시죠." 그리고 남자를 내쫓으려는 듯 벌떡 일어섰다.

카르도사는 꼼짝도 않는다. 그저 테이블 위에서 양손을 꽉 맞잡는다. "한 글자 한 글자, 한 줄 한 줄 말이야, 골드 씨. 당신이 내 원고를 도둑질했잖아. 하지만 나는 복수심에 불타서 여기 나타난 게 아냐. 그냥 소소하게 보상을 받고 싶을 뿐이라고."

재커리는 머릿속이 핑핑 도는 듯했다. 다시 한 번, 자기를 구해 줄 사람이 있나 좁은 실내를 둘러본다. "카르도사 씨는 도움이 필요한 상태예요." 그가 중얼거린다. "지금 착각에 빠져 있는 거라고요." *이 작자는 정신 이상자야.* 재커리는 생각한다.

그런데 혹시 위험한 인간이라면 어쩌나?

다음으로 드는 생각. *다른 작가들도 이런 괴롭힘을 감내하며 살아야 할까?*

그다음엔 이런 생각도 든다. *이 인간은 정말로 내가 자기한테 돈을 줄 거라고 생각하는 건가?*

"제발—절 내버려 두세요." 재커리가 부드럽게 말했다. "정중히 부탁드리는 겁니다."

"그렇게는 못 해, 골드 씨. 당신을 내버려 둘 수가 없단 말이야. 당신이 어떻게 내 원고를 열어 봤는지 모르겠어. 하지만 하워드 스트라이버라는 캐릭터를 창조한 게 나라는 사실은 당신도 알잖아. 어쨌든, 그 인물은 내 형을 바탕으로 만든 거니까." 재커리는 아직도 의자 등받이에 양손을 얹은 채 서 있다. "제발 부탁인데—" 그가 입을 연다.

카르도사가 고개를 절레절레 흔들었다. "난 꼼짝도 안 할 거야." 그리고 재커리더러 다시 제자리에 앉으라는 몸짓을 해 보인다. "골드 씨랑 나랑 아주 두터운 우정을 키워 나가게 될 거 같아." 다시 그 싸늘한 미소가 스친다. "만천하에 당신이 도둑놈에 순 사기꾼이라는 사실을 알리고 싶지 않다면 말이지."

그때 두 여자가 유아차를 끌고 정문을 밀어젖혔다. 지금이 기회다. 재커리는 갑작스레 날뛰는 심장 박동을 애써 무시하고 노트북을 한 손에 움켜쥔 뒤, 바닥에 떨어진 케이스는 포기하고 곧장 앞으로 튀어 나가 질주한다.

"조심해요!" 머리를 길게 기른 젊은 남자가 머핀과 톨 사이즈 커피 컵을 들고 가다가 재커리를 피해 급히 물러서며 외친다.

쌩하니 문밖으로 나선 재커리는 유아차 두 대와 거의 부딪힐 뻔했다. 여자들은 아기를 유아차 안에 편히 앉히려고 잠시 서 있던 참이다. 재커리가 비틀거리며 미끄러지듯 멈췄다가 몸을 돌려 암스테르담가로 달려가는 내내, 두 여자는 도끼눈으로 그를 쏘아본다.

포근하고 안개 자욱한 초봄 날씨다. 타는 듯 뜨거운 얼굴에 공기가 닿자 서늘한 느낌이 든다. 두 남자가 옆 가게로 꽃을 배달하려고 손수레를 끌고 간다. 재커리는 날쌔게 몸을 피해 달렸다. 길모퉁이에 샤와르마양념한 고기와 야채를 빵에 돌돌 말아 먹는 아랍 음식 카트를 차려 놓고 있던 남자를 지나쳐 뛰어갈 땐 구운 고기 냄새가 잠깐 훅 끼친다.

거대한 버드와이저 맥주 트럭이 사이렌처럼 경적을 울리며 빨간불에 덜커덩덜커덩 달리는 바람에, 재커리는 모퉁이에 멈춰 설 수밖에 없다.

어느 쪽으로 가지? 어느 쪽으로 갈까?

저 뒤쪽에 컴컴하고 흐릿한 형상이 언뜻 보인다.

카르도사가 쫓아오고 있나?

재커리는 손 그늘을 만들고 눈을 가늘게 뜨며 햇빛 속을 쳐다보았다. 맞네. 덩치 큰 남자가 투우사에게 돌진하는 황소처럼 머리를 숙이고 쫓아오는 중이다. 손에서 뭔가가 은빛으로 번쩍인다.

저 작자가 총을 가지고 있나?

3

아마 핸드폰이겠지.

재커리는 맥주 트럭 뒤로 쏜살같이 달려가 길을 건넜다.

저놈보다 빨리 달릴 수는 있지만, 그보단 숨는 게 나을 거야. 특히

나 놈이 손에 든 게 총이라면.

그 블록 중간쯤에 공공 도서관이 있다. 전면 창문이 컴컴해 보인다. 열려 있나? 예산이 삭감된 탓에 문 닫는 날이 많은데. 재커리가 문 앞으로 황급히 다가가 손잡이를 잡아당겼다. 그렇지. 열린다. 몸을 슬쩍 밀어 넣을 수 있을 만큼만 문을 빼꼼 열고 들어갔다.

밖에서 고함 소리가 난다. 카르도사인가? 유리문이 닫히자 그 소리도 차단된다.

이마를 가지런히 덮는 새까만 앞머리에 빨간 뿔테 안경을 쓴 젊은 여자 사서가 높은 나무 의자에 걸터앉아 있다. 안내 데스크 위쪽 전등 빛에 안경알이 반짝인다. 새빨간 안경과 선명하게 대비되는 연보라색 민소매 원피스가 너무 헐렁해서 마치 옷 안에 파묻힌 사람처럼 보인다. 사서의 눈길이 재키리에게 꽂혔다. 재커리는 지금 막 들어와 숨을 쌕쌕 몰아쉬고 있다. 아마도 이마와 뺨에 맺힌 땀방울까지 또렷이 눈에 띌 것이다.

그는 차분하고 침착한 상태인 것처럼, 원래 도서관에 방문할 계획이었던 것처럼 보이려고 안간힘을 썼다. 그러면서 사서에게 살짝 미소를 보내지만, 그녀는 계속해서 경계의 눈초리로 쳐다볼 따름이다. 재커리의 손에는 케이스를 씌우지 않은 노트북마저 들려 있으니, 아주 어색한 꼴이다. *훔친 거 아니에요. 정말로요.*

저 여자는 사서다. 그러니 재커리를 알아볼 거다. 작년에 무려 42주 연속으로《뉴욕 타임스》베스트셀러 목록에 오른 작가 아닌가.

재커리는 노트북을 한쪽 겨드랑이에 끼우고 안내 데스크 뒤편 열람실로 걸어갔다. 짙은 색 원목 가구로 채워진 널찍한 방이다. 낡은 안락의자가 한쪽 벽을 따라 줄짓다가, 요즘엔 사용하지 않는 벽난로 앞에서 끊긴다. 방 한복판에는 기다란 책상이 여덟아홉 줄로 놓여 있다.

늦은 아침이라 열람실은 거의 텅 비어 있다. 턱수염 난 동양인 남자 두 명이 안락의자에 앉아 중국어 신문을 읽는다. 곱슬머리에 군데군데 금발이 섞인 중년 여자가 맨 앞줄 책상에 몸을 숙이고 앉아 있다. 오래된《피플》잡지에 푹 빠져든 듯하다.

재커리는 잽싸게 뒤쪽으로 갔다. 정문이 열리는 소리가 나는지 열심히 귀를 기울인다. 총(아니면 핸드폰일 수도 있고)을 든 덩치 큰 남자가 들이닥치지 않나 작은 소리 하나하나에도 신경을 집중한다. 그리고 맨 뒷줄 끄트머리 의자에 주저앉아 몸을 웅크리고서 호흡이 평소대로 돌아올 때까지, 서까래 높이 고정된 원뿔 모양의 낡은 조명에서 퍼져 나오는 희미한 빛에 눈이 익을 때까지 기다렸다.

몸을 숨기기 좋은 장소다. 카르도사는 재커리가 도서관으로 슬쩍 미끄러져 들어오는 모습을 보지 못한 모양이다. 봤더라면 지금쯤은 여기 들어올 때가 됐는데.

집 밖에 나가기를 겁내야 하는 상황에 처한 건가?

재커리는 노트북을 열었다. 폴로셔츠 소매로 이마에 맺힌 땀을 닦는다. 그때 전화벨이 울린다. 그의 벨 소리는 옛날 전화벨 소리다. 아이러니하다고 봐야겠지만 이제 누구나 그러려니 하는 바다.

그가 깜짝 놀라 바지 주머니에서 핸드폰을 끄집어냈다. 동양계 남자들은 신문에서 시선을 떼지 않는다. 앞줄 여자 역시 무심히 책을 들여다본다.

전화를 받는다. "엘리너 씨?" 재커리의 에이전트다.

"재커리 선생님, 잘 지내세요?"

"음……. 흥미진진한 아침을 보내고 있네요." 그는 고개를 돌리고 속삭이듯 말했다. 분명 열람실에서는 전화 통화를 자제해야 할 테니까.

"뭐, 제 본업이 뭔지는 아시죠? 귀찮게 쿡쿡 찔러 대는 게 제 일이니깐. 작가님, 속편은 잘 되어 가시나요?"

재커리는 부아가 치민 신음을 억누르지 못했다. "엘리너 씨, 전에 말했잖아요. 속편을 쓰고 있는 게 아니라니까. 가슴팍에 그렇게 문신이라도 새기고 다녀야 내 말 믿을 거예요?"

"작가님, 제가 나중에 다시 전화할까요? 오늘 영 일진이 안 좋으신가 본데요."

"일진이 안 좋으냐고요? 웬 놈이 끈질기게 쫓아오길래 지금 도서관으로 도망 와서 숨어 있거든요. 내가 자기 글을 베껴서 책을 썼다고 우기더군요."

"모두들 각자 나름대로의 문제를 떠안고 있지요, 재커리 선생님. 제 문제가 뭐게요? 작가님이 속편을 쓰게 설득해야 한다는 거예요."

"엘리너 씨, 제발—"

"새 소설을 쓰기 시작하는 게 왜 그렇게 힘겨운지 생각해 보셨어요? 독자들이 하워드 스트라이버 시리즈를 원한다는 사실을 작가님도 알기 때문이죠. 작가님, 왜 그렇게 버티는 거예요?"

"'보나 마나 뻔하다.' 그런 소리나 듣지 않겠어요?" 그가 한숨을 푹 쉰다. "나는 하워드 스트라이버 시리즈를 내는 놈으로만 통하고 싶지 않아요. 작가로 알려지고 싶다고요. 이 얘긴 끝이에요."

"고집도 세다, 세. 다른 식으로도 생각해 보자고요, 알았죠?"

"그래야 한다면야."

"자, 돈 얘길 해 봅시다. 작가님 돈 좋아하시잖아요, 안 그래요? 크리스틴 씨랑 패러다이스 아일랜드의 오션 클럽에서 쉬다가 막 돌아오셨다는 거 알아요. 상당히 근사한 리조트인데 말이에요. 즐거운 시간 보내고 오셨죠?"

"뭐, 그렇죠. 하지만 우리는 아기를 가진 데다—"

"재커리 선생님, 스트라이버 시리즈를 쓰세요. 그러면 다음에 무슨 책을 낸다고 하든 백만 달러를 받게 해 줄 수 있다니까요. 정말이에요. 속편을 쓰세요. 다음 책은 앉은자리에서 백만 달러 수표라고요. 상상이 가요?"

"물론이죠. 갓난애한테 말하듯 하지 마세요."

《피플》 잡지를 보던 여자가 고개 돌려 재커리를 곁눈질한다. 그는 돌아앉아 노트북 화면 뒤로 더 낮게 몸을 웅크렸다. "작가님이 고집불통인 애기처럼 구는데 제가 어떻게 말을 해야겠어요? 있잖아요, 작가님네 아기를 생각해 봐요. 백만 달러로 완두콩 이유식'Strained Peas'는 R. L. 스타인의 『구스범스』 시리즈 중 한 편의 제목이기도 하다을 얼마나 많이 살 수 있을지 생각해 보시라니까요." 엘리너가 웃는다. "로컬 유기농 수제 완두콩 이유식, 맞죠?"

재커리는 대꾸하지 않았다.

"한마디만 더 하고 끊을게요. 작가님이 하워드에게 새로이 부여해 줄 수 있는 정신 능력이 얼마나 많을지 한번 생각해 봐요. 아직 건드리지도 않은 두뇌 능력은 또 어떨는지도요. 새로운 이야기가 틀림없이 백 가지는 더 끌려 나올 거라니까요."

"글쎄……."

"어떤 이야기가 싹틀 수 있는지 천천히 생각해 보세요. 그러고 나서 백만 달러 수표를 상상해 보시고요. 아셨죠?"

재커리의 귀에는 제 대꾸가 마치 다른 사람 목에서 나오는 듯 들린다. "알았어요, 엘리너 씨. 생각 좀 해 볼게요."

4

재커리는 자신의 첫 소설을 떠올려 보았다. 『소뇌 증후군』은 과학 스릴러이다. 반쯤은 마이클 크라이튼《쥬라기 공원》으로 유명세를 떨친 미국의 작가이자 영화감독, TV 시리즈 제작자(1942~2008)풍에, 반쯤은 『본 아이덴티티』와 비슷하고, 재커리가 10대 시절 탐독했던 과학 소설들과 비슷한 분위기도 살짝 난다.

하워드 스트라이버는 탁월한 뇌신경외과 의사이자 신경학 분야의 탐구자이다. 그는 인간 두뇌의 75퍼센트가 휴면 상태라는 사실에 매료되어, 잠들어 있는 소뇌 구석구석을 자극하는 방법을 찾기 시작한다.

자원자를 찾지 못한 스트라이버 박사는 자기 뇌로 실험을 한다—그리고 본인에게 비범한 정신적 능력을 부여하는 데 성공한다. 확장된 기억력, 새로이 발견한 운동 능력, 백과사전만큼 방대한 지식을 쌓는 능력 덕분에 그는 강력한 두뇌를 지닌 슈퍼히어로로 거듭난다.

우리 정부를 포함하여 세 국가에서 각각 요원을 파견해 스트라이버를 납치하려 한다. 그들은 스트라이버의 두뇌를 분석하여 그가 새롭게 발견한 정신 능력을 어떻게 군사적 목적으로 활용할 수 있을지 알아내려고 필사적으로 달려든다. 스트라이버는 탈출하고 또 탈출한다. 손에 땀을 쥐는 추격전이 펼쳐진다.

하지만 하워드 스트라이버는 추격자를 피해 달아나는 와중에도 실험을 계속해 나간다. 그는 자기가 너무 멀리 나가고 있음을, 이제껏 달성한 바를 분석할 새도 없이 너무도 급속히 능력을 확장해 나가고 있음을 안다.

결국 추격자들을 꺾기 위해 자기 자신의 정신 안으로 달아난 스트라이버는 제 두뇌 속 미개척지에 아주 눌러앉아 살기 시작한다. 그리고 외부 현실을 자기가 만들어 낸 내적 현실로 변환한다.

이것이 첫 책의 얼개이다. 속편이 나올 만한가?

집에 들어간 재커리는 골똘히 생각에 잠긴 채 서재 안을 오락가락했다. 품에는 아기를 안고 있다. 진지하고 주의 깊은 에밀리의 표정을 보면, 아빠의 마음이 얼마나 혼란스러운지 전부 다 읽을 수 있는 것만 같다. 아기가 까르륵대는 소리를 듣고 재커리는 딸이 자신을 위로해 주려 하는 게 아닐까 생각했다.

그는 아기의 머리통을 자기 얼굴 앞으로 들어 올려 한참 동안 코를 킁킁거렸다. 아기 피부 냄새만큼 좋은 냄새는 없다. 이어서 한 손가락으로 아기의 턱 아래를 부드럽게 살살 간지럽힌다.

"에밀리, 아빠한테 넌 정말정말 소중해." 재커리가 아기에게 말을 건넨다. "새로운 소설은 관둬야 할까? 속편을 써? 너를 위해서?" 아이의 분홍빛 입술이 쪼그라든다. 그러더니 두 팔을 뻣뻣하게 버둥거리며 울음을 터뜨린다.

그는 아이를 보모에게 다시 넘겨주었다.

여기서 나가야 돼. 글을 쓰기 시작해야지. 생각을 해야 해.

노트북을 집어 들고 밖으로 나가 브라운스톤 건물의 현관 계단을 내려간다. 암스테르담가의 작은 도서관 열람실로 돌아가자고 마음먹었다. 조용하고 거의 텅 빈 곳. 열람실 뒤쪽에 앉아 플롯의 틀을 짜기 시작할 수 있겠지. 하지만 반 블록도 못 가서, 길모퉁이 파란 우편함에 기대어 서 있는 건장한 남자와 맞닥뜨렸다. 카르도사다. 재커리는 성큼성큼 빠르게 걷지만, 곧 그 남자도 옆에 딱 붙어 보조를 맞춘다. "골드 씨, 당신은 나를 인정해야 해." 카르도사가 말한다. 그 남자는 전방을 똑바로 주시하며 걸었다. 한번은 은색 스쿠터를 탄 남자애를 잽싸게 피해 재커리 뒤로 바싹 따라붙는데, 그러는 사이 커다란 손을 옆구리에서 휘적거린다.

"그냥 도망쳐 버릴 순 없는 거야. 내 소설을 도둑질했잖아."

재커리는 무심한 투로 말하려 애썼다. 하지만 갑자기 숨이 가빠

새된 소리가 나왔다. "댁은 정신적인 문제가 있어요, 카르도사 씨. 경찰을 부르게 만들지 마세요."

"그건 아주 나쁜 생각일 텐데." 카르도사가 여전히 전방을 보며 대꾸한다. 발걸음은 재커리와 착실히 보조를 맞추고 있다. "들통나고 싶진 않잖아. 지켜야 할 명성이 오로지 그것뿐인데."

"설명했듯이, 저는 여태까지 카르도사 씨를 본 적이 없습니다. 제 작품은…… 제가 창작한 거고요."

재커리는 신호등에 빨간불이 들어오자 멈춰 섰다. 택시가 승객을 내려 주려고 연석 쪽으로 방향을 튼다. 뒤로 물러난 그는 마침내 자신을 비난하는 남자에게로 돌아선다.

하지만 카르도사는 사라져 버린 뒤다.

재커리는 뒤를 돌아보고, 옆길도 이쪽저쪽 두리번거렸지만 어느 쪽을 봐도 그 남자의 그림자조차 보이지 않았다. 그는 자기가 땀을 흘리고 있다는 사실을 깨달았다. 뭔가 켕기는 데가 있는 건 아니다. 다른 사람 작품을 훔치지 않았다는 거야 본인이 잘 안다.

문제는 카르도사의 얼굴에 언뜻언뜻 비치는 위협적인 기운이다. 확신을 품은 정신 이상자의 분위기 말이다.

그놈은 *내가 어디 사는지 알아. 나를 기다리고 있었으니까.*

열람실은 전날보다 더 붐볐다. 사람들이 책상 자리와 안락의자에 골고루 자리 잡고 있다. 어떤 남자는 혼자 여섯 자리도 넘게 차지하면서 책상에 서류를 죽 펼쳐 놓았다.

재커리는 뒤를 흘끔 돌아보았다. 열람실이 그렇게 넓은데도, 갑자기 더 취약하게 느껴진다. 만약 카르도사가 들이닥치면 숨을 곳이 없다. 도망칠 곳도 없다.

노트북을 겨드랑이에 끼고 통로를 따라 뒤쪽으로 걸어간다. 지난번에 본 턱수염 난 동양인 남자 두 명이 또 중국어 신문을 코앞에 펼쳐 놓고 앉아 있다. 널찍한 계단이 아래로 이어진다. 계단은 선명한 노란색, 빨간색, 파란색으로 칠해져 있다. 손으로 그린 포스터 속 원숭이가 아래를 가리킨다. 머리 위 말풍선엔 '**얘들아, 이쪽이야**'라 적혀 있다.

재커리는 어느새 어린이 열람실에 도착했다. 세 벽에 걸친 책꽂이마다 책이 가득하다. 조그만 나무 의자로 둘러싸인 나지막한 원형 책상엔 그림책 여러 권이 흩어져 있다. 판지를 오려 만든 커다란 캐릭터들이 여기저기 우뚝 서서 지켜본다. 하늘색이 도는 닥터 수스칼데콧상과 퓰리처상을 수상한 미국의 동화책 작가이자 만화가 캐릭터. 디즈니 공주처럼 차려입은 팅커벨. 스타워즈 속 드로이드.

판지 뒤쪽에 있는 짙은 색상의 기다란 나무 책상이 눈에 들어온다. 성인이 앉을 만한 높이이고 양쪽에 의자가 놓여 있다. 그는 판지 캐릭터들 뒤에 자리 잡고 노트북을 내려놓았다. 여기엔 아무도 없다. 사서조차도 없다. 어린이들은 전부 학교에 간 시간이다.

조용하다. 공기가 살짝 뜨뜻하고 탁하고 건조하긴 하다. 그래도 세상으로부터 피신해 일하기에는 최적의 장소다.

재커리는 잠시 숨을 돌리며 벽에 걸린 책 표지 포스터 액자들을 휘 훑어보았다. 전부 옛날 동화다. 『라푼젤』…… 『하얀 눈과 빨간

장미』……『헨젤과 그레텔』…….

음험한 이야기들이지. 그는 생각했다.

노트북을 열고 '워드' 프로그램을 띄운다. 재커리는 생각이 흐르는 대로 메모하면서 글을 쓰기 시작하기를 좋아한다. 줄거리를 발전시켜 줄 아이디어든, 등장인물이든 반전이든. 의식의 흐름대로 생각을 뻗어 나간다. 면밀한 조사는 나중에 해도 된다.

첫 책을 쓰기 위해서는 거의 스트라이버만큼이나 인간의 두뇌에 대해 샅샅이 공부해야 했다. 그가 키보드로 이름을 친다. '하워드 스트라이버'. 이어서, '제2권?'

진짜로 속편을 쓰려고?

재커리는 스트라이버 박사가 완전히 자기 머릿속에 숨어 살도록 내버려 두었다. 스트라이버는 드넓고 흥미로운 내적 세계 안에서 아무런 외부 자극 없이도 잘 살아갈 수 있을 만큼 의식을 확장시켰다.

그러나 속편이 스트라이버의 머릿속에서만 벌어질 순 없는 노릇이다. 최고로 기발하고 명민한 작가라 해도 그런 설정은 지나친 제약이 되리라.

스트라이버를 어떻게 도로 데려오지? 어떻게 하면 제 정신 속에서 사는 사람을 세상으로 끄집어내 다시 한 번 사람들과 상호작용하게 만들 수 있을까?

또 일단 돌아온 다음엔, 그가 무슨 임무를 맡게 될까?

국가 기관에서 스트라이버의 두뇌를 포획하려고 쫓아오는 서사라면 이미 남김없이 쥐어짰다. 그 점은 재커리도 자각하고 있다. 이번에도 그 플롯을 밀고 나간다면 완전히 똑같은 소설을 한 번 더 쓰는 셈이 될 테다.

스트라이버에게 어떤 두뇌 능력을 새로 부여할 수 있을까?

시간 여행?

시간 여행의 비밀이 인간 두뇌 어딘가에 꽁꽁 숨겨져 있을 가능성은 없을까? 그저 아직 발견되지 않았을 뿐.

"너무 뜬금없어. 빤한 과학 소설 같잖아. 식상해."

다시 자판을 두드린다. '내가 정말로 속편을 쓰고 싶은가? 첫 책만 못하리라는 사실을 알기 때문에 버티고 있는 건가?'

잠시 위층에서 나는 소리에 귀를 기울였다. 여자 웃음소리. 의자에 바닥이 긁히는 소리. 저 위쪽 지상 높이의 좁다란 창문들로 비쳐 드는 햇빛이 방향을 튼다. 책상 위로 회색 그림자가 비스듬히 드리워진다.

재커리는 핸드폰으로 시간을 확인했다. 두 시간이 지났다. 여기 두 시간이나 앉아 있으면서 아무런 성과도 내지 못한 거다. 화면엔 아무것도 없다. 머릿속에도 아무 아이디어가 없다.

*어쩌면 내가 〈샤이닝〉의 잭 니콜슨*스탠리 큐브릭 감독의 1980년작. 이 영화에서 잭 니콜슨은 고립된 환경에서 점차 광기에 사로잡혀 가는 작가 '잭' 역할을 맡았다*처럼 될지도 몰라. 미쳐버리는 거지. 똑같은 구절을 치고 또 치는 거야. 텅 빈 화면보다야 차라리 그게 낫잖아.*

갑자기 피로해진 재커리는 눈을 감고 손으로 문질렀다.

눈을 떠 보니 바로 맞은편에 젊고 아름다운 여자가 떡하니 앉아 있다.

동그란 눈매에, 두 눈동자는 비현실적일 정도로 새파랗다. 도톰하고 새빨간 입술, 옅은 파란색 상의를 입은 어깨 아래로 물결치듯 흘러내리는 구불구불한 검은 머리칼.

여자는 책상 위로 손을 뻗어 재커리의 손등을 살짝 만진다. "도와드릴까요?"

5

요새는 사서들 외모도 날로 수려해지네. 재커리는 생각했다.

"혹시 제가 앉으면 안 되는 자리인가요? 그럼 죄송합니다. 조용히 글 쓸 장소가 필요해서 그랬어요."

여자가 미소 짓는다. "저는 사서가 아니에요." 거의 속삭이는 듯 부드러운 목소리다.

그는 여자를 빤히 쳐다보았다. 몸에서 광채가 나는 듯하다. 모델처럼 도드라진 광대뼈가 눈에 들어온다. 지금 보니 피부도 아기처럼 보드랍고 매끈매끈하다. 화장기도 전혀 없다.

여자는 눈도 깜빡거리지 않는다. "가끔 저는 작가들을 돕거든요." 그녀가 말한다.

"돕는다고요? 무슨 뜻인가요?"

여자의 뺨이 분홍빛으로 물든다. 붉은 입술이 살짝 벌어진다. "저는…… 작가들을 위해 이런저런 일을 해 줄 수 있어요." *이 여자가 나*

를 놀리는구나. 아니면 꼬시려 드는 건가?

여자가 다시금 그의 손등을 톡톡 두드린다. "재커리 씨를 바로 알아봤어요. 작가님 책 정말 재밌게 읽었어요."

"감사합니다. 저는—"

"속편이 얼른 나왔으면 좋겠어요." 그녀는 머리를 한 번 흔들어 머리카락을 뒤로 넘겼다.

재커리는 어깨를 으쓱했다. "속편이 나오게 될지는 잘 모르겠네요."

여자가 뾰로통한 표정을 짓는다.

그 표정이 너무 어린애 같아서 웃음이 새어 나올 뻔했다. "저기요, 제가 여기 두 시간이나 앉아서 속편을 어떻게 쓸지 고민하고 있었거든요. 그런데…… 뭐, 딱히 영감이 떠오르지가 않더군요."

"제가 도와드릴 수 있어요." 여자가 말한다. "정말이에요. 저는 작가들을 돕는 게 좋아요."

"제 대신 한 편 써 주실래요?" 그가 농담처럼 말했다.

여자는 웃지 않았다. "그럴 수도 있죠." 그리고 그의 손을 잡아끌더니 자리에서 일어선다. "자, 가서 얘기해요, 우리."

재커리는 노트북을 닫았다. "어디로 가는데요?"

"당신 소설 얘기하러 가는 거죠." 그녀는 맑고 천진하게 탁 트인 웃음을 터뜨렸다. "너무 긴장한 것처럼 보이네요. 자, 따라와요. 제가 도와드릴 수 있으니까."

밖으로 나오니 오후 태양이 하늘 높이 떠 있다. 길 건너편 벚나무

두 그루에 분홍색과 흰색이 섞인 꽃이 피었다. 공기에서는 봄철다운 달큼한 냄새가 풍긴다.

여자는 생각보다 더 몸집이 작다. 키가 165센티미터도 채 안 될 것 같다. 날씬한 다리에 딱 붙는 청바지 덕에 소년 같은 몸매가 더 부각된다. 척 보고도 여자 나이를 알아맞히는 눈썰미가 있다면 좋겠지만, 재커리로서는 이 여자가 몇 살쯤일지 대강 짐작해 볼 엄두도 안 난다. 18살일지 30살일지 도무지 모르겠다.

여자는 머리칼을 휘날리며 거의 우쭐대듯이 큰 보폭으로 성큼성큼 걸었다. 그 모습이 재커리의 마음에 쏙 든다.

여자가 길모퉁이에 있는 '맥주통 꼭지'로 그를 데려갔다. 점포 위쪽 부서진 네온사인엔 스테이크와 고기볶음을 판다고 적혀 있지만, 식사 메뉴를 아예 빼 버린 지가 족히 30년 된 가게이다.

기다랗고 어두컴컴한 바에 발을 들이자 햇빛이 단번에 사라지고, 봄 내음 대신 독한 맥주 냄새만이 주위를 떠다닌다. 푸른색 작업복을 입은 남자 두 명이 바에 버드와이저를 한 병씩 놓고 걸터앉아 입씨름하고 있다. 두 사람은 손으로 허공을 가르며 동시에 말을 내뱉는다. 그들의 머리 위쪽 벽에 붙은 작은 TV에서는 음 소거 상태로 축구 중계가 나온다.

바텐더는 살이 울룩불룩한 중년 여자다. 헤나로 염색한 머리에 빨간 두건을 동여매고, '*I ♡ Beer*'라 적힌 노란색 티셔츠 위로 기다란 흰색 앞치마를 두르고 있다. 지금은 바에 등을 기대고 서서 축구 경기를 올려다보는 중이다.

재커리는 새로 사귄 친구와 함께 빨간 비닐이 쳐진 뒤쪽 칸막이 자리로 미끄러져 들어갔다. 그리고 자기 옆자리에 노트북을 내려놓고서 여자의 머리 위 벽에 걸린 빈티지 '밀러 하이-라이프' 맥주 간판을 물끄러미 바라보았다.

"저는 그냥 커피나 마시는 게 좋겠어요. 시간이 좀 이른 감이……."

"당신 정말 재미있는 사람이네요." 여자가 말한다. 몇 초쯤 지나서야 재커리는 상대가 빈정대고 있다는 사실을 깨달았다. "내가 아침으로 뭘 먹었게요. 보드카와 스크램블드에그요. 러시아 황제 스타일이죠."

"진짜요?"

미처 대답을 듣기 전에 바텐더가 나타났다. "뭐 드실 건가요?"

여자가 보드카 토닉을 주문한다. 그녀의 비아냥대는 태도에 약간 기분이 상한 재커리는 하이네켄을 시켰다. 그리고 문득 떠올라 "제가 아직 점심을 안 먹었네요"라 말했다.

여자가 미소를 짓는다. "그럼 이게 점심이죠."

앞쪽에 앉아 있던 두 남자가 여전히 다투면서 밖으로 나가자 여자는 가냘픈 어깨를 흔들며 몸서리치는 척했다. "이거 흥분되는데요, 재커리 씨. 여기 이제 우리밖에 없잖아요."

*그루피*로큰롤 밴드를 열광적으로 쫓아다니며 친밀한 관계를 맺으려 하는 어린 여성 팬*인가? 작가 꽁무니를 쫓는 그루피?*

"새로 쓰는 소설 얘기 좀 해 봐요."

"얘기했잖아요. 그런 거 없다고. 아직 아이디어가 요만큼도 안 나왔다니까요. 탁 막히거나 한 건 아니에요. 어쨌든 그렇게 생각하진 않아요. 속편을 쓰자니 감정이 너무 복잡한 것뿐이지. 나 혼자서 바리케이드를 치고 있는 느낌이에요."

바텐더가 테이블 위에 음료를 차려 준다. "견과류라든지 뭐 좀 갖다드릴까요?"

"괜찮습니다." 재커리가 말하자 바텐더는 제자리로 돌아갔다. 걸음마다 마룻바닥이 삐걱거린다.

두 사람은 병과 유리잔을 땡그랑 맞부딪쳤다.

이제 무슨 얘기를 나눌까?

바로 이 시점에서 시간 왜곡이 일어난다. 재커리는 기억할 수가 없다. 그래, 맥주를 한 병 더 시킨 건 기억난다. 아니, 그다음에 한 병 더 시켰지.

그는 원래 술을 잘 못 마시는 체질이다.

미소를 머금던 빨간 입술, 또 그의 머릿속을 꿰뚫어 보는 듯한 두 눈동자가 기억난다. 그 여자는 마치 재커리가 지구상에 존재하는 유일한 사람이며, 그런 그를 절대 놓치지 않기로 굳게 결심한 듯이 레이저 광선 같은 눈빛을 쏘았다.

하지만 둘이 무슨 이야기를 나눴던가?

또 어쩌다 함께 이스트사이드의 원룸형 아파트에까지 들어오고 말았던가? 프릴 장식이 가득하고 분홍색으로 도배된 이곳 말이다. 바닥에 깔린 분홍색 매트에, 눈이 커다란 아이들을 묘사한 진부한 그림이 여러 장 붙은 벽, 작은 유니콘 모형들을 올려 둔 선반이며, 주로 곰과 표범 모양인 봉제인형 한 무더기까지, 지극히 소녀풍인 방이다.

재커리는 여기까지 택시를 타고 오거나, 걸어서 공원을 지나온 기억이 없다. 몸 상태는 괜찮고, 취하지도 않았다. 평소에 맥주 서너 잔을 마신 뒤처럼 메스껍지도 않다.

지금 그는 분홍색과 흰색이 섞인 침대보 가장자리에 앉아 있다. 여자가 침대 위로 몸을 기울이더니 그의 폴로셔츠를 머리 위로 끌어당겨 벗기기 시작한다.

저 여자는 언제 옷을 벗었지?

여자는 어느새 파란색 티 팬티만 입은 상태다. 피부가 정말이지 보드랍다. 그녀가 완벽하게 아름다운 아담한 가슴을 그에게 기울이고서 셔츠를 벗긴다.

그리고 이제는 그의 맨가슴에 입을 맞추고 있다. 새빨갛고 도톰한 입술이 맨살을 타고 미끄러지자 짜릿하게 전기가 인다. 여자가 키스한다. 살을 핥는다. 입술로 그의 몸을 스르륵 훑고 내려가며 고개를 숙인다.

이게 꿈이 아니라고? 세상에—이런 일이 일어나다니!

6

그 뒤, 재커리는 옷을 꿰어 입고 핸드폰을 힐끗 확인했다. 늦었다.

크리스틴은 회의 때문에 출장을 갔다. 집에 가서 보모와 교대를 해야 한다. 약간 어지럽다. 소녀풍의 방이 기우뚱하더니 빙빙 돈다. 분홍색과 흰색 설탕을 입힌 케이크 안에 파묻힌 듯한 기분이 든다.

이제껏 단 한 번도 한눈을 판 적이 없었는데.

여자는 침대에 누워 누비이불을 턱까지 끌어올린 채 재커리를 쳐다본다. 새카만 머리카락이 베개를 뒤덮고 있다. 저 여자가 지금 재미있다는 표정을 짓고 있는 건가?

살을 섞는 동안 내가 두 손으로 저 얼굴을 꽉 잡았단 말이지.

"재커리, 내가 이제 당신 뮤즈야. 아니, 뮤즈 이상이지. 내가 당신 대신 책을 써 줄게. 나만 믿어요."

여자의 말이 재커리의 머릿속에서 달그락거린다. 주사위들이 한꺼번에 구르며 맞부딪치는 느낌이다. 도무지 낱말을 가지런히 연결해 이해할 수가 없다. 맥주 세 잔 마셨다고 이렇게까지 고주망태가 될 수도 있나? 어쩌면 네 잔이었던 것도 같지만.

이 여자는 왜 존재하지도 않는 새 책 얘기를 꺼내는 걸까? 설마 자기가 재커리를 위해 속편을 대필할 수 있다고 생각하는 건 아니겠지.

"물론, 대가는 치르게 될 거야, 재커리." 여자가 말한다. "모든 일엔 대가가 따르잖아, 안 그래?"

그는 동의하며 고개를 끄덕였다. "그래. 당신이 써요."

나중에, 재커리는 그때 자기가 실제보다 더 정신이 혼미한 척 행동했다는 사실을 깨달았다. 그저 본인이 방금 저지른 짓이 현실임을 인정하고 싶지 않았던 거다.

그리고 자기가 여자에게 무슨 일을 허락해 주려는 건지, 그 사실 또한 직시하고 싶지가 않았다.

"그래. 좋아, 좋아. 내 책을 써 줘요. 나는 쓰기 싫으니까. 당신이 써."

"공짜가 아니라는 거 잘 알아들은 거지?"

"응. 당신이 쓰라고."

재커리는 여자가 수준 미달인 원고를 가져오거든 그때 가서 좋은 말로 물리치면 될 거라고 스스로를 다독였다. 그동안엔 이 작업 때문에라도 여자를 곁에 둘 수 있겠지. 그렇다. 그는 그녀를 또 만나고 싶었다.

여태껏 단 한 번도 한눈을 팔아 본 적이 없었는데.

재커리는 침대 가장자리에 앉아 스니커즈 신발 끈을 묶었다. 방이 갑자기 질척할 만큼 습하고 후텁지근하게 느껴진다. 피부가 따끔따끔하다.

떠날 준비를 하려고 일어서자 몸이 휘청거리는 느낌이 들지만, 바라는 것만큼 휘청거리지는 않았다. 어지럼증 탓에 잘못된 판단을 내린 거라고 책임을 떠넘길 수만 있다면. 자그마한 유니콘들이 그를 올려다본다.

여자는 너무도 아름답다. 그에게 최면을 걸지는 않았지만, 혹시 또 모르지. 재커리는 너무도 완벽한 존재 곁에 있다는 것만으로도 자기가 무슨 주술에 씌어 버렸다는 점을 자각했다.

여자는 베개에서 머리를 들지 않았다. 머리칼을 부챗살처럼 펼치고 누운 채 그를 지켜보고 있을 뿐이다. 그러다 사정하듯, 놀리듯 말한다. “키스해 줘.”

그가 허리 굽혀 키스하자, 그녀는 두 손으로 그의 목을 꼭 감싸 쥐고 한참 동안 황홀한 키스를 이어 갔다. 그리고 마침내 그를 놔주면서 “도서관에서 봐”라고 말한다.

여자의 아파트에서 빠져나오자마자 정신이 한결 말짱해지는 느낌이다. 열이 오른 재커리의 얼굴에 늦은 오후 공기가 서늘하게 닿는다. 길 건너 고층 아파트 뒤로 해가 천천히 기울며 길거리에 기다랗고 파란 그림자를 비스듬히 드리운다.

여기가 어디지? 낯선 동네다. 재커리는 도로 표지판이 나올 때까지 그리스테데스 슈퍼마켓 체인점, 두에인-리드 드러그스토어, 구두 수선집을 지나 몇 블록 걸어갔다. 그리고 자기가 2번가에 와 있다는 사실을 깨닫고 깜짝 놀랐다. 2번가와 이스트 83번가 교차로라니?

내가 어떻게 여기까지 왔지?

택시를 부르려고 연석 아래로 내려섰다. 지붕에 퇴근 표시등을 켠 택시 몇 대가 지나간다. 이제 교대 시간이라, 주간 택시 기사들은 대부분 차고로 향하는 중이다. 택시 잡기가 어려울지도 모른다.

다음 모퉁이 건물 아래, 짙은 그림자 속에 서 있는 형체가 문득 눈에 들어온다. 잘 들여다볼 것도 없이 카르도사다.

등줄기가 오싹해지며, 아직 살짝 몽롱했던 정신이 순식간에 깨어났다. 이제 완전히 또렷하다. 재커리는 저 무서운 추격자를 보고 정신을 바짝 다잡는다. 온몸의 근육이 전투태세를 갖춘다.

저놈이 나를 스토킹하고 있어. 나를 겁줄 작정인 거야.

카르도사가 육중한 걸음걸이로 다가오기 시작했다. 덩치 큰 사내가 꼭 싸울 준비를 하듯 두 주먹을 묵직하게 위아래로 휘젓는다.

재커리는 도망칠까 생각했지만 그럴 필요 없이, 마침 택시가 연석에 와서 섰다.

냉큼 달려가 문을 열고 차 안으로 몸을 던진다.

숨을 헐떡이며 기사에게 주소를 불러 주었다. 택시가 덜컹대며 2번가에서 출발한다. 재커리는 몸을 돌려 뒤쪽 차창 밖을 내다보았다. 카르도사가 두툼한 손을 허리에 올린 채 여전히 석상처럼 버티고 서서…… 달아나는 재커리를 빤히 지켜보고 있다.

재커리는 털썩 주저앉아 숨을 고르려고, 벌새처럼 파닥거리는 심장 박동을 진정시키려고 애를 썼다. 그때 누가 택시 바닥에 두고 내린 물병이 발에 부딪혔다. 하지만 그는 병을 옆으로 치워 놓을 생각도 하지 않았다.

날 스토킹하다니.

어쩌다 재커리는 낯선 사람을 둘이나 제 인생에 끌어들인 걸까? 한 명은 자기 소설을 훔쳐 갔다고 그를 몰아붙이고, 또 한 명은 다음 책을 *대신* 써 주고 싶어 하고.

몸을 돌려 다시 뒤쪽 창밖을 내다보았다. 카르도사를 제대로 따돌린 게 맞는지 확인해야 했으니까. 무사히 도망쳤다는 확신이 들자, 그는 다시 몸을 돌리고 좌석에 편히 앉았다—그러다 숨이 턱 막혀 헉 소리를 냈다.

손바닥으로 의자를 탁 치며 몸을 뒤틀어 엉덩이 뒤쪽까지 살펴보았다.

이런. 이런. 노트북이 어디 갔지.

없네. 여기 없다.

여자의 아파트에 노트북을 두고 나온 거다.

7

"여보세요?"

"작가님, 어떻게 되어 가시나요?"

"엘리너 씨야말로 어때요? 하루 잘 보냈어요?"

"제가 신나는 하루를 보내게 재커리 선생님께서 도와주시기만 바라고 있죠. 작가님께 승낙을 꼭 받아 내야겠어요."

"엘리너 씨는 인간답게 살기 위해 푹 쉬어 본 적이 있습니까? 일감을 내려놓는 때가 있긴 한가요?" 재커리는 한쪽 팔에 아기를 안고, 다른 쪽 손엔 핸드폰을 들고 균형을 잡았다. 에밀리의 조그만 몸이 품에 쏙 들어온다. 아기의 가벼운 무게가 사랑스럽다. 둥글고 민둥민둥한 머리통이 그의 어깨에 닿는 느낌도.

"일감을 내려놓는다고요? 그건 제 클라이언트들에게 공정치 못한 일 아닐까요."

재커리가 웃으며 말했다. "그냥 해 본 말이에요. 엘리너 씨는 늘

일 얘기로 곧장 들어가니까. 가끔 엘리너 씨가 자기 인생을 살고 있는지 궁금할 때가 있거든요."

"작가님이 제 인생이랍니다, 재커리 선생님. 제 얘기는 됐고요. 이제 하워드 스트라이버 속편에 대해 얘기해 보자고요. 오늘 확답을 들어야 해요. 그 백만 달러 얘기 농담 아니었어요."

"알았어요." 재커리가 말한다.

"알았다고요? 지금 승낙하신 거예요?"

"맞아요. 속편 쓸게요."

전화기 너머가 잠잠하다. 이번만큼은 엘리너도 말문이 막힌 모양이다. 그는 엘리너의 놀란 표정까지 생생히 볼 수 있다.

"음, 좋습니다." 엘리너가 마침내 말한다. "그렇게 전할게요. 우리 조만간 점심 식사하면서 마감 일자라든지 이것저것 상의할 수 있겠네요."

그때 에밀리가 울기 시작했다. 처음엔 약하게 훌쩍이다가 본격적으로 울음보가 터진다. 재커리는 얼른 의자에 앉아 무릎 위에 아기를 눕혔다. "엘리너 씨, 일단 전화 끊어야겠어요. 아이가 우네요. 배가 고픈가 봐요."

"보나마나 이 책은 대박이 날 거예요, 작가님. 그리고 혹시 또 모르죠, 속편이 나오면 지지부진하게 늘어지던 영화 제작에 탄력이 붙을 수도 있잖아요."

엘리너가 아기를 두고 한 번이라도 축하나 덕담을 건넨 적이 있던가? 재커리에게 생긴 새 식구를 알은척한 적이나 있었는지 전혀 떠오르지가 않는다.

정말 저 여자는 *인간*이 아니야.

핸드폰을 눌러 화면을 끄고 소파에 던져 놓은 재커리가 기저귀 가는 테이블로 에밀리를 안고 갔다. 기저귀 때문에 우는 건지도 모른다.

크리스틴이 어서 집에 돌아오면 좋겠다.

죄책감이 불쑥 솟아난다.

그다음엔 죄책감 말고도 여러모로 복잡한 기분이 밀려들었다. 방금 새 책을 쓰겠다고 약속했는데, 자기 노트북조차 여기 없다. 그리고 한순간 순전히 정신 나간 채로, 생판 모르는 여자에게 자기 대신 소설을 써 줘도 된다는 말까지 해 버렸다.

진짜 미친 거 아냐?

만약 그날 일을 돌이킬 수만 있다면……. 혹시 아직도 가능할까.

다음날 아침 보모가 도착한 뒤, 재커리는 택시를 불러 83번가와 2번가 교차로로 향했다. 그 여자의 아파트를 찾기는 별로 어렵지 않을 거다. 신발 수선집, 슈퍼마켓, 드러그스토어를 지나친다. 길모퉁이에서 내려, 낮게 내리쬐는 아침 햇살을 손으로 가리고 선 재커리는 기억을 더듬었다.

길 건너 붉은 벽돌 건물이었나? 저 건물은 영 낯설다. 돌아서서 2번가 동쪽의 흰색 고층 아파트 건물을 바라본다. 입구로 이어지는 짧고 둥근 진입로에 자동차 여러 대가 주차되어 있다.

여자의 아파트 앞에서 진입로를 본 기억은 없다. 하지만 다른 건물들도 낯설어 보이기는 마찬가지다.

재커리는 그 여자를 찾아다닐 수 없다는 사실을 깨달았다. 이름조차 모르니까.

그 여자한테 이름도 안 물어봤네.

이름도 모르고 어디 사는지도 모른다. 그리고 물론, 너무도 어찔하고 혼이 쏙 빠져나간 나머지 전화번호도 받아 두지 않았다.

멍청이 중의 멍청이군. 하지만 그때 *도서관*이라는 단어가 머릿속에 번쩍 떠올랐다.

"워우. 맞아." 그가 웅얼거린다. "도서관이야."

여자는 노트북을 가지고 도서관으로 돌아올 것이다. 재커리는 왜 그리 공황 상태에 빠져들었던가? 글쎄, 그렇다고 그를 나무랄 수 있을까? 작가들은 자기 노트북을 잃어버리기 싫어하는 법이다(생면부지 남에게 맡겨 놓는 것도 마찬가지고).

옅은 파란색 정장을 입은 덩치 큰 남자가 잽싸게 82번가를 가로지르자 재커리는 몸을 후벼 파는 듯한 공포심에 사로잡혔다. 카르도사인가? 아니다. 연갈색 머리에 어깨가 떡 벌어진 낯선 남자가 코끼리처럼 성큼성큼 거리를 활보하고 있다.

카르도사와 정면으로 부딪혀야만 할 거야. 집 밖으로 나올 때마다 두려움에 떨 수는 없어.

다시 아파트 건물을 찬찬히 뜯어보았다. 부질없는 짓이다. 택시를 타고 다시 시내를 가로질러 암스테르담가의 도서관으로 향했다. 열람실은 비어 있다. 안내 데스크 앞에 앉은 사서에게 고개를 끄덕여 보이지만, 사서는 올려다보지도 않는다. 재커리는 아래층 어린이 열람실로 내려간다.

그리고 주위를 휙 둘러본다. 젊은 여자라고는 그림자도 보이지 않는다. 방은 지난번처럼 텅 비어 있다. 몹시 호리호리한 남자가 그에게 다가왔다. 개구리 같은 얼굴 위로 금발머리를 뾰족뾰족 높이 세우고, 각진 검은 테 안경을 쓰고 있다. "제가 어린이 활동 지도사입니다. 좀 도와 드릴까요?"

"그게……." 재커리가 머뭇거린다. 자기 노트북을 갖고 있는 여자가 나타날 때까지 여기 앉아 기다릴 생각이지만, 어린이실에 혼자 내려와 있으면 영 어색한 꼴이 될 수도 있겠지. "저는 전래 동화를 조사하고 있습니다." 그가 말한다. "어느 서가를 참고하면 될지 가르쳐 주시겠어요?"

이때까지만 해도 재커리는 앞으로 얼마나 기나긴 한 주를 보내게 될지 전혀 감을 잡지 못했다.

8

그 뒤 닷새 동안 그는 어린이 열람실 책상에 동화책을 한 무더기 쌓아 놓고 앉아 기다렸다. 그러면서 열 군데도 넘는 국가의 옛이야기 모음집을 전부 다 읽었다. 마녀와 요정, 공주, 사악한 주술, 독을 탄 수프가 든 가마솥, 권력에 눈먼 여왕, 숲속에서 길을 잃은 고아, 용과 천사와 말하는 올빼미에 아주 빠삭해졌다. 이 무시무시한 별세계에서 한 주를 보내는 내내, 젊은 여자는 나타나지 않았다.

그녀를 잊어버려야 할까? 그 모든 일을 터무니없고 기묘한 경험으로 여기고, 노트북을 한 대 새로 사서 일상으로 돌아가는 게 좋을까?

정말로 그 여자가 보고 싶다. 재커리는 이런 제 속마음을 인정했다. 거의 완벽하게 아름다운 그 얼굴을 보고 싶고, 부드럽게 속삭이는 목소리를 듣고 싶다. 그렇다, 그는 밤이나 낮이나 그 여자를 투영한 성적 환상에 빠져들었다. 하지만 우선은 그저 그 파란 눈, 빨간 입술, 천사처럼 투명한 피부를 보고 싶을 뿐이다…….

여자는 월요일 오후 재커리의 아파트 앞에 떡하니 나타났다. 그는 말문이 막힌 채 꼼짝없이 문간에 멈춰 섰다. 뺨이 뜨거운 걸 보니 얼굴이 빨개지고 있을 게 뻔하다.

"여기로 왔군요." 재커리가 쓸데없는 소리를 했다.

여자는 웃는다. "들어가도 돼요?" 여태 그가 문을 막고 서 있던 것이다.

여자가 아파트 안으로 미끄러져 들어온다. 오늘은 옅은 파란색과 분홍색 티셔츠를 겹쳐 입고 아래는 짧은 체크무늬 주름치마를 입었다. 흰색 스니커즈 위로 맨다리가 훤히 드러나 있다. 여자는 고개를 한 번 흔들어 검은 머리칼을 뒤로 넘기고는 재커리에게 노트북을 건네준다. "자기, 나 보고 싶었어?" 그러더니 한 손가락으로 그의 뺨을 스르륵 훑어 내린다.

"음, 맞아요. 도서관에서 당신을 기다렸어요. 그러니까—"

여자가 거실을 둘러보다가 소파 위 아기 침대에 누운 에밀리에게 후다닥 달려들었다. "아아, 이 여자애 너무 귀여워." 그리고 아기의 머리를 다정하게 어루만졌다. "그런데 진짜 민둥머리네."

"태어났을 땐 머리카락이 있었는데." 재커리가 말했다. "빠져 버렸어요. 이제 제대로 된 머리가 자라나고 있죠." 그 순간 머릿속에 한 가지 의문이 고개를 쳐들었다. "이 아이가 여자애인 줄은 어떻게 알았지?"

여자는 아기의 머리를 마지막으로 한 번 쓸어 주고 나서 재커리를 마주 보고 섰다. "재커리, 난 당신에 관해 전부 다 알아." 기묘한 미소가 떠오른다. 따스하진 않고, 묘하게 비꼬는 듯한 미소다. "오늘은 당신이 *나*에 관해 뭘 알고 있을까 우리 함께 알아볼 차례야."

재커리가 눈을 깜빡이며 묻는다. "뭐라고요?"

여자는 노트북을 가리킨다. "자, 내가 속편 써 왔어. 자기 마음에 들었으면 좋겠다."

재커리는 여자 쪽으로 다가갔다. 노트북은 내던져 버리고 여자의 가느다란 허리를 꽉 끌어안고 싶은 충동이 불끈 솟는다. 하지만 그녀를 곁눈질하며 이렇게만 말했다. "일주일 만에 책 한 권을 다 썼다고요?"

여자가 키득거린다. "내가 워낙 빨라."

"하지만—"

"게다가 엄청 잘 쓰지. 당신 스타일을 익히는 데 별로 오래 걸리지도 않았고." 그녀는 재커리의 몸을 소파로 밀었다. "얼른. 읽어. 더 못 기다리겠어. 첫 장 읽어 봐. 빨리 당신 표정을 보고 싶단 말이야."

아기 옆에 앉은 재커리는 무릎 위에다 노트북을 펼쳤다. 여자가 아기 침대 앞에 무릎 꿇고 강아지 쓰다듬듯 아기 머리를 어루만지며 상냥하게 어르는 소리를 낸다.

재커리가 문서 파일을 열고 읽기 시작했다. 그러면서 머리를 굴렸다. 어떻게 하면 저 여자를 화나게 하거나 나가떨어지게 하지 않고도 작품이 적절치 않다고, 수락할 수 없다고 말할 수 있을까 생각했다.

그는 여자에게 키스하고 싶다. 껴안고 싶다. 지금은 문장에 집중할 수 없을 정도로 흥분한 상태다. 하지만 일단 글자를 읽었다. 실눈을 뜨고 눈부신 모니터를 들여다보며 첫 장을 읽어 내려간다.

글을 다 읽은 뒤, 재커리는 손가락으로 화면을 톡톡 두드렸다. "좋네요. 진짜 좋아요."

여자가 생글거린다. "당신이 좋다고 할 줄 알았어."

"진심으로, 아주 훌륭해요." 그가 강력히 선언한다. 그리고 이제야 처음으로 얼굴을 본다는 듯 진지한 눈으로 여자를 지그시 쳐다보았다. *장난이 아니네, 이 아가씨 진짜 재능 있군.*

그는 다시 화면을 두드렸다. "나머지는 어디 있어요? 더 읽어 봐야겠어요. 기대되네요. 내 생각에…… 당신 정말 제대로 해낸 거 같아요."

여자가 일어서더니 작은 바구니로 손을 뻗어 아기를 조심조심 들어 올렸다. 에밀리는 여자의 어깨에 들쳐 업혀도 아무 소리 내지 않는다.

"어떻게 하면 나머지 분량을 읽을 수 있는지 알려 줄게, 재커리. 하지만 대가가 따른다고 말했던 거 기억하지?"

그가 고개를 끄덕였다. "괜찮아요. 지불 조건도 얘기해 보죠."

여자는 어깨에 얹힌 아기를 부드럽게 흔들어 주었다. "돈 문제는 신경 쓰지 마, 자기."

"그럼…… 뭘 원하는 건가요?"

파란 눈동자가 그에게 꽂혀 있다. "당신은 그냥 내 이름이 뭔지만 말해 주면 돼."

재커리는 목구멍에서 새어 나오는 웃음을 참지 못한다. "내가…… 뭘 하라고?"

"당신 내 이름 모르지 않아? 응?"

"음, 민망하네요. 하지만……."

"그러니까 해 봐. 내 이름이 뭔지 맞혀 보라고. 나머지 원고를 원하잖아. 맞지? 좋아. 내 이름이 뭔지 맞히면 소설은 당신 거야. 이게 거래 조건이야. 내 이름을 말해. 기회는 세 번 줄게."

재커리가 무릎 위에 올려 둔 채로 노트북을 닫으며 물었다. "진심이에요?"

여자는 눈도 한 번 깜빡하지 않았다. 그저 한쪽 발로 바닥을 탁탁 두드린다.

그는 여자가 설계한 게임에 뛰어들어야 한다는 사실을 깨달았다. 좋아. 까짓것, 장단 맞춰 주지.

일단 어림짐작해 본다. "으음……. 세라?"

여자가 고개를 가로젓는다. 그 차갑고 파란 눈에 번득이는 홍겨움을 재커리도 눈치챘다. "두 번 남았어."

"제시카?"

"아니. 잘 생각해 봐, 자기. 이제 기회는 한 번밖에 안 남았다고. 신중히 잘 골라야지."

그는 눈을 가늘게 뜨고 여자를 열심히 들여다본다. 그녀의 생각을 읽으려는 듯 꼼꼼히 살펴본다. *어떤 이름이 이 여자에게 딱 들어맞을까? 으음……*.

"애슐리?"

여자가 고개를 숙이자 머리카락이 얼굴로 흘러내린다. "이야, 이것 참. 재커리, 안됐지만 그건 내 이름이 아냐. 이제 다음 기회는 없어." 그리고 그를 지나쳐 문 쪽으로 걸어간다.

"그래서, 뭔데요." 그가 외친다. "뭐예요? 이름이 뭐죠?"

여자는 한숨을 내쉰다. "재커리, 우리 지난번에 동화책이 가득한 데서 만나지 않았어?"

"그렇죠."

"그럼 짐작을 했어야지. 정말 이 정도는 때려 맞혔어야 해. 내 이름은 룸펠슈틸츠헨(독일 민화에 나오는 난쟁이. 이 난쟁이는 위기에 처한 여자를 마법으로 구해 주고 그 대가로 첫 아기를 달라고 요구하는데, 3일 안에 자기 이름을 맞힌다면 대가를 받지 않겠다는 조건을 제시한다)이야."

재커리는 숨이 턱 막혔다. "뭐?"

"내 이름은 룸펠슈틸츠헨이야. 네가 못 맞혔으니까 이제 이 아기는 내 거야." 재커리는 노트북을 소파로 밀어 놓고 얼른 몸을 일으키려 한다. 하지만 미처 일어서기도 전에 여자와 아기는 문밖으로 사라졌다.

9

재커리는 문을 벌컥 열고 복도로 뛰쳐나갔다. 계단을 내려가는 여자의 발소리를 들어 보려고 귀를 기울인다. 하지만 쿵쾅거리는 제 심장 소리만 들릴 뿐이다.

저 여자는 미쳤어. 게다가 지금 내 아이를 데리고 있고.

헐레벌떡 한 번에 두 계단씩 뛰어 내려간다. 현관 계단으로 나서서 보도를 이쪽저쪽 살펴보았다. 없다. 없어. 여기도 없고. 숨을 하도 헐떡거려서 가슴이 터질 것만 같다.

이러다 심장 마비라도 일으키면 안 되지.

그 여자가 차를 대기시켜 놨나? 어떻게 이렇게 금방 사라져 버렸지?

일단은 자기 집 거실로 철수한 뒤에 소파에서 핸드폰을 주워 들었다.

경찰을 불러야 해. 그 여자가 내 아이를 납치했잖아.

하지만 그 여자 이름이 룸펠슈틸츠헨이라고 알리면 경찰에서 뭐라고 할까? 동화 속 세상에서 헤매고 다니는 얘기를 듣고 경찰이 얼마나 비웃을지, 벌써 그 웃음소리가 들리는 것만 같다.

"와, 룸펠슈틸츠헨이 아기를 훔쳐 갔다고요? 아기를 되찾게 도와달라고 골디락스영국 전래 동화에서 곰 세 마리의 집에 몰래 들어가 쉬다가 도망치는 소녀에게 사정해 보는 건 어떠십니까?" 이어서, "으하하하하하하."

재커리는 혼자 힘으로 찾아내겠다고 다짐했다. 지금 명료하게 사고할 수 없는 상태란 건 본인도 알고 있다. 사실 머리가 전혀 굴러가지 않는다. 그저 발로 뛰어야 한다는 것만 알겠다. 그 여자가 갈 만한 장소를 짚어 도시 여기저기로 뛰어 다녀야 한다. 여자가 있을 만한 데라면 *어디로든* 뛰어가야 한다.

너무도 무섭고 겁이 나서 한자리에 가만히 있을 수가 없었다. 만약 여기 머무른다면 자기가 무슨 짓을 하고 있는가 하는 공포가 쫓아와 그를 통째로 집어삼키리라.

재커리는 도서관으로 달려갔다. 거기서 그 여자를 본 사람은 아무도 없다. 이스트사이드로, 그녀가 사는 블록으로 다시 내달린다. 어느 건물이지? 어느 건물이야? 없다. 그 여자는 흔적도 없다.

이제 어디를 찾아볼까? 이대로 포기할 순 없다. 2번가를 쭉 따라가 거의 86번가에 다다르는 순간, 어느 카페 창가에 그 여자가 비친다. 어깨 위에 에밀리를 안고 앉아 있다. 테이블 위엔 스크램블드에그 한 접시가 보인다. 그리고 맞은편 의자에는—카르도사가 앉아 있다.

저 작자들 둘이 한통속이었던 거야?

아무렴 그렇고말고. 재커리를 겁박해 심란하고 취약한 상태로 몰고 가는 게 카르도사의 역할이었던 거다. 여자가 끼어들어 자기 할 일을 하게 미리 판을 까는 거지.

재커리는 격한 분노에 사로잡혔다. 두 주먹을 꽉 쥐고 유리창을 쾅쾅 두드린다.

두 사람이 돌아보고 깜짝 놀란다. 이내 얼굴에 다급한 기색이 어린다. 재커리는 그 작자들이 벌떡 일어서기 전에 문을 열고 들어가, 계산대 앞에 모여 자리가 나길 기다리던 사람들을 헤치고 지나간다.

그가 주먹으로 허공을 가르며 두 사람의 테이블로 성큼성큼 다가간다. 뚜껑이 열리기 직전이다. 관자놀이에 몰린 피가 고동치는 감각이 고스란히 느껴진다. 눈을 부릅뜨고 카르도사, 아기, 여자를 차례로 노려본다. 재커리가 뭐라 말하려고 입을 열다가—멈춘다. 갑자기 풍선에서 바람이 빠지는 듯한 느낌이 든다. 폐에서 공기가 쉬익 빠져나오고, 온몸이 폭삭…… 주저앉으며 쭈그러든다.

주먹을 떨군다. 호흡이 느려진다. 마침내, 말문이 트인다. "내가 너희를 만들어 낸 거 맞지." 그가 조용히 말했다.

두 사람 다 무표정한 얼굴로 고개를 끄덕인다.

"내가 너희 둘을 만들어 냈어. 너희는 진짜가 아니야." 재커리가 되풀이한다.

"맞아." 여자가 속삭이듯 대답한다. "네가 우릴 상상한 거야."

"너희는 내 머릿속에 있어. 둘 다 내가 지어낸 이야기일 뿐, 진짜로 여기 존재하는 게 아니야." 재커리가 중얼거린다.

두 사람이 기대 섞인 눈빛으로 그를 지켜보았다. 여자는 여전히 어깨에 아기를 얹은 채, 미동도 없는 눈동자를 재커리에게 고정하고 있다.

“내가 너희를 상상해 낸 거야.” 그가 말한다. “그리고 내가 눈을 감으면…….”

그는 대답을 기다리지 않고 두 눈을 감았다.

다시 눈을 뜨자, 여러 사람—하나같이 낯선 얼굴—이 그를 내려다보고 있다. 한껏 긴장한 얼굴들이 저 위에서 우왕좌왕한다. 그가 무슨 말이나 행동을 하기만 여태 기다리고 있었던 듯하다.

반듯이 누워 있던 그가 머리를 든다. “여기가 어디죠?”

10

“저희가 선생님을 이리로 옮겨 왔어요, 스트라이버 박사님.” 초콜릿색 피부에 연한 녹색 유니폼을 입은 여자가 대답했다. 간호사 모자 밖으로 곱슬곱슬한 백발이 삐져나와 있다. “여기 계시는 게 편안하시지 않을까 생각했거든요.”

그는 고개를 끄덕인 뒤 다시금 베개에 머리를 편히 기대고 누웠다. 카르도사와 룸펠슈틸츠헨이 여전히 머릿속을 맴돈다.

한 여자가 간호사를 밀치고 나온다. 여자의 얼굴이 눈앞에서 어른댄다. 두 뺨은 눈물로 축축하고, 눈빛엔 못마땅한 기미가 가득하다. “하워드, 또 이러다니.” 그의 아내 데브라가 말했다. “나는…… 이해가 안 돼. 나한테 설명 좀 해 줄래? 당신 머릿속에 틀어박혀 사는 게 나랑 함께 사는 것보다 훨씬 더 나은 거야?”

"아니." 그는 곧바로 대답했다. 데브라에게 팔을 뻗어 보지만 아내는 몸을 피한다. 뺨에 흐른 눈물이 반짝인다. 그녀는 눈물을 닦아 낼 생각도 않는다.

"내가 의식을 잃은 지 얼마나 됐지?"

"이틀이야. 하지만 우린 당신이 이번엔 또 얼마나 오래 안 돌아올지 알 수가 없었다고." 뭐라 대꾸할 겨를도 없이 아내가 말을 잇는다. "하워드, 왜 자꾸 이러는 거야? 왜 계속 당신 머릿속에 숨어 버리는 거냐고. 나한테서 도망치려고 하는 거지. 그냥 솔직히 인정해."

"아냐." 그가 다시 대답한다. "정말 그런 거 아냐." 그리고 몸을 일으켜 앉아, 벽 쪽에 붙어 서 있는 의사와 간호사 무리를 바라본다. 데브라가 그를 붙들고 얘기할 수 있게 다들 멀찍이 물러나 있다. "아기는." 그가 아내에게 묻는다. "아기는 괜찮아?"

데브라가 검은 눈을 가늘게 뜨고 쳐다본다. "하워드, 우린 아이가 없어. 당신 대체 뭐가 *문제*야?"

그는 정신을 차리려고 애쓴다. 데브라를 안심시키고 그녀의 믿음을 되찾기 전에 일단 생각부터 정리해야 한다. "내 책은 어떻게 된 거지?" 그가 묻는다.

데브라가 고개를 젓는다. "맨날 당신이 발견해 낸 걸 금방이라도 책으로 쓸 것처럼 굴기만 하지. 하지만 자꾸 그렇게 머릿속으로 사라져 버리기나 하면 글을 쓸 시간도 절대 못 낼 거야."

그는 고개를 끄덕인다. 이젠 차츰차츰 기운이 나는 모양이다. 데브라의 손을 잡고 다정하게 꼭 쥔다. "난 새 출발을 할 준비가 됐어,

데브라. 다시는 도피하지 않도록 노력할게. 약속해. 이번 일을 새롭게 시작할 기회로 삼자. 우리 인생의 2부. 속편. 그래, 오늘부터 속편을 써 내려가는 거야."

아내는 미심쩍다는 눈초리로 그를 쳐다보지만, 맞잡은 손을 놓지는 않는다.

"스트라이버 박사님." 백발의 간호사가 끼어든다. "국방부에서 나온 사람들이 이틀째 기다리고 있습니다."

그가 머리를 긁적인다. "원하는 게 뭐지?"

"저쪽에서는 박사님의 두뇌 능력을 군사 목적으로 활용할 방안에 대해 의논하고 싶어 하는데, 기억나세요? 스트라이버 박사님? 스트라이버 박사님?"

데브라가 손을 놓는다. 그러더니 그의 어깨를 쥐고 흔든다. "이럴 수가. 하워드? 하워드? 이 사람 또 *가 버린* 거예요? 하워드—이러지 마. *하워드?*"

지킬 박사와 하이드 씨에 관한 소고

– 이언 랜킨

"제가 프랑스어를 잘 못하는데 어쩌죠." 나는 말했다.

"판매자도 영국인이니 괜찮을 거야." 휘트먼 씨가 다시 내게 엽서를 들이밀었다. 그분은 자신을 '조지'라 부르라고 강력히 권했으나 감히 그럴 수야 없는 노릇이었다. 현재 내 고용주인 셈이라는 이유도 있었지만, 들리는 얘기대로라면 월트 휘트먼미국의 정신을 대변한다고 일컬어지는 19세기 미국 시인(1819~1892)의 후손인 분이었으니까. 내겐 그 무게가 각별히 무거울 수밖에 없었다. 그해 여름 나는 에든버러 대학교를 수석 졸업했다. 미국 문학보다는 스코틀랜드 문학에 중점을 두고 공부해 왔다 해도, 휘트먼은 휘트먼이었다. 그런데 무려 그런 혈통의 고용주

(라 부를 만한 사람)가 부탁 좀 들어 달라 하니, 내가 어찌 거절할 수 있겠는가?

나는 휘트먼 씨의 손아귀에서 엽서를 빼내 들여다보았다. 서점의 홍보용 카드 중 하나였다. 앞면에 셰익스피어 초상과 뷔셰리 거리 그림이 박혀 있고, 뒷면에는 내 목적지가 손 글씨로 적혀 있었다.

"5분쯤 걸어가면 돼." 휘트먼 씨가 자신 있게 말했다. 느릿느릿한 미국 억양이었다. 그분은 키가 컸고, 이마 위로 은발을 빗어 넘겼으며, 눈이 움푹 파이고 광대뼈가 도드라진 인상이었다. 처음 만났던 날엔 내게 담배 한 개비만 달라고 부탁했는데, 담배를 안 피운다는 내 대답을 듣고는 지금의 젊은 세대란 대체로 따분하다는 듯 고개를 절레절레 흔들었다. 우리는 근처 쿠스쿠스 레스토랑 밖에서 마주쳤다. 그때 나는 창문에 내걸린 메뉴판을 들여다보며 한번 들어가 볼까 고민하던 중이었다. 핵심은 돈 문제가 아니었다. 속으로 프랑스어 몇 마디를 연습해 보면서, 혹시 여기 직원들이 나를 홀로 다니는 여행자로 보고 돈을 털어 가지는 않을까 따져 보던 것이다. 주머니에 두둑이 넣어 둔 프랑스 화폐를 다 날렸다간 묵직한 배낭 속 물건들을 인근 길거리 장터에서 팔아야 하는 사태가 생길지도 모르니까.

"지나가도 될까요?" 낯선 사람이 내 옆에 와서 이렇게 묻더니 '연초' 한 개비를 달라고 했다.

잠시 뒤, 같은 식탁에 앉아 가장 저렴한 메뉴로 통일해서 먹는 동안 휘트먼 씨는 자기가 운영하는 서점에 대해 얘기해 주었다.

"저도 압니다." 나는 더듬더듬 말했다. "엄청 유명하잖아요."

그분은 지친 듯한 미소를 지어 보였고, 우리 둘 다 배를 채우고 나자 빈 보온병을 꺼냈다. 그러더니 남은 음식을 쏟아붓고 다시 뚜껑을 닫았다.

"낭비할 필요 없지." 그분이 설명했다. "뭐, 보수를 제대로 챙겨 주진 못하지만, 잠자리를 제공해 주거든요. 딱 침대 하나 내주는 거예요."

"마침 슬슬 호텔을 알아보려던 참이었습니다."

"계산대에서 몇 시간 일하고, 문 닫을 때 바닥 걸레질 정도만 해 주면 돼요. 나머지 시간은 자유예요. 가게 책장에 재밌는 책도 꽤 많고……."

그렇게 나는 파리 5구 뷔셰리 거리 37번지 '셰익스피어 앤드 컴퍼니' 서점파리에 실존하는 서점으로, 현재는 조지 휘트먼(1913~2011)의 딸이 이어받아 운영하고 있다. 이곳은 서점 업무를 돕는 이들에게 무료 숙박을 제공하는 것으로 유명하다에서 일하게 됐다. 홍보 엽서에는 "유럽 대륙에서 영어 고서적을 가장 많이 보유하고 있다"는 자랑과 함께 "이곳은 책으로 가득한 경이로운 세상"이라는 헨리 밀러프랑스 파리에서 본격적인 활동을 시작한 미국 소설가(1891~1980)의 말도 적혀 있었다.

물론 원조는 여기가 아니었다—우리 서점 차원에서 그 사실을 굳이 떠벌리지야 않았지만 말이다. 실비아 비치미국에서 프랑스로 이주하여 1919년부터 1941년까지 '셰익스피어 앤드 컴퍼니' 서점을 운영한 인물(1887~1962)는 1919년 뒤피트랑 거리에 '셰익스피어 앤드 컴퍼니'를 개업한 뒤 오데옹 거리로 확장 이전했다. 여기가 조이스와 파운드, 헤밍웨이가 드나들던 곳이었다. 휘트먼 씨는 '르 미스트랄'이라는 서점을 차렸다가, 독일이 파리를 점령했던 시기에 영영 폐점한 실비아 비치의 '셰익스피어 앤드 컴퍼니'를 기리며 그 이름을 이어받았다. 새로운 '셰익스피어 앤드 컴퍼니'는 1950년대 비트 작가1950년대 후반부터 1960년대 초반까지 활동한 비단체적 그룹의 시인과 소설가. 기존의 가치 체계에 반대하는 반체제적, 반정치적, 반지성적 성향을 지향하며 자아실현과 자기표현을 추구했다들을 자석처럼 끌어들였고, 작가들(그리고 그 비슷한 무리들)이라면 지금도 꾸준히 이곳에 모여들었다. 나는 커튼을 쳐 놓은 벽감 안의 비좁고 딱딱한 침대에 누워, 본국을 떠난 작가들이 둘러앉아 시를 논하고 창작하는 소리에 귀를 기울이곤 했다. 내 안중에 드는 이는 하나도 없었다. 하지만 현대 문학은 내 전문 분야가 아니니 멋대로 재단하지 않으려고 무진 애를 썼다.

"스코틀랜드 출신 맞지?" 어느 날 휘트먼 씨가 내게 말했다.

"구체적으로 말하자면 에든버러 출신입니다."

"월터 스콧에든버러 태생의 시인, 소설가 겸 역사가(1771~1832)과 로비 번스스코틀랜드의 시인 로버트 번스(1759~1796)의 애칭. 앨러웨이 출신이나 에든버러에서 창작 활동을 함의 고장이군?"

"로버트 루이스 스티븐슨에든버러 태생의 소설가 겸 시인(1850~1894)도요."

"그 타락한 트로치스코틀랜드 글래스고 출신 소설가인 알렉산더 트로치(1925~1984)도 빼놓을 수 없겠고……." 그분은 혼자서 킥킥거렸다.

"저는 스티븐슨을 열렬히 연구하고 있습니다. 가을부터 스티븐슨으로 박사 과정을 시작할 거고요."

"그렇게 금방 학교로 돌아가게?"

"저는 학교가 좋습니다."

"어떻게 그럴 수가 있는지 나로선 상상도 안 가네." 그러고서 종종 내비치는 그분 특유의 표정으로 나를 뚫어지게 쳐다본 다음, 현금 서랍을 열고 몇 푼 안 되는 저녁 매상을 확인했다. 8월이었고, 바깥은 여전히 더웠다. 관광객들은 카페 탁자에 앉아 메뉴판으로 부채질을 하며 시원한 음료를 주문했다. 내 또래의 손님 한두 명만이 통풍도 잘 안 되는 우리 가게 안에서 책꽂이를 둘러보고 있었다. 창가에 진열된 『율리시즈실비아 비치는 제임스 조이스의 『율리시즈』가 외설 시비로 영국과 미국에서 출간 금지되자, 본인이 직접 무삭제판으로 펴낸 바 있다』 원본은 사람들을 안으로 끌어들이는 세이렌 역할을 했다. 하지만 이날 밤엔 그 책조차 힘을 영 못 쓰고 있었다.

"예전부터 파리에 오고 싶다는 마음을 품고 있었나?" 그분은 다시 서랍을 스르륵 닫으며 물었다.

"여행을 좀 다녀 볼까 싶었습니다. 스티븐슨도 프랑스에 여러 번 방문했거든요."

"그게 박사 논문 주제야?"

"작가의 건강이 글쓰기에 어떤 영향을 미쳤을지 살펴보고 있습니다."

"아주 흥미로운데. 하지만 엄청 고달프지?" 나는 계단 쪽으로 걸어가는 휘트먼 씨의 뒷모습을 지켜보았다. 세 시간만 지나면 나도 문을 잠그고 잠자리에 들 수 있었다. 침대에 누우면 밤마다 갖가지 곤충이 달려들어 한바탕 잔치라도 벌이듯 발목과 무릎 뒤쪽을 깨물어 댔다.

나는 가족과 친구들에게 엽서—'셰익스피어 앤드 컴퍼니' 서점 엽서—를 부치고, 그때마다 엽서 가격만큼 몇 상팀화폐 단위. 1상팀은 1프랑의 100분의 1을 추려 현금 서랍에 넣었다. 그리고 엽서에다 현재 진행 중인 진기한 모험이 최대한 이색적으로 느껴지게끔 적어 내려갔다. 벌레에 물린다는 이야기만 빼놓고. 사실 나는 런던 빅토리아 버스 터미널에 도착해 심야 버스에서 내리자마자 집으로 첫 엽서를 보냈고, 도버의 페리 선착장에서 또 한 장 부쳤다. 부모님은 분명 비싼 전화보다는 서신 교류를 더 선호할 터였다. 아버지는 스코틀랜드 장로교 목사였고, 어머니는 우리 지역 사회를 빛내는 일원이었다. 나로 말하자면 학부 과정 4년 동안 집에 눌러앉아서 지낸 별종이었다. 부모님이 내게 자취방 임대료를 지원해 주겠다고 제안하기도 했다. 하지만 그건 돈 낭비일 뿐이라는 내 설득이 결국 먹혀들었다. 게다가 어릴 적부터 쓰던 침실은 더없이 편안했고, 어머니의 요리 솜씨 또한 우리 고장을 통틀어 제일간다고 할 만했으니 집을 떠날 이유가 없었다.

아무튼 이번 여행을 떠나기 전에, 샬럿에게만큼은 이틀에 한 번씩 전화해서 무사히 잘 지내는지 알려 주기로 약속했다. 서점에서 센강을 따라 걸어가면 공중전화 부스가 하나 있었다. 눈앞에 펼쳐지는 노트르담의 경관 덕에 위생 상태가 불결해도 용서가 되는 곳이었다. 나는 카페에서 챙겨 온 깨끗한 종이 냅킨으로 수화기를 감싸 쥐고 샬럿에게 전화 건 다음, 뭐든 새로이 경험한 일을 들려주느라 몇 프랑씩 쓰곤 했다. 사이사이 샬럿은 사랑한다고, 보고 싶다고, 내가 새 학기에 맞춰 에든버러로 돌아가 혼자 살 집을 구할 때까지 기다리기가 너무 힘들다고 얘기했다.

“그렇고말고.” 나는 맞장구치곤 했다. 갑자기 입속이 바싹 마르는 듯했다.

“아아, 로니.” 샬럿은 종종 한탄했고, 그럴 때마다 나는 그 애의 말을 고쳐 주고 싶은 마음을 꾹꾹 눌러 참았다. (샬럿도 잘 알듯이) 로니보다는 로널드로 불리는 편이 더 좋았으니까.

내 이름은 로널드 헤이스티다. 1960년에 태어나 이제 22살이 되었다. 22살 하고 3개월이 된 나는 한여름 열기와 자동차 매연에 둘러싸인 채, 그리고 또 다른 세계가 내 시야 너머에 숨겨져 있다는 느낌에 감싸인 채 센강의 강둑에 서 있었다. 사실 샬럿과 그 애의 짧게 자른 빨간 머리와 주근깨가 낀 피부로 대표되는 세계는 줄줄이 펼쳐지는 세계들 중 하나일 따름이었다. 쿠스쿠스와 유명한 서점과 모닝 에스프레소(바에 서서 마시는 제일 싼 메뉴)—그해 여름, 이 모든 게 내겐 경이롭게 다가왔다. 원래는 남쪽으로 훨씬 더 멀리 유랑할 계획이었지만, 그래 뭐, 계획이야 얼마든지 바뀔 수 있는 법. 사람도 능히 바뀔 수 있듯이.

“책을 팔겠다는 사람이 영국인이야.” 고용주의 말에 나는 몽상에서 깨어났다. “괜찮을 거야. 나만 믿어. 걸어서 5분 거리이고…….”

벤저민 터크라는 사람은 흉물스럽게 난립한 아파트 건물 5층에 살았다. 나선 계단을 끝까지 올라가야 하는 꼭대기 층이었다. 집주인이 문을 열어 주자마자, 나는 숨을 죽이고 서서 저 안쪽 복도를 쳐다보았다. 기다란 복도를 꽉 채운 책꽂이마다 책이 그득그득했다.

정신이 아득해졌다. 순간적으로 그 책꽂이들은 마치 무한히 뻗어 나가는 것처럼 보였다. 터크가 한쪽 팔을 내 어깨에 두르더니 어둠 속으로 이끌었다. "휘트먼이 자네를 보내면서 꼭대기까지 올라와야 된다는 말은 빼먹은 거군. 그 양반이 딱한 몸뚱이를 질질 끌고 여기까지 오지 않는 이유가 바로 그거라니까." 터크의 몸통에서 웃음이 터져 나왔다. 그 남자는 대머리에 땅딸막했고, 나이는 50대거나 60대 초반처럼 보였다. 익살이 넘치는 눈 위로는 시커멓고 풍성한 눈썹이 자리 잡았다. 넉넉한 흰색 셔츠와 진홍색 조끼를 훑어보니 이전 세기부터 내려온 골동품 같기도 했다. 그 옷가지를 걸친 인물과 마찬가지로 말이다. 나는 디킨스 소설을 읽을 만큼 읽은 터라, 『데이비드 코퍼필드』나 『픽윅 클럽 여행기』의 희극적인 에피소드 중 하나에 터크 씨가 딱 들어맞겠다는 생각이 곧바로 들었다.

"지금 필요한 건 술 한잔이야." 터크는 계속해서 복도 깊숙이 나를 몰아갔다. 광을 낸 쪽매널 마루는 커다란 거울이 달린 벽까지 쭉 뻗어 있었다. 땀이 번들대는 내 얼굴이 거울에 언뜻 비쳤다. 왼쪽과 오른쪽 출입구가 모두 열려 있었고, 그 너머로 깔끔한 부엌과 어수선한 거실이 각각 보였다. 우리는 거실로 들어갔다. 터크가 안락의자 앞에 날 세우고는, 공중에 먼지가 폴폴 휘날릴 정도로 의자를 세게 탁 내리쳤다.

그리고 "앉게!"라 명령하더니, 유리병에 담아 둔 레드 와인을 잔에 따랐다. 나는 그제야 그 사람이 눈에 띌 정도로 다리를 전다는 사실을 알아차렸다.

"사실 제가……" 일단 술은 사양하려 했다.

"자네, 말도 안 되는 소리 마! 여기가 파리라는 건 알고 있나? 쭉 들이켜지 않으면 국사범으로 추방되게 해 주겠어!" 터크는 자기 잔에도 와인을 따랐는데, 내게 부어 준 것보다는 적은 양이었다. 그러더니 손을 들어 건배하고 호쾌하게 들이켰다.

깨닫고 보니 나도 정말 목이 말랐기에, 와인을 한 모금 마셔 보았다. 에든버러에서 점심이나 저녁 식사 때 대강 곁들이는 싸고 밍밍한 제품과는 달리 진한 과일의 풍미가 확 퍼졌다. 체리와 블랙커런트 향은 씁쓸한 기억을 덮어 버리기에 충분했다. 터크는 내가 막 사랑에 빠졌음을 한눈에 알아보고는 천천히 고개를 끄덕이며 활짝 웃었다.

"맛있네요." 내가 말했다.

"그럼 맛이 없을 줄 알았나?" 그는 다시 한 번 건배하고서 맞은편의 기다란 안락의자에 앉았다. "스코틀랜드 억양 같은데, 맞나?"

"에든버러입니다."

"장로교 색깔이 제일 짙은 도시지. 자네가 쾌락에 거부감을 보이는 것도 설명이 되는군."

"저는 쾌락에 거부감을 갖고 있지 않습니다." 나는 그 말을 내뱉자마자 후회했다. 괜한 오해를 부르지 않았으면 싶었다. 민망함을 감추기 위해 와인을 몇 모금 더 홀짝이니, 터크가 내 잔을 채워 주려고 벌떡 일어섰다.

"선생님께서는 휘트먼 씨의 제일 오래된 고객 중 한 분이시죠. 휘트면 사장님께서 그렇게 말씀하시더군요." 내가 더듬더듬 말했다.

"기억도 가물가물할 정도로 옛날부터 알고 지냈지."

"그럼 파리에 오래 사셨겠네요?" 그러자 터크는 약간 아련하게 미소 지었다.

"자네는 어떤가?"

"이번에 처음으로 와 본 겁니다. 잠시 휴학하는 동안에요."

"그래, 조지가 그러더군—그 양반은 자네 휴식 기간이 너무 짧다고 생각하는 모양이던데. 자네가 존경하는 스티븐슨은 대학 따위에 발목 잡히지 않았잖은가?" 그는 내 놀란 표정을 보고 "이 역시도 조지한테 들었지"라 덧붙였다.

"스티븐슨은 학업을 마쳤습니다."

"그리고 사법 시험에 합격했지." 터크가 명랑하게 말했다. "가족들은 사법 쪽이나 그 비슷한 방면으로 쭉 정진해 주기를 바랐지만, 대담한 루이스는 다른 생각을 품고 있었던 거야." 나를 초대한 남자는 잔에 담긴 와인을 빙빙 돌리고 있었다. 그 동작을 보고 있으려니 최면에 걸릴 듯했다. 나선 계단을 힘겹게 오른 여파가 아직 완전히 가시지 않았구나 싶었다. 가죽으로 장정한 책과 오래 묵은 커튼과 빛바랜 양탄자 냄새가 뒤섞인 방 안 공기에 숨이 막히기도 했다. "자네, 재킷 좀 벗지그래." 터크가 권했다. "푹푹 찌는 한여름 파리에서 검은 벨벳 재킷을 입는 사람이 당최 어디 있어?"

"벨벳은 아닙니다." 나는 옷소매에서 팔을 빼내며 중얼거렸다.

"하지만 제일 벨벳처럼 보이는 옷으로 골랐다 이거지?" 터크는 혼자 웃으며 말했다. 대학 시절 스티븐슨의 별명이 '벨벳 재킷'이었다는 사실을 이 사람도 알고 있는 게 분명했다.

나는 재킷을 무릎 위에 얹어 놓고 헛기침했다. "판매하실 책이 몇 권 있다고 들었습니다."

"몇 상자 있지—대부분은 조지한테 샀던 책이야. 조지 말로는 자네가 재고를 다 외우고 있으니 책을 살펴보면 매입할 만한지 아닌지 알 거라던데."

"사장님이 과장하신 거예요."

"동감이네. 조지의 가게에 책이 얼마나 많은지는 나도 잘 알거든."

"선생님은 수집가시죠." 나는 방 안을 둘러보며 말했다. 벽면을 빈틈없이 메운 선반마다 책이 빼곡히 들어차 있었다. 책은 하나같이 매우 오래된 듯했고, 대부분은 종이 커버가 씌워져 있지 않았다. 제목이 뭔지 알아볼 수 있는 책은 한 권도 없었는데, 여러 가지 언어로 출간된 책들이 섞여 있는 듯했다. "선생님께서는 교수나 작가이십니까?"

"나는 이런저런 일에 몸담았지." 터크가 잠시 말을 멈추고 유리잔 테두리 너머로 나를 찬찬히 살펴보았다. "보아하니 자네는 언젠가 둘 다 이루고 싶을 것 같은데."

"글을 쓰고 싶다는 생각은 안 해 봤습니다. 정확히 말해서, 논문이라면 출판까지 해 볼 수 있도록 잘 완성하고 싶지만요."

"스티븐슨과 그의 질환에 관한 논문 말인가?"

"그리고 그런 증세가 작품 활동에 어떤 영향을 미쳤는지도요. 스티븐슨은 맥각맥각균은 환각 효과가 있는 LSD의 원료이다이라는 시약을 시험 삼아 써보다가 『지킬 박사와 하이드 씨』를 착상해 냈습니다. 그 약물이 환각을 불러일으켰지요. 그리고 작가가 자라난 에든버러는 과학과 합리주의와 뭐든 직접 *실행하*는 사람들로 가득했던 반면, 스스로가 병약한 걸 알았던 스티븐슨에게는 진정으로 의지할 만한 힘이 자신의 상상력밖에 없었거든요…….” 나는 이러다 집주인에게 일장연설을 하게 될까 무서워 입을 닫았다.

“재미있군.” 터크는 이렇게 말하며 이야기를 끌고 갔다. 그가 자리에서 일어나 내 잔을 다시 채워 주자 유리병이 텅 비었다. 입속이 텁텁하고 이마에서는 땀방울이 흘러내렸다. 나는 손수건을 꺼내 얼굴을 닦기 시작했다. “스티븐슨에게 보모가 있었잖은가?” 터크가 와인을 따르며 물었다. “그 여자가 아이에게 유령 이야기를 들려주었지. 어린 스티븐슨은 까무러치게 겁을 먹었던 모양이야.”

“스티븐슨은 보모를 ‘커미’라고 불렀죠—원래 이름은 앨리슨 커닝엄이었고요. 스티븐슨의 방 안 옷장에 얽힌 이야기도 보모가 들려주었던 겁니다.”

“윌리엄 브로디스코틀랜드의 가구 제작자이자 시의원이면서 남몰래 강도 행각을 벌이다 사형당한 인물(1741~1788). 『지킬 박사와 하이드 씨』에 영감을 주었다고 알려져 있다가 만든 가구 말이지?” 터크는 자기도 아는 이야기가 나오자 다시금 고개를 주억거렸다. 브로디는 낮 동안 명망 있는 신사로 지냈으나 밤에는 범죄자로 변신했다. 직공 조합장인 동시에, 갱단을 거느리며 가택에 침입해 겁박과 도둑질을 일삼았던 것이다. 끝내 붙잡혀 재판받은 뒤에는, 예전에 제 손으로 직접 만들었던 교수대에 매달리는 신세가 되고 말았다. 스티븐슨이 이 이야기를 깡그리 훔쳐다 『지킬 박사와 하이드 씨』를 집필했다는 무성의한 견해도 있었지만, 이는 어디까지나 전체 퍼즐의 한 부분만을 차지할 뿐이었다.

"책들을 좀 살펴보는 게 좋겠네요." 나는 이렇게 말하며, 지금 혀 꼬부라진 소리가 나오는 게 아니길 바랐다.

"좋지." 터크는 천천히 일어서서 나를 일으켜 주러 왔다. 그를 따라서 부엌으로 들어가니 이제야 좁다란 계단이 눈에 들어왔다. 그 계단을 올라가 건물 처마로 나갔다. 이 위쪽은 더 덥고 음침하고 숨막혔다. 통로는 아무리 깡마른 사람이라 해도 두 명이 스쳐 지나갈 수 없을 정도로 좁았다. 문이 몇 개 보였는데, 한쪽은 화장실인 듯했다. 이제 침실이 나오겠구나 짐작했건만, 터크를 따라 들어간 방은 서재였다. 고풍스러운 책상 위에 상자 세 개가 놓여 있었다. 벽에 늘어선 책 더미는 우리 체중에 마룻바닥이 삐걱대자 곧 무너질 듯 흔들렸다. 나는 방 안에 하나뿐인 의자 위로 재킷을 걸쳐 놓았다.

"그럼, 자네에게 맡겨도 되겠지?" 터크가 물었다.

나는 창문을 좀 열 수 있을까 싶어 헛되이 두리번거렸다. 이제 땀이 두 눈으로 흘러 들어가 따끔거렸고 손수건도 흠뻑 젖어 버렸다. 밖에서는 종소리가 울리고 있었다. 바로 머리 위 기왓장에 앉은 비둘기나 마룻바닥 아래 어딘가에 숨은 쥐가 긁어 대는 듯한 소리도 들렸다. 내 입술은 위아래가 딱 달라붙은 듯했다. 첫 번째 상자의 덮개를 열어젖히자 먼지가 확 일어 얼굴로 날아들었다.

"얘야, 안색이 안 좋아 보이는구나." 터크의 말이 아득히 먼 데서 들려오는 듯했다. 우리가 아직 다락방에 있는 건가, 아니면 영문은 모르겠지만 책장과 거울이 놓인 현관 복도로 자리를 옮긴 건가? 끝도 없이 이어지는 복도 말이다. 알코올이 안 섞인 차가운 음료가 얼음 채운 기다란 유리잔에 담겨 있는 환영이 불쑥 어른거렸다. 소리 내어 말하지는 못했지만 음료 한잔이 무척이나 간절했다. 나는 책 한 권을 손에 쥐었다. 크기만 보고 어림한 것보다 훨씬 더 묵직한 느낌이었고, 책등에 적힌 제목은 뒤죽박죽으로 섞인 글자나 무슨 상형문자처럼 보였다.

"얘야?"

그때 터널 속이 점점 캄캄해졌다. "얘, 잠깐만, 내가……"

곧이어 의식이 멀어졌다.

*

나는 침대에 뻗은 채 눈을 떴다. 셔츠 단추가 다 풀린 상태였고, 벤저민 터크가 젖은 수건으로 내 가슴을 톡톡 두드리고 있었다. 나는 꼿꼿이 일어나 앉았다. 숙취가 두 눈 뒤에서 지끈지끈 고동쳤다.

딱 봐도 여기는 *그의* 침실이 분명했다. 내 재킷은 문 뒤쪽 옷걸이에 걸려 있었는데, 그 아래로 빨간색 도는 기다란 새틴 목욕 가운이 보였다. 문짝이 제대로 닫히지 않는 옷장과 침대 옆 협탁도 보였다. 협탁 위엔 물을 반쯤 받아 놓은 대야가 놓여 있었다. 침대에서 비스듬히 발을 뻗어 바닥을 디디자, 거기 널려 있던 하드커버판 책 몇 권이 발에 닿았다.

"또 실신하지 않게 조심해." 터크는 셔츠 단추를 잠그던 내게 주의를 주었다.

"바람 좀 쐬면 괜찮을 겁니다." 나는 중얼거렸다.

"그럼, 그럼. 계단 무사히 내려가게 도와줄까?"

"괜찮습니다."

"그 말 들으니 마음이 놓이는군—자네를 여기까지 데리고 오느라 진땀 뺐거든……."

재킷을 쥐고 방문을 열기 전까지는 터크의 말이 무슨 뜻인지 알 수 없었다. 우리는 아파트 현관문 바로 안쪽에 내려와 있었다. 아까 이 집에 들어왔을 때는 침실을 못 보고 지나친 게 분명했다. 내가 쳐다보자 터크는 어깨를 으쓱했다.

"쉽지 않았네—다락방에서 내려오는 계단은 위태위태하단 말이야." 그는 내게 뭔가 내밀며 챙겨 가라고 했다. 종잇장을 받아 들고 펼쳐 보았다. "책 목록일세." 그가 설명했다. "그거면 자네한테 일을 맡긴 사장은 아무것도 모르는 채 속 편히 지내도 되겠지—자네가 그렇게 하고 싶다면 말일세."

"감사합니다." 나는 쪽지를 주머니에 넣으며 말했다. 그리고 이미 열려 있던 현관문 밖으로 나갔다. 계단통은 집 안보다 몇 도쯤 서늘했지만, 여전히 머리카락에 땀방울이 들러붙었다.

"조심조심 내려가게나." 벤저민 터크가 한 손을 살짝 흔들며 인사하고는 문을 닫고 들어갔다. 나는 난간을 꽉 붙들고 천천히 내려가 길거리에 잠시 서서 신선한 공기를 흠뻑 들이마셨다. 보도 맞은편에서 어떤 젊은 여자가 나를 지켜보고 있는 듯했다. 그 여자는 발목까지 내려오는 꽃무늬 드레스를 입고 있었다. 샬럿이 가지고 있는 옷과 거의 똑같았다. 다시 한 번 쳐다보는 순간 내 재킷이 스르륵 미끄러져 바닥에 떨어졌다. 옷을 주워 들고 보니 여자는 이미 사라진 뒤였다. 서점으로 돌아가려 걸음을 떼다가, 두통이 조금도 가시지 않았다는 사실을 깨달았다. 지나는 길에 술집이 보이길래 안으로 들어가 얼음과 레몬을 넉넉히 넣은 페리에를 주문했다. 그리고 단 두 번에 걸쳐 쭉 들이켠 다음에 또 한 잔을 주문했다. 술집에서 진통제를 판매할 것 같지는 않았으나, 술병이 나면 술로 다스리라는 옛말이 문득 떠올랐다. 낫든지 죽든지 둘 중 하나지. 속으로 이렇게 생각하며 레드 와인 한 잔을 추가로 주문했다.

그리고 해장술이 정말 먹혔다—적은 양만 마셨는데도 통증이 한 번에 누그러지는 게 느껴졌다. 터크가 따라 주었던 와인과는 정반대로 묽고 시큼한 맛도 났지만, 어쨌든 기분이 한결 나아졌기에 마지막으로 한 잔 더 주문했다. 마지막 잔을 홀짝이는 사이, 주머니에 넣어 둔 책 목록을 꺼내 훑어보았다. 3분의 2쯤 내려간 지점에 줄이 쫙 그어져 있고, 그 아래 터크의 메시지가 적혀 있었다.

판매용은 아니지만 흥미가 동할 만한 책:

『여행의 동반자』

나는 몇 번쯤 눈을 깜빡이며 이맛살을 찌푸렸다. 낯익은 제목이었지만 무슨 책인지 곧바로 떠올릴 수가 없었다. 그 위에 열거된 책들은 쉬이 판매될 터였다. 주로 역사서나 철학서였고, 발자크, 졸라, 만 같은 작가의 작품집도 끼어 있었다. 터크는 그 책들이 초판본인지, 책 상태가 어떤지는 설명해 놓지 않았다. 하지만 내 머릿속엔 첫 번째 상자를 열었던 짧은 순간만 언뜻 남아 있을 뿐이었다. 어쩐지 휘트먼 씨를 실망시킨 기분이 들었다—터크가 직접 얘기하기로 마음먹지 않는 한, 굳이 휘트먼 씨에게 알릴 필요 없는 문제이긴 했지만. 아무튼 그래도 여전히 마음이 켕겼다. 정신이 팔린 채 출입문으로 반쯤 다가가는데, 바텐더가 아직 계산을 안 했다고 일깨워 주었다. 나는 미안하다고 중얼거리며 잔돈을 찾아 주머니를 헤집었다. 신기하게도, 주초에 진작 쓴 줄 알았던 백 프랑 지폐 두어 장이 주머니에 돌아온 듯했다. 슈퍼마켓에서 산 값싼 참치 통조림으로 저녁을 때우는 대신 쿠스쿠스 레스토랑에 다시 갈 수 있겠군. 기운이 나서 팁도 좀 얹어 주고 나왔다. 가게로 돌아오니 마이크라는 호주 출신 배낭여행자가 계산대를 지키고 있었다. 마이크는 휘트먼 씨가 오늘 쭉 자리를 비울 거라는 소식을 전해 주었다. 다행스러운 일이었다. 마이크의 커다란 키, 떡 벌어진 어깨, 완벽한 치아, 구릿빛으로 탄 피부, 곱슬거리는 금발 머리를 보면 나는 분한 기분이 들었다. 어슬렁거리며 책을 들춰 보기만 하고 절대 사지는 않는 여학생 몇 명이 벌써부터 그를 눈여겨보고 있었다. 마이크와 근무를 교대하고 계산대에 서자, 현금 서랍 옆에 놓인 편지 한 통이 눈에 띄었다. 나한테 온 편지였다. 편지 얘긴 일절 안 하고 가 버린 것도 마이크다운 행동이었다. 나는 아버지에게서 온 편지를 최대한 공손하게 열어 보았다. 얇고 푸르스름한 항공 우편 편지지 두 장이었다. 아버지는 어머니 소식을 비롯해, 숙부 내외와 똑똑한—둘 다 시티 오브 런던런던의 금융 중심 지역의 좋은 직장에 자리 잡았다는 면에서 똑똑한—사촌들, 동네 이웃들 소식을 전했다. 설교할 때와 마찬가지로 쓸데없는 말은 한마디도 없이 딱 부러지고 엄밀한 어조였다. 어머니도 마지막 장 끄트머리에 몇 줄 덧붙였지만, 아버지가 이미 적은 내용 외에 덧붙일 소식은 없다고 여긴 듯 간략히 줄였다. 혹여나 운송이 잘못되어 붕 뜰 경우에 대비해 봉투 뒤쪽엔 반송 주소도 적혀 있었다. 편지를 다시 읽다가 바깥을 힐끗 보니 누군가가 보도 위에 서 있었다. 아까 본 것과 똑같은 꽃무늬 드레스 차림이었다. 열린 출입문 쪽으로 슬슬 걸어나가 길가를 이쪽저쪽 훑어보았지만, 그 여자는 지난번처럼 또 사라져 버렸다—물론 같은 여자라면 말이지만. 대신 호주 출신 마이크가 눈에 띄었다. 키득거리는 여학생 두 명의 어깨 위에 팔을 걸치고 노트르담 쪽으로 씩씩하게 걸어가고 있었다.

마이크 일행은 가게 문을 닫기 두 시간 전에 돌아왔다. 마이크는 내게 윙크를 곁들여 경례하며 "마음 편히 퇴근해도 좋다"고 통보했다. 여자애들에게 소매업의 기본을 가르쳐 주겠다고 약속했다나. 나야 아무래도 좋았다. 난 거의 벨벳처럼 보이는 검은 재킷을 슥 걸치고 늦은 저녁 식사를 하러 나갔다. 그때쯤 쿠스쿠스 레스토랑 직원은 나와 안면을 텄기에, 미소 띤 얼굴로 고개 숙여 인사하며 전보다 더 조용한 테이블로 안내해 주었다. 자리에 앉아 '셰익스피어 앤드 컴퍼니' 책장에서 꺼내 온 책—미국에서 문고본으로 출간된 조지프 콘래드의 『어둠의 심연』—을 집어 들었다. 음식 양이 어찌나 많은지 보온병에 싸 갈 생각을 했더라면 좋았겠다는 생각도 살짝 들었다. 대신 나는 세 그릇째 가득 채워 먹기 시작했다. 하우스 와인은 내가 이제껏 맛본 것 중에 가장 밍밍했지만, 웨이터가 권해 줄 땐 감사의 표시로 고개를 끄덕여 보였다. 지지난번 방문했을 때 자기를 '해리'라 불러 달라고 했던 웨이터인데, 식사를 마칠 때쯤 그가 내게 5분 뒤 레스토랑 주방 문 앞에서 만나자는 신호를 보냈다. 계산을 한 뒤, 호기심이 동해 레스토랑과 인근 가게 뒤편 골목으로 빙 돌아가 보았다. 쓰레기통은 하나같이 넘치도록 가득 찼고 사방에 퍼진 오줌 냄새가 코를 찔렀다. 한두 번쯤 발이 미끄러졌지만, 발밑에 뭐가 있는지 감히 내려다볼 엄두도 안 났다. 마침내 부엌 문가에 서 있는 해리 앞까지 왔다. 열린 문 안에서는 냄비 달그락대는 소리와 함께 왁자지껄한 말소리가 끊임없이 터져 나왔다. 해리는 가느다란 담배를 쥐고 있다가 불을 붙이더니, 내게 건네기 전에 일단 한 모금 깊이 빨아들였다.

"대마입니까?" 나는 자문자답했다. "맞군요."

에든버러 대학 인문학부에서 4년을 보낸 터라 마약이라면 나도 알 만큼 알았다. 마약을 할 수 있게 방—주로 어둑어둑한 침실—을 따로 마련해 놓은 파티에도 여러 번 참석해 봤다. 대마초 담배를 돌돌 마는 모습도 구경했는데, 난 직접 피우기는 사양하고 그 자리의 분위기만 즐겼다.

"글쎄요, 저는 별로……." 나는 해리에게 말했다. 사실 이 남자의 본명은 오히려 '아메드'와 비슷했다. "오늘 하루 동안 이상한 일이라면 벌써 겪을 만큼 겪었거든요." 하지만 하도 끈덕지게 권하기에, 담배를 건네받아 들이마시지는 않고 두어 번 빼끔거리기만 했다. 해리는 그 정도로 만족하지 않고, 폐 속 깊이 연기를 빨아들이라고 명령하며 제 성에 찰 때까지 손짓을 해 댔다. 다른 웨이터가 또 한 명 끼어들어 금세 한 모금 흡입한 다음 해리에게 넘겼다. 그다음엔 다시 내 차례였다. 속이 메스꺼울 줄 알았는데 그런 일은 없었다. 대신 내 걱정거리가 스르르 녹아내리거나, 적어도 감당할 만한 수준으로 구획되는 느낌이 들었다. 대마초 담배 한 대를 다 피우자 해리는 셀로판지로 감싼 조그만 갈색 덩어리를 꺼내 보였다. 그는 약값으로 2백 프랑을 받고 싶어 했다. 하지만 내가 수중에 그만한 돈이 없다는 뜻으로 어깨를 으쓱하자, 조그만 꾸러미를 내 재킷에 쑤셔 넣고 톡톡 두드리며 돈은 나중에 내도 괜찮다는 몸짓을 해 보였다.

그때 새로이 두 사람이 골목으로 들어서는 바람에 우리 일동은 침묵에 빠졌다. 두 남녀는 자기네를 지켜보는 눈이 있는지 알아차리지 못했거나, 아니면 그냥 아무 신경도 안 쓰는 모양이었다. 여자가 남자 앞에 쪼그리고 앉아서 상대의 바지 지퍼를 내렸다. 밤중에 시내를 돌아다니다 보면 창녀들과 적잖이 마주쳤는데—더러는 나를 꼬드겨 보려고 다가왔다—이 여자도 바로 그 부류였다. 여자가 제 일을 열심히 하는 동안 술에 취해 멍한 고객은 보드카 병을 입에 갖다 댔다.

그 순간 번뜩 생각났다.

여행의 동반자…….

갑작스레 충격을 받은 내가 손으로 이마를 짚자, 이제 막 토하려는 줄 알았는지 나머지 둘은 부엌 쪽으로 한 걸음 물러섰다.

"아냐." 나는 혼자 속삭였다. "설마 그럴 리 없어." 해리가 나를 쳐다보고 있기에, 나 역시 그를 빤히 마주 보았다. "그건 존재하지 않는데." 나는 해리를 보며 말했다. "존재하지도 않는단 말이야."

그렇게 말하고서 골목 어귀로 굽이굽이 되짚어 가다 아까 그 남녀 사이로 거의 자빠질 뻔했다. 남자가 내게 욕을 퍼붓길래 나도 똑같이 욕을 해 주었고, 하마터면 멈춰 서서 주먹을 휘두를 뻔했다. 그나마 고요한 '셰익스피어 앤드 컴퍼니'의 캄캄한 방까지 돌아가는 내내 머리가 팽팽 돌았다. 술이나 약물 때문이 아니었다.

벤저민 터크가 내게 전한 메시지 때문이었다…….

다음날 아침 가게 문을 열고 있는데, 휘트먼 씨가 위쪽에서 큰 소리로 부르며 전화 좀 받아 보라고 했다.

"참, 벤 터크랑은 얘기 잘 하고 왔어?"

"그분이 팔고 싶어 하시는 책 목록을 받아 놨습니다." 나는 휘트먼 씨의 눈을 마주 보지 않고 대답했다.

"그 양반 참 흥미로운 인물이지. 어쨌든, 얼른 가서 여자 친구랑 얘기해 봐…….”

샬럿이 건 전화였다. 극장 매표소에 일자리를 구했으며 지금은 거기 전화를 잠시 쓰는 거라고 했다. “어떻게든 시간을 때워야 된단 말이야. 여기 네가 없으니까 너무 *심심해*.”

나는 벌레 물린 자리를 문지르려고 몸을 숙였다. 그새 발목 위에 몇 군데나 새로 부어올랐다. 터크에게 받은 목록은 잘 접어서 바지 뒷주머니에 넣어 둔 채였다. 고용주에게 보여 주기 전에 아랫부분을 뜯어내야 한다는 것만큼은 분명했다.

“내 말 듣고 있어?” 수화기 너머가 고요하자 샬럿이 물었다.

“응, 듣고 있지.”

“별일 없는 거야? 너 어째 목소리가…….”

“괜찮아. 어젯밤에 와인을 너무 많이 마셨나 봐.”

샬럿의 웃음소리가 들렸다. “파리가 널 타락시키고 있구나.”

“아주 살짝 그런 것 같기도 하네.”

“음, 더 잘된 일일지도 몰라.” 샬럿이 뜸을 들였다. “너 떠나기 전날 밤에 우리 잠깐 얘기했던 거 기억나?”

“응.”

“있지, 그 말 진심이야. 나는 좀 더 깊이 들어갈 준비가 됐어. 준비 완료라니까.”

섹스를 염두에 둔 말이었다. 여태껏 우리는 키스부터 시작해, 옷 위를 더듬는 데서 옷 속 맨살을 만지작대는 단계로 나아갔지만, 딱 거기까지였다. “너도 그걸 원하잖아, 그렇지?” 샬럿이 물었다.

"누구나 그렇지 않겠어?" 나는 뺨을 붉히며 간신히 대답했다.

"그러니까 네가 돌아오면…… 우리 뭔가 해 봐야겠지, 응?"

"네 마음이 확고하다면야. 그러니까, 난 뭐가 됐든 널 밀어붙이고 싶지는 않단 말이지."

더 큰 웃음소리가 들렸다. "밀어붙이는 건 내 쪽인 것 같은데. 음, 나 지금 널 생각하고 있어. 몸을 포개고 누운 *우리* 모습을 상상하는 중이야—너도 지금 같은 생각에 빠진 건 아니겠지?"

"나 이제 가 봐야 해, 샬럿. 손님들이 와 있어서……." 나는 텅 빈 위층을 둘러보았다.

"얼른, 로니. 얼른 연락해 줘. 까먹지 마."

"알았어. 오늘 밤에 전화할게."

나는 수화기를 내려놓고 물끄러미 바라보다가, 주머니에서 쪽지를 꺼내 밑부분을 찢어 냈다. 아래층으로 내려가니 휘트먼 씨가 계산대를 지키고 있었다.

"그나저나 로널드 너 얼굴이 엉망인데." 그분은 목록을 건네받으며 말했다. "벤이 술을 억지로 권한 건가?"

"사장님은 그분에 대해 잘 아세요?"

"그 친구는 원래 부자야. 파리보다 더 나은 곳이 없어서 여기 죽치고 있지—그야 나 자신도 별반 다르지 않지만 말야. 벤은 질 좋은 와인을 마시고, 꼭 읽지는 않더라도 소장하고 싶은 책을 사들이며 지내지." 내 고용주는 책 목록을 죽 훑어보며 말했다. "아마 이 책들을 우리한테 공짜로 넘겨줄 거야. 내 생각엔 그냥 책을 더 넣을 공간이 필요해서 그러는 것 같아." 그분이 잠시 말을 멈추고 나를 빤히 쳐다보았다. "*네* 눈엔 그 양반이 어떻게 보이든?"

"꽤 쾌활한 분 같았습니다. 좀 괴짜 같은 면모도 있으신 듯하고요……." 터크의 침대에서 정신을 차렸던 때가 떠올랐다. 그가 내 셔츠 단추를 다 풀고 가슴을 톡톡 두들겨 주고 있던 장면을 생각하니 몸서리가 일었지만 꾹 참았다. "그분이……" 어떻게 표현해야 할지 머리를 쥐어짜 보았다. "여자랑 사귀기를 좋아하는 타입인가요?"

휘트먼 씨가 한바탕 웃음을 터뜨렸다. "대체 무슨 소리를 하는 거야. 머리가 멍해질 정도네—지금이 몇 세기인데?" 그분은 웃음을 가라앉힌 뒤 다시 내 눈을 지그시 들여다보았다. "여자든 남자든, 물고기든 새든, 들짐승이든 산짐승이든, 뭐 어때." 그분이 말했다. "이제 나가서 아침이나 좀 먹어. 이 북적거리는 인파는 내가 어떻게든 감당해 볼 테니까." 그러더니 팔을 휘저으며 휑한 가게 쪽을 가리켰다.

밖은 따스했고 관광객과 자동차 소음이 뒤섞여 시끌벅적했다. 나는 재킷을 어깨 위에 걸치고, 늘 가던 카페로 걸어갔다. 서점에서 나와 가게 네 곳만 지나치면 나오는 카페였다. 벤저민 터크가 야외 테이블에 앉아 카페오레를 쭉 들이켜며 《르 몽드》를 읽고 있었다. 테이블 가장자리에는 은빛 손잡이가 달린 지팡이를 기대어 놓았다. 그가 나더러 같이 앉자고 손짓했다. 나는 빈 금속 의자를 끄집어내 등받이에 재킷을 걸쳐 두고 앉았다.

"그런데 말이지, 스티븐슨에게 '벨벳 재킷'이라는 별명을 붙인 건 현지 창녀들이야." 터크가 말했다.

제복을 입은 웨이터가 대기하고 있었다. 나도 커피를 한 잔 주문했다.

"오렌지 주스도 부탁하네." 터크가 덧붙였다.

웨이터는 살짝 고개 숙여 인사하고 다시 안으로 들어갔다. 터크는 신문지를 접어 커피 잔 옆에 올려놓았다.

"자네가 괜찮은가 보러 가던 길이었지." 그가 말했다. "그런데 카페인의 유혹이 하도 강력해서 말이야."

"저는 괜찮습니다." 나는 단언했다.

"그럼 내가 준 목록을 봤겠군?"

나는 주머니에서 종잇조각을 꺼내 테이블 중간에다 올려놓았다. 터크는 사람 좋은 미소를 지었다.

"스티븐슨이 쓴 책이죠." 내가 말했다 "영영 미완성으로 남았고요. 출판사에서도 마음에 들어 했는데, 다만 출간하기엔 내용이 너무 불순하다고 판단했던 거지요."

"창녀에 관한 내용이지." 터크가 맞장구쳤다.

"배경이 이탈리아였던 것 같네요."

"어느 정도는 그렇지." 그의 두 눈이 반짝였다.

"패니스티븐슨의 아내 패니 오즈번(1840~1914)는 스티븐슨에게 그 원고를 불에 태우라고 했어요." 나는 나직이 말했다.

"아, 패니 오즈번이야 만만치 않은 여자였지. 그래, 스티븐슨은 프랑스에서 아내를 처음 만났잖나. 그레쉬르루앵을 방문한 시절이었지. 내 생각엔 그때 패니에게 홀딱 반했던 것 같네." 터크는 말을 멈추고 무심히 컵을 집어 받침 접시 주위로 빙빙 돌렸다. "패니가 스티븐슨더러 태워 버리라고 종용한 책이 그것만은 아니었단 말야……."

"『지킬 박사와 하이드 씨』." 이렇게 말하는 사이에 커피와 오렌지 주스가 나왔다. "사흘 만에 쓴 초안이었죠."

"맞아."

"일부 평론가들은 사흘 안에 완성하기는 불가능했을 거라 보기도 합니다만."

"작가가 장로교도답게 근면 성실한 노동 윤리를 지녔다고 해도 사흘은 무리겠지. 하지만 스티븐슨은 약물을 복용하고 있지 않았나?"

"맥각이요. 코카인도 했을 수 있고요."

"안 그래도 상상력이 용솟음치는 작가에게 약물이란 칵테일처럼 작용했겠지. 그가 왜 순순히 불길에 원고를 던져 넣었는지 아나?"

"아내가 설득해서죠. 패니는 그 소설 때문에 스티븐슨의 평판이 땅에 떨어질 거라 생각했어요."

"너무 날것 그대로이고 충격적이었으니까." 터크는 내가 오렌지 주스를 단 두 번 만에 꿀꺽꿀꺽 다 마시고 진한 블랙커피에 뜨거운 우유를 부을 동안 가만히 지켜보았다.

"하지만 진실은 아무도 모르죠." 마침내 나는 말했다. "첫 번째 원고는 오로지 스티븐슨과 패니만 봤으니까요. 『여행의 동반자』도 마찬가지고요."

"꼭 그렇게만 볼 순 없어."

"참, 둘만이 아니고, 출판사에서도 읽어 봤겠군요." 나는 고쳐 말했다.

“그렇게만 볼 순 없어.” 터크가 거의 속삭이듯 반복했다.

“설마 그 원고를 갖고 계시다는 게 진담은 아니시죠?”

“어떤 작가가 됐든 본인이 가치 있게 여기는 작품의 유일무이한 원고를 그냥 태워 버릴 수 있을까? 자네는 정말 그렇게 생각하나?”

“패니가 보는 앞에서 벽난로에 넣어 태운 것 아니었습니까?”

“패니는 *뭔가* 타는 걸 봤을 뿐이야. 종이쪼가리를 봤겠지. 종이라면 근처에 차고 넘쳤으리란 생각이 드네만.”

커피 잔을 입가로 들어 올리려니, 어느새 내 손이 떨리고 있었다. 터크는 내가 한 모금 홀짝일 때까지 기다렸다가 선언했다.

“나는 두 *가지* 원고를 다 가지고 있네.” 그 말에 나는 목이 막혀 캑캑거렸다. 그러고서 손등으로 입술을 문질러 닦았다.

“선생님 말씀을 믿어도 될지 모르겠습니다.” 결국 나는 이렇게 말했다.

“왜지?”

“그 책들은 금전적으로 상당한 가치가 있을 테니까요. 게다가, 그런 게 존재한다면 진작 세상에 알려졌겠지요. 이제 거의 한 세기가 흘렀습니다—지금껏 비밀로 묻어 두는 건 불가능하다고 봅니다.”

“세상에 불가능한 건 없다네.”

“그럼 저한테 보여 주시겠습니까?”

“자리를 마련해 볼 수 있지. 그런데 말야—그게 자네 박사 논문에는 어떤 의미가 있을까?”

나는 잠시 생각해 보았다. "아마 학생에서 정교수로 끌어올려 주지 않을까요." 내가 뱉은 말임에도 그 부조리함에 실소마저 나왔다. 하지만 나는 거의 그러리라고 믿었다…… 아마 그러리라.

"내가 이해하기로는 말일세—" 터크는 술술 말을 이었다. "스티븐슨은 두 원고를 절친한 친구 헨리에게 맡겼어. 헨리가 사망한 뒤 내 할아버지가 그분 유품을 상당 부분 사들였기 때문에 그 원고들도 우리 가문으로 흘러 들어온 거지—두 분은 친구라고 할 만한 사이였거든. 헨리의 필적으로 보이는 주석도 달려 있네. 뭐라고 적혀 있느냐면……. 뭐, 궁금하면 자네가 직접 읽어 보는 게 좋겠지."

터크가 다시금 특유의 미소를 지었다. 그의 몸을 꽉 붙들고 흔들면 속이 시원하겠다는 충동이 불쑥 일었다.

"저는 그렇게 입이 무거운 사람이 못 됩니다." 나는 말했다.

"이제 진실이 알려질 때가 된 건지도 모르지." 그가 대꾸했다. "자네는 누구 못지않게 그릇이 큰 사람 같은데, 안 그런가?" 그러고는 주머니에서 동전 몇 닢을 꺼내 테이블 위에 올려놓고 음료 값만큼 골라냈다. "웬만한 스티븐슨 연구자들이라면 당장 무릎을 꿇고 다만 몇 페이지라도 보여 달라고 애걸복걸하지 않을까 싶군." 그리고 잠시 말을 멈추더니 재킷 안으로 손을 넣었다. "이런 거 말이야."

터크가 종이 몇 장을 내 앞으로 내밀었다. 여섯 장쯤이었다.

"원본 대신 복사본이란 건 양해해 주게."

선이 그어져 있지 않은 종이에 적힌 육필 원고였다.

"두 책의 도입부야." 터크가 말했다. 그동안 나는 어질어질한 머리로 두 눈의 초점을 잃지 않으려고 안간힘을 썼다. "자네라면 처음부터 뭔가 짚이는 게 있을 거야……."

"에든버러." 나는 거의 아무 소리도 내지 않고 입을 벙긋거렸다.

"두 작품 모두 거기가 무대지." 터크도 맞장구쳤다. "뭐, 『여행의 동반자』 속에는 프랑스에서 벌어지는 장면도 좀 *있긴* 하지만, 창녀인 여주인공은 로널드 자네와 같은 고장 출신이라네. 그리고 지킬은 '조합장 브로디'라 불리는 윌리엄 브로디와 스코틀랜드 의사 존 헌터를 합친 인물로 일컬어지니, 이 역시도 에든버러라 보는 게 아귀가 맞을 것 같고—지나치게 아귀가 맞아떨어지는 바람에 패니로서는 견딜 수 없었던 게야. 페니가 어찌 반응했는지는 이미 밝혀진 대로지."

나는 이게 무슨 뜻인가 해서 터크를 올려다보았다.

"두 작품에는 스티븐슨 본인이 너무 많이 녹아들어 있거든." 그가 자리에서 일어나며 답을 주었다.

"선생님께서 장난질에 낚이신 건지도 모릅니다." 나는 불쑥 말했다. "그러니까, 위작일지도 모른단 말씀입니다." 나는 원고 몇 장을 들어 올렸다. 심장이 쿵쿵 뛰었다.

"필적 감정에 대해서도 차차 얘기해 볼 수 있을 거야." 터크는 연한 색 리넨 재킷 소매를 매만지며 말했다. 오전 나절 공기를 킁킁 들이마시는 듯했다. "기다리고 있을 테니 다음에 한번 찾아오게나—책 상자들도 가져갈 겸."

"이건 터무니없어요." 나는 떨리는 두 손으로 종잇장을 쥐고 간신히 내뱉었다.

"그렇다 해도 자네는 그 원고를 읽고 싶을 게야. 나는 거의 종일 밖에 나가 있지만, 오늘 저녁 늦게라면 집에 있을 걸세."

나는 터크가 돌아서서 지팡이에 가볍게 무게를 실으며 걸어갈 동안 물끄러미 지켜보았다. 그는 다른 시대나 문화에 속한 사람처럼 보였다. 옷차림만이 아니라 걸음걸이도 그런 느낌을 풍겼다. 실크해트를 쓴 터크가 마차들이 스쳐 지나는 대로를 뚜벅뚜벅 걸어가는 풍경이 쉬이 그려졌다. 웨이터가 동전을 그러모으고 테이블을 치우며 "*메르시*프랑스어로 '감사합니다'"라 말했지만, 나는 서둘러 일어날 것 없이 자리에 눌러앉아 원고 몇 장을 읽고 또 읽었다. 서사는 별로 진행되지 않았으나 두 작품의 무대가 에든버러라는 점만큼은 확실했다. 스티븐슨은 언제나처럼 신랄하게 자신의 "험준한 고장"에 대해 서술하고 있었다. 작가는 에든버러라는 도시에 애정과 증오를 똑같은 강도로 품은 듯했다. 나는 예전에 읽었던 그의 학창 시절 이야기를 떠올렸다—그가 어떻게 엄격한 합리주의가 깃든 헤리엇 거리의 부모님 댁과 어수선한 구시가지의 술 냄새 고약한 매음굴 사이를 오락가락하며 시간을 보냈는지, 다시 말해, 어떻게 헨리 지킬과 에드워드 하이드의 세계 사이를 오갔는지 생각해 보았다.

웨이터가 헛기침을 하며, 내가 차지하고 있던 좋은 자리에 부유한 미국인 한 쌍을 앉혀야 한다고 눈치를 주었다. 나는 종이를 한꺼번에 돌돌 말아 들고 서점으로 돌아갔다. 휘트먼 씨는 새로 온 테사라는 영국 여자에게 계산대를 넘겨주고 간 뒤였다. 테사는 갈색 머리를 길게 기르고, 매부리코 위에 둥근 안경을 걸친 여자였다.

"위층에 있을 테니까 필요하면 부르세요." 나는 테사에게 이렇게 말하고 올라갔다. 내가 쓰는 벽감 쪽에 커튼이 쳐져 있길래 휙 걷었더니, 마이크가 여자 친구 중 하나와 웃통을 벗고서 싸구려 와인 한 병을 나눠 마시고 있었다. 젊은 여자가 프랑스 억양이 섞인 영어로 사과하며 티셔츠에 머리부터 슥 밀어 넣었다.

"로니는 그런 거 눈곱만큼도 신경 안 써." 마이크가 씩 웃으며 여자에게 말했다. 그녀는 마이크의 팔뚝을 한 대 때리고 술병을 잡아채 내게 건네주었다. 나는 침대 가장자리에 주저앉아 와인을 한 모금 마셨다.

"뭘 갖고 온 거야?" 마이크가 물었다.

"별거 아냐." 나는 종이 뭉치를 재킷 주머니에 쑤셔 넣으며 둘러댔다. 그러면서 주머니 안에 들어 있던 다른 물건을 빼냈다. 대마 한 덩이였다.

"내가 생각하는 그거 맞아?" 마이크가 더욱 활짝 웃으며 말했다. "으음, 이제야 제대로 파티를 벌일 수 있게 됐군!" 그러더니 벌떡 일어나 필요한 물건을 금세 다 챙겨서 돌아왔다. 마이크는 다리를 꼬고 앉아 담배를 말며 말했다. "넌 다크호스야, 친구. 네가 이런 데 탐닉할 줄은 상상도 못 했다고."

"그럼 네가 날 제대로 모르는 거지." 그때 마이크의 여자 친구가 내게 다가앉으며 우리 둘의 다리가 살짝 닿았다. 여자의 얼굴에 돋은 보드라운 솜털까지 그대로 보일 정도였다. 그녀가 내게 불붙인 담배를 건네줄 때는 웬만한 입맞춤 못지않게 끈끈한 느낌이 들었다.

"보니까 최상급은 아닌데." 자기 차례가 오자 마이크는 말했다. "그래도 그럭저럭 약발이 들을 거야. 그렇지 않아, 귀염둥이?"

"약발이 들을 거야." 그의 여자 친구가 그대로 되뇌었다.

이건 맥각도 아니고 코카인도 아니었지만, 점점 상상력이 고양되는 게 느껴졌다. 학생인 스티븐슨과 동지들이 내 곁에서 에든버러의 술집을 전전하며 창녀든 교양 있는 사람이든 가릴 것 없이 어울리고 있었다. 나는 프랑스를 떠돌다 사모아로 항해하고, 실버라도에서 험난한 시간을 견디고도 살아남았지만 거의 목숨이 위태로운 병에 걸렸다. 내 몸은 허약했으나 정신력만큼은 강인했고, 나만을 사랑해 주는 여자도 있었다. 나는 일종의 퇴마 의식으로 『지킬 박사와 하이드 씨』를 집필함으로써 내 안의 악령들을 물리쳤다. 그 결과 1년도 채 지나지 않아 『유괴』를 쓸 때쯤엔 위기감에 쫓기지 않고 그럭저럭 즐거움을 누릴 수 있었다. 내적 모험뿐 아니라 외적 모험도 내 삶을 떠받치는 중추였다—나는 태어나 성장한 에든버러에서 멀리 멀리 떠나가 끊임없이 움직여야만 했다. 피할 수 없는 죽음이 성큼 다가오는 때조차도 스스로를 개조하고 재건하고 치유해야 했다. 나는 생존해야만 했다.

"무슨 소리야?" 마이크가 침대에 주저앉아 벽에 머리를 기댄 채 물었다.

"아무 말 안 했는데."

"생존하느니 뭐니 했잖아."

"아냐."

마이크는 여자 친구에게 고개를 돌렸다. 그 여자는 진작 마이크 곁으로 옮겨 간 터라 이제 안 씻은 맨발만 내 쪽으로 뻗고 있었다. "너도 들었지." 그가 여자를 쿡 찌르며 말했다.

"생존." 여자가 그대로 따라 했다.

"결국은 다 생존의 문제지." 마이크는 고개를 천천히 끄덕이며 동의하더니, 대마초 담배를 하나 더 야무지게 말려고 정신을 차렸다.

약에 취해 몽롱했지만, 그래도 나는 테사가 나가서 식사할 동안 계산대를 봐 주기로 했다. 마이크와 마리즈—그 여자가 마침내 자기 이름을 알려 주었다—도 테사와 함께 나가겠다고 했다. 그러면서 예의상 내게 뭐 필요한 건 없는지 물어보았지만 나는 고개를 가로저었다. 그 뒤 수도꼭지를 틀고 물을 꿀꺽꿀꺽 마신 다음 계산대 앞에 자리 잡았다. 손님 몇 명이 들락날락했다. 단골 두어 명은 절대 사지도 않을 책을 마음 편히 꺼내 보았다. 이따가 위층에서 주간 글쓰기 모임이 열릴 터였다. 그때 그 여자가 또 보였다. 이번에는 그냥 얼핏 스쳐 간 정도가 아니고 열린 문가에 버젓이 서 있었다. 지난번과 똑같은 꽃무늬 드레스 차림이었다. 호리호리한 몸매에 금발 머리를 길게 기른 그 여자가 내 눈을 바라보고 있었다. 하지만 이리 다가오라는 내 눈짓엔 고개만 저었다. 그래서 내가 그쪽으로 걸어갔다.

"전에도 뵌 적 있어요." 나는 이렇게 말했다. "로널드 씨죠." 여자가 분명히 말했다. "어떻게 제 이름을 아세요?"

“벤이 얘기해 줬어요.”

“벤저민 터크 씨를 아세요?”

그녀는 천천히 고개를 끄덕였다. “그 사람 믿지 마세요. 벤은 사람들을 갖고 놀길 좋아해요.”

“저는 그분과 딱 두 번 만났을 뿐입니다.”

“그런데도 벌써 그 사람 때문에 골치 아프잖아요—부정하려고 하지 마세요.”

“그러는 그쪽은 누구신가요?”

“저는 앨리스예요.”

“터크 씨랑은 어떻게 아시죠?”

“도움을 좀 주는 사이거든요.”

“무슨 말씀이신지 잘 모르겠습니다.”

“가끔씩 벤의 심부름을 맡아서 해요. 벤이 로널드 씨에게 넘겨준 원고도 제가 복사한 거예요.”

“그 책에 대해서 좀 아시나요?”

“넘겨받은 만큼은 이미 읽어 보셨겠지요?”

“물론입니다.”

“그럼 더 읽어 보셔야 할 테니, 다시 벤의 집에 찾아가실 거란 얘기겠네요?”

“그렇겠죠.”

앨리스가 손을 들어 올려 손가락 끝으로 내 뺨을 훑어 내렸다. 마치 사람과 접촉하는 게 새롭고 기이한 일이라는 듯한 태도였다. 나는 몸을 살짝 뒤로 젖혔지만, 여자가 한 걸음 다가와 내게 입 맞추며 눈을 꼭 감았다. 다시 눈을 떴을 때, 그 눈에는 광막한 호수 같은 슬픔이 어려 있었다. 눈물이 그렁그렁한 앨리스는 급히 돌아서서 밖으로 나가 버렸다. 나는 깊은 충격에 빠져 석상처럼 선 채, 그 여자를 쫓아갈지 말지 망설였다. 하지만 가게에서 어정대던 사람들 중 하나가 뼛속에 밴 습관에서 벗어나 제 손에 들린 책을 구입하기로 작정했기에, 나도 방금 전 일을 떨쳐 버리고 계산대로 돌아갔다. 지금 계산대에 오른 책이 바로 지난번에 내가 쿠스쿠스 레스토랑에 들고 갔던 『어둠의 심연』이라는 걸 보고도 놀랄 여력이 없었다.

거의 11시가 다 된 시각, 나는 어느새 벤저민 터크가 사는 건물 앞에 서 있었다. 바깥에서 꼭대기 층을 올려다보았다. 조명이 드문드문 켜져 있었지만 터크의 방이 어디인지 알 수 없었다. 묵직한 문을 밀어 열고 계단을 오르기 시작했다. 갖가지 저녁상을 차린 냄새가 났고, 두런대는 말소리도 들렸다—대부분 텔레비전에서 나오는 소리 같았다. 어느 집 문 뒤에서 개 한 마리가 발톱으로 긁으며 조용히 낑낑대고 있었다. 꼭대기 층에 도착해 잠시 숨을 고르려고 멈췄을 때, 터크의 현관문에 꽂힌 메모가 보였다.

아직 안 돌아왔네. 들어와 있게나.

문고리를 돌려 보니 열려 있었다. 복도 천장 등이 켜져 있었지만 파리의 조명이 대개 그렇듯 애처로울 정도로 전력이 부족해 보였다. 소리쳐 불러 보았으나 아무 대답도 없었다. 안쪽으로 몇 미터쯤 떨어진 바닥에 뭔가가 놓여 있었다—더 많은 복사본 원고였다. 복사지를 들어 올려 거실로 가지고 간 다음 지난번과 같은 의자에 앉았다. 새로 채워 둔 와인 병과 크리스털 잔 두 개가 나란히 준비되어 있었다.

"한번 시작했으면 끝을 봐야지." 나는 혼자 중얼거리며 와인을 조금 따랐다. 그러고 나서, 셔츠 소매를 걷어붙이고 글을 읽기 시작했다.

두 발췌문은 지난번에 읽은 데서 바로 이어지지 않았다. 둘 다 서사가 더 진행된 부분이었다. 하지만 나는 터크가 왜 그 부분을 골라 놓았는지 곧 깨달았다—두 소설은 매우 흡사한 사건을 서술하고 있었다. 몸 파는 여자들을 잔혹하게 공격한 사건 말이다. 『여행의 동반자』에서는 잘 알려진 고급 접대부가 에든버러 번화가를 벗어나 가파른 비탈길을 내려가다 이름 모를 낯선 사람에게 끔찍한 짓을 당했다. 『지킬 박사와 하이드 씨』의 다른 판본에서 희생자는 에드워드 하이드에게 습격당했다. 다만 하이드라는 이름은 다른 이름을 잉크로 줄 그어 거의 알아볼 수 없게 지운 다음 적어 넣은 것이었다. 여백에 연필로 적힌 글자를 보니, 스티븐슨이 극악무도한 등장인물에게 애당초 붙여 준 이름은 에드윈 하이스Hythe. 『지킬 박사와 하이드 씨』의 'Hyde'와 동일하게 '하이드'로 발음되는 이름이지만, 둘을 구분하기 위해 '하이스'로 표기함였음을 알 수 있었다. 이 페이지의 여백엔 여러 필체로 주석과 논평이 정말 빼곡히 적혀 있었다. 스티븐슨 본인이야 확실히 적었을 테고, 그의 친구 헨리도 첨언했을 가능성이 있는데—혹시 패니도 끼여 있나? 뭉툭한 대문자로

"하이스는 안 돼!"라 써 넣은 게 패니였을까?

나는 와인을 좀 더 따른 다음 낙서와 휘갈겨 쓴 문장과 수정한 글자를 해독하기 시작했다. 여전히 원고에 푹 빠져들어 있는데, 문득 복도 끝에서 문이 여닫히는 소리가 났다. 발소리가 가까워지더니 이내 양쪽 어깨에 코트를 걸쳐 놓은 벤저민 터크가 문간에 나타났다. 멋들어진 차림이었고, 불꽃처럼 빛나는 눈과 발그레한 얼굴을 보건대 저녁 시간을 흠뻑 즐긴 모양이었다.

"아, 사랑스러운 어린 친구가 왔군." 터크는 어깨를 털어 코트를 벗고 지팡이를 책 더미에다 기대어 놓으며 말했다.

"멋대로 마셨는데 괜찮을지 모르겠네요." 나는 와인 병을 가리키며 대답했다.

터크가 맞은편 의자에 털썩 주저앉았다. 두툼한 몸통 때문에 셔츠 버튼이 팽팽히 당겨졌다. "아직도 자네 앞에 두고 있는 게 지독한 위조품이라고 생각하나?" 그는 요란하게 숨을 내쉬며 물었다.

"그렇진 않은 것 같습니다, 아마도요."

터크는 내 대답을 듣더니 피로한 기색이긴 해도 미소를 지었다. "여백에 누가 끄적여 놓은 건지 알 수 있겠나?"

"강하게 짐작 가는 인물들이 있죠." 그러자 터크가 자리에서 일어나 와인을 따르며 느릿느릿 말했다. "에드윈 하이스."

"네."

"자네는 그가 누군지 모르겠지?" 터크는 다시 자리에 앉아 유리잔 테두리 너머로 나를 찬찬히 살펴보았다.

“‘하이드’죠.”

하지만 그는 천천히 고개를 가로저었다. “하이스는 스티븐슨의 친구였어. 학생 시절 함께 술 마시러 다니던 패거리 중 한 명이었지.”

“그럼 그게 친구의 실명이었습니까? 스티븐슨은 소설에다 친구 이름을 그대로 쓸 생각이었고요?” 미심쩍은 마음이 내 목소리에 그대로 묻어났다.

“그래.” 터크는 와인을 한 모금 음미했다. “하이스는 스티븐슨의 삶 속으로 다시 들어왔네. 자네가 손에 들고 있는 소설 집필에 착수하기 얼마 전에, 스티븐슨을 만나러 본머스로 찾아온 거야. 두 사람은 언제부턴가 사이가 틀어져 몇 년 동안이나 말을 하지 않고 지냈지. 하이스의 초상화가 두어 장 있는데—예전에 봤지만 복사본은 갖고 있지 않아. 그렇지만 나는 이걸 갖고 있다네…….” 그러더니 재킷에 손을 쑥 넣어 종이 한 장을 끄집어냈다. 나는 인쇄된 종이를 건네받아 조심스레 펼쳐 보았다. 당시 신문 1면이었는데, 정확하게는 《에든버러 석간신문》 1870년 2월호였다. 주요 기사는 “도시의 밤거리를 활보하는 이들에게 잘 알려진 젊은 여성”이 카우게이트 거리 외곽 골목에서 “지극히 처참하게 살해당한” 채 발견된 사건을 자세히 다루고 있었다.

“스티븐슨처럼—” 터크는 이어서 말했다. “에드윈 하이스도 사변가 협회1764년에 설립된 스코틀랜드 계몽주의 단체. 주로 에든버러 대학교 학생들로 구성되었다 회원이었지—모이기만 하면 무슨 사변에 심취하든지 꼭 술을 무지막지하게 마셔 대긴 했지만. 그리고 잊으면 안 되는 게, 이 당시는 에든버러가 과학과 의학 실험으로 유명세를 떨치던 때야. 그 말인즉, 학생들이 온갖 의약품을 손에 넣을 수 있었다는 뜻일세. 대부분은 검증되지 않은 약물이었고, 더러는 치명적인 것도 있었겠지. 하이스는 보통 사람들보다 술이나 마약, 자극적인 활동에 더 큰 욕구를 지니고 있었네. 그래서 여러 번 체포됐고, 한 번은 '외설적이고 음란한 행위'로 기소되기도 했어."

"왜 이런 얘기를 해 주시는 거죠?"

"자네도 *알잖나*."

"'하이드'가 하이스였나요? 그럼 저 신문 기사는……?"

"그 역시 충분히 알 수 있을 텐데."

"하이스가 그 여자를 죽였다, 지금 그런 말씀이십니까? 게다가 스티븐슨도 그 사실을 알고 있었다?"

"우리의 루이스도 아마 그 자리에 있었을 게야, 로널드. 『여행의 동반자』를 쓰며 자신의 죄책감을 마주 대할 때까지 그의 신경은 갉아먹히기만 하지. 그 책은 퇴짜 맞지만, 그런 소식이 하이스의 귀에까지 들어가게 되네. 하이스는 옛 친구가 행여 죄책감을 못 이기고 무너질까 봐 부리나케 본머스로 찾아오고. 스티븐슨에게 압력을 넣는 방법도 있겠지만, 내 직감에 하이스는 스티븐슨 대신 패니의 협조를 구하는 게 훨씬 더 쉽다고 판단했을 거야. 루이스가 불에 탄 종잇장까지 보여 주니, 패니는 제 계획이 성공했다고 생각하지 않았겠나. 그다음에 작가는 소설의 무대를 에든버러에서 런던으로 옮기고, 하이스를 하이드로 고쳐서 다시 집필한 게지……."

"그 사람이 의사였습니까?"

"뭐라고?"

나는 터크를 마주 보았다. "에드윈 하이스가 의사였나요?"

터크가 고개를 저었다. 나는 비어 있던 내 잔에 무심코 와인을 가득 채웠다. "어떻게 이런 사연을 다 아시죠?"

"우리 가문에 전해 내려오는 얘기야."

"하지만 이렇게까지 하는 이유가 뭔가요?"

"아마 경종 같은 거겠지."

"선생님은 하이스 가문의 일원이군요." 나는 여전히 터크의 눈을 똑바로 바라보며 또박또박 말했다.

그는 결국 코웃음을 터뜨렸다. "설마 그럴 리가 있겠나." 그러더니 잔을 들어 올려 건배했다.

"소설을 통째로 볼 수 있을까요?"

"어떤 거 말인가?"

"둘 다요."

"언젠가는 보여 주겠네."

"지금은 왜 안 되죠?"

"마음의 준비가 됐는지 확신이 안 서서 그러네."

"무슨 말씀이신지 모르겠군요."

하지만 터크는 그저 고개만 저을 뿐이었다.

"무슨 물고문 같습니다." 나도 밀고 나갔다. "한 페이지, 두 페이지, 세……"

"마음의 준비가 안 됐다는 건 자네가 아니라 내 얘기일세—*나*는 아직 놔줄 준비가 안 됐어, 아직은."

"그럼 이렇게 여러 세대를 내려온 마당에, 왜 하필 저입니까?"

그는 지친 듯 어깨를 으쓱해 보였다. "내가 우리 가문의 마지막 사람이네. 그 정도면 이유는 충분하지. 자네는 어떤가?"

"저요?"

"형제나 자매가…… 있나?"

"외동입니다."

"그럼 우리는 그런 면에서도 공통점이 있군." 그가 하품하며 기지개를 켰다. "미안하네만, 나는 이만 눈을 붙여야겠네."

"저는 여기서 좀 더 읽어도 되는데요."

터크는 다시금 고개를 가로저었다. "내일쯤이 좋겠네." 그리고 자리에서 일어나며 내게도 일어나라고 손짓했다. 그가 내게 재킷을 입혀 주고 복도까지 따라 나왔다. 그동안 내 안에서는 터크의 피로감을 정반대로 반사하듯 팔팔한 기운이 요동치고 있었다. 움직이려는 욕구, 격렬한 활동에 몸을 내맡기려는 욕구가 꿈틀댔다.

"선생님 친구분을 만났습니다." 나는 말했다. "그 여성분이 서점을 지나던 길에 잠깐 들렀거든요."

"그래?"

"금발머리에, 앨리스라는 분이었습니다."

"앨리스." 그가 되풀이했다.

"그냥 말씀드려야겠다는 생각이 들었어요."

"고맙네." 나는 터크가 열어 준 문밖으로 빠져나가 거의 춤추듯 돌계단을 내려갔다. 물론, 그녀가 날 기다리고 있었다—예전처럼 길 건너편 자리에 꽃무늬 드레스 차림으로 서 있었는데, 어쩐지 추워 보였다. 나는 재킷을 슬쩍 벗어 그녀의 어깨에 둘러 준 다음 손을 잡아 이끌었다.

"어디 가는 거예요?" 앨리스가 물었다.

"강변으로요. 좀 걷고 싶어요."

이 시간엔 유람선이 없었고, 그저 조용조용 거니는 연인들과 시끌벅적한 술주정꾼 몇 명만 눈에 띌 뿐이었다.

"그 사람과 함께 사나요?" 내가 물었다.

"아뇨."

"그럼 어디 사세요?"

"여기서 별로 멀지 않아요."

"거기로 같이 가도 될까요?"

"안 돼요." 앨리스는 내 말에 기겁을 하는 듯했다.

"그러면 가게 위층 제 방으로 갈까요?" 내가 제안했다.

"어디든 간에 제가 왜 당신이랑 같이 가는데요?"

"저한테 입 맞추셨으니까요."

"그러지 말았어야 했는데."

"그래 주셔서 전 기쁜데요." 나는 멈춰 서서 그녀를 마주 보았다. "또 그럴 수 있으면 좋겠어요."

앨리스는 마음을 정하느라 잠시 망설이다가 다시금 내 얼굴을 쓰다듬었다. 이번에는 두 손으로 더듬었는데, 마치 정말 살아 숨 쉬는 인간인지 확인해 보려는 듯했다. 나는 그녀에게로 몸을 기울였다. 입술이 맞닿자 둘의 입이 벌어졌다. 하지만 머지않아 그녀가 내게서 몸을 떼고 웃기 시작했다. 내가 실망한 표정을 지어 보이자 그녀는 예의상 살짝 부끄러운 기색을 내비쳤다.

"미안해요." 앨리스가 말했다. "그냥……."

"뭔데요?"

"아니에요." 그녀는 고개를 저었다. 하지만 곧 기운을 차리고 내 손을 잡더니 강변을 따라 제일 가까운 다리로 이끌고 갔다. 다리엔 불빛이 환히 밝혀져 있었다. "우리 맞은편으로 건너가 볼 수도 있어요."

"왜 그래야 하는데요?"

"저기가 더 조용하거든요. 대마 좀 가지고 있어요?"

"이것뿐이에요." 나는 아까 피우고 남은 대마초를 보여 주었다. "그런데 담배라든지 종이 같은 게 없어요."

"상관없어요." 앨리스는 셀로판지를 벗기고 한 귀퉁이를 잘근잘근 씹었다. "그냥 먹어도 돼요. 그럭저럭 괜찮은걸요."

"그럭저럭요?" 나는 미소 지으며 네모나고 모래알 같은 대마를 베어 물었다. "똑같은 효과가 날까요?"

"금방 답을 알 수 있겠죠. 해리한테서 구입했나요?"

"그 사람을 아세요?"

"아직 돈을 안 냈으면, 그 남자가 부르는 값의 절반만 내세요."

"그랬다가 해리가 불만스러워하면요?"

앨리스는 나를 아래위로 훑어보았다. "당신이 그 사람보다 덩치도 더 큰데요."

"그렇지만 해리는 친구들도 있잖아요."

"그러니까 칼을 빼 들어요." 그녀는 칼집에서 칼을 뽑아 찌르는 시늉을 했다. "배에다 똑바로 찔러 넣으면 떨거지들은 줄행랑을 칠 거예요." 그리고 내 표정을 보더니 손바닥으로 입을 가리며 웃음을 터뜨렸다. 나는 앨리스의 양 팔을 붙들고 내 쪽으로 끌어당긴 다음, 그녀가 다시 키스할 태세를 갖출 때까지 가만히 기다렸다.

"이번엔 눈 뜨고 있어요." 나는 속삭였다. "두 눈 속에 뭐가 들었는지 보고 싶으니까……."

그다음 주에 앨리스는 내가 '셰익스피어 앤드 컴퍼니'에서 나갈 때마다 기다리고 있었다. 그녀가 늘 입는 단벌 드레스를 존중하는 마음에서, 나도 더 이상 옷을 갈아입지 않았다. 마이크가 코를 찡그리고 내 어깨를 킁킁대며 불평해도 상관없었다.

"친구, 마지막으로 샤워실 안에 들어가 본 게 대체 언제지?"

하지만 앨리스는 신경 쓰지 않는 듯했다. 우리는 플라스틱 병에 담긴 가장 싼 와인을 사서 강변이나 루브르나 개선문으로 향하곤 했다. 기념사진을 찍으려고 포즈를 잡는 관광객들을 보며 비웃기도 했다. 한번은 5리터짜리 플라스틱 용기에 담긴 와인을 퍼 마시며 다리 부근에 모인 부랑자들에게도 나눠 주었는데, 그러다 싸움이 붙어 경관들이 출동하는 바람에 허둥지둥 도망치기도 했다. 나는 면도도 그만두었다. 앨리스는 두 손으로 내 뺨과 턱을 훑으며 "막돼먹은 내 애인"이라 부르곤 했다. 내 주머니에는 아버지에게서 온 편지가 고이 접혀 있었다. 나는 아직 편지를 뜯어보지 않았고, 샬럿에게 애써 전화를 걸지도 않았다. 그들은 완전히 다른 세상에 속해 있었다. 나는 스스로가 변화하고 성장하고 있음을 느낄 수 있었다. 어느 날 밤 해리가 레스토랑 밖에서 나를 붙들며 돈은 언제 낼 거냐는 얘기를 꺼냈을 때, 나는 주먹 한 방으로 그 녀석을 때려눕혔다. 그 뒤로는 레스토랑 근처에 가지 않게 조심해야 했다. 별로 문제될 건 없었다—앨리스는 아무것도 안 먹었고, 우리 둘에게는 그러는 게 딱 어울리는 듯했으니. 서점 현금 서랍에서 슬쩍한 돈으로 아프리카 마약상에게 코카인도 몇 그램 샀다. 그 약물은 남아 있던 식욕마저 싹 앗아가 버렸다. 그리고 일을 빼먹은 나 대신에 마이크가 별수 없이 계산대를 봐 준 날이 있었는데, 녀석이 그깟 일 가지고 쪼아 대길래 나도 바락바락 되갚아 주었다. 결국 그놈은 양손을 들어 보이며 뒷걸음질 쳤다. 이를 악물고 주먹을 꽉 쥔 나를 쳐다보는 눈엔 공포가 어려 있었다.

아, 그래, 나는 변화하고 있었다.

벤저민 터크의 아파트에 다시 찾아갔지만, 문은 굳게 잠겨 있었고 안에선 아무 기척도 없었다. 앨리스는 어깨로 밀쳐 보라고 조언했는데, 그래 봐야 내게 남은 건 커다란 멍과 조금 쪼그라든 자존심밖에 없었다.

"앞쪽 벽을 타고 올라갈 수도 있어. 창문에서 창문으로." 내가 바닥에 주저앉아 와인을 들이마시며 중얼거리자 앨리스는 너그러운 미소를 지으며 나를 안아 주었다.

"그 사람은 며칠씩 집을 비우곤 해." 그녀가 달래 주었다. "금방 돌아올 거야."

그러고서 내게 입 맞추었다.

아직 섹스는 한 번도 하지 않았는데, 우리 둘에겐 그대로가 딱 좋았다. 우리는 적절한 때가 오기를, 가장 열렬한 순간이 오기를 기쁜 마음으로 기다렸다. 끌어안고 키스하고, 손을 꼭 잡고, 손가락으로 팔과 뺨, 목덜미를 쓰다듬으면서. 앨리스에겐 다른 친구가 한 명도 없는 모양이었다. 그게 아니라면 나와 시간을 보내기 위해 모든 관계를 포기한 것이었으리라. 그야 나 역시도 마찬가지였다. 우리 둘만의 것을 마이크하고든 누구하고든 나눌 생각이 없었다. 나는 가능한 한 모든 순간을 앨리스와 함께 보냈다.

그러던 어느 날 잠이 덜 깨 비틀대며 아래층 가게로 내려가니 샬럿이 서 있었다. 배낭과 챙 넓은 밀짚모자를 들고 있었고, 걸어오느라 몸에 열이 오른 듯했다. 그 애가 머뭇대며 미소 지었다.

"어, 안녕. 우리 모두 점점 네 걱정이 들었는데."

"아, 그래?"

"전화할 때마다 자리에 없더라. 그리고 네 어머니랑 아버지께서……" 샬럿은 말을 멈췄다. "음, 잠깐 안아 줄래?"

나는 앞으로 걸어가 샬럿의 어깨를 잡고 촉촉한 빨간 머리에 입술을 비볐다.

"이게 뭐야, 로니, 네 꼴 좀 봐. 대체 얼마나 오래 끼니를 거른 거니?"

"괜찮아."

"너 정말로 안 괜찮아. 네 친구 마이크 씨가……"

"마이크라고?"

"어제 그분이 전화를 받았거든."

"그래서, 걔가 얼른 달려오라고 했어? 아마 그냥 널 재어 보고 싶어서 그랬을걸. 자기 침대에 한번 자빠뜨릴 만한 여자인지 어떤지."

"하지만 그 사람 말이 맞았네. 너 어디 아파 보여. 병원엔 가 봤어?"

"의사는 필요 없어. 나한테 필요한 게 뭔지 알아? 사람들이 날 그만 좀 괴롭히는 거야."

샬럿은 잠시 묵묵히 나를 노려보았다. 그러다 시선을 돌려 버렸다. "여자 친구가 여기까지 왔는데, 참 따뜻하게도 환영해 주는구나." 그 애는 책꽂이 하나를 들여다보는 척하며 중얼거렸다.

나는 헝클어진 머리를 쓸어 넘겼다. "있잖아, 어젯밤에 술을 좀 마셨어. 게다가 여기서 널 보니 너무 놀라서……." 그러다 말을 멈췄다. 미안하다고 말할 생각이었는데, 내 안의 뭔가가 입을 막았다. "지금 몇 시지?"

"거의 1시야."

"카페에서 마실 것 좀 사 줄게." 나는 현금 서랍을 열어 지폐 몇 장을 꺼냈다. "그래도 되는 거니?" 샬럿은 주머니에 돈을 쑤셔 넣는 나를 보며 물었다. "나중에 돌려놓을 거야." 나는 이렇게 거짓말했다.

바깥으로 나왔을 때—이번만큼은—앨리스의 모습이 보이지 않았지만, 마침 마리즈가 싸구려 문고본이 든 상자들을 인도 위에 내려놓고 있었다.

"마이크한테 나중에 잠깐 얘기 좀 하자고 전해 줘." 나는 돌처럼 굳은 얼굴로 말했다. 그러고 나서 샬럿을 데리고 몇 미터쯤 걸어가 카페로 들어간 다음 카운터 앞에 자리 잡았다. 샬럿은 어깨에 멘 배낭을 슥 내려놓았다.

"여기서 지낼 생각이야?" 내가 물었다.

"하루 만에 파리까지 왔다 갈 마음이야 없었지. 언제부터 담배를 피운 거야?"

나는 담배를 돌돌 말던 내 손을 내려다보았다.

"잘 모르겠어." 사실대로 인정할 수밖에 없었다—'드럼'종이로 직접 말아 피울 수 있는 형태의 네덜란드 연초 브랜드 연초도 얇은 종이 한 다발도 내가 직접 산 기억이 전혀 없었으니까. 내가 확실히 아는 건, 그러든 말든 앨리스는 전혀 신경 쓰지 않는다는 사실뿐이었다. 샬럿은 지극히 편협하고 장로교도 같은 표정을 지었다. 내 부모님네 응접실에 새침하게 앉아 찻잔과 받침을 손에 들고 케이크를 "얇게 한 조각만" 맛보는 샬럿의 모습이 눈앞에 환히 그려졌다. 집에서 구우신 거예요? 당연하지. 형식적이고 부르주아적이며 안전한 대화. 암, 모든 게 지랄맞게 안전하고말고.

"무슨 생각 해?" 내가 가느다란 담배에 불을 붙이자 샬럿이 물었다.

"네가 여기 오지 말았어야 한다는 생각."

지금 쟤가 정말로 울먹이는 걸까, 아니면 그저 동정심을 자극하려고 연기를 하는 걸까? 내가 주문한 에스프레소와 샬럿의 페리에가 함께 나왔다. 바텐더는 레드 와인 한 병을 흔들어 보였지만 내가 고개를 젓자 바로 알아들은 듯했다.

애들 앞에선 안 되지…….

"널 보고 싶었단 말이야." 샬럿이 억지를 부렸다. "아무튼 여긴 파리야. 다들 낭만의 도시라고 하는 곳이잖아. 그리고 난 네가 그리웠어, 로니. 어쩌면 우리가 여기서 할 수도 있겠다고 생각했고……."

"뭘?"

그 애는 눈을 내리깔고 조용히 말했다. "굳이 내 입으로 말하게 만들지 마."

"나가떨어질 때까지 밤이고 낮이고 떡 치자고?"

샬럿이 눈을 휘둥그레 뜨고 입을 떡 벌렸다. 그리고 바텐더를 힐끗 쳐다보았다.

"저 남자는 영어를 전혀 못해." 나는 샬럿을 안심시켰다. 사실 프랑수아는 죄다 알아들었을 테지만. 그는 바 저쪽 끝에서 유리잔을 닦고 있었다. 갑자기 못 견디게 알코올을 마시고 싶어서 생맥주를 주문했다. 맥주를 받아 든 나는 두 번에 걸쳐 꿀꺽꿀꺽 다 마셔 버리고 한 잔 더 채워 달라고 고갯짓했다. 그동안 샬럿은 나를 빤히 쳐다보고 있었다.

"넌 지금 도움이 필요한 상태야." 결국 그 애는 이렇게 말했다. "그 동안 너한테 무슨 일이 생긴 거야."

"뭐, 그 말만큼은 맞아—그래, 나한테 무슨 일이 생기긴 했어. 태어나서 처음 있는 일이지. 그리고 그 덕에 훨씬 더 좋아졌고."

"하지만 전혀 좋아 보이지 않아. 거울을 한번 봐."

마침 음료 선반들과 한 줄로 늘어선 계량컵 아래로 폭 좁고 기다란 거울이 바를 죽 두르고 있었다. 등을 구부리고서 정면으로 거울을 응시하니, 나도 모르게 빙긋이 웃음이 나왔다.

"아니 저 잘생긴 놈은 누구야?" 나는 킥킥거렸다.

"로니……."

"내 이름은 로널드야!" 내 고함 소리에 프랑수아가 혀를 차며 목소리 낮추라고 손짓했다. 나는 그 불평에 대해 사과로도 묵살로도 읽힐 수 있는 태도로 손을 흔들었다.

샬럿은 떨리는 손으로 물컵을 들어 올렸다. 나는 저 여자애의 본질이 바로 탄산수와 같다는 사실을 깨달았다. 반면 나의 삶은 훨씬 더 흥미진진해지고, 갖가지 자극으로 가득해졌다.

"호텔 찾는 거 도와줄래?" 그 애는 내 눈을 바라보지 않고 물었다.

"당연하지." 나는 나직이 대답했다.

"가능하다면 내일 비행기로 앞당겨서 갈게. 원래는 며칠 머물 생각이었지만……."

"직장 사람들이 널 보고 싶어 할 거야."

"아, 일은 관뒀어. 너랑 여행을 좀 다녀 볼까 생각했거든."

마침내 샬럿은 내 눈을 들여다보았다. "하지만 그야 네가 너일 때 얘기고."

"지금은 내가 누군데?"

"정말 모르겠어."

"흠, 이 멀리까지 와서 그런 깨달음만 얻게 되다니 유감이야." 나는 카운터에 50프랑을 올려놓고 바닥에 뒀던 샬럿의 배낭을 들어 올리려 했다.

"아냐." 샬럿이 배낭을 어깨에 짊어지며 딱딱하게 말했다. "혼자서도 얼마든지 들 수 있어."

카페에서 나오는데 눈에 익은 드레스가 얼핏 보였다. 건물 모퉁이로 휙 사라지는 옷자락만 간신히 포착할 수 있었다. 우리는 반대 방향으로 꺾어, 좁은 미로 같은 서점 뒤쪽 길로 들어갔다. 한번 뒤를 돌아봤지만 앨리스가 따라오는 것 같지는 않았다. 여기엔 작은 호텔이 수두룩했고, 한여름에는 어디든 손님이 넘쳐 났다. 20분이 지나서야 빈방이 남은 호텔을 찾아냈다. 지배인이 샬럿을 데리고 위층으로 올라가 방을 살펴볼 동안 나는 길가에서 기다리겠다고 했다. 새로 담배를 마는데, 내 등 뒤로 스쿠터를 세우는 소리가 들렸다. 반쯤 돌아섰을 때 운전자 뒤에 탔던 놈이 스쿠터에서 내리더니 부러진 의자다리 같은 물건으로 나를 후려쳤다. 나는 관자놀이 한쪽을 정통으로 맞고 무릎 꿇었다. 해리가 내 주머니 속에 불쑥 손을 넣어 뒤적거리다, 아까 현금 서랍에서 슬쩍했던 지폐 몇 장을 꺼내 내 얼굴에다 대고 비벼 댔다. 그러더니 내 옆머리를 또 한 대 후려갈긴 뒤 다시 스쿠터에 올라탔다. 운전자는 곧바로 소형 엔진의 출력을 한껏 올렸고, 놈들은 그렇게 현장에서 달아났다. 행인들은 발걸음을 멈추고 얼빠진 표정으로 쳐다보았지만, 그것도 잠시뿐이었다. 내가 담배쌈지를 집으려고 팔을 허우적대도 누구 하나 도와주지 않았다. 자리에서 일어섰더니 세상이 핑핑 도는 기분이었다. 나 자신이 히죽히죽 웃고 있음을 깨달았으나, 이유가 뭔지는 알 수가 없었다. 나는 담뱃불을 붙이고 벽에 기댄 다음 고개를 젖혔다. 그리고 더없이 파란 하늘을 올려다보았다.

샬럿이 배낭 없이 보도로 나왔다. 그럭저럭 여기서 지낼 만하다고 판단했다는 뜻이었다. 그 애는 나를 보더니 손으로 입을 틀어막고 꺅 소리를 질렀다. 이제 보니 관자놀이에 난 상처에서 피가 뚝뚝 떨어지고 있었다. 핏방울은 이미 꼬질꼬질하기 짝이 없던 셔츠와 바지를 적시며 길바닥에까지 새빨간 얼룩을 흩뿌렸다.

"이게 무슨 일이야?" 샬럿이 물었다.

나는 손수건을 꺼내 상처 부위를 눌렀다. 이제야 따끔하게 쓰라린 느낌이 들었다.

"누가 날 때리고 갔어." 나는 여전히 히죽이고 있었다. "걱정 마. 그대로 되갚아 줄 거니까."

"경찰에 알려야 해."

"뭐 때문에?"

"누가 한 짓인지는 알아?"

"내가 그놈한테 약을 샀는데 돈을 안 냈거든."

샬럿의 눈빛에 힘이 들어갔다. "다시 말해 봐." 내가 대답하지 않자 그 애는 조그만 대마 한 덩이로 전부 다 설명이 된다는 듯 그저 천천히 고개를 끄덕였다. 그리고 내 손목을 꽉 움켜쥐었다. "위로 올라와. 얼굴 좀 깨끗이 닦아야겠다."

나는 담배를 다 태울 때까지 시간을 끌 만큼 끌다가 샬럿이 이끄는 대로 컴컴하고 구불구불한 계단을 올라가 방으로 들어갔다. 좁은 방 안 공기는 숨 막히게 갑갑했다. 창문은 열고 겉창은 닫아 둔 상태였는데, 오후의 열기를 막아 보려는 헛된 노력이었다. 샬럿의 배낭은 침대 위에 놓여 있었다. 방 안에 다른 의자는 없었기에, 그 애는 배낭을 치우고 나를 앉혔다. 그러더니 내 앞에 무릎 꿇고 앉아 다친 곳을 살펴보았다.

"상처가 깊어." 샬럿이 이렇게 말하고는 침대 끄트머리에 놓인 얇은 수건을 집어 들고 방에서 나갔다. 복도 공용 화장실 세면대에서 물 흐르는 소리가 들렸다. 곧 샬럿이 돌아와 수건으로 내 얼굴을 톡톡 두들기며 닦아 주었다.

"메스껍진 않아?" 그 애가 물었다.

"평소랑 비슷해."

샬럿은 내가 방금 농담을 하기라도 한 듯 미소 지었다. "너 엄청 대범하게 군다." 그 애가 다정하게 속삭였다.

"난 네가 생각하는 것보다 더 거친 사람이야."

"분명 그렇겠지." 샬럿은 다시 화장실로 가서 수건을 헹구어 왔다.

이번에는 얼굴 곳곳을 천천히 닦아 내며 내 이목구비를 찬찬히 들여다보았다. "너 정말 꾀죄죄해, 로널드. 진짜 목욕 좀 해야 돼."

"네가 내 등 씻어 줄 거야?"

"그럴 수도 있지." 그 애는 내 눈을 지그시 쳐다보았다. 나는 몸을 앞으로 숙여 그 애에게 입맞춤했다.

"너 수염이 뻣뻣해." 입술을 뗀 뒤 그 애가 말했다. "그런데 뭐 나쁘진 않네."

그래서 나는 다시 키스했다. 그다음에 우린 일어서서 서로를 끌어안았다. 나는 땀에 축축이 젖은 블라우스 아래로 샬럿의 등뼈를 쓰다듬으며 맨살을 느꼈다. 벌어진 입술 사이로 우리 둘의 혀가 뒤엉켰고, 샬럿은 조그맣게 신음 소리를 냈다. 그 애의 손가락이 내 바지 앞섶을 쓸더니 지퍼를 내리기 시작했다. 나는 여전히 눈을 뜨고 있었지만 샬럿은 눈을 감고 있었다. 이 여행의 목적을 온전히 달성하는 데에 여념이 없었으니. 어찌나 탐욕스럽고, 사리사욕에 눈이 먼 모습이던지. 나는 그 애의 두 손을 붙들고 힘을 꽉 쥐었다. 그 애가 눈을 떴다.

"목욕을 해야겠어." 내가 말했다.

"좋은 생각이야." 샬럿이 반신반의하는 듯한 목소리로 대답했다. "하지만 수건이 하나뿐인데 이미 젖어 버렸네."

"괜찮아." 나는 미소 지으며 윙크한 뒤 그 숨 막히는 방에서 간신히 탈출했다. 욕조는 낡고 때가 잔뜩 찌들어 있었지만 수도꼭지에선 뜨거운 물이 콸콸 쏟아졌다. 나는 문부터 잠그고 옷을 벗었다. 내 몸에는 어쩌다 생겼는지 도통 알 수 없는 멍이 군데군데 들어 있었다. 바닥에 수북이 쌓인 내 옷가지는 누더기처럼 보였다. 물속으로 들어가 수면 아래로 스르륵 미끄러졌다. 욕조에 몸을 푹 담근 지 고작 몇 분쯤 지났을 때 샬럿이 문고리를 잡아당겼다.

"금방 나갈 거야." 내가 외쳤다.

"등을 문질러 닦아 줄 사람이 필요한 줄 알았어."

"다음에."

문밖에서 머뭇대는 기색이 느껴졌다. 하지만 결국 그 애는 자리를 떠나 침실 문을 닫고 들어갔다. 나는 이제 어떻게 할 것인가 곰곰이 생각하고 있었다. 옷을 입고 살금살금 도망칠까? 그러면 나는 비겁자가 되고 마는 건가? 안 되지, 마주 앉아서 전부 다 설명해 줘야 돼. 벤저민 터크와 앨리스와 새로이 피어나는 나의 인생에 대해 이야기해 주는 거야. 샬럿과는 친구로 남기로 하고 헤어진 다음, 해리와 마이크를 찾아가야지. 내 심기를 거스르면 어떻게 되는지 두 녀석에게 똑똑히 가르쳐 줄 테다.

"그래." 나는 욕실 벽에다 대고 말하며 천천히 고개를 끄덕였다.

그러고 나서 눈을 감고 다시 한 번 수면 아래로 미끄러져 들어갔다.

욕조에서 나올 때쯤엔 물이 미지근해져 있었다. 수건을 집어 재주껏 물기를 닦고 살에 척척 달라붙는 옷을 꿰어 입었다. 상처에서 여전히 피가 흘렀기에, 수건으로 꾹 누르면서 문을 열고 나와 살그머니 복도를 걸어갔다. 샬럿의 방문은 훤히 열려 있었다. 그 애는 반쯤 옷을 벗은 채 침대에 자빠져 있었는데, 목에 스카프가 단단히 묶여 살을 파고들 정도였다. 눈과 혓바닥이 툭 불거져 나오고, 얼굴은 거의 보라색이었다. 샬럿이 죽었다는 사실도, 범인이 누구인지도 분명히 알 수 있었다. 그 애는 배낭에서 드레스를 딱 한 벌만 꺼내 놓았다. 앨리스의 옷과 거의 똑같은 꽃무늬 드레스였다. 겉창을 밀어 열고 안뜰을 내려다보니 눈에 익은 빛깔이 스쳐 지나갔다. 앨리스가 길가로 빠져나가고 있었다.

나는 샬럿을 마지막으로 꼼꼼히 살펴보고 이젠 전혀 손쓸 수 없다는 점을 확인한 다음 계단을 뛰어 내려갔다. 그러다 위로 올라오던 호텔 지배인과 맞닥뜨리는 바람에 그냥 밀치고 지나갔다. 안뜰을 가로지르며 이쪽저쪽 도로변을 훑어보았다. 그중 한쪽 방향으로 결단을 내리고 다시 달리기 시작했다. 여태껏 집 주소는 고사하고, 앨리스의 성이 무엇인지조차도 몰랐다. 앨리스는 센강의 부랑자 무리 쪽, 우리가 와인을 나눠 마시던 곳으로 향할까? 아니면 서점으로 가서 벌레가 우글대는 내 침대에 앉아 기다릴까? 술집과 카페, 늘 가던 명소들……. 우리는 이 도시를 종횡무진하며 우리만의 것으로 만들어 왔다.

하지만 내가 생각해 낼 수 있는 목적지는 딱 한 군데—바로 터크의 아파트였다.

앨리스는 건물 앞에 서 있지도, 계단에 앉아 있지도 않았다. 나는 꼭대기 층으로 올라가 문고리를 돌려 보았다—예전과 마찬가지로 잠겨 있었다. 하지만 주먹으로 두들기자 이번에는 안에서 기척이 들렸다. 벤저민 터크가 문을 열더니 나를 머리끝에서 발끝까지 살펴보았다.

"딱 보니 자네, 드디어 준비가 된 모양이군." 터크는 희미하게 미소 지으며 나를 맞아들였다.

"혹시 앨리스 보셨습니까?" 내가 다그쳐 물었다.

"그 여자는 잊어버리게." 그는 등 돌리고 거실로 절뚝절뚝 걸어가며 말했다. "내가 자네를 위해 전부 다 준비해 놨지." 그리고 책상 쪽을 가리켰다. 그 위에 다양한 서류가 놓여 있었다. "구색을 갖추는데 시간과 노력이 제법 들어갔다네. 꼼꼼히 살펴봐야만 조금씩 이해가 가기 시작하겠지만 말일세."

"저게 다 뭐죠?"

"에드윈 하이스에 대한 이야기지. 앉아서 읽어 보게. 내가 한잔 갖다줄 테니까."

"술은 됐습니다." 하지만 이내 술이 당긴다는 사실을 깨달았다—그것도 더할 나위 없이 커다란 잔에다 최고로 진한 와인을 가득 담아 마시고 싶었다. 터크는 이런 내 마음을 헤아린 듯, 넘칠 만큼 가득 찬 와인 잔을 들고 돌아왔다. 나는 단숨에 남김없이 꿀꺽꿀꺽 들이켠 다음에야 숨을 내쉬었다.

"상처가 아픈가?" 그가 물었다.

나는 머리를 톡톡 두드려 보고 대답했다. "아뇨."

"그럼 어서 읽어 봐." 터크도 의자를 끌어당겨 내 옆에 앉았다. 그리고 내가 여러 가지 문서를 유심히 들여다보는 동안 각각에 어떤 의미가 있는지 설명해 주었다.

"학창 시절에 스티븐슨과 하이스는 절친한 친구 사이였다네. 같은 클럽에서 활동했고, 함께 밤늦게까지 싸구려 술집을 전전하며 술을 마셨어. 그러다 매춘부가 살해당한 사건이 신문에 실린 뒤로 갈라지게 되지. 그 후로 하이스는 스티븐슨의 인생에서 사라져. 매춘부 살인범은 끝내 체포되지 않고. 스티븐슨이 딱 그 여자 얘기를 연상시키는 소설을 쓰자, 아내 패니는 평판에 좋지 않을 거라며 타이르지. 그런데 하이스도 그 소식을 듣고 본머스로 찾아온단 말일세. 하이스는 부유한 집안 자제이니 시내에서 가장 좋은 호텔에 묵고, 그런 곳은 모든 기록을 철저히 보관하는 법이라네." 터크는 숙박부가 복사된 종이를 두드렸다. 거기 하이스의 서명과 숙박 기간이 적혀 있었다. "하이스가 살인범이고, 스티븐슨도 그 사실을 알았다는 건 아주 명백해. 직접 현장을 목격했든지, 아니면 하이스가 그에게 은밀히 실토했든지 말이야. 전도유망한 젊은이 스티븐슨은 그때쯤 에든버러에서 평판이 땅에 떨어진 상태였다네. 빚쟁이들과 마찰을 빚고, 가족한테 의절당하고, 숱한 불법적인 활동으로 대충 밥벌이를 했으니." 그러면서 줄줄이 이어지는 법정 기록과 신문 기사를 두들겼다. "매춘 알선, 밀거래, 장물 취득……. 거기다 불같은 성깔도 빼놓을 수 없지. 한번은 과음하고 나서 초인적으로 길길이 날뛰다 체포되었다는군." 터크가 말을 멈추었다. "하이스가 본머스를 떠난 뒤, 스티븐슨은 자리 잡고 앉아 사흘 만에 『지킬 박사와 하이드 씨』를 썼어. 우리한테 알려진 책 말고, 에든버러를 무대로 하는 판본 말일세. 여기서는 소위 '하이드'라 불리는 하이스가 어린아이를 짓밟는 대신 창녀를 폭행하고 살해하지. 이번에도 출판사에서는 출간하기 어렵겠다고 스티븐슨을 설득했네. 패니는 그 소설이 어떤 결과를 불러올지—에든버러 사람들이 뭐라고 수군거릴지 알고 있었어. 사람들은 예전에 창녀가 살해된 사건을 기억해 내고, 하이스의 이름을 알아볼 테지. 그러고는 그의 절친한 친구였던 로버트 루이스 스티븐슨에게 비난의 화살을 돌릴 거란 말이야. 그래서야 안 될 일이었지—그랬다가는 감옥에 가거나, 그보다 더 나쁜 상황이 닥칠 수도 있으니까. 그 책은 없애 버려야만 했어. 이야기를 싹 뜯어고치고, 하이스라는 이름도 하이드로 바꿔야 했지."

"그렇군요." 나는 조용히 말했다. 내 눈에서 흐른 눈물이 책상에 뚝뚝 떨어지고 있었다. 숨이 멎은 채 끔찍한 자세로 침대에 널브러져 있던 샬럿이 눈앞에 어른거렸다. 나는 그 얘기를 꺼내려던 참이었다. 하지만 그때 터크가 서랍을 열더니 문서를 더 꺼냈다. 가계도와 함께 초상화 몇 점이 딸려 나왔다. 초상화 속엔 하이스라는 남자의 10대 후반과 세파에 찌든 중년 모습이 담겨 있었다. 어디서 많이 본 것 같은 얼굴인데…….

"에드윈 하이스." 터크가 설명했다. "자네를 처음 봤을 때, 어찌나 하이스와 빼닮았던지 깜짝 놀랐다네. 언젠가 서점을 지나다 창문 너머로 봤거든. 그리고 자네가 어떤 사람인가 조지에게 물어본 뒤 단순한 우연이 아니라고 판단했네. 그래서 지난번 심부름에 자네를 보내 달라고 부탁했던 거야."

"이해가 안 되는데요."

"자네 외가 쪽일세." 터크가 가계도에 손가락을 얹고 내 이름에서부터 쭉 거슬러 올라갔다. "자네는 에드윈 하이스의 후손이야. 하이스의 피가 자네 핏속에도 흐르는 게야. 유감스럽게도 피만이 아니라 저주까지 고스란히 흐르는 셈이지."

"뭐가 흐른다고요?" 나는 눈을 비비고 깜빡거리면서 초점을 맞추려고 애썼다.

"자네 안에 오랫동안 악마가 갇혀 있었단 말일세, 로널드. 그놈이 *으르렁 포효하며* 뛰쳐나온 거야!"

이렇게 말하는 터크의 눈에서 광기가 번득였다. 나는 벌떡 일어났다. "당신은 미쳤어." 내가 말했다. "악마는 바로 *당신*이지! 너, 그리고 너랑 한통속인 앨리스, 그 망할 년 말이야!"

"앨리스 같은 건 없네."

"그 여자가 당신을 안다는데—한 번씩 심부름을 해 준다고……." 하지만 터크는 고개를 절레절레 흔들었다.

"자네 혼자뿐이야, 로널드. 자네랑 악마뿐이라고 해야겠지. 적절한 촉매와 만나기만 기다리며 자네 몸속 깊이 잠들어 있던 악마 말이야. 이곳, 파리가 바로 그 촉매지."

"원고는 어디 있지?" 나는 주위를 두리번거리며 따졌다. "미발표 소설 두 권은 어디 있냐니까?"

터크가 어깨를 으쓱했다. "자네가 본 게 전부야. 그저 쓰다 만 파편뿐일세."

"거짓말하지 마시지!"

"어찌 믿든 자네 자유지."

"앨리스는 *진짜*라고!"

터크는 다시금 고개를 가로저으며 킥킥 웃었다. 책상에 기대어 놓은 은제 손잡이 지팡이가 순간 반짝 빛났다. 나는 지팡이를 움켜쥐고 머리 위로 치켜들었다. 그런데 터크는 두려워서 뒷걸음질 치기는 커녕 더욱 활짝 웃는 듯 보였다. 나는 이를 드러내며 그의 옆머리를 후려갈겼다. 그 늙은이는 휘청휘청했지만 두 다리로 서서 버텼다. 그래서 다시 후려쳤다. 터크가 기다란 복도 쪽으로 몸을 휙 돌렸다. 하지만 내가 몇 발자국 뒤에 선 채 계속해서 머리통을 마구 갈기자 끝내 현관문 바로 안쪽에 쓰러졌다. 아직 의식은 붙어 있었지만 숨소리는 거칠었고 입에선 피가 줄줄 흘러나왔다. 몇 대 더 때리고 나니 드디어 잠잠해졌다. 나는 터크의 두 발을 질질 끌어 옆으로 치워 놓은 다음 문을 열고 도망쳤다.

바깥에 나오자 사이렌 소리가 들렸다. 경찰차들은 아마 여기서 그리 멀지 않은 호텔로 가는 중이겠지. 호텔 앞을 지나던 행인들은 피투성이가 된 사람이 현장에서 도망치던 모습을 자세히 설명해 줄 수 있을 터였다. 맞은편 보도에 앨리스가 서 있었다. 그녀의 눈엔 깊은 공감이 차올랐다. 우리는 마주 보며 미소 지었다. 곧 나는 좌우를 살피며 앨리스 쪽으로 길을 건너가기 시작했다. 차가 많았지만 알아서 멈춰 설 테니 상관없었다. 하지만 다시 보니 앨리스는 사라져 버린 뒤였다. 보행자며 운전자며 할 것 없이 모두가 나를 빤히 쳐다보기 시작했다. 아까 셔츠에 새빨간 피가 잔뜩 튀었다는 사실을 이제야 알아차렸다. 그래서 옷을 북북 찢어 내동댕이쳐 버렸다. 그렇게 도로 한복판에 반나체로 우뚝 섰다. 사이렌 소리는 점점 더 가까이 다가붙었다. 나는 두 팔을 쭉 뻗고 저 하늘을 향해 고개를 쳐들었다. 그리고 포효했다.

역자 후기

"그건 그냥 책일 뿐이야. 누군가 지어낸. 꿈일 뿐이지. 책을 읽고 또 읽는 것 외에 네가 할 수 있는 일은 없어."

"그 안에는 하나의 세계가 있어…… 내가 거기로 가는 길을 찾을 수 있을 거라고 생각해."오르한 파묵, 이난아 옮김, 『새로운 인생』(민음사, 2006), 40~41쪽에서 발췌

여기 여섯 권의 책이 있다. 책은 그냥 책일 뿐, 혹은 한낱 꿈일 뿐이다. 하지만 어떤 이들은 그 얇은 종잇장 사이에 잠든 꿈을 손에 넣기 위해 제 인생을 걸기도 한다. 다시, 여기 꿈의 책 여섯 권이 있다.

그 '꿈'이 각각 무엇을 의미하는지는 두고 볼 일이다.

때로 한 권의 책이란 도무지 믿기지 않을 정도로 설레는 꿈, 하루아침에 인생을 역전시켜 줄 횡재다. 「크리스티 컬렉션 미스터리」와 「왕비에게 헌정한 초판본」 속 꿈같은 행운은 허름한 상자에서 툭 튀어나온다. 공교롭게도 두 권 다 애거사 크리스티의 초판본이다. 이 오래 묵은 책을 마주하자면 숨이 턱 막히는 거야 예사고, 심장마비로 사망할지도 모르며, 심지어 남을 죽여서라도 쟁취하고 싶은 욕망에 사로잡힐지 모른다. 「사자의 책」에서는 무려 영문학의 아버지라 불리는 제프리 초서의 미발견 원고, 지금껏 전설로만 회자되어 온 14세기 필사본 한 권이 애간장을 태운다. 대체 어떤 책일까? 창조력이 무르익을 대로 무르익은 말년의 초서가 과연 어떤 신묘한 이야기를 풀어놓았을까? 그 책을 단 한 번이라도 처음부터 끝까지 읽어 볼 수만 있다면 기꺼이 전 재산을 내놓을 사람도 있으리라. 물론, 그 갈망이 얼마나 간절한지 간파하고 교묘하게 이용해 먹을 궁리를 해 볼 수도 있을 터. 실물을 흔들어 보일 필요도 없이 전화 한 통이면 충분하다. 이 꿈의 책이 어딘가 존재한다는 가능성만으로도 온갖 번뇌가 끓어오를 테니까.

눈꺼풀이 파르르 떨리도록 안달 나는 책들을 뒤로 하고, 이제는 저쪽 어두운 그늘 속의 서가로 넘어가 보자. 「그것들이 보인다」에서 책은 도피처로서의 꿈이다. 한때는 당찬 포부를 품고 도시로 왔으나 반복되는 실패 속에서 차츰 좌절감에 찌들어 갈 때, 그렇게 혼자 남은 밤 "곁에 있는 거라고는 책장을 가득 채운 책뿐"일 때, 어떤 이는 한밤중의 독서가 낳은 기묘한 환상에 지나치게 깊이 빠져들고 만다. 비록 악몽을 닮았을지언정 이 환상의 세계에서는 모든 수상한 음모가 자신을 중심으로 뱅글뱅글 돌아간다. 적어도 여기에서만큼은 주연 자리를 꿰찰 수 있단 얘기다. 그렇다면 반드시 "꿈이어야만" 하는 쪽은 칙칙한 현실이다. 장밋빛 전망이 어른대던 나의 삶이 이토록 속수무책으로 너절해질 리 없잖은가.

「백만 불짜리 속편」에 이르면 책은 단순히 도피처에 그치지 않고 두 층위의 현실을 잇는 창구가 된다. 자신의 두뇌 안에 칩거하려는 뇌 과학자는 내부 현실 속 자아를 SF 작가로 설정해 두었다. 한데 내부 현실의 자아는 다시 외부 현실의 자아를 주인공으로 내세워 소설을 집필한다. 이 소설-현실을 축으로 호접지몽의 고사와도 같이 안팎의 세계가 절묘하게 포개진다. 현재 SF 작가는 속편을 쓰지 못해 끙끙대고 있다. 그도 그럴 것이, 내부 자아인 그가 "마치 꿈결처럼 스르륵" 써낼 수 있는 플롯은 딱 현시점까지 외부 자아가 그려 온 인생 궤적뿐이므로. 외부의 삶이 업데이트되지 않는다면 내부의 일상 역시 매번 도돌이표를 그릴 수밖에 없으리라. 혹시 이와 같은 교착 상태를 끝없이 유지하면서 두 세계의 아슬아슬한 평형에 도달할 수도 있을까?

한편 「지킬 박사와 하이드 씨에 관한 소고」에서는 내가 아는 나, 내가 믿는 가치, 내가 발붙인 세계를 몽땅 집어삼키는 위험한 책과 맞닥뜨리게 된다. 조심해야 한다. 미지의 책을 향한 갈증에 몸부림

치며 술을 들이켜고 낯선 거리를 배회해 보지만, 정작 제일 캄캄한 미지의 영역은 본인의 내면에 시종 도사리고 있었을지도 모르니. 불타 없어진 줄로만 알았던 불길한 책 속에서 발견하게 될 문장은 어쩌면 "적절한 촉매", 자기 안에 깊이 잠들어 있던 본능을 일깨우는 주문일지도 모르니. 그리해 일단 흔들어 깨우고 나면 두 번 다시 잠재울 수 없는 '하이드'를 불러올지도 모를 일이니 말이다.

여섯 권의 책을 꿈의 서가에 되돌려 놓는다. 누군가의 인생을 송두리째 바꿀 만한 추동력이 깃들어 있는 책들이니 조심조심 꽂아 두어야 한다.

자리에 앉아 책 한 권을 펼친다—베개를 베고 눈을 감는다.

차츰 책 속에 푹 빠져든다—어느덧 깊은 꿈속을 헤맨다.

뒤표지를 덮는다—눈을 뜬다.

책과 꿈은 꼭 닮은 방식으로 우리를 매혹시킨다. 그러나 둘 사이에는 한 가지 결정적인 차이가 있다. 꿈은 눈을 뜨는 순간 휘발되고 만다. 따라서 언제나 일회적이며 개별적인 속성을 띤다. 반면 책은 활자로 보존되므로 수많은 사람들이 두고두고 체험할 수 있다. 보르헤스는 "꿈을 기억하는 것"이야말로 "책이 구현하는 기능"호르헤 루이스 보르헤스, 송병선 옮김, 『말하는 보르헤스』(민음사, 2018), 11쪽이라고 말한다. 바꿔 말해 책이란 물성을 확보한 꿈, 두 손에 탐탁스레 쥘 수 있는 꿈이다. 인간이 꿈을 소유할 수 있는 유일한 방법이라고도 말해 볼 수 있겠다. 우리가 자주 펼쳐 보지도 않을 책을 사 모으는 데 집착하는 이유도 이 때문일지 모른다. 그리고 네모반듯한 책에 포획된 꿈들은 때로 누군가가 한평생 품고 사는 꿈이 되기도, 일생을 두고 좇는 꿈이 되기도 한다. 때로는 누군가의 인생 그 자체이기도 하고.

이제 우리 모두 뒤표지를 덮고 깨어날 시간이다. 모쪼록 즐거운 꿈이었기를. 또 언젠가 다시 빠져들고 싶은 꿈이기를. 그때까지 여기 여섯 편의 백일몽을 꿈의 도서관에 맡겨 둔다.

백만 불짜리 속편 미스터리

초판 1쇄 발행 2022년 5월 25일

지은이 이언 랜킨 외
엮은이 오토 펜즐러
옮긴이 김원희

발행편집인 김홍민 · 최내현
편집 조미희
표지디자인 씨오디
마케터 마리
용지 한승
출력(CTP) 블루엔
인쇄 제본 대원문화사

펴낸곳 도서출판 북스피어
출판등록 2005년 6월 18일 제105-90-91700호
주소 (10595) 경기도 고양시 덕양구 동송로 23-28 305동 2201호
전화 02) 518-0427
팩스 02) 701-0428
홈페이지 https://blog.naver.com/hongminkkk
전자우편 editor@booksfear.com

ISBN 979-11-92313-01-6 (03840)